珊瑚礁に風光る

太田良博
Ryohaku Ota

目次／珊瑚礁に風光る

月桃と梯梧　9
真珠の首飾り　26
嵐ケ丘　55
海軟風　82
見合い　112
古都残照　127
新しき潮流　157
島の秋　185

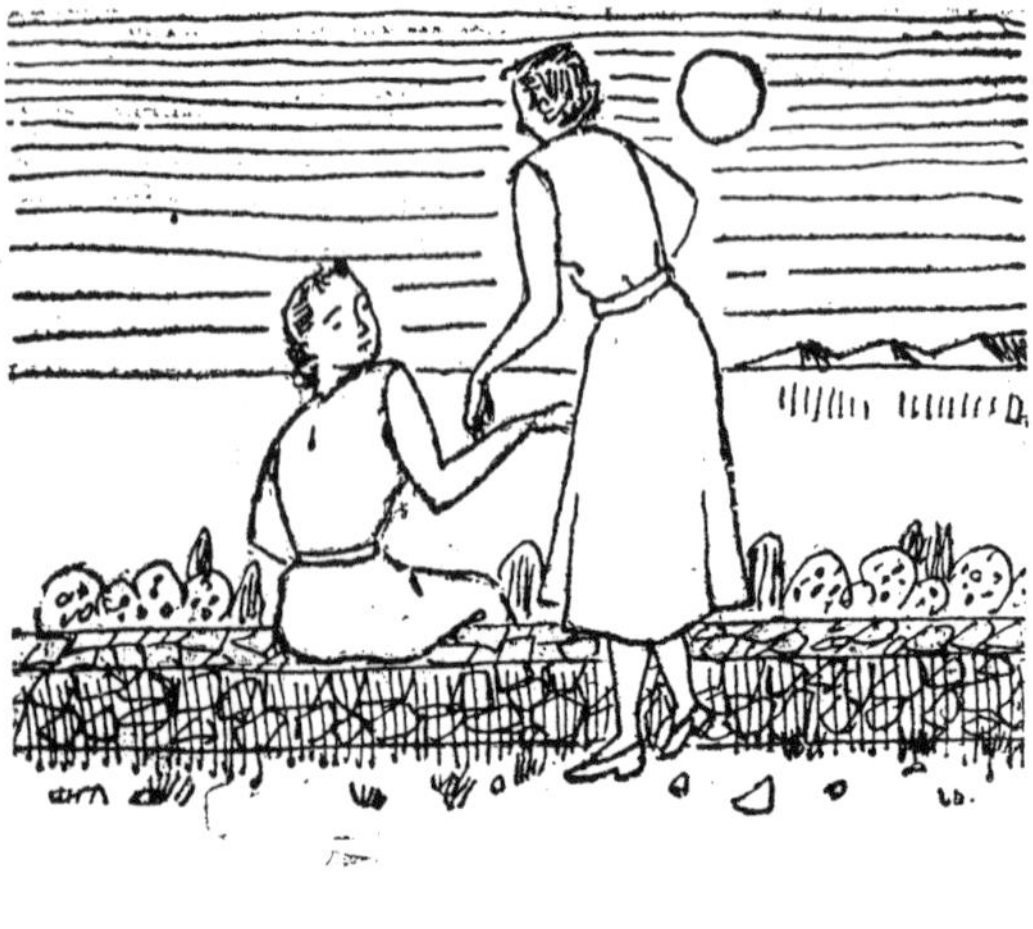

破船　224
そよ風　269
白鳥処女　299
明日　323

表紙イラスト／安次嶺金正

＊本書は『沖縄タイムス』紙上に一九五六年四月二十五日〜一九五七年一月五日に連載された原稿をまとめたものです。

珊瑚礁に風光る

月桃と梯梧

土曜日の午後である。

崇元寺の琉米文化会館では、西洋音楽のレコード鑑賞会が開かれていた。単純で重厚な線をもつ、そこの石門は、もと鬱蒼たる亜熱帯樹でおおわれ、門前には、尚清王時代の建立と言われる石造の下馬碑が立っていた。舜天以下時代の霊位を祀った尚氏家廟で、戦前は国宝指定物だった。

あの戦争で、跡形なく吹飛ばされた、そのあとに、かなり宏壮な構えで、文化センターの建物が建ち、あたりに、モダンな開放的な空気をただよわせている。

史蹟保存会の提唱で、石門の原形は復旧されたが、空をくぎって、かぶさっていた、うす暗いまでの樹木の影は、すっかり払われて、初夏らしい空が、カラッと、すきわたっている…。

その石門の前で、いましがた停《とま》ったばかりの、銀色のバスの中から二、三の降客に混って降り立ち、軽い足どりで、石門をくぐり、植込みがまばらな影をつくっている中庭を通り、文化会館の玄関の中に吸い込まれて行った、トロピカルのズボンに、白い単靴という軽装のスラリとした青年があった。

図書室と反対の方に廊下を曲ると、受付けがあって、学生服の若い男女三、四人、机を前に座っている。その一人から、プログラムを受け取った、白靴の青年は、忍び足というより、音のしない、伸びやかな歩調で室の中に入った。

琉大学生会主催のコンサートが始まったばかりで、日頃、会議室に使っている、そのホールには、七十名ばかりが集まっていた。

ほとんど、学生か、サラリーマン風の若い男女で、静かに、プラットフォームにおかれたコンソル型電蓄から流れてくる楽曲に耳を傾けている。後列の空席の一つに腰を下した例の青年には、それが、すぐベートーヴェンの、歌曲「エグモント」序曲、だとわかった。エグモントの死の意味する自由の勝利をたたえた力強くはつらつたる曲である。

彼は、手にしたプログラムの曲目に、いちおう目を通した。ビゼー組曲「アルルの女」モーツァルト「ピアノ協奏曲」などである。簡単な説明がついているが、それは読むまでのこともない。半袖の開襟シャツのポケットにそのプログラムをたたんで押し込み足を組んで、心もち体をねじるような姿勢を取りながら気付いたことは、みんな、誰かの講演を聞くときのように、腰を伸ばしていいた。彼は、おもむろに目を閉じた。色白で、眉がふとい。眉目秀麗とはいえないが、フレッシュな感じのする、その青年は、城南高校の英語の教師で、一年前にアメリカ留学から帰った安里実である。

L・P盤で、かなりの時間、つづいた曲が止むと、学生服の青年が、前に出て、次の曲目内容の説明をはじめた。

安里は、はじめて場内を見回したが、ふと、目を止めて、「おや！」とおもった。

左斜め前の席に、譜久里美代子の、端麗な横顔が、チラっと見えた。

美代子は、琉大を卒《お》えて、安里の学校に赴任してきたばかりで、まだ、親しく話したことはない。

午前中の授業を終わって、職員室の中で、彼女の姿を見かけると、すぐ、誘って見ようという気が動いたが、どこからか彼女に電話がかかってきて、それとなく立ち聞きしていると、なにか約束をしているようで、そのあとで、いそいそと出かけるようすなので断念したわけだが、自分よりさきに、そこに来ているとは、彼は知らなかったのである。すると、連れがおるはずだと思って、その横をみた。右隣りは、すこし肩の張った紺の背広、左はアップ髪型の女、どれも後ろ向きである。

ただ、その左隣りのハデな服が目につく。彼女の連れは、その何《いず》れだろうと、判断に迷った。美代子は身動きひとつせず、また、その右も左も、顔を向けて、彼女に話しかけたりなどしない。曲目の説明がすんで、次のレコードがかかった。コンチェルトである。好きな曲だが、美代子の方に気を取られて心が散ってしまう。

国文学の先生として、彼女が来てから、職員室に、まぶしい一角ができた。性格も服装も地味の方だが、その出現は、学校の空気を、ひそかに一変させている。と安里は思った。

生徒たちのあいだで、うわさされているのを彼は、よく知っていた。

なるべく目立たないように振舞っているようだったが、間もなく『那覇タイムス』の「ミス・職場」欄に、写真入りで紹介されたのが、彼女の存在を、急に、あからさまにした。職員室では、誰も、そのことを話題にしなかった。

無視しているというより、無関心をよそおっているといった空気だった。安里は、わざわざ、その新聞を手にして、彼女に近づいた。

「グレイスフル　ヤング　レイディ」

彼女の背後で、茶目気な声を出してみた。

「は？」

すこし固い表情がふり向いた。

「これ」

「あら」と、微笑をうかべ、

「それ、おことわりしたんですけど、家で撮られてしまいましたの。強引ね、新聞社のかた」

「譜久里さんは、エクスキューズ　ミー、…実物のほうが、よりキレイですよ」

「まァ。でも、わたしカメラを向けられると、すぐ、緊張してしまいますわ」

思ったより素直に応答してくれるので、言葉が調子に乗った。

「もし、僕がビューティー・コンテストの審査員だったら、一票貴女に投じますね」

これは、本音でもあった。が、美代子が示した反応は、彼が期待したものとは、うらはらなものだった。

「そうですか」

彼女は、静かな、真顔になった。

あのときのポーズが、いま、音楽に聞き入っている、彼女の後姿に感じられる。

職員室での、安里の言葉は、心は本音だが、形はお世辞になっていた。だから、相手は、照れるか、笑いで打消すか、娘らしい弾《は》ずみをみせるものと、思っていた。

そうした心の弾ずみで、たがいのインティマシイ(親しみ)をキャッチするつもりであった。

「そうですか。」

彼女が発した、その短かい言葉はフェンシングのソード(剣)のように、安里青年の胸を刺した。瞬間、「しまった」と、思った。あたりまえのお世辞にとられたかも知れない。

彼女のうけ止め方には、どこか理知的な手固さがあった。どう解釈したものか、即座の返事に困った。

そのときから、彼女の姿は、安里に、ある緊張感を与えながら、彼の心をグッと引張っていた。処女性から発する、快よい「張り」が感じられ、安里は、それで、青いリンゴの、すっぱい甘さを連想していた。彼女の言動には、そっけなさは、みじんもなかった。

若い異性から、美しいと賞《ほ》められたときの、彼女の態度も、飾気のない青いリンゴのようなものだった。


つつましく、しかし、すなおに、肯定でもなく、否定でもない、疑問詞のようなもので応じたのだ。

「ほんとに、自分ではわからない」と言った、てらわぬ素朴さの中に、知的なひらめきがひそんでいた。安里は、それに気付いた。

——いつの間にか、生徒たちは、「アヤメ先生」のニック・ネームを、彼女に呈上していた。新聞の、「ミス・職場」欄の説明文にあった形容を、そのまま利用してある。

そこに、高校生らしい無邪気さを安里は感じた。が、「アヤメ」は、ピンと来ないな、もっと、適切な形容詞はないものか、と考えた。

そうだ。彼は、白い磁器のような月桃花(サンニン)を思い出した。色は浅黒いが、彼女は、たしかに月桃花の端麗な姿を連想させた。彼女の姿で、学校の空気が、なにか、典雅な色彩で染められているように思われるのは、たしかだった。形が、古典的である。

教頭の案内で、挨拶まわりにきたとき、安里は、はじめて美代子を見て、心の中で、讃嘆の声を発した。

細面で、色は浅黒い。が、よくもこう、均整の取れた容姿があるものだと思った。

目鼻立ちから、肢体はギリシャ彫刻そっくりである。美少年の彫像を、もっと、女性的に優美にしたような…。

美代子について、安里が知りえたことは、年が二十三才で、彼女の父は土建請負、譜久里組の代表、その兄は社友党の若手政治家で野にあること、これは、例の「ミス職場」欄で、知った。


彼女の方に、時々、注意を向けていた安里は、ふと、その右隣りの男が、彼女に何か話しかけているような気がした。

シューベルトの「未完成」をしまいに予定のプログラムは終わった。

安里実は、美代子に近づいて挨拶しようとしたが、帰りかける会場の混雑に押されて、思い止まり、石門の所まで出て待ってみることにした。彼女の、連れが、誰であるか、たしかめてみる気持があった。

やがて出てきた彼女の姿を、素早くみとめたが、ひとりだった。学校から、いったん家に帰ったらしく、午前中の服装とは、ちがっている。琉球カスリの紺地でつくったツイードのスーツである。

中肉で、ひきしまった、健康そうな身体に、ぴったりして、シャープである。いつもより、ほっそり、高く見える。沖縄の娘の標準からすると、むしろ、背は高いほうである。ただ、五尺七寸もある安里は職員室の中でだけ彼女をみて、同じ年頃の娘と、くらべてみる機会をもたなかったので、新しい発見をしたような気がした。

カスリの柄は、そのパーソナリティ(人柄)にマッチして、上品な落着きを見せている。

「譜久里さん」

彼女は、安里が立っているのをみて、モダリット・スマイル(節度のある微笑)を、浮かべた。

「やはり、こちら」

彼女は、うしろの建物を振り返った。

「ええ。うしろに座っていました。めずらしいなァ。貴女が洋楽の愛好者とは。……こんな言い方は、失礼でしょうか」

「実は、よくわかりませんの。ただ、なんとなく、クラシックは好きです。気分だけでも」

「おひとりですか」

「お友達と一緒です。借りていた本を返すと言って、図書室まで行っているんですが……」

例の背広の男だろうか、とすると、ずいぶん、馴々しい言葉使いだナ、と思った。

――ふと、安里の網膜の中で、周囲の光景が変化して行った。

映画のスクリーンのように、映像がフェード・アウトして、バス、乗用車、軍用トラックの行きかう大通りや、文化会館の建物から、はき出されてきた洋服の男女は消え、石門と、美代子だけが残った。

急にあたりは、ひっそりとした。復旧まもない石門は、もとの蒼然たる古色に沈んだ。スーツの美代子は、そのまま、琉装にかわり、昔風の日傘をさして立っている。そこに、自分は、貴婦人に随行をする、首里勤めの若い役人、安里里之子…。彼は、急にふき出したくなった。

その、連想が消えると、自分は、美代子の価値を、現実の雑然さから抽象しようとしている、自分と彼女を観念的にむすびつけようとしているのかも知れない。と、安里は、心理分析みたようなことを心の中で試みた。

「譜久里さんは、琉装をしたことがありますか」

「え?」

「貴女の琉装姿を、いつか撮ってみたいですな」

ひょっとすると、美代子の右に座っていた背広の男は、彼女の兄かも知れないなどと考えていると、

「美代ちゃん。待たせてすみません」

そのとき、あでやかな声がして、姿を見せたのは、若い女である。その服柄で、美代子の左側にいた人であることがわかった。

「あら、ご一緒?　だったら、わたし、失礼するわ」

彼女は、安里に気づいて、そう、美代子に言ったが、甘えるようなまなざしを、彼の方に流していた。

「いえ、こちらこそ」

安里は、あわてた口調になった。

これは、また、美代子とは、目のさめるようにちがったタイプである。どちらかと言えば、円型で、目が大きくパッチリし、色のぬけるように白い、陰影のない顔、そして、美代子より、ずっと大柄なので、ひとなかで、一見、目立つ存在だ。

下品ではないが、柄と色彩のハデな、ロング・スカートを、ゆったりと着流して、運動ズックをはいている肢体は、のびやかである。

「ご紹介しますわ」

美代子が二人の間に立った。

「こちら、うちの学校の、安里先生」

「安里です。どうぞ、よろしく。でも、譜久里さん、先生の肩書は、はずしておきましょう。ここでは。ハハハ」

「まァ」

「ホホ」

安里は、朗かな表情をしてみせた。それは、新旧を問わず、たがいに、何々先生と呼び合っている職員室の空気から解放された表情である。美代子にだけは、「先生」の壁を取りはらって、近づきたかった。いまも、美代子の言葉から、水をかけられたような味気なさを感じていた。

美代子が、いくらか、こわばった面持ちで、

「こちらは……」と、その連れをふりかえると……。

「わたし、上原晶子です。美代ちゃんと、ハイスクールで一緒でしたの」

その娘は、早口にそう言って、いたずらっぽく、ぺこんと頭を下げた。

「あら、失礼よ。勝手に自己紹介したりして」

「ハハハハ」

「ハハハハ」

「では、つけ加えて、ご説明申し上げます。彼女は、現在、ウルマ銀行のタイピスト、とても、明るい、近代的なお嬢さんでいらっしゃいます」

美代子もつられて、つい、道化《おどけ》た調子になった。

「もう、初夏ね」

その、明るいお嬢さんは、すこし感傷的な表情で、

空を見上げた。白い雲の光りが、彼女の顔で動いた。早手まわしの、安里の軽装から季節を感じたらしい。

「夏物のネクタイをみてきたいと思うんですが、どうですか、貴女にみたててもらいたいんですがね」

安里は、誘ってみた。

安里青年が、二人の美しい娘を見くらべながら、誘ってみると、美代子は、ためらって、晶子を見た。

「なにかご用事でもあるんですか。上原さん、どうですか」

「わたし、賛成！」

晶子は、生徒が教室で手を挙げるような格好をした。

「土曜日だから、ぶらついてショーウインドーでも、のぞいてみようかと思っていたところですの。いいでしょう、美代ちゃん」

そこへ、ボディーの高い新型のバスがきたので、三人は、それに飛び乗った。後部の階段になった横席に、並んで座ると、急に、気分がくつろいだ。舗装道路をつたってくる、軽い振動が、快よい。

安里は、持前の、おしゃべりになった。

「みなさん、ちょっと、……あの、鑑賞会の空気は、すこし、固かったですね。あまり、緊張していて、なんだか、ぎこちなかった。沖縄でも、若いひとたちが、ああいうクラシックに集まってくる、そのフンイキは、うれしかったですがね。

もっと、会場を工夫すべきですね。たとえば、フォノグラフ（蓄音機）を、中において、…その周囲を、席で囲むとか…。普通の演奏会の場合とはちがうんですよ。あれは、演奏者が舞台で動いているんですからね。耳で聞くだけでなく、目で見るドラマでもあるんです。

レコード・コンサートになると、みんながステージにおかれた機械と、にらめっこしているんでは、空気が白けますよ。だから、みんな黙祷するような格好になってしまう。座席も、もっと広くとって、おたがいの顔がみえるようにしたらいいでしょうね。

アメリカの学生なんか、みんな、コーラでものみながら、思い思いの姿勢で聞いていますね。むこうでも、たびたび、そういった催しがあったんです。

エチケットは必要だが、気分は、楽にしていいと思います」

美代子は、安里の言葉に、いちいち、うなずいていた。

夕方に近い時間だが、日は、まだ強烈に沿道にはねかえっている。初夏らしく、バスの屋根は開けてあり、そこも、周囲の窓も、水色のプラスチックをはめてあるので、それを透き通る外光で、車内は、蛍光灯で照らされたようになり、乗客の顔が美しい。

ことに、美代子と晶子は、すごく、うき立っていた。

「沖縄の春って短かいものね。清明祭の季節というのに、もう、夏みたい」

晶子が美代子に、ささやいていた。

バスが安里の問屋街にさしかかったとき、安里は、ふと、終戦の翌々年の夏、はじめて、その通りを走るトラックの上からみたときの印象を思いうかべた。

鉄血勤皇隊の生き残りである彼は家族が疎開していた北部の山中に、ズッと身をかくしていた。

もう、若い連中が、軍作業に出たり、文教学校に通う頃になっても安里は、宜野座の山の中で、くすぶっていた。

用心しているというより、億劫になっていた。

その頃、中心都市みたいになっていた石川市までも、なかなか、出て来なかった。時々、山の中から薪を切り出して、知り合いの運転手と協同で、糸満まで、それを売りに行くことがあった。途中、MPポストなどで、トラックが止められたりすると、与根の製塩所に持ってゆく注文品だ、などと、安里が、どうにか、英語でごまかした。

たいてい津嘉山を通って行ったが、帰りは小禄から那覇に出ることがあった。

その頃の那覇は、旧市街は、ほとんど軍隊のバラックで占領され、あとは草深く荒れ果てていた。わずかに、壷屋の一角に、住民が入り込んで幕舎生活をしていたていどだった。が、空トラックの上から、珍しそうに眺めている安里の目に映ったのは、軍作業の帰りらしい人混みである。付近に、そう住家もなかったが、牧志通りは相当ゴタゴタしている。道の両側の荒れた光景に似合わず、活気があった。たいてい兵隊ズボンをはいており、女は、みな、カチーフで頭を包んでいる。材木をかついだり、煙草やレーション（米軍の野戦用携帯食糧）など包んだ作業土産らしい風呂敷をさげたりしている。まるで、巣をつくるのに忙しい蟻のいとなみに似ていた。軍用トラックが、あちこちに置いてあり、黒人兵の姿をいくつもみかけた。凹凸の道を、音を立ててゆれながら徐行する空トラックの上の安里に、みすぼらしい行列の中から、幾人か手を挙げて合図する者があった。親指を上に立てて、乗せてくれ、という意味である。

まだ、那覇が、どうなるか分らない頃であった。

石川がそのまま中心になるとか、いや、将来は、金武湾が、ホワイト・ビーチをひかえて、沖縄一の都会になるだろうなどと、みな勝手な空想をしていた。

そんな空想は、いつのまにか、シャボン玉のように消えた。

いま、スマートなバスが、すべるように走っている牧志通りは、沖縄の富を集めて、ビルが続き、商品があふれている。

——牧志の停留所で降りると、三人は、ムツミ橋の方に向かった。

大宝館前、来島実演中の本土芸能人の広告横断幕を張りわたしたあたり、交通巡査が、人の波と、車の波を整理している。

「たいへんな人出ね」

「土曜の午後ですもの。美代ちゃん、嫌？　こんな雑踏。わたし生き甲斐を感じるわ。すべて、動いているから」

晶子は、同意を求めるように安里をかえりみた。

「でも、あんまり、ごった返していますね」

「まるで、渦だわ。都会って、人間の渦ね」

ごった返しているという安里の言葉を、美代子は、そんな文学的な表現で解釈した。

「都会の渦か。面白い表現ですね。その渦を強く乗り切る人と、その渦にまきこまれないように用心する人、ラジオのクイズじゃないが、それは、誰でしょう。」

「どうも、わたしと、美代ちゃんらしいわ、ね。」

「正解。賞品を差し上げます。」

安里は、ポケットから煙草を取り出して口にくわえ、その空箱を、ていねいに差出した。

晶子は、それを、左手の掌にのせて、右手のゆびでポンとはじいた。美代子は、あきれるように、二人の動作をチラとみた。

「安里先生は、パチンコをなさいますか。」

美代子は唐突な問いを、安里に向けた。

「え？　僕ですか？　なんだか、品行調査みたいですね。どうしてですか。」

「いいえ、ただ何となく…」

「パチンコはやらんです。だいたい、あの、玉がはいるのは、大方は、偶然でしょう。僕は偶然というやつが嫌いです。世の中には、それが、あるようだが、あれは別……。」

「でも、パチンコは、あるていど技術が要るというじゃありませんか。」

「よく、御存じですね。」

「いえ、そのう…兄がよくやるもんですから、話を聞くんですの」

美代子は、それきり、黙ってしまった。

――山形屋のネクタイ売場には、もう、夏物が並べられてあった。

細幅の角型で、いずれも新柄である。

「ずいぶん、いいのが出ていますね。」

安里は、二ツ三ツ、ネクタイのはしをつまんでから、ひとわたり、眺めた。

「さァ、どれにしようかな。どれがいいと思いますか。」

彼は、晶子と美代子にたずねた。

「うちの銀行の常務さんのは、よく、見立ててあげているんだけど……」

と晶子は、右手指で頬をおさえてポーズをつくった。

売場の娘が、この、タイプの、まるで異った、美しい二人の女客をそれとなく、観察していた。

「お洋服が、どんな柄かしら、…でも、夏物だから、…そうね、これは、どう？」

晶子が手に取ったのは、派手すぎず、それで明るい、上品な柄だった。

「これはいい。さすが、好みが高いですな。じゃ、これと、もう、ひとつ…。」

安里は、自分で好きな柄をえらび美代子のほうをみた。

「美代子さん、これは、どうでしょう。」

安里は、意識的に、彼女の名を呼んでみた。

「わたし、よく、わからないんですの。でも、それ、よさそうね」

「じゃ、この二ツ」

と、早速、包んでもらった。

俸給が、まだ、財布を温めていたが、彼にとって、一種の散財だった。

安里は、はじめから、ネクタイを買う気持はなかった。音楽会の帰りに、美しい二人の娘をみたとき、突差に、うかんだチエである。ネクタイは、彼にとって、サクリファイス・ヒット（犠牲球）の、つもりだった。

切角の晴々した午後である。それに、月桃と梯梧のような、ふたりの美女との、親交のチャンスをつかみたかった。

夏の服装は、スポーティ（軽快）なものに限る。ネクタイをしめることも、たまにしかない安里である。ことに、むしあつい沖縄の気候では、フォーマル（格式張った）な格好は、かえって汗じみてみえるとさえ、実は、感じていた。

――ネクタイ売場をはなれると、晶子は、「水着がきているかしら、……」と、美代子を誘った。

「ねえ、明日、泳ぎにゆかない？　波の上に。行きましょうよ」

晶子は、はしゃいだ足どりになり、甘えるような、まなざしを安里にむけた。

「賛成ですな」

「美代ちゃん、いいわね」

「わたし、多分、だめ」

「どうして。日曜よ」

「門中のお清明があるの」

「そう、残念だわ。じゃ、安里さんと、ふたりで行く。悪いかしら？」

「どうぞ」

美代子は、素直に笑った。

まだ、早いのか、ありきたりのものしかなかったが、晶子は、その中から、ミドリ色の水着と帽子をもとめた。

三人は、それから、二階、三階と、ぶらぶら、品物をみて回った。どこの売場でも、安里は、自分の連れが、注目をうけているような気がして、内心、得意だった。

四階の食堂で、ひとまず、休むことにした。

デパートの構えにしては、割に、小じんまりして、質素な食堂である。やはり、大衆向きにつくってある。客が囲んでいるテーブルは、二ツだけで、空いていた。

窓に近い、隅に席を取ると、安里は、ウエイトレスに合図して冷たい飲物を注文した。

出されたおしぼりで手をふきながら、「あと、ひと月もすると、扇風機が必要になってきますね」と、目を細めるようにして、外に目をやった。

「こんな、むしむしするときのコンサートは考えものですわ」

美代子の言葉に、

「そうね、それに、あそこは、通りの車の騒音が聞えてくるし、やるなら、晩ね…と言って、あんな離れたところでは、晩はね…」

と、晶子は、ひとりでうなづいていた。

「レコード・コンサートという催しは、たしかにいいですよ。しかし、ほんとに、西洋音楽を、ことに、古典的な作品を理解するためには、年に一度や二度の催しでは、どんなもんですかね。効果があるかどうか疑問だナ。西洋音楽は…」と言いかけて「あ、そうだ、おなかが空いたでしょう、まだ早いが、晩めしでもどうですか」と、安里はメニューを手にした。

三人は、ランチをたのんだ。

いつでもお客の注文に応じられるように注意をむけながら、そのくつろいだ気分の邪魔にならないように気を配っている。安里は、ウエイトレスの態度に、それを感じた。客が呼んでも来ないか、または、客のそばに突立って、早く注文の品をおっしゃってくださいといった態度は、以前、どこの食堂でも、よく見られたものである。ジュースやコーラのコップが除かれると、ひろくなったテーブルに両肱をついて、安里は、話しをつづけた。

「西洋の古典は、ほんとに理解するということは、なかなか、むつかしいが、それでも、鑑賞の度合を深めてゆく意味では、何回も聞かなくてはいかない。

むしろ、自分で、一枚でもいいから、レコードを買ってきて、それを、くりかえし聞くようにしたほうがよいと思いますよ。

僕なんか、シューベルトの「未完成」だけを、一日、三回か四回聞くようにしたことがあります。習慣みたいに、それを、しばらくつづける。すると、知らず知らずのうちに、わかってくるような気がしてくるものです。理解というより、味解ですね。音楽は、きまった時間に聞くというよりも、聞きたいときに、いつでも聞くようにしたほうがいい。

同じ音楽が、淋しいときには、淋しく、たのしいときには、たのしく聞えることがありますからね。そのひとの生活に、音楽が、とけこんでしまうんでしょうね。

また、こういった、ハイカラな方法も考えられます。たとえば、学校や職場などで、休みの時間に、スピーカーから、しずかに、音楽を流しておくんですね。どうせ、なにもしない時間だから、仕事の能率から言っていいわけです。疲れたあたまを、音楽でリフレッシュする。

そのとき、シューベルトの「未完成」なら「未完成」を、流しておく。しいて聞かすつもりでなく、ただ、曲を流しておきさえすれば、みんな、知らず知らずのうちに聞いてしまう。聞いてもよく、聞かなくてもよい、といった自由なフンイキの中で、自然に、その音楽にしたしむようになる。

ある期間、連続して、おなじ音楽を流すんですね。そうすれば、無意識のうちに、高い芸術に、ふれて、情操がたかめられてゆくと思いますがね。

ひとつ、うちの校長に、話してみるかな」

「いいお考えですわ。うちの校長先生案外もの分りがいいから、安里先生のご意見、きっと採用なさると思いますわ」

美代子は、まじめな調子である。

「じゃ、譜久里先生のご意見もあるから、校長に、具申してみますかな」

安里は、わざと、美代子の口調をまねた。美代子は、それに、気付いたらしく、すこし、はにかむ表情をした。

「くせなのね。何々先生といってしまうのは」

晶子の言葉で、白けたとき、ランチが運ばれた。

フォークを使いながら、美代子はときどき目を窓外にやった。

泥田の上にできた壺屋の新市街の屋根の波よりも、一段高く、ムクムクとビルのもり上った牧志通りは、たしかに、メイン・ストリートの偉観を、急速に、そなえてきた。舗装路の上を、水すましのようにすべっている行列は、ほとんど乗用車とバスである。

あれほど、多かったトラックの数も圧倒された形だ。脊髄のように市街を一直線に貫いている十間の道幅が狭く見えるくらい建物が高くなっている。——など、考えていると、

「美代子さんは、踊りをなさいますか」

安里がきいた。

「踊り？」

「ええ、琉舞か、日舞か。あるいは洋舞でも」

「いいえ。どちらも」

「そうですか」

「日本舞踊を習ったことがありますが、だめでしたの。運動神経がにぶいんですわ」

「踊れそうなタイプですがね」

「体を動かすことは、なんでもだめです。運動は、好きは好きなんですけど、その点は、晶子さんなんか万能よ」

「美代ちゃん、自分で、そう決めてしまうんだわ。やればできるのよ。いま、お琴やっているんでしょ」

「ええ。すこし」

「でも、なにか、そうね。ピンポンでも、やるといいわ、いつも本ばかり読まないで……」

晶子は、横目で、美代子をにらむまねをした。その左手は、そばの空いた椅子にのっけてある、水着の入った買物包みをいじっていた。

「まだ寒くないかしら。海…」

「ま昼なら、大丈夫でしょう」

「寒かったら、ボートに乗ってもいいわ。あたし、毎年、夏は、海を見ないと、すませないのよ。小さいとき、リマの海岸で……」

「おや、南米の？」

「晶子さん、ペルー二世よ」

「そうですか。これは、初耳だ。ブェーナス　タールデス　セニョリータ（お嬢さん、今日は）」

「まァ、スペイン語ご存じ？　アメリカに留学なさったんですってね」

「ガリオア組です」

「すると、何クラブといったかしら」

「金門クラブですか。あれには入っていません」

「学校はどちら？」

「むこうの？　東部でした。マサチューセッツ。そこの州立大学に二ヵ年いました。そのとき、スペイン語をちょっと、かじったことがあります。あそこの学生がさかんにやっていましたからね。おぼえ易いですね。スペイン語は」

「あたしなんか、もう、忘れてしまいましたわ。小学生のとき、こちらにきたんですもの」

「御両親は？」

「こちらに母と私、父はむこうにおりますの」

晶子は、一寸、感傷的な表情をした。

「するといつでも、むこうに行けるわけですか。呼び寄せで」

「ええ。父からは、来い来いと言ってきますの。行きたいと思うこともありますが、こちらにも、未練ができてきましたわ。思案していると、いつの間にか、月日はたつし、そのうち、そんなことは忘れたりしてしまうし……、いまのところ、はっきり、行きたいという気持はありませんわ」

「淋しいでしょうね。お父さんは」

家族が離れ離れになっても、やっぱりくらせるのかな、と安里は考えた。その気になれば、いつでも行けるという気持が、地球の反対側の国も、遠い所にはしていないのだろうか。

が、島の因襲的な家族観念からすると、こうも、移民が異国風の感情に、すぐ、馴れてしまうものか…。

「父からは、たえず仕送りしてきますので、むこうも、こちらも生活に心配ないし、父は、ここでよい相手がおれば、結婚してもよい、ただ、なるべくむこうでくらしてくれ。ぜひ、一度は、顔がみたい、など言って来ます。父は、まだ若いので、気楽にかまえているんですよ」

晶子の父は、リマで、ずっと洗濯業をやり、相当、成功していて、十八になる晶子の弟を手元においている。その弟は、晶子が沖縄にくるとき、まだ五つで、進学適令期には、いずれ、連れてくるはずだったのが、戦争で十年余も隔絶してしまったので、彼女の母は、成長した息子の写真をみるたびに、じっとしておれない様子だが、晶子の結婚のことも、気がかりでふんぎりのつかない態度だった。

「母は、いつも、結婚のことをうるさく言うんですよ。あたしを早くかたずけて、ペルーに帰りたいのかしら。むこうに行って考えようと言ってみたり、適当な写真を送ってくれと父にせがんだり、こちらで結婚してもいいから、好きな人がいたら決めてしまいなさいよと言ったり、とにかく、あたしが、のんびりすぎるとぐちをこぼしますの」

初対面というのにあけすけに、個人的な事情をぶちまけるところに開放的なものを安里は感じた。

「晶子さんは、いくつぐらいに結婚なさったほうがいいと思いますか。勿論、いい相手がみつかったときでしょうが、時期としては」

「二十五才ぐらいが理想的じゃないでしょうかしら。でも、それをすぎてもあわてないつもりよ」

「相手の場合は?」

「そうね…。五つから十ぐらい上がった方がいいわ。場合によっては、その範囲は伸縮自在ですわ。ホホホ」

「美代子さんは?」

黙っていた美代子はあわてて、

「わたしも、晶子さんと同意見です」
ぎこちない表情をくずさなかった。
「そんなら、僕、みなさんの相手として、年令的には、その資格圏内にやっと、はいれそうだな。ハハハ」

真珠の首飾り

山形屋をでて、安里にさそわれるままに、向かいの国映館で、ディズニーの音楽映画をみてから、晶子は、急に、何か用事を思い出したらしく、でてきた映画館の前で安里と明日の海岸行きのことを約束してから、横通りに消えて行った。

美代子は、安里が送ってあげるというのを、赴任まもない身で若い男性の教員と余り馴々と歩くのもはじかれると思い、辞退したが、じゃ、バス乗場までても、と言う彼と、歩道をせわしそうに歩く人混みの中を、肩を並べて、鈴蘭灯の灯影をみながら、昼来た道を戻った。

「晶子さん、愉快な方ですね」

美代子は、にこっ、とうなずいた。

「あ、今日、たのしかった。マイ　ベスト　デイ　アイヴ　エヴァー　ヒヤッド」

安里は、口笛を、かすかに鳴らした。その態度で、彼は、晶子に少なからず興味を感じているらしいと美代子は思った。すると、夏らしくなった波之上海岸での、彼と晶子の若い姿をチラと頭にうかべた。明日の二人の約束に、取り残されたような自分を感じて、軽い嫉妬をおぼえた。

まだ、映画館では、夜間の上映が始まるといった時間だったが、音楽会に行くと言って出てきたので家では、帰りがおそい、と思っているかも知れない、と考えながらバスを待っていると、

「譜久里さんじゃ、ありませんか。美代子さん」

落ち着いた男の声がした。

ズングリした肩幅の広い三十すぎの童顔の男が、きちんとした身装で立っている。

「あら、山城さん。しばらく」

「実は、いま、貴女のお家にお伺いしての帰りなんですよ。お家のことで御相談に呼ばれましてね…。」

山城と言われた男は、そこで、少し、声をおとして、

「貴女にもお話ししたいことがありますので、丁度…」

と言いかけて、美代子のそばに立っている青年に気付き、

「どこか、ご散歩ですか。そのうち、ゆっくり、お話しすることにしましょうかな。じゃ、失礼」

と美代子に挨拶して、その男は、安里をチラとみた。相手を観察する鋭い一瞥である。安里は、ムッとしてうしろをふりかえった。

「あの男は、誰ですか」

「ウルマ銀行の、晶子さんのところの常務さんですよ」

「どこか、ご散歩ですか、って、……ここに立っているのをみてバスを待っているくらいわかりそうなものだが、一寸、そそっかしいですね」

安里の言葉も、すこし、おかしかった。

「フフフ。おかまいなしのところがあるわ。でも、あれで、チャッカリ屋だという評判よ」

「今成金といった感じだなー」

――安里と別れて、バスに席を占めると、美代子は、夜の街の雑踏から脱れて、ひと息ついたが、山城が残して行った言葉が、謎のように心にわだかまった。

美代子は、安里でバスを降りると三原まで歩くことにした。歩きながら、すこし、考えてみたくなったのである。父の事業が、最近、思わしくないことは、彼女も十分、知っていた。

在学中は、図書館に近いという理由で、大抵、首里の女子寄宿舎にいたので、家庭の事情から、のんきに離れていられたが、それでも請負った軍工事の経費が見積額を超過して赤字を出したことがあり、それから、思わしく行かないのか、時々、美代子は、家に帰ると、父の元気をなくしたような姿に気づいていた。

学校を卒《おえ》て、ハイスクールに奉職することになると、父は、子供のように喜んでくれた。

が、美代子も、うすうす、父の仕事の内情が只事で

はないことがわかってきた。はっきりとではないが、母は、そのことをほのめかす。女がとやかく言う筋ではないと、父をはばかっている母も、頼りなくなるのか、美代子に、打ち明けることがあった。

応接間で、荒声の債権者に、母がいろいろ日延べの弁解をしているのを、二、三回立ち聞きしたことがあるし、現に、工事中の現場の労務者たちが、賃金をおくらせたら、工事を中止するほかない、と脅迫的にしかけてきたことがあった。

「どうせ、おりる金なんだがね。それが、間に合わないんだよ。だからと言って、労務者の方たちは、賃金がひと月でもとどこおると、生活がつまってしまうし、…その、つなぎの算段にいつも追い回されているんだよ」

そんな風に、母は弁解した。

つい、このあいだの晩である。父が、何気なく、美代子の書斎に現われて、どうだ、学校は、などとたずねてから、

「例の研究はつづけているのかね。父さん、いい先生を紹介してあげようか。ほら郷土研究家として定評ある、山田さんだよ。いま、公職をしりぞいて、首里でのんびりしておられる。いっそ、そこに、下宿でもしてみたらどうか。わしの小学校の恩師だからたのめば、喜んで引受けるよ。このあいだ、お伺いしたときき、みのことを話したら、たいへん感心しておられた。落着いて、勉強するんだったら、その方がいいんじゃないかな」

と、父にしては、意外な提案をした。もちろん郷土の古典文学の研究をはじめている美代子には、好都合な話だがそれも、家の晴々せぬ空気から、自分をしばらく遠ざけておきたいのが、父の真意だったにちがいないと、彼女は考えた。

前にも、父の事業の相談相手として、山城が姿をみせたことがある。今日、自分の家を訪ねたというのも、そうした内容の用件以外は考えられない。しかし、山城がわざわざ自分にまで話したいことがあるというわけは何だろう。

なにか重大な…、そうだ、明日の門中の清明祭には、

山城もきっと見えるはずだから、そのとき、こちらから、きいて見よう。

――美代子は、わが家の門灯がみえたとき、そう決心した。

*

眺めのよい高台になっている三原の住宅地は、真和志というよりは那覇の田園調布といった感じである。その一角に、宏壮とはいえないが、かなり庭を広くとった、二階建洋館風、青ペンキ壁の木造が美代子の家である。二階が、美代子の部屋、庭につき出した離れの日本間に、兄夫婦が住んでいた。兄の朝雄は、社友党の中央委員で群島政府時代は、要職にあったのが、時に利あらず野に下って、翻訳を生業にしている。主に、軍工事関係の見積書など、翻訳は上手なので、座っていても、頼みにくるようだ。兄嫁の峯子は、軍のＰＸに通勤している。

「若いくせに、つまらぬことで、社会的に敵をつくってしまって」といった風に、父の朝英は、兄を見ているようだが、兄夫婦は、独立した生活で、別に、迷惑はかけておらぬ、とのプライドを持っていて、父の態度を、気に留めなかった。

――玄関を開けて「ただいま」と、故意に威勢のよい声をかけたが、森《しん》としている。

拍子ぬけた調子になり、靴をぬいで上ると、通りすがりにチラと、応接間をのぞいた。客がいないときは、普段、電灯を消してある。その部屋は、明るく、書類を前に父が、ソファーに腰かけている。が、仕事をやっている様子はなく横向きになって、タバコの煙を吐いていた。

一寸、笠智衆に似た感じの男で、事業家というより、どっちかと言えば、技術屋のタイプである。もともと、建築の設計士であったのが、土建請負に手を出し、それが一時のブームにのると、もう、ひとかどの事業家の自信をいつの間に身につけていたつもりが、この頃の業界不況の切り抜けにはほとほと弱ったという格好である。

「あら、居たの。お父さん。返辞もしないで」

美代子は、わざと、すねてみせた。

「あ、ぼんやりしていた。おそいな。すこし」

「音楽会のあと、映画にさそわれちゃって。…」

朝英は、包むような、柔らかいまなざしを美代子に向けた。

「お父さんは、夕飯をすまして、げっそりしているところだよ…」

「夕飯を食べたら、げっそりするの。いやな、お父さん」

「ハハハ」

と、朝英は、かわいた笑い声を立てた。

「美代子、まだ、なんだろう…。…なんだか、顔色が…」

「わたし、すました。でも、早かったから、また、いただこうかな」

と言いながら、美代子は、部屋を立ち去る気配がなく、父に、何かたずねたい表情を見せた。

「お父さん。お仕事どうお？」

「うん。学校工事を四教室ばかり請けているが、今度のは、まァ、まァ、だ。」

「でも、だんだん、入札がむつかしくなってくるんじゃない？」

「美代子、そんな話より、お前、お嫁に行く気はないかね。耳よりな話があるんだが…。お前が、その気になれば、これは、理想的な相手だと、お父さんは、見ている」

「……」

「年頃の娘は、まだ早いとか、もっと、いろんなことをわかってから、とか、気持ちをはっきりさせないものだが、お前は、人並以上に教育もうけてきたし、また、結婚は早すぎるという年令でもない。いまが一番、条件のいい時期だ。学問した女は、えてして、オールド・ミスになるもんだ。気をつけんとね。機会の前髪をつかめ、という格言があるだろう」

朝英の言葉は、説教じみてきた。

「お父さんの話、ちっとも要領を得ないわ。どんなかた、お父さんが、理想的な相手とおっしゃるのは。…」

「ハハハ…。まだ、それをいってなかったね。どうかしているなわしは。それが、東大出の秀才だよ。どうだ…」

朝英は、美代子の反応を、見ようとした。

「真壁さんといってね。学校を卒《おえ》たばかりで、裁判所におつとめなんだよ。行政官か、弁護士として、将来、有望な青年だ。なかなか立派な、……そうだ、写真があるよ、お母さんのところに…」

「それで、どういうの。こちらから、お嫁に貰ってください、とお願いするの」

「いや、参った！　お前には、いつでもやり込められるな」

と、頭をかいてから、

「実は、向こうから、ぜひ、と言ってきているんだ」

「どうして、こちらを知っているんでしょう」

「うん。なんでも、いつかの新聞にあったね、ミス何とか、とお前のことが紹介されてあったね、あれをみて知ったらしいんだ」

美代子は、すこし、あきれた。嫌な気もした。

写真と肩書だけで、プロポーズしてくる、その気持ちが呑みこめない。それは、勇敢だと善意に解釈もできるが、唐突すぎる手段であると、美代子は思った。

なにか、法律の手続きぐらいに、結婚を考えているのだろうか、と、相手に野暮ったいものを感じるし、それに、新聞をみただけで、そんな手段に出てくる、その「自信」がいやだった。彼女自身、過分な自信は持ってないつもりだったので、余計、相手のそれが鼻についてきた。学歴にまつわる特権意識を感じたのである。

――こういうことは、動機が大切なのに、資格だけを問題にしている。お父さんたちは、相手の肩書に眩惑されているんだわ。だいいち本人同志の理解や愛情をぬきにして、いきなり、親に相談するなんてわたしがそっちのけにされているわ。

「丁度、裁判所にわしの知り合いがいてね、その人を通して話して来たんだ」

と言いながら、応接間を出る父の後ろに、美代子は従った。台所につづく居間では、母の鶴子が一人で食台に向かっていた。

食台の前で、おこうこうをつまんでいた母の鶴子は、父娘が同時に入ってきたので、何だろう、といった表情をした。五十をこした、名前とは似合わぬでっぷりした、大柄の女である。

昔の、姫百合女学校の格式張った教育をうけた割には、モダンで如才ないところがあって、その気質が、家庭の空気を和やかにしていた。これまで夫の事業が、どうにかやってこれたのも、彼女の社交性の助力が大きかった。

活況時代には、同業者や、使っている連中の来訪が毎日のようにあり、いつでも日本酒や合成酒が準備され、コーラを一打《ダース》二打とおいておくことが普通だった。台所では、なにか油でいためる音がして、母は、客の応接にいとまなかったのが、この頃は、工事も下請けに任し、労働法ができてからは、労務の賃金は本請の直接払いみたいようになって、日延べがきかず、母はそのことわりや、やりくりに回り、時々、こうして一人で食卓を前にすることがある。

あるときはよりつき、ないときははなれてゆく、世俗の人情法則がここの小さい台所をも支配していた。母の苦労が、美代子にはわかる気がした。

「ほら、例の写真があるだろう。美代子が見たいんだってさ」

「あーら、見たいなんていわなかったわ。じゃ、わたし、かえる。それを見に来たんじゃないから」

「ふふふ。鶴子。見せておやり」

「あんたも学校でたばかりだから、せかすようでいやなんだけど、そうじゃないの。いい、お相手だと思うんだよ。お母さんは。

家柄がいいし。その方、交際してみてよかったら、というわけなんだよ。本人同士の自由意志を尊重して、どっちにしてもこだわらないといった立派な態度なんだよ。強いてとは、言わないが、……でも、こんな好都合な話、なかなかなくってよ」

と言いながら、母が出してみせた写真は、美代子が想像していたのとは、ちがった印象の青年だった。秀才然とした額に、どこか、目が優しそうである。近眼鏡らしいのをかけ、眉の付根をよせた表情は神経質の感じである。

「そのお話、あとにして。おなか、空いちゃった」

と、小娘のような動作で、美代子は食台の前に腰を下した。

「美代子。真面目に考えてみるんだよ。もし、別に、お前が心に決めている人物があれば、素直に打ち明けてくれ」

と言って、父は、引込んだ。

「お母さん。山城さんがいらしていたでしょう？」

二人きりになると、美代子は、分別くさい顔で母を見た。

「ええ。どうしてわかったの」

「途中で、お会いしたのよ。こちらからの帰りだって……。なにか重要なお話？」

「それよりも、あんた、この写真の件、むこうに、しっかりと御返事しないと…、」

そのとき、美代子の兄、朝雄が、姿をみせた。

朝雄は急須を手にしていた。

どこか父に似ているが、柄は大きい。荒っぽく入ってきて、

「美代子いたのか。お茶。……それから、なにかないかな」と見回して、食台の上の写真をチラと目にとめ、

「むこさがしか。美代子、兄さんみたいな、のんきな男をさがすんだな。そのほうが苦労はないぞ」

「なにを言ってるんだよ。峯子を働かせておいて」

鶴子がむきになった。

「あれは、自分で働きに出ているんです。自由に。…共稼ぎで、いまが、気楽ですよ」

兄夫婦には子供がなかった。母の鶴子は、それが不満だったが、彼らは、そのことを一向に、気にとめてないようだった。兄嫁も朝雄に負けぬほど、のんびりしていた。美代子に友達のようにふざけたりして、七ツ違いの姉とは思えない程無邪気なところがあった。そのくせ、なかなか身の回りの事ではがっちりしていて、これと、思ったら、すぐ実行する性で、こうした点は兄の性格でもあった。兄嫁は、もとから、そうなのか、夫婦の性格は似てくるといわれるが、そのためなのか、と、美代子は考えることがある。口論したり

おたがい不満を言ったりしないだけは、仲の良い夫婦かも知れなかった。

うまが合うのである。

「秀才か」

…朝雄は、吐き出すようにいった。

「いまどき、そういう看板もふるいな。個人の才を当てにした出世主義は」

「学歴はみないといけないよ。美代子にもそれだけの教育をうけさせたんだから」

「と言って、学校はどこを出ていなければいかんとか、どこ出身なら、といった考えをするのは、オツムがどうかしてるよ」

「そうかしら」

兄の言葉に内心うなずきながら、美代子は、不服な顔付をした。

「そうさ。そんな考えなら、相手の人柄を問題にしてない。だいいち……」

「もう、いいから、『都の西北』大学は、ひっこんでいなさい」


折角の縁談にけちをつけかねまじき朝雄の態度に、鶴子は、急いで写真をしまった。

「お家のことで山城さんに何かたのんだ?」

朝雄が去ると、美代子は、さぐりを入れた。明日、直接、山城にきいてみるつもりだが、予備知識を持ちたかった。

「お父さんは、そうあの人に世話をかけてはいかん、と反対なさったけど、見栄もなにもないと思ってね。今なら、どうにかできると思うけど、この調子でほっておいては、譜久里組も……お母さんもう、これ以上、苦労するのは、こりごりだよ。こういうときに、頼りになるのは、山城さんだけでしょう。それで、わたし、ひとり決めでお呼びしてみたの。事情をすっかり打ち明けてお願いしたら、どうやら、引き受けてくださるようだが、詳しいことは今後の話だよ」

「それでお父さん、納得なすった?」

「はじめ、余計なことをして、という顔つきだったが、納得どころか、態度にはみせなくても、わたし以上に、山城さんを頼みにしているんだよ」

山城は、戦前の那覇商業をでて、若い頃から算盤の社会で育ってきている。戦後は、思い切りもあるところから、きわどい仕事に手を出したが、根がしっかりしているだけに、よい潮時に、地道な方向に転じて、地歩を固め、いまでは二、三の有力会社に大株をもつ、実業家におさまっている。どこか誠実さがあって、若さの割に周囲の信用が厚い。成り上りと言ってしまえば、それまでだが、その実力はみとめざるをえない。

生活意欲が頑強で、いつ裸一貫になっても、立上りそうな面魂は、順風に帆をあげてはいるが、逆風の苦い経験も知っているといった印象をうける。

その逆風で、山城がもまれているとき、美代子の父が、ちょっとした、まとまった金を、商売のもとでとして、彼に融通してやったことがある。そのかわり、山城からも、そのつぐないを十分うけているので、美代子の父としては、あまり、義理の押し売りはできない立場にある。

――山城さんが引き受けたというからには立直る見込みがあってのことにちがいないわ。

美代子は、何かしら、山城の存在に、光明を見出そうとする気持ちになっていた。

そのとき、離れの話声を聞きつけ

「姉さんは?」

「まだ、かえってないよ。仕事の帰りにしては、おそすぎるね。ひとりで映画でもみているんでしょう。峯子のことだから」

さき、兄が、自身で急須をさげてきたわけが、それでわかった。

「だれか、お客さん?」

「新聞社の石川さんだよ」

「そう。じゃ、挨拶してこようかな」

美代子は、急に、快活な調子で立ち上った。

那覇タイムスの記者、石川長生は兄の朝雄と、戦前、楚辺中学の同期であった。その頃、下泉にあった美代子の家に、よく遊びに来たらしいが、美代子は、まだ幼かった。

はっきり、印象に残っているのは彼女が小学校の三年生のときのことである。

東京から、夏の休暇で帰省してきた兄と石川に手をひかれて与那原の海岸に遊びに行ったことがあった。

軽便鉄道や、ガソリン・カーと俗によばれていた省電のようなのが、那覇から、キビ畑ばかりの風景の中を、夏は、海水浴場として賑わう与那原まで、通っていた頃である――。

三人は、しばらく、海岸を散歩していたが、やがて、兄と石川は、ひと浴びしようと、波にとび込んだ。美代子は、水際近くに生えたアダン葉の影に座って、兄たちがぬぎ捨てた学生服と麦ワラ帽の番をさせられていた。

遠くへ泳いで行く兄と石川の西瓜のように浮んだ二つの頭を眺めながら、美代子は、八月のギラギラする砂浜の暑熱に、のどがかわいて、水筒をがぶがぶと飲んだ。

やがて、二人が水から上ってくると、何か飲もう、のどがかわいて仕様がないと、いいながら、ボトボト海水のしたたる小脇に、服をかかえて、水泳着のまま、美代子をうながして、海水浴場に面して立てられた掘立小屋の食堂に向かった。どちらかといえば、ノッポの兄にくらべて、石川は体のつくりも顔もまるぽちゃで、まだ、紅頬の美青年だった。

食堂で、美代子には、ラムネを注文して、彼らはビールを一本とった。泡立つコップをうまそうにかたむけて、海を眺めたりしている兄と石川の顔をジッと、美代子はみつめていた。

「おや、美代ちゃん、ラムネ飲まないの」

石川は、彼女のコップを満たしてやった。

「どうしたんだ、美代子。おかしいな」

「あたし、これ、飲まない。兄さんたちが飲んでいるものを飲む」

「おいおい、よせよ。これはビールだよ。お前のような女の子が飲むもんじゃないよ。ほら、なめてごらん。にがいよ」

朝雄は、そう言って、自分のコップのはしを、美代子になめさせた。

どうだ、ときかれた美代子は、顔をしかめると思ったら、口辺のビールの泡を舌なめずりしながらおいしい、と笑い、もう、ラムネなど見向こうともしない。

「こいつ」

朝雄は困った顔をした。

「飲ましてごらんよ。いいじゃないか」

面白そうに、石川は、もう一本、ビールを持ってこさせて、美代子のコップになみなみと注いだ。

「家帰ったら、兄さんがビール飲ましたなんていうなよ」

朝雄が念を押すと、彼女、こっくりして、見ているうちにそのコップを空にして、更に、一杯要求した。

朝雄と石川は、キツネにつままれた表情で、顔を見合せたが、石川が、もう、一度注ぐのを、朝雄は、おい、よせ、とビンを奪い取った。美代子は、注がれたコップ八分ばかりのビールを、また、飲みほした。が、あとがいけない。美代子のようすがおかしくなってきたのである。

「なんだか酔っぱらっているようだぜ」

「心配するな。いっときだ。おれが介抱してやる」

石川は、美代子を抱いて、アダンの涼しい陰につれだした。

「あたし、いしかわの兄ちゃん、だいすき、だいすきよ」

「よし、よし。いしかわの兄ちゃんもね。美代子ちゃんがだいすきだよ。ね、美代子ちゃん、兄さんのコイビトになる？」

「うん、なる」

「よし、きめた。じゃ、きょうから、ぼくと、美代子ちゃんコイビトだよ」

美代子は、二杯のビールで、幼い顔を貝殻のように紅くさせ、石川に甘えた。

「おい、石川、子供に変なこと教えるなよ」

兄の朝雄は、さすがに、真面目な案じ顔になった。

「ハハハ。可愛いな。この無邪気な顔みろよ」

石川は、まだ、ふざけていた。やがて、美代子は、石川の背中でスヤスヤねむったまま、帰る途中時々、コイビトとか、いしかわの兄ちゃん、などきれぎれな、うわごとを言って、兄たちを、ひやりとさせた。

――十余年前のことを、美代子は、快よい気持ちで回想する。

兄たちから、あとで聞かされた部分も補足した、与那原海岸の、あのときの印象が、彼女にはなつかしいものとなっている。

兄が政界から身を引いてからは、政党関係の人の出入りも、ほとんどなくなり、知友の琉大の若手助教授などが訪れることもあるが、それもたまで、退屈をしている兄のところへよく足を運んでいるものと言えば、石川だけである。雑談するほかは、いつもは碁盤を囲んでいるが、その間にも、石川は、党の動きなどをさぐり入れて朝雄から適当なニュースを引き出しているようすに、遊んでいるようで、やはり、仕事をやっている。……「美代ちゃん」とか、「美代坊」とか、気軽に、美代子を呼ぶのも石川だけだし、彼女が冗談を言ったり、すねたり、屈託なく相手できるのも彼だけだった。もう、昔の美青年ではないが目元には優しい面影が残っており、それが、いつも、いたずらっぽい小皺をよせている。


――美代子は、ガラッと障子を開けた。

「また、政治のお話？」

「なんだ。合図もしないで」

朝雄が言うと、

「石川のおじさん。今晩は」

「美代ちゃん。おじさんは止《よ》してくれよ。まだ、独身だぜ」

Yシャツの袖をめくって膝頭を抱いていた彼は、居直った。

「ふふふ。ごめんなさい」

「美代ちゃん、今日、いいとこみつけたよ」

「どんな？」

「美代ちゃんが、どこかの男のひとと歩いていた」

「あら、どんなひと」

「うしろからみたから、よくわからなかったが、白状しなさいよ。あれ、誰だった」

「じゃ、安里先生のことかしら。そうだったら、うちの学校の同僚よ」

「若い先生だろう？」

「………」

「どうもあやしいな」

「うちの学校の先生よ。それが、あやしいの？」

美代子は、すこし赤くなって、兄の朝雄から顔をそらせた。

「じゃ、おめでとうかな」

石川は、美代子の表情を面白そうに眺めている。

「怒るわよ。なんでもないのに、せんさくすると」

美代子は、本気で怒った顔になった。彼女が、そんなことを気に留めない性格だったら、石川は、こう、彼女を焦《じ》らすつもりはなかったのだが……。

「石川さん、どこで見たの。何時頃？」

「多分……。ハハハハ。……美代ちゃん、実は、見なかったよ。でも、白状したな、ハハハ。誰だって一日のうちに、異性と歩くことはあるさ、誘導訊問にひっかかった。ハハハ」

「意地悪！」

「新聞記者は、この手で、相手の秘密をひき出すんだよ」

「新聞記者なんて大嫌い」

「そう言うなよ。その新聞記者のおかげで、美代子ちゃん、たいした評判だよ」

「大嫌い。社会ずれしていて」

「むかし、石川さん、大好きだといっていたぜ、忘れたのかな。美代ちゃん。僕の恋人になるって約束したことを」

「そんなこと、知らない」

「美代ちゃんが、こんな美人になるとおもえば、あのとき、もっと固い約束をしておくんだったなァ。はっきりと、言質を取っておくんだった」

「あのときは、ビールを飲ませて酔わせておいてから、いわせたんでしょう？」

「いや、これは参った！」

石川は、大げさに頭をかいてみせた。朝雄は、そのとき、思い出したように、

「峯子のやつ、帰りがおそいな」とつぶやいた。

朝雄が、自分のワイフを、峯子のやつ、という呼び方をするのは、親しい客を前にしているからだ、と美

代子は解釈した。家族だけのときは耳にしない言葉である。

〝やつ〟という表現で、妻に甘くはないぞ、との気持を見せる底意がある。日本のハズにありがちな子供っぽい虚勢だ、それとも愛情を強いてかくそうとする、はにかみの反語か、または「拙者」「愚妻」と同じく、東洋の儀礼的な謙遜した表現かな、など、国文の専攻だけに、そんなことを、一寸、彼女は考えてみた。

兄は元来、言葉に敏感なほうである。たとえば、監獄、囚人という言葉は非民主的だと嫌い、必ず、刑務所、受刑者といういい方をする。そんな例は、いくらもあり、兄にいわすれば、封建的な語感をもつ言葉を一掃することから社会の民主化は始められなければならないというわけである。

そういう意味で、家庭でもつとめて気をつけているつもりで、ことに他人に対しては、自分の配偶者のことを「妻」「夫」で通し、また、通させていて、なるべく、「旦那」「主人」「亭主」「女房」「家内」といった言葉をさけている。日頃、こうしたことに神経質と思われるくらいの兄だけに「峯子のやつ」といった言葉使いが、なんでもないことのようだが美代子の注意を引いた。

「美代子、なにかないかね。さきから、お茶ばかり飲んでいるが」

「そうね。あ、いいのがあるわ」

彼女は、思わせぶりな仕草で座を立った。

「男って、やはり世話をやくのがいないと駄目だわ。女がいないとお茶ばかり飲んでいるんだもの」

と、考えながら、彼女は、母の居間に急いだ。三、四日前、姉の峯子が、ＰＸで手に入れた舶来の高級葡萄酒が、たしか二本、あったはずである。

母が姉にたのんでいたのであるが「朝雄にはだまっていなさい」と母は注意していた。そんなのを何に使うのだろうかと、はじめ、美代子は不審だったが、それが山城をもてなすためだったと、やっと察したわけである。

その葡萄酒の一本は、残っているかも知れない。たしか山城は、それらしいのを一本さげていたからと思い…。

「お母さん、この間の葡萄酒のこっていない？　今日、山城さんにあげたんでしょう。残っていない？」

「一本あるけど、どうするのよ。朝雄のところ持ってゆくつもり？　あそこは何かでいいでしょう。いつも来る方だから」

「もう、山城さんのほかに、別にもてなす賓客もいないでしょう。だったら、石川さんは、わたしたちの賓客よ」

鶴子は、しぶしぶ戸棚から、こっそりしまってあった美装の円瓶を取り出した。

「これ、まだ開けてないのよ。一本、開けて、一本は山城さんに持たすつもりだったんだけど、山城さんは開けなくてもいいからと、一本だけお土産にいただこうと…」

「でも、お母さん、こんなとき、高級葡萄酒なんか出して、かえって、山城さんに、贅沢しているように見られなかったかしら」

「そんなことぐらい心得ていますよ。私は、山城さんにはチャンと…」

「そう。じゃ、もらってゆくわ。コップ二ツでいいかな」と、美代子は、盆にコップと葡萄酒をのせて立ちかけた。

「そのまま持ってゆくのかい。それだけもって行ったら、全部なくなるよ。泡盛でも混ぜたらどうか？」

「葡萄酒と泡盛？」

「悪いかしら？」

「ふふ。けちんぼね。お母さん。わたしもいただくわ」

美代子は、そう言って、盆のコップを三ツにした。

「姉さんのは、取っておくわ。オープナー貸して、むこうで開けるから。お母さんたち、いいでしょう『成長の家』だから…」

いつになく、はしゃいで、兄の部屋までくると、廊下に、そっと盆を置き、葡萄酒の瓶だけ手にして障子の外に立った。

「――資本主義が、産業資本、商業資本、金融資本という発展段階を通ってきており、西洋では、これが数百年の時代をへておる。その間、商業資本の時代が長かったわけで、従って、ブルジョア、デモクラシーの政治理念が発達したし、産業の自由競争で、自由思想の伸長をみたわけだが、俗に、ブルジョア民主革命といわれる明治維新以後の……」

しゃべっているのは朝雄である。

美代子は、聞耳を立てた。

「――日本の資本主義は、この自然の発展過程によらなかったね。後進資本主義国として、仕方のないことだが、国家がその近代化を急ぎ、これは、ほかの文化面でもそうだが、西洋なみの産業国家を築こうと、西洋を馬車馬のように追っかけたもんだね。

ところが、その西洋が、資本主義の最後の発展段階まで来ていた。だから、国内的には、日本は、江戸時代の商業資本と官閥が結託して急速に、金融資本の時代を築きあげたため、産業自由主義の期間が短かく、自由主義思想は、観念的に受け入れただけで、国民の生活に根ざした理念とならなかった。

他方、海外的には、丁度、日本が、hermit nation(隠遁《とん》国家)としての生活を続けていた、あの、江戸時代が、西洋では、産業資本の伸長時代であったので、明治以後の日本は、西洋列強の勝負が大体決まってから無理に仲間に割り込んだ。そのために、当然、軍国主義の道を辿らざるをえなかったわけだ。近代文明と建国神話の妙な混血児が、そこから生まれた。ところが、国家だけふとって、置き去りにされたのは国民の生活だ。深刻な社会問題と、思想が誕生したね。内外ともに、発展途上の矛盾を感じていた日本は、凡ゆる問題を短兵急に解決しようとする軍閥の昭和維新に引きずられてしまった。

…つまりだよ、他国が東洋の宝物を争い分けているときは眠り、事が済んでしまってから目が醒め、白昼、軍刀を擁して垣根のできてしまった南方の宝庫に躍り込んだのである。それが、大東亜戦争さ。結果は、手足まで切られてしまった。その、手足の一つが、この沖縄だよ。

……ところで、日本の胴体から切り離された、この沖縄はどうだろう？　いつの間にか、原生動物のように細胞分裂して、ピョコピョコ生きている。

資本主義の栄養を摂ってブヨブヨ肥っている。ブヨブヨだよ。

筋骨薄弱さ。赤ん坊のように肥っているんだ。顔色は、まだ、青白い。この赤ん坊は、時々、下痢をする。缶詰ミルクだけでは、どうもいかんらしい。母のほんとの乳房がほしいと泣く。

継母はあやすのに手を焼いている。戦前の沖縄は、日本の田舎物で、筋骨型の栄養失調だったが、その経済組織は爆弾で御破算になり、今度は質のちがったやつがオギャアと生れてきた。こいつが見ているうちに妙な肥り方をしてきた。西洋料理を食べすぎたのかな。わずか十年で、顔だけは、きみ、年老りに似てきたじゃないか。原始共産社会的な配給制度の時代から、急に、金融独占資本の形を備え出した。一時、起こるかに見えた産業の自由競争が商業資本と金融資本の銃撃をうけてつぶれた。民需品の輸入活動を独占金融が助けるのはいいが、これが行過ぎたね。

この物質構造を反映して、デモクラシーの観念的理念があやしくなった。いま頃、当局は気付いたらしく、基本産業の振興に考えを向けているがそいつが……」

朝雄の言葉の切れ目を待たずに、美代子は姿を見せた。

例のニュースの取引のことかと、遠慮していたが兄の話の内容が、どうも、そうでなさそうなので、美代子は、手を後ろに回したまま部屋の入口に突立ち、二人を見下して、意味ありげに笑った。

「サプライズ（取っておき）よ。なんだか、当ててごらんなさい」

兄の朝雄は、つまらなさそうに、煙草に火をつけた。

「さァ。ビールかな。それとも、ワイン？」

「石川さんの嗅覚すごいわね」

「嗅覚じゃないよ。第六感だよ。ワインだろう？」

「ほれ！」

美代子は、後ろに回していた手を前に高く、突き出した。

「おう、ワンダフル。ワンダフル」

と叫んだのは石川である。

ところが、ほんとに、これはサプフイズだといった顔付きをしたのは朝雄だった。

——あとで説明はするから、黙っていて、という意味の目くばせを、兄に投げてから、彼女は、廊下においてある盆を中に入れた。

「これは、ほんものだよ」

葡萄酒を手にして、そのレッテルを些細に読んでいた石川は低い声でうなった。

「どうして、わかったの、石川さん。その第六感を聞かして」

「うん。おれたちにサプライズというのは、まず、酒かな、と思ったわけさ。それも、普通のものじゃないと。それから、美代ちゃんが、後ろに手を回して立っているのをみて、持っている品物の形を想像したわけさ」

「よし、よし、クレーバー・ボーイね」

と、美代子は、こましゃくれた言い方をして、オープナーを巧みに使った。

彼女が、三つのコップに八分ばかり注ぎおえると、

「おい、お前も飲むのかい」

と、朝雄は、珍しそうに、妹の顔を眺めた。

「いいじゃないか。ねえ、美代ちゃん、いつかビールも飲んだんだから。ところで、その後、どうかね。ビールは？」

「あんな、苦いもん、飲めますか。あれきりよ」

「おや、じゃ、与那原の海岸で、おいしい、おいしいと言った、あの心境をきかして頂戴」

「子供に心境もくそもあるもんですか。そうね。兄さんたちが飲むもんだから、おいしいと思ったのかも知れないわね」

「ふん。大した信用だったんだな。慈愛心理と似とるよ。あばたもえくぼってね」

舌先にねばりつく甘味に、すこし陶然となりながら、

「何年ぶりかな。こんな本物の葡萄酒を飲むのは」と、石川は感慨にふけるような格好になった。

「いやあ、十何年ぶりだな。ジャワにいた頃だから。あの時分、向こうには本場物がたくさん、それだけは、実に珍しかった。日本なんかではとても手のとどかない高級品が、いくらでも、安く求められたからね。あ、

そう、そう、葡萄酒では、ひとつ思い出話があるな。
丁度、占領間もない頃でね。町には、オランダ時代の贅沢品が氾濫していた。もうオランダ人は、極度の緊縮生活を余儀なくされていたので、そういう贅沢品は日本人だけしか買わない。が、余り高いと日本人は買わないから安値で売り飛ばす。田舎者が多いから何でも珍しがって買って行く。当時、僕は、あのＡＡ会議のあったバンドンで、もとオランダ官吏の住宅だったモダンな家を官舎にもらって、住んでいた。

　軍政府関係でマレー語の通訳をしていたんだ。ある日、町に出てドイツ人の店から、珍しい白葡萄酒を一本買って提げてきた。七年ばかりたった古酒だと店員は説明していた。

　官舎には、夫婦者の使用人がいてね、そのバブー（女中）が、アパ・イトウ（それは何か）と聞くんだ。

　アラク・アングール（葡萄酒）だと答えると、ハルガニヤ・ブラパ（値段はいくらか）とたずねた。十円だ、と答えると、彼女は目を丸くして、トルラルー・マハール。サヤ、タウ、トコ、ヤン、ムンジュアル、アラク・アングール、ハルガニヤ、リマ・プルセン（それは、べらぼうに高い。わたしは、一本五十銭の葡萄酒を売る店を知っている）と言うんだ。

　いちど、こんなこともあった。あちらに行ってじきで、まだ、事情がさっぱりわからない頃だったが、『これだけ分のチョコレートを買ってきてくれ』と、彼女に一円もたしてやったら、風呂敷一杯包んで持ってきたのにはビックリしたね。チョコレートが一本一銭だということを知らなかったんだ。つまり、数えてみたら百本あったわけだ。長さ三寸位いのうすい板チョコだよ。とにかく、物価が話にならないくらい安かった。まるで、思い出すと、夢のようだよ。なにしろ、一般の労務者が一日、三十銭から四十銭で生活していたからね。インドネシアの生活水準が低かったことは勿論だがね。

　それで、官舎では、夫婦の使用人に住込食事付で、月五円宛の給料をやっていた。だから、十円の葡萄酒といえば、彼ら二人の一ヵ月分の給料に相当するわけだ。それでバブーの奴、日を丸くしたんだね。よせばいいのに、その白葡萄酒がきれてから、バブーの言葉を思い出して、例の五十銭也というのを買わせたんだ。買ってきたのをみると、格好は仲々立派で、英語のレッテルがはってある。

『どこで買ってきたか』ときくと『華僑の店で…』と答える、大丈夫かな、と思いながらも、舌ざわりがいいもんだから、三日ほどで、一本たいらげてしまった。

ところがあとがいけないんだ。大変なことになったよ。すっかり腹をこわしちゃって、それから一ヵ月ばかり下痢が止まらないんだ。みるみるうちにやせたね。役所も二週間ばかり休んだ。あんな所で、腹をこわすとなかなかおらないからね」

「その女中さん、それから、どうした」

朝雄は、面白そうにきいた。

東京の外語学校を出ると、すぐ、南方に徴用されて行った石川は、戦時中を回想するような表情をした。熱帯の風物が強く彼の心に刻まれているのだ。

「うん、そのバブーが、ひどく恐縮してね。見ていて、こちらで気の毒になるくらいだった。

インドネシアは酒を飲まないから、華僑の店で売っている葡萄酒がいいのか悪いのか知らなかった。わたしがまちがっていた、すまない、すまないと、もう、いいからと言っても、うるさいほど詫びるんだよ。はじめ僕も癪にさわったがね。しまいには、こちらの方がかえってなぐさめ役に回る始末になった。で、つとめて、何でもない風をよそおったが、それだけに、彼女のほうではかえって気を回して、どこからか、訳もわからない野草を採ってきて、それを煎じて持ってくるんだ。妙薬（オバット・バグース）というわけだ。あそこの薬草だろうね。

彼女がその煎じた汁をコップに入れてくると、あとで飲むからと帰しておいて、そいつをいつも窓から、香木の繁みになっている植込に投げ捨てたもんだよ。しかし、彼女、その薬草だけは相当、自信があるとみえて、一日、三回も持ってくるんだ。それが毎日なんだ。余りない草らしく、無くなると、また、採りに出かける。

もう、そんなことはせんで、ほかの仕事をやってくれと言いたいんだがその熱心さをみているると失望させるのも可哀そうである。鶏卵スープに、果物ばかりかじりこっそりクレオソートを呑んでいた。そのうち、腹具合がよくなってきた。彼女は、空のコップを見るたびに、うなずいて、具合はいいか、顔色はよくなってきた、あとしばらくの辛抱だと、また、煎じ物を持ってくる。

よくなって役所に出られるようになったときは、口には出さなかったが、バブーは、薬草の効能の結果にひとりで満足している様子だった。

ところが月末に、ガジー（給料）を渡そうと思って、呼んだら夫婦で神妙な顔付をして、僕の部屋に入ってきたんだ。おかしいと思って、どうかしたのかときくと二人で相談したんだが、トアン（貴殿）に、とても迷惑をかけたから、あと二ヵ月分、給料をいただかないことにした、つまり、無料奉仕するというわけなんだナ。ジャンガン・ビチャラ・ボドー・シアパブーン・アダ・サキツト・ティダアパ（馬鹿なこと言うな。誰でも病気はある。気にするな）と言って給料を渡してやると、しばらく下をうつむいていたが、女中のやつ、バシュー（上衣）の袖で涙をふくんだ……」

「むこうの人は、純朴なのね」

石川の話に耳を傾けていた美代子は、そう言ってから、

「その後、葡萄酒恐怖症になったわけではないでしょうね。さ、さ、これなら大丈夫よ」

と、石川のコップに注いだ。

「ところで、新聞でみると、最近誰か、インドネシアに行ったようだな」

朝雄が話題を向けた。

「うん、ある会社の後援で、軍からビザをもらって正式渡航した。現地にながくいた人なんだ。出発を前に美栄橋の福祉会館で送別会があって、実業家や移民関係の知名士が集っていた。僕は、取材で、その会場をのぞいてみた。現地に漁場基地をもち、現地民との合併会社をつくって、こちらから資本と漁業移民を送りこもうという相談をまとめるための渡航らしかった。席上、世界の宝庫といわれる南方の資源の話や、移民

問題など意見がかわされたが、これからの南方進出は、従来のような、優越感をもっていては駄目だ、頭を切り換えなくてはいかんと、多少、目ざめた話だったが、内容は、現地民には花をもたしてこちらは実を取ればいいではないかということだった。みんな、当然という顔をしていたね。

ところがだ、この考えは、虫がよすぎはせんかな、つまり、これは従来の華僑のやり方だ。が、今日だね、その華僑でさえ、従来通りを押し通していられるかどうか、その点、疑問なんだよ。なにしろ、インドネシアは独立して新国家をつくっているんだからね。そう易々と自分は花だけ持って、実は他人に取られてしまうようなことを許すかどうかだよ。

どう考えても甘いな、こんな考え方は。ある意味では生意気かも知れない。たとえば、合弁会社をつくるにしてもだ、相手は向こうの民間人かも知れないが、結局、権益は現地政府の了解で守られる。ああいう所の指導層というのは、ズバ抜けて優秀だからね。なにしろ、世界でも有名な植民国であるオランダと、長年、抗争して今日の自主独立まで民族を引張ってきた連中だからね。

帳尻剰余金とか何とか、いろいろ搾取のからくりをあばいて、はっきり、民族問題の実体をにぎって立ち上った連中だ。国家としてはまだ未成年かも知れない。しかし外国人はヤング・ジャイヤント（若き巨人）と呼んでいる。

現在、一億近い人口と、東西五千粁、南北二千粁の海域に散在する二百万平方粁に近い国土を擁してだね、政治、産業、軍事、外交をとにかく独力で経営しているんだ。国連の桧舞台でも活躍しているし、東南亜の国際外交では、一方のリーダー格である。椰子の葉影で、酋長の娘がテクテク踊る社会だと、単純に考えては、ちと話がちがいますわ。

向こうで民間会社をつくるにしても何らかの関係で指導層とつながってくるはずだし、大衆にしても、ハイ・スクール程度の教育が普通になりつつあるようだし。……とにかく、向こうの資源を云々するのもいいが、人間や社会を知らんといかんよ。そして、花も実も公平に対等に分け合うような気持ちでなくてはね……。」

石川は雄弁になってきた。

「そこなんか、考えるべき点だねところで、南方への発展策については、きみ、どう考えるんだ。」

朝雄がたずねた。

「ハハハ。そういったことは、われわれ分際が言う柄じゃない。われわれは誰かの意見を、きかしてもらう方だ。しかし、いつか、その問題で、ある有力者に水を向けてみたことがある。ボリビアあたりもいいですが、南方を、ひとつ考えてみませんか、とね。ところが、その先生の返答には、全く、おそれ入ったよ。――『南方はね、きみ、ビキニで水爆実験をやっているだろう。あの辺は、灰が飛んでくるよ。今後はだね、発展策を考えるにも、そういった条件を考慮に入れなくてはいかんよ。』と、おっしゃるんだ。こういう豪傑もいるんだから、かなわんよ」

「ハハハ。水爆経済論か。こいつは面白い。ハハハハ」

朝雄は腹をかかえて笑った。


「水爆の威力が余り宣伝されるんで、水爆の存在が、吾々の観念の中で、怪物のようにふとって、極度の恐怖症になっているんだナ。

また、南方地域を地図からみて、その広大さがピンと来ない。だから、こんな錯覚が生じる。ビキニから、ジャワあたりが、どのくらい離れているか、ビキニと沖縄の距離から比較したらわかるだろう。水爆は、直接の破壊力より、放射能による空気の汚染が広大な地域に及ぶので重大視されているが、これは、地球上を流動する気流のことだから、一地域や遠近の問題を超えている。民族の発展をどの方向に求めるかという話に、ピントはずれの水爆の実験を持ち出されては、そこで、幕切れだよ。…さて、最近、南方出漁が増えて急に、関心が南方に向けられてきたようだが、南方進出という問題は、今後、色々研究すべき…いや、ほとんど研究しなければならないことばかりだ。地球の裏側の南米のことは、早くから移民が行って割に事情に明るいが、南方ときたら、その半分も知られていないからね。インドネシアなんて、戦前、糸満の漁夫がわずかに行っていて、ほかは、戦争を機会に知ったものばかりだ。

それでも、戦争によって、南方という未知の世界に開眼されたことは事実だ。資源が無尽蔵である。住民が親日的である。物価が安く、ある程度文化生活ができる。と言った条件が魅力になっているようだな。たしかに、生活力の旺盛な沖縄の人たちには、いくらでも、もし、生活がゆるされたら、活動の余地があるよ。

ただ、複雑な問題は色々ある。本土の場合は、賠償問題がシコリになっているが、こちらは、米国とインドネシアの国際政治関係、沖縄の国際的地位が微妙で、そこは、厄介だ。

だから、民間外交が先になるんだな。いまのところ営利目当ての企業の進出以外は考えてないようだが、できれば、相互の文化交流から始めるのも、案外、急がば回れというやつかも知れんよ。まず親善と理解だな。そうすれば相互の特殊性がわかり、いや、双方とも驚くだろうよ、余り、類似点があるから…」

石川は上気した頬を輝かせた。

「ことに舞踊と音楽は、素人だからよくはわからないが、似ているような気がするよ。那覇の街を歩いていて、楽器店から流れてくるレコードの音曲に、ふと、歩みを止めたことがある。ジャワのガムラン音楽ではないかと思ってね…それが、郷土出身の金井女史が近代風にアレンジした郷土音楽の序曲だったよ。

古典的な音楽と舞踊のチームを交換してもいいし、ニュース映画でもよいし、たがいに紹介したら面白くて、有意義だと思うな。もし、本腰を入れるんだったら、その間、政府は公式に道を開くことを考えるんだな。海外事情総合研究室みたいなのをつくって対策を立てるようにする。その仕事を海外協会に委託してさせてもいいが、……」

「政府は、八重山開発で手一杯のようだ」

「いや、限られた国土の開発は、それとして別問題だよ。インドネシアあたりは、ボリビアのように農業移民は歓迎しないだろうが、工業移民なら…これは、東南アジアが日本に求めているものだ。技術指導者だね。で、差し当って沖縄としては漁業進出というわけだが、資本と技術がうまく結託すれば、これは見込みがあるね、他の真似できないところだ。まァ、その辺から……」

「カンボジアは農業移民を受け入れるようだね」

「うん。カンボジアにも三ヵ月ばかりいたことがあるがね、向こうはあまり民度が低くて、こちらから行ってすぐ、あちらの風土や社会に馴染めるかどうか……そこへ行くと、インドネシアは文化的で、風土も日本と似たところがあって熱帯と言っても、結構住めるところだ。あそこにいると、ちっとも郷愁を感じないからね。むしろ、地上の天国と言いたいくらいだ。沖縄の人たちが、あっちこっち行って、そこに社会をつくってしまえば、そこが第二の故郷になるんじゃないかな。郷土に対する執着と言っても、土地よりも、人間の社会に対する執着が強いんじゃないかと思うんだ」

「政府筋は、インドネシアの政情を気にしているようだな。最近、向こうの国会では、共産党が多数、進出して来たそうじゃないか」

朝雄は、やはり、政治問題に話をもどしてきた。

「従来植民地だった所は、どこでもそうだと思うんだが、……インドネシアの民族運動は、オランダの植民地主義に対抗する点では、共同戦線を張っているが、内部では、スカルノ、ハッタ等のナショナリズムの線と、シャリフディンらのソシアリズムから、タンマラッカ、アリミンらの極左、つまりコミュニズムに至る左翼の線と、二ツの流れがあるんだが…、この民族運動の歴史は割に長いよ。……そうだ、こんなイデオロギーとは関係ないが、インドネシアが民族的な自覚を持った、その源は、一人の或る教養ある女性に発しているよ」

石川は、黙って聞いている美代子に視線を向けた。

「毎年、ジャワではね。カルティニ祭というのをやるんだ。これは、『婦人の日』みたようなもんだね。沖縄では、三月遊び、といって、潮干狩りに行ったり、舟遊びをしたり、婦人が羽目をはずして遊楽する日があるね、あれとはちがうんだ。どんな事をするかと言えば、……催しは、色々あって、毎年、ちがうようだが、ディスカッションをしたり、研究会を持ったり、とにかく、女性の向上に有意義な行事をやるわけだ。

このカルティニ祭は、ラーデン・カルティニという女性を記念する行事だが、インドネシアの女性にとって偶像的な存在になっているこのカルティニ女史のことを、すこし、話してみよう……。

ジャワのジャンヌダルクともいうべき、このカルティニ女史は、しかし、剣によって、祖国の危急を救ったのではなく、ペンで民族を覚醒させたんだ。

カルティニは、ジャワのジャパラの理事官（県知事相当官）の娘で王族の出身だ。一七九九年の生まれだから、ざっと、百五十年前だね。琉球では、蔡温が死んでから半世紀後の時代だよ。彼女の父は、オランダ人の家庭で教育を受けた知識人だったが、彼女が十六才のとき、その妹と二人、ヨーロッパ人の社会をみせた方がよいとの考えで、バタビアの、教育長官の許にあずけられてね。それから彼女は、女子教育について工夫し、『婦人に教育させよ、然らば諸子は、大衆を文化的にする立派な面もすばらしい仕事において、しっかりした協力者を見出すであろう』といって、官吏の子女を入れる学校を開いて自から範をたれたんだね。

また、オランダの授業方法を熱心に研究し、『ジャワ人をしてヨーロッパ人を模倣せしめてはいけない。ジャワ人は自己の民族を一層よく理解すべきである。そして、蘭領東印度とオランダとは、一層、密接に提携しなければならぬ』と熱烈に主張したんだ。彼女は自分の思想に共鳴したジャワ人の一官吏（県知事）と結婚して、子供ができると実践活動から手を引いたが、その著書『暗黒から光明へ』は、いまでも、あちらで盛んに読まれている。ヨーロッパ語や日本語の訳もある。西洋の知識の洗礼を、あの時代にうけて、そして、ジャワの風土や社会や民族を愛し、その未来に希望を抱いていたが、惜しいことに二十四才の若さで早死してしまった。

彼女の思想の中に、萌芽時代の民族主義があるんだ。彼女は教育を熱望したが、それは教育が物質的に利益があるからというためではなくして、同胞が発展する手段としてであったらしい。

しかし、彼女の功績はだね、行ったことや、書いたことよりも、その後の影響にあるんだ。その意味では、質はちがうが、日本の吉田松蔭のような立場だよ。

それから、民族主義が社会秩序の内にだんだん育ってきた。刺激さえ与えれば具体化するという状態になってきたときに、あの日露戦争が起ったんだ。

日露戦争は、アジアの有色人種に、たしかに民族的覚醒をあたえたといわれるが、その翌、明治二十九年、ジャワでは、退役軍医ワイデン・スデイラ・ウサダ博士が『ジャワの前進』という演題を提げて、地方を遊説し、自分に応ずる大衆を発見し、最初の民族主義協会、ヴディ・ウトモ（栄光ある労力）を設立して、それが民族運動の具体的芽生えになっているが、結局、ラーデン・カルティニ女史による内部的自覚が、すでに点火されていたのだ。『インドネシア知性の黎明』といわれる。この、カルティニさんは、写真でみると、可愛い少女だよ。しかし文人であり、社会運動家であり、貴族出身であるところは、日本でいえば、樋口一葉、九条武子、平塚雷鳥を一緒にしたような人物だね。

……最初の民族運動は、教育や文化的な啓蒙運動に終始していた。サリカット・イスラム党ができて政治活動が始まったが、これも、動機は、蝋絵工業に支那人が進出してきたのでその対抗策として、業者が宗教的色彩をもつ団体をつくったことにあるんだ。」

「オランダが東印度を統治したのは、三百年前からという話だね。すると、慶長の役の頃からかね」

「そうだよ」

「そんなに、長く、統治されて、よくも民族の自覚が生まれたな」

「それは、きみ、同じ人間がズッと統治されていたわけではないし、つぎつぎと新しい世代が生まれて、だんだん考え方が進歩してくる。

ただ、彼らの置かれている社会環境だけが変わらなかったというだけの話さ。それに教育の力だね。カルティニも、まず、教育から始めたし、その後の啓蒙運動が、すべて、そうだよ。面白いことに、インドネシアに民族的自覚や新知識を与えたのはオランダ人なんだよ。統治者たる彼らからすべて習っているんだ。

インドネシアが受けたヨーロッパ的な影響は、すべてオランダ人から受けたといわれているからね」

「そうかね。しかし、歴史的な重圧で、民族の性格が変わるということも、あるていど疑問になってくるね」

朝雄は、石川の話から、何かさぐるように考え込んでから…

「つまり、琉球の場合なら、慶長の役以後、民族の性格が変わってきたようにいわれるんだが、こういう性格なるものは、民族として、遺伝的なものになっているのか、それとも、伝染病みたようなものかということだ。いい方が、ちょっと、へんてこかも知れないが……」

「うん、その点、じっくり考えてみる必要があるかも知れないな」

と、石川は話をついだ。

話の内容が、側で聞いている美代子にとっても、興味ある問題点にふれてくるような気がしてきた。

「個人にしても、ある環境におかれると、得意になったり、いじけたりすることがあるから、環境の支配力は、まず、ありうるが…」

と石川の目が冷静に光った。

「この、民族の性格の形成という問題は、これは、むつかしくて、どう話したものか、また、こんな問題を、正面から考えたこともないが、……とにかく、速断はできないね。原因は複雑だろうよ」

と、石川は前置してから、

「たとえば、沖縄人、この沖縄人という表現が、おれは好かんがね。まァ、便利だから、そう言わしてもらおう、…沖縄人の性格上の欠点として、退嬰的とか、事大主義とか、そのほか、いろいろ言われているが、これを、過去の歴史は、はっきり言えば、慶長の役以後の被圧迫の歴史から生じたものと、普通、そんな見方も、なされているが、こいつは、根拠のない見方でね。被圧迫の歴史といえば、どこの国でも、封建時代は、庶民は支配階級の圧迫をうけていたんだからね。この場合、外国支配、内国支配の区別はつけられんよ。…琉球の歴史をみると、なるほど、慶長の役以前は、南蛮貿易が盛んだったとか、遠くマラッカまで、文書を持たして国交の礼を保とうとしていることなど、尚真王の頃までの政治のやり方は、小島国に似ない雄大なものであったような気がするんだね。

だから、薩摩の権力の支配をうけてからは、ひどく、ちぢこまってしまったのは事実かもしれないがその後の歴史も、具体的によく調べないと結論は出せないはずだ。インドネシアではね、………」

石川が、そこまで話したとき、玄関の滑戸がガラッと開く音がした。朝雄の妻が帰ったらしい気配である。石川は腕時計を見た。

「ほう、十二時回っているな。つい、しゃべりこんでしまった。さァ、失礼しよう」

と、腰を上げた。

美代子は兄嫁の峯子を迎えるために、部屋を出た。

「あら、美代子さん、まだ起きていたの。石川さん？　そう。

映画みて、ブラブラ歩いてきたのよ。すこし、晩《おそ》くなった」

峯子の声が、聞こえてきた。

石川は、立ったまま煙草の火をつけて、うまそうに吸った。まだ、なにかを考えているような目付だった。

「あの、マレー半島から、豪州をつなぐスンダ列島ね。あれはオランダ女王を飾る真珠の首飾りと言われたもんだよ。その真珠の首飾りが、現在では、インドネシア自身の主権を飾っているわけだ。ハハハ」

「真珠の首飾りか。真珠の首飾りは面白い。すると、わが、沖縄列島は何になるかな。さし当り、ナムアミダブツの数珠というところか。ハハハ」

朝雄の皮肉に石川は苦笑した。

「そうかも知れんな。戦争か、平和か、両手を合掌して、ナムアミダブツというところか…」

「なにが、ナムアミダブツですか石川さん」

やせ形で神経質にみえて、案外朗かな峯子は、部屋に入ると石川をにらんだ。

どこかで、蛙が鳴いていた。

嵐ケ丘

翌朝、目が醒めたときは九時をすぎていた。東向きの二階のガラス窓から、カーテンを透かして、高く上っているらしい陽射しが、室の中を明るくしていた。いつにない朝寝坊である。後頭部がやや、重かった。

昨夜の夜更かしのせいかしら、と思いながら、美代子は、パジャマのまま、ベッドを離れて、いつも置いてある陶器製の水差から、冷水をコップに注ぎ、半分ばかり、グッと飲んでから、窓のカーテンを押しやり、ガラス戸を開け、髪もなおさないまま、籐《とう》椅子に、身体を長くした。

そうしたところは、少女の面影のまだ、消えない、あどけなさがどこかにあった。

二階のその部屋は質素な洋間で、壁には、兄が持ってきて掛けてくれた西森《ニシムイ》の画家の、写生風の油絵「首里風景」があり、押ピンではりつけてある紅型模様の布地や、飾棚の上の四ツ竹踊りの極彩色の大型人形は、美代子自身で飾りつけたもので、それらが、この洋間の肌ざわりを彼女好みのものにしていた。

…葡萄酒をコップ一杯飲んだだけで、昨夜はよく寝れた。まだ、寝たりない気さえする。二階の窓からは、三原や大原一帯の人家の屋根のかさなりが一望である。さわやかな風が、その屋根の波をはって、絶えず、吹き込んでくる。

今日も、昨日と同じような晴れようで、あとで、むしむしするのではないかと思われる天気である。殺風景な、繁多川の丘は、みどりだけは、光線のせいか、鮮やかである。コンクリート造りの小さい墓が、いくつも、朝日をうけて白く光っていた。

最近、その辺は、どんどん、新しい墓ができた。戦争でなくなったり、都市計画のための墓地整理で、墓を移転させなくてはならなくなったため、もう、以前のような宏壮な亀甲墓は、思いもよらないので、大抵、コンクリートで、小さい破風型のものにしてある。

そんなのが、だんだん集まって繁多川は、新しい墓地地域になってきた。祖先崇拝の信仰が、具体的には、この墓の存在で、ささえられていると、美代子は、考えていた。だから、戦争で、大方の墓が失われたとき、祖先崇拝の信仰も、具体的なよりどころを失って、大きく、ぐらつくのではないかと、漠然と、そう思っていたが、古い信仰や習慣の惰性は、簡単にくずれるものではないと見えて、すこし金のゆとりができると、夫々、祖先の墓をつくり始め、やはり、その墓が、門中意識をつなぐ具体物となって、再現した。もう、昔のように、墓に財を投じて、その規模を競い合ったり、墓が不動産売買の対象になったりするようなことはなく、門中行事も形式的になってゆくような傾向はあるが、それでも、どこの家庭でも欠かすようなことは、ほとんどない。

…今日は、美代子たちの、門中の清明祭の日である。識名の丘の上には白い雲が動いていた。

美代子は、籐椅子に背中をもたせて、目を、軽くつぶっていた。しばらく、窓の冷風にあたりながら、昨日のことを思い出した。午前中の授業がすむと、晶子から電話で誘われて、崇元寺の文化会館にレコードを聞きに行き、そこで、安里と会い、彼に誘われるままに町に出て、帰るときは、日が暮れていた。

牧志大通りのバス乗場で、バスの来るのを待っていると、銀行の山城に声をかけられ、何か家のことで重要な用件を持っているらしかったが、そのまま別れて来た。それから、父の事業のことなど色々、考えたりして家へ帰ってみると、思い掛けない縁談を聞かされたり、兄の部屋に、新聞記者の石川が来ていて、晩《おそ》くまで話込んでいたことなど…昨日の午後のことが重なり合って、美代子の感情を圧しつけていた。なんだか焦立たしい気持ちさえあった。

いままで、ハイスクールから首里の大学へと、家庭的には、何の不自由なく、伸び伸びと育ち、ことに、首里では、ほとんど寄宿寮ですごし、単調な生活ではあったが、煩わされるものとては、なにひとつなかった。高校教師として赴任してからは、まだ、学校の空気がしっかりわからないままに、ただ、新任気分で張り切っていた。

それでも、教師の仕事が思ったより、疲れるものであることを、美代子は知った。机の前に腰かけて、黙って仕事をする、普通の事務とはちがって、一時間、立ち通し、しゃべり通しである。

職員室にかえって、自分の席に腰をおちつけるときは、ほっとする。時々、官庁や会社の事務員を考えて、羨ましくなることもあるが、それは、体が疲れたときでてくる、とりとめない感情である。

やはり、研究したり、教えたりする教師の仕事に、美代子は、喜びや、意義を感じていた。

いくら職業化してきたとは言え、教育という仕事は、機械的には行かない。相手が若い被教育者であるから、そこへ人間的な温まりでつながるものがなければ、単に、知識を商品のようにやり取りするだけではすまされないし、そういうことは、また、美代子の気質が許さなかった。

だから、彼女は、なるべく生徒たちに、家にも遊びにくるようにすすめた。生徒とのつながりを、学校以外の場所まで、延長したかった。それが、教育だと考えていた。気ままに育ち、どこか、人なつこさのある彼女には、向いた仕事のようであって、たまには、そのために、ちょっとでもいやなことがあると、かえって、人間を相手の仕事にうるさいものを感ずる。矛盾した気持ちを味わう場合があった。それに、学校というところは、意外に会合や行事が多く、いつもの課業にしても、家まで仕事を持ち運ばねばならないことが多かった。

はたから見るのとはちがう。しかし、じき、馴れるのだろうと思ったり、それでも職業的な型には、はまりたくないと思ったりした。

自分では、ちっとも変わっていないつもりだが、環境や地位が、自身の気分を無意識のうちに変え、周囲の見方も、変わっているのに美代子は気づいていた。

なにかにつけて、遠慮したり、世間体を考えたりする習慣ができつつあった。昨日、安里と二人歩きながら、何か気恥かしいような気持があったが、それは、学校の職員や生徒にみられてはまずいという意識が働いていたからではなかろうか。自分は、やはり、古風な女なんだろうか、しかし、こんなことは学生時代にはなかったんだから、やはり、環境のせいだろうか、などと彼女は考えた。……一人前の職業婦人という立場が、周囲の見方をかえてきた証拠には、だいいち、母が家庭のことで彼女に真面目な相談をもちかけたり、彼女の意見をきいたりするようになっていた。

だから、他のことでも、それなりの振舞をしなければならないような気がした。昨日、山城が、家のことで自分に相談したいことがあると言っていたのも、やはり彼の目に、自分の姿が変わって映ってきたからだと思った。

もう、家のことでも、これまでのように無関心な態度はとれない。

それに、縁談、この問題は、まだ真剣に考えてみたことがなく、また、当分、差迫ったものとしてでなく、もっと、ゆとりをもって考えたかった。

社会人としてスタートすると同時に、自分の立っている足場がグルグル回転し始めてきたような気がしてきた。…これからの生活に、いろんな変化が起こってくるにちがいないと彼女は思ったが、それが、どんな種類のものであるか、自分はどんな態度で、それに対応すべきかなどということは、皆目見当のつかないことだった。

むしろ、あべこべに、あきあきするほど単調な生活の連続になりそうな気もして、それに耐えてゆく心構えを、さきに考えたりした。――が、当面、急迫した家庭事情に直面していることを、改めて考えて見ないわけにはいかなかった。そのことで、今日、山城に、是非、会ってみなければならないとの決心をくりかえした。

昨夜は、父は対話の途中で、縁談を持ち出して話をはぐらかせた。あとで、兄の部屋で、石川の話に、いつの間にか、気分をまぎらしてしまったが、いま、底にわだかまった不安なようなものが、つき上げてきた。と、案外、山城の存在が、その不安を簡単に、つき崩してくれるのではないだろうかとの期待も動いていた。

それにしても、兄は、この家の状態をどういう風に考えているのだろうか、責任上からも自分などより心配しなければならないはずの兄の様子が不明瞭であった。

供手傍聴しているともとれる兄の気持を、山城に会う前に、きいておこう、別に関係なさそうなことだが、と思いながら、美代子は階下に、洗面道具を提げて、降りて行った。

階下は明るく、ひっそりとしていた。

「美代子、毎日、学校だから、今日だけでも休んでもらおうかと思っていたが、今日のお墓参りは、貴女行ってくれないか？

お父さんは、今日は、是非、現場を見なくちゃいかんと言われて、早うから出て行ったし…門中のお清明だから、ひとり行けばいいんだよ。兄さんは、間に合わさねばならぬ翻訳物があるようだから…」

食台に向かっている美代子に、母が声をかけた。

「あら、あたし、そうしようかと思っていたのよ。今日、山城さんも、お見えになるんでしょう？」

「ええ。あの方のことだから、きっと…山城さんに、何かきくつもり？」

美代子は、うなずいた。

「直接、お会いして、詳しい事情を聞いて見たいの。お母さんたちはっきりしたこと言わないから。それに…」

「なにも、かくしたりしていないよ。詳しいことなら、わたしから、あとで、話すわ。山城さんから聞いても同じだけど…」

「それに、なにか、山城さんは、あたしに話したいことがあると、おっしゃっていたわ。なんだか知らないけれど、やはり、家のことらしいの」

「それなら、わたしにも話しそうなものだがね」

「きっと、あたしに話した方がうまく行くことじゃないかしら。そんなこと、思い当たらないけれど。別に急ぐ素振りじゃなかったわ。でも、あたし、心残りになること放っておくの嫌だから、今日たずねてみるわ」

「なんだろうね。そんなら、行っておいでよ」

母は、今度は、ためらう口振りになった。

朝食をすませて、美代子は兄の部屋に姿をみせた。

朝雄は、珍らしく、小机に、上半身をかぶせるようにして、せっかちに仕事をしていた。

畳の上に、ウェヴスターの大辞典が、頁をひろげたままにしてある。部厚いタイプ刷りの横文字の書類の前に、寝巻ユカタの袖をまくり、あぐらをかいて座っていた朝雄は、振り向きもしなかった。

「なんか、用事かね。いま、仕事をしているよ」

美代子は、ためらってから、

「ちょっと、お話があるの」

「急な話でなかったら、あとにしてくれよ。こいつは、午前中に仕上げんといかんから。向こうでは、待っているんだ」

「兄さん、きのう、山城さんが、お出《いで》になったこと、わかって？」

朝雄は、はじめて向き直った。

「うん」

と短かく答えて、妹が何を言い出すのだろうか、とキョトンとして美代子の顔をみつめた。

「兄さんは、もう、おわかりと思うけど…お父さんの事業のことよ。山城さんは、お母さんが呼んだらしいの。ずいぶん、困っているんだわ。山城さんは、さいごの頼みのツナらしいのよ」

山城の名前がでてきたので、朝雄は一寸、むきになった。

「むこうが引き受けてくれたならそれに越したことはないじゃないか。この際それも仕方がないだろう」

「兄さんはどう考えて？」

「何をさ」

「家のことよ」

「だから、今、言ったじゃないか。ほかに、どうも、こうもないじゃないか」

「山城さんは、ひきうけたことはひきうけたらしいね。でも、それと、わたしたちの問題とは別よ。もし、山城さんが、ひきうけなかったら、という場合も考えられたからよ」

「妙につっかかってくるね。さみは。どうしたんだ」

「なんだか兄さんの、態度が、傍観的に見えたからよ。お家の仕事が、深刻な状態になっているの兄さん知っているはずよ」

「おい、美代子。おこるぜ。ほんとに。最近、口の利き方が生意気になったね」

と、言ったものの、朝雄の語調は言葉とは反対に、うなだれていた。

「美代子、おれが、ぐうたらに見えるかい、これでも、考えては居るんだよ。でも、どうにもならないさ。おれの、現在の立場で、何ができるんだ。考えてごらんよ」

朝雄は、群島政府時代には、その顔で、金づるがひろく、どこからでも融通してきた。父の事業が大分、それで助かった。そのことを、言っているのだ、と察して美代子は黙ってしまった。

「中小企業がだんだん、むつかしくなってきているんだ。土建業にしても、こちらだけじゃないんだ。まだ、こうして頑張っているのはいい方だよ。業者は乱立していて、学校工事などは、減ってきている。

それで、土建業協会あたりでは、業者の資格を問題にしてきているようだ。いずれ、政府筋でも打開策を構ずるだろうが、当面、業者の乱立状態を整理することを考えるはずだ。父は、実践があるし、学歴もあるから、資格は十分だが、資金がなくては動きが取れんさ。余り愉快じゃないが、山城にたのむのも一策だね。

いま、こんなことを、ゆっくり、話している暇はないから、あとにしてくれないか」

朝雄は、机上の書類に向き直った彼は、いささか気分をこわしている様子だった。

「ふふふ」

「なにが、可笑しいんだ」

「だって、可笑しいわ。お父さんね。ゆうべ、縁談のことで、わたしに説教したのよ。機会の前髪をつかまなくちゃいけないって。そのくせ、ご自身のお仕事のことでは、途方にくれて結局、お母さんが、機会の前髪、後髪かも知れないわね、それをつかんであげたことになるわ」

「山城のことか」

「そうよ。おかしいわ」

兄との、ぎこちない空気をごまかして、美代子は、部屋を出た。

美代子が家を出たときは、午後の一時をすぎていた。

自分の家の墓参なら、御馳走をつくるのに一日、転《てん》手古舞《てこまい》いするのだが、五、六十人以上も集まる門中の清明は、各家から、一品料理を持ち寄ることになっていたので手製の巻ズシに、注文のカマボコを配した、簡単な折詰を、山城のことも考えて、二個持って行くことにした。こういった場合も、やはり出資の多いのは本家であるので、一戸、百円宛の寄付が定められているが、これは、表向、お墓の維持費という形になっている。

……門中総本家の墓所は、識名の坂を上って行かねばならず、交通の便が悪いところなので、家のジープを回して貰うことにした。帰りは、歩いて帰るつもりで…ひょっとしたら、山城さんの自動車があるかも知れないわ、という期待があった。

山城は、会社の重役用の一九五五年型のほかに、ゴー・ホームした二世からやすく手に入れた、フォードの自家用車を持っていた。その車を、山城と、あちこち、乗り回したことを晶子が話していたのをおぼえている。

山城が、自身で運転し、時々、晶子も、免許証があるので、替わったりするらしかった。

真和志の小学校の東隅から、ゆるゆると、こう配になっている坂をジープにゆられながら、自分が、こうして運転できたら、と考えたが、それは、思い切った冒険のように美代子には思われた。

機械には、知識もなければ、興味ももたない彼女には、もし、怪我でもしたらという危惧が、さきばしるのだった。

誰もいない、こんな閑道だったら知らず、どうせ、どんなところででも運転できなければ資格がもてないのだから、自分には、思いもよらないことである。

新聞では、毎日、交通事故の記事を読まされる上に、あの、目の回りそうな一号線の車の洪水は、とてもついて行けそうもない世界である。自分は、いつでも自分というものを守って、ジッと何かを見つめたり、考えたりしなくては、気持が許さないので、あんな場所では、自分というものが、ただスピードという、空間をはしる時間に押しながされてしまいそうに感ずる。

時代感覚を尖端的に感受し、なにごとにも積極的で、どこか冒険的な所さえある晶子の性格は、自分とは、まるで対照的だと、美代子は考えた。新しいものといえばすぐ、自身で試してみたがり、荒々しい生活街道を疾駆してゆくように見えるのが晶子である。

その点、山城と似た所があるが、山城は、前方をみているだけだが疾駆しながらも周囲の風物をたのしむといった点が晶子にはあった。新しがるところもあるが、晶子とくらべて、なにか、自分には取り残されそうな古さがあるかも知れない、などと考えていると、

「ガスがもれるな。また、修理か」と、真吉という美代子と同年配の運転手は、石ころの多いもう一つの坂道にかかったとき舌打ちした。

*

識名にある門中墓は、もと、那覇の上之毛にあったのが、都市計画で旧市街にある墓地が整理されることになったので、もとの亀甲型の規模とは似てもつかないが、適当な補償をもらって、新しく眺望の利く場所に移したもので、小じんまりした破風型の構えである。

旧識名園跡は、いまは見る影もないが、いずれ那覇市が、公園化しようとの計画があるそうで、またその付近一帯に十万坪とかの土地を求め、市営墓地地域を設定するような話もある。現在、奥武山公園にある納骨堂は、賃貸料が出て、それが市の負担となっているので、それの移転も考えられており、ゆくゆくは、ほとんど、整理を必要とする市内の墓地を移して、清明祭などの場合は、ピクニックができるように、明るく霊苑化しようというわけで、前々から鳴物入りの真和志との合併問題が、まだ、解決してないので、市内のようには行かないにしても、その実現は、そう遠くはあるまいと考えられる。

門中の墓を識名に移したことは、偶然かも知れないが、結果からみると、先見の明があったということになりそうだ。奥武山の納骨堂の付近で、清明祭の御馳走をひろげている光景なども、戦後の特色だが、選挙運動などで、門中のあいだをもぐる戦術がやはり、あとを絶たないところからみて、根強く温存されている。門中意識がある以上は、やはり市営墓地ができ、そこが霊苑化されたら、経済的で、しかも清潔な墓地をそこに設けて祖先を祭るのが、旧慣に従う人情であるに

ちがいない。納骨堂もハイカラな考えかただが、おおかたは、整理される墓地は移転して、習慣に、できるだけしっくりするように、新設されるのではないか。これは、理屈ではなく、民族感情の肌合いが、そうさせるのである。

だからと言って、以前のように沖縄の山野はやたらに墓ばかりというのも感心できないので、行政的な規格の中で制限しようというのが、市営墓地の着想だと思われる。

門中の墓の思想や風俗は、南支あたりからきたもののようだ。土地の狭い沖縄では、同族を一個所に祭るのは、土地利用の点から、適当であるようで、実は、分家ごとに新しい墓をつくり、その大きさや、立派さで、財力を誇示し合うような傾向も、もとはあって、結局、不経済な結果になった。あるいは、最初に、この風俗が採り入れられた時代の為政者が、その点、見通しをあやまったのかも知れない。

これからは、そうした習慣の形式は、あるていど維持されながらその内容となる考え方は、おいおい変わってくることが予想される――。

すでに、三十人ばかりがお墓に集っていた。

美代子が一同に挨拶して、線香をあげてから、どこか座る所をと思っていると、

「美代子さん、こちら、あいていますよ。」

と山城が自分の横に席をあけてくれた。

美代子は、白地のワンピースの裾を、すこし、ひろげるようにして山城があけてくれたムシロの上に座った。さすが、土地が高いだけに風通しがよく、芝草の上の朱塗の重箱などの下敷にしてある新聞紙の端が、たえず、音をたてている。

墓の前庭で、方形に向き合って座っているが、一門とはいえ、本家を通じて、間接的につながっている間柄なので、たがいに、顔身知りというていどで、それに、門中の清明祭に初めて顔出しする美代子にとって、山城以外、親しく口のきける人はいなかった。

おおかた、年配者で、中には、顔も名前も、美代子が知っている知名士も、二、三はまじっていたが、む

こうでは、彼女を知っている様子はなく、ただ、年頃の美しい娘の出現に、注目し、「どこの娘さんだろう」と、ささやき合っていた。

特に、それとなく観察の目をむけている中老の紳士もいたが、おそらく、適令期の息子でもいて、美代子との均合いを、いろいろ、思いめぐらしているのかもしれなかった。

美代子の隣りの叔母さんが、

「わたし、山田です。よろしく」と挨拶した。

「あら、失礼しました。あたし譜久里美代子です。どうぞ、よろしくおねがいします」

「やっぱり、譜久里さんの？　そうでしたか」

山城が、美代子を中に、説明を入れてやると、その女は、

「そうですか。そうですか」と、感心するように、うなずいた。

美代子の年配かと思われる娘は、他にひとりしかいなかった。内気な娘らしく、おずおずしていた。美代子も、何か面映いものを感じて、自然にうつ向き加減になる。それに、山城が、若いのに、こうした場所では、幹事のような立場におかれ、「山城君は、どう考えますか」とか、「それは、山城さんに…」とか、話の中心が、彼の方に回ってくる。山城は、また、てきぱきと意見をのべたり、合槌を打ったり、誰よりも要領よく、相談事を処理するように思われた。

山城のいかにも世間的に、物馴れた態度には、年配者も一目を置くたのもしさがあって、ことに、お金のかかる話になると、美代子の横に座っている山城に、視線は集まった。

話は、系図のことだった。

各分家に保管されていた夫々の系図は、去った戦争で消失してしまったらしく、九州に疎開していた本家につたわる、正統の系図だけ残っているらしく、これは、父からも聞かされて知っていた。

美代子は、ほんとの系図は見たことがなかった。

在学中、ときどき、崇元寺の文化会館の史料室で、郷土文献を漁ることがあり、活字にされた、どこかの系図を目にしたが、惜しいかな、あの、むずかしい漢

文体は戦後の教育を受けた彼女には、手のつけられないものだった。それは、英語より親しめない表情で、彼女を峻拒するように見えた。

系図も、そうだが、郷土史料は、和文で書かれたものより、漢文が多いので、その面の知識がないと郷土史の研究は、ちょっと、むつかしい。それに、琉球の漢文体は独特のもので、基礎的な漢学の教養の上に、さらに、特別の知識が要る。郷土の史学者としては、伊波さんが、古典和文を、東恩納さんが、琉球漢文体を基礎とした研究で、顕著な功績を残しているが、あまり高踏的で、一般向きではない。そのほかの郷土研究家は、みなと言っていいほど伊波さんや、東恩納さんの、いささか失礼かも知れないが、亜流といった感じである。

豊富な史料を整理した『沖縄一千年史』など、現代文で書かれてあるものの、史料の扱い方が、まだ、生硬なところがあって、普通の人には、やはり、読みずらい感じである。最近、スタンフォード大学から発行された、『琉球の歴史』は、原文が英語だけに、その翻訳文も、現代人が理解しやすい記述文体で、英語に親しんでいる人には目新しくないが、これまでの郷土文献にくらべて、感覚が新鮮である。そうした、現代人に親しめる文体に、郷土史料は、書き改められなければならない。年号なども統一し、それに、常に新しい歴史的観点に立って、批評・研究されなければならない。……美代子は、そう、考えていた古典研究に興味を感じて、『中山世鑑』『球陽』などの古文献をひもといても、呆然として、後ずさりするだけである。

郷土史料は、あのままでは、ますます塵埃をかぶって、これからの人たちから、忘られて、過去のもの、興味のないものとして、埋没するのではないか。郷土史に趣味があり、史料を読解できる人たちが、いまのうちに、これからの人たちの胃袋が消化できる形にくだいてやるなり、流動物にしてやるなりしないと、郷土の伝統的なものからは、栄養をとるのが困難になってくる。

——残っている本家の系図を、印刷させて、各家に配本するようにしたら、と誰かが言い出した。

「門中が五、六千人はいるはずだから、予約を取れば、千部は確実に出ますよ」

「なにしろ、昔は、名門だったんですからね。その記録は、ぜひのこさなくちゃ……それに、文化事業にもなります」

「出すにしてもなるべくなら、現代文に翻訳して出さなくては、意味がないでな。くわしく訳さなくても、せめて、返り点を打つなり、文体はくずさないで、日本読みに改めるなりしないと、……あのままの白文ではね、どうですか、みなさん、その仕事を、野原さんにたのんでみたら、野原さん、いいでしょう？　これは貴殿でなければ、できない、引き受けて下さいますか」

「これは、大仕事ですな」

旧制中学で漢文の教師をしたことのあるらしい、野原という男は、諾否の判明しない、返答をして、右手で、自分の後頭部を二、三度たたいた。

系図の出版費用のことでは、議論がでたが、「十万円以内だったら、私が考えておきましょう」と、山城は、意見を求められたとき、さりげなく答えた。

…何頁になるかわからないが、単価百円ついても、千部で十万円――恐らく、高くて、五、六十円だろう。出版のことは門外漢だが、印刷所には、二万円ばかり入れておけば、顔でつなげる。

予約しておくだけで別に準備金は要るまい。大体、予約七割は確実と見て、あと、三割の埋合せは、印刷のコストでたたけばよい。とそれだけのことはあらまし、腹で計算していた。

「系図って、あの図表だけかと思ったら、いろんなことが書かれてありますの」

美代子が山城に話しかけた。

「ええ。血縁関係だけじゃないですよ。昔は、系図座という役所があって、そこで記録したそうで、勝手に加筆削除はできない厳則があったようです。だから、その家に関する、功罪が、割にくわしく、記録されています。傍系史料としては、たしかに価値がありますね」

本家の女主人といわれる、老女や二、三の女たちが、祈願しているあいだ、世間話が交わされていた。貧富や地位の社会的階級を離れて、祖先の墓の前では、お互い門中意識で、むすばれて、家族の団らんのような和やかさが漂っている。

　この沖縄独特の風景は、古い習慣ながら、捨てがたいものがあると考えていると、

「お宅のほうは、もう、すましましたか。お清明は。お墓は、たしか楚辺でしたね」

　隣りの山田と名のった女が、美代子にたずねた。

「ええ…もう、早めにすましました」

　御馳走が開かれていた。

　手の甲に、いまごろ珍しい、昔名残りの入墨のしてある婆さんが、向かい側にいて、一門から、親方や三司官が何名でたとか、何代目の誰の何女が王妃になったとか、という祖先の自慢話をやっている。

　ここらで、山城から、あのことを聞きだそうと、美代子は考えた。

　どこか、静かな場所で、二人きりで話したかった。

「山城さん。識名園があったというのは、どの辺りでしょうか」

「まだ、来られたことないんですか。なにしろ、すっかり変わってわからなくなっていますがね」

「いちども来たことがないんです前にも」

「ずっと、…ここからは見えないな。御案内しましょうか」

「どうぞ、お願いします」

　…二人は農道を、東の方に、歩いて行った。

　いままで気づかなかったが、ワイシャツだけになった山城と並んで歩きながら、ふと、彼がしめているネクタイを見て、おや、と思った。それは、山形屋で、晶子が安里のために選んでやっていたのとやや、似た柄だったからである。

「ここまでくる道、ずいぶん悪いですね。タクシーが通るときいていたけど、ジープでも、いやがるわ、あんな道」

「たまの墓参だからいいが、……那覇市が、この辺を墓苑化するそうですが、そうなると、まず、あの道から、どうにかせんといかんでしょうね」

真和志の小学校のところから、識名の丘にのぼる坂は、もと、キビ畑にはさまれた、淋しい道だった。

いまは、ハイカラなブロック家屋も、いくつか建ち、坂の中頃まで、生垣ができ、閑散な郊外の住宅地に変わっている。

その坂をのぼると、直《じ》きだろうと思っていると、道は、急に小さくなり、左に曲り、右に曲って、識名の部落を突きぬけて行った。

むかしからあったと思われる農道で、通せば、タクシーも通せないことはないが、でこぼこの多い道で、晴れだからいいものの、一寸でも雨にぬかったら、ジープでも困難するだろうと、助手台のドアーの端をつかまえている右手で左右にゆれる身体を、支えながら、美代子は、眉をしかめていた――識名は、農村部落にしても、珍しく不便なところにある。

農村といっても、戦後は、闊達な道路があちこち通り、また地方農村が、だんだん、都市化してくる傾向が多いことから、なお、それを感じるのである。

真和志が市に昇格してからは、ことに、農村部落の比重が軽くなったように思われるし、ことに、識名の丘は、識名園が跡形なくなってからは、訪れる者がない。

草深い僻地の感じで、都会に住み馴れたものなら、世捨人の気持にでもならなければ、とても、住めそうにない。働く時代と生活の中心である那覇から、車なら、十四、五分の距離に、こんな場所がある。荒々しく、どこかへ、押し流されたり、突き進んだりしながら、どこかに時代や、感覚のズレが巣食っている、一見、単純のように見えて、沖縄という社会は、一寸したところに、いろいろ、複雑な表情を見せているものだ。……戦争のとき、識名は、首里につながる連丘として、首里複郭陣地の一翼と見なされ、丘がすこし低くなったのではないかと思えるほど、やたらに、艦砲弾を浴びた。識名の自然壕や掘抜壕は、事実、軍陣地になり、また、そこの壕の一つで、米軍が上陸してから、最後の市町村長会が開かれたことがあり、主陣地として戦場でクローズ・アップされていただけに、歴史のかなたに、置き忘られてゆく速度も、早いような気がする。

でも、都市計画で予定されているように、識名園跡が公園化され、その一帯に、十万坪の、墓苑ができたら、ここらも、都会とのつながりができ、戦後色の洗礼をうけるにちがいない。………


「山城さんは、自動車で来られたんじゃないんですか」

美代子は、山城の自動車が見当らなかったので、きいてみた。

「いや、歩いて来ましたよ」

そう遠い所でもないから、せめて、墓参のときだけでも歩くようにしようかと思っています、と言おうとしたが、美代子がジープできたのをみているので、………

「僕小学校は、真和志でしたよ。家が真和志に移ったんで、那覇の学校から、四年生のとき、転校してきたんです。それで、この辺は、よく、来たもんです。ことに、夏などは、先生に連れられて、林間学校とか、植物採集とか、言いましてね。


何先生だったかな、この辺の、松林で、いまはなくなっていますがね、……そうだ、あの辺でしたね」

と、山城は、セメント造りの真新しい墓が、五ツ六ツ、かたまった方向を指さし、

「あの辺にあった松林の中で、『青の洞門』の話を聞いたことがあるが、不思議にそれが、忘られないんですよ。……この辺には友達とせみを取りにきたこともあります。とにかく、少年時代の曽遊の地ですよ。それで、ブラブラ歩いてきたんです。すっかり、変わっているんで………」

と、山城は、立上って煙草を取り出した。こんなことを話すときの山城からは、ちがった印象を、美代子はうけた。と思ったが、それは、話の内容から受けた感じであって、山城自身は、ただ思い出すことを、タバコの煙りのように吐き出しているとしか思えなかった。山城が、歩いてきたのは、運動のつもりであった。たえず、机の前に座ったり、車を乗り回したりしても、運動不足どころか、ますます頑丈さを加えてくる。彼には不必要に思われても、時々、散歩したくなる。

夕方、街を散歩したり、映画をみたりすることもないからだ。経済や金融の本以外は、趣味の読書などやらない。と言って、アルコールや女の場所にも出入りしない。いわば朴念仁《ぼくねんじん》というのか、至って無味乾燥な男である。

が、金儲けだけかといえば、それを離れた事業欲も多分に持っている。でも、以前は、それが旺盛だったが、いまの民間銀行に関係するようになって、少しずつ銀行屋らしい性格がでてきて、考え方も、石橋をたたく慎重さをもつようになった。確実な利潤が見通せない限り、先物買や、事業的な賭事をしないのである……。

「小学校が、こちらでしたら、この辺の地形には、くわしいわけですね。」

「しかし、戦後、はじめてきたときは、わからなくて、識名園はどこか、その辺の畑にいる、婆さんにたずねましたよ。」

「距離はどのくらいかしら、ここから千米、もっと、あるかな。この道を真直ぐ行って、右に曲り、さらに、また、右に曲るんです」

二人はなるべく、ゆっくり歩いた。美代子は、山城に聞きたい例の件に、一寸ふれてみた。

「あたしに、お話ししたいと、おっしゃっていたこと何のことでしょうか、でも、それ、あとで聞くわ、ゆっくり」

早く、家の事情を、山城から聞きたかった。母から、詳しく聞いて彼は、債権・債務について、ほぼ確実なことを知っているはずである。そんなことは、母子の間では、話しにくい。そして、山城は父の事業に、どんな見通しと、対策をもっているか、それから、彼が、自分に頼みたいことというのは……美代子は、そんなことを早く知りたかった。

すると、態度は、あべこべに、そんなことはあとで、ゆっくり聞いてもよいと、一種の擬態めいたものになるのだった。

そうすることで、焦《せ》く心に、自ら落着きをあたえ、山城にも、その心理効果を反映させたかった。

が、山城は、美代子と並んで歩いていることをたのしんでいるようで、ほかに屈託がなさそうである。彼の肩幅の厚みに、心理的によりかかるような自分を、美代子は感じた。

「識名の遺念火のことを、御存じですか」

山城が、きいた。

「いいえ」

「最近でた真和志の市誌の中にも書いてありますよ。相当、有名だったんですね」

「どんな話ですか」

「以前、識名の丘を、火の玉が飛んでいたんですよ。夜な夜な」

「まァー物騒ね。それ、怪談？」

「怪談になりますかね。しかし、四谷怪談のような火の玉じゃないですよ。赤い豆電球のような……」

「山城さん、御覧になったの？」

「ええ、たびたび。僕は、元来、そんな迷信を信じないんですがね、あの遺念火だけは、今でもわからないです。この世の謎といえば、自分にとって、それひとつしかありません。

火玉がひとつ出て、二ツにわかれ離れたり、くっついたりして、また、いくつかにわかれる。

それが、遠い所からもわかるんです。はじめ、誰かがいたずらしているんじゃないか、提灯の火じゃないかとも考えるんですが、火玉の動いている速度や、離れたりする、その距離から考えて、そうとも思えない。夜だから、目の錯覚かとも思うが、首里や識名の丘が空にすかして見えますからね、火玉の走っている距離や速度が、推測できるんですよ。

墓場で人骨のリンが、よく燃えるということがあるそうですが、あれとは、ちがうようです。

中学生になってからも、よく、見に行きましたよ。科学文明の世の中に、そんな馬鹿なことがあるか、という友達がいると、すぐ、連れていって見せたものです。

美代子さん、信じますか。こんな話。しかし、戦後は、そんなのが、すっかり消えてなくなったのは、不思議ですな。艦砲で、あの世のほうも、やられたんじゃないかな。それとも、戦後は、生きた化物が多いせいかな。幽霊が顔敗けして出て来なくなった。……ハハハ」

山城にしては、珍しく、ユーモラスな話振りである。

「遺念火って、なにか、伝説でもあるんですか」

「なんというかな、一種の、恋物語ですな。この世で遂げられなかった男女の情念が迷っているといったような……話は、こうなんですよ。昔、この識名の村に、仲のいい若い夫婦がいた。ある日、首里の市場に芋売りに行った妻が日が暮れても帰らない。待ちかねている男の姿をみて、村の青年たちがひやかしたんですね。その妻というのが美人だったそうですよ。お前の妻は、どこかの男と遊んでいたから、今夜は、帰りがおそいだろうと言ったわけです。

はじめ、自分の女房に限って、と思っていた男も、遂に、妻を疑い、失望して、識名川に投身自殺した。一方、その妻の方は、商いでおそくなったんだが、帰ってみると、そういう事情なんで、自分も、識名川に身を投げたというんです。多分、火玉が出るというのは、その川の付近からだったんでしょうね」

こんな話は不得手と見えて、山城の表現は、頗《すこぶ》る、殺風景だった。

「男は、どうして、妻の帰りを待って、たしかめなかったんでしょうか。おかしいわ」

「そうですね。そいつが、なにしろ、伝説ですからね。いまだったら、夫婦のヤキモチ喧嘩か、アリバイが成立しなければ、離婚訴訟といったところでしょうね。しかし、疑心暗鬼といいますから、こんな馬鹿げたこともあるかも知れませんよ」

——ラブ・ロマンスが浄化されたものであるためには、かえって、愛情が非論理的に抽象化されなければならないものかも知れない、と美代子は、そんなに、考えた。

「戦後は全く、でないんでしょうか。その、遺念火というのは」

「誰も、見たという話を聞きませんね。もう一つ、面白い伝説がありますよ。この識名には、尚徳王を祀ってあるとつたえられている墓があったそうで、…御存じでしょう、第一尚氏の最後の王ですよ」

「ええ、久高島を参詣しているときに、王城で、革命があった…」

「そう、そうです。

その久高島にいるときに、尚徳はクニチャサという美しい祝女の、何と言いますかな、彼女に、そのつまり、迷ったわけですな。

尚徳は、首里で革命が起り、金丸が王になったときいて、久高島から帰る船から身投げしたといわれていますね。恋のために、海の藻屑になったわけですが、その尚徳の霊を祀った墓が、この、識名にあったそうで、……」

「すると、この辺は、沖縄の『嵐ケ丘』といった所ね」

「そうですか？」

山城は、ブロンテの『嵐ケ丘』、の意味を知らないようだった。

「悲恋ケ丘、といったほうがいいかしら」

「そいつは、ぴったりしますな……」

山城は、そういって立止まり、

「こちらです、こちらが、識名園の入口ですよ」

「ここらが、そうなんですよ」

と、山城は、周囲を見回した。あれ果てて草ッ原になっていると聞いていたが、見込みちがいだった。夏草の夢の跡でも訪ねるつもりであったが、そんな甘い感傷をゆるさぬ凄寥たる荒廃感である。一面、身を没するような、丈余のススキにおおわれて、どこも見えず、一寸、曇った天気なら、昼でもうす暗く、ひとりでは気味悪いのではないかと思われる。

――識名園は、曽《か》って、琉球随一の日本式美園であった。かなり、大きな敷地で、亭々たる松杉に囲まれ、園内、珍奇な花木が茂り、植物園の如く、東京の後楽園を小規模にしたような庭園造りで、広い池があって、石橋がかかり、池には蓮が浮いていた。

この、人工公園は、もと、尚家の別邸で、夏など、王家の人たちはここで避暑をしたのだろう。

眺望のよい所に、勧耕台というのがあって、四阿《アズマヤ》が建っていた。その昔、農業を奨励する意味で、王が、この勧耕台から農作の実情を眺めたといわれているが、おそらく、そこから眺望される南部農村は、きれいに耕作されていたにちがいない。

——美代子は、山城の話から、ただ想像するだけだった。だが、現実のさまを目前にしては、その荒廃感に押されるだけである。

「この道をゆくと、奥に、もとの池の跡があって、付近に、育徳泉という井戸があるんです。そこには、有名な、チスジノリがあります。見てきますか。これは天然記念物になっていますよ。ただの苔みたいなものですがね。紅藻類の一種とかで…」

庭園跡は、ススキや灌木のジャングルで、その間を一本、道が開いている。

「へびの居りそうな所ですわ」

「この辺は多いという話ですね。ハブが」

「なかは、いつかの機会に、みることにします。どこか、眺めの利く場所はないでしょうか」

なんだか、話の場所として、人目をさけた、そんな暗い所は選びたくなかった。また、そこは、気が滅入りそうでもあった。

「じゃ、帰りにでもみますか。歩いてみますか。こちらのほうに？」

「ええ」

二人は、部落の本通りを、東南の方向に下りて行った。

「はじめて漢文を習ったときですがね、先生が、黒板に、漢文とは何ぞや、と大きく書いて、一人一人に聞くんです。誰も答えきれないでいると、漢文とは識名園の如きもの也、先生は、そう言うんです。何の事だか、わからなかったですよ」

「山城さん、漢文、読めます？」

「系図の拾い読みぐらいはできます。学校が商業で、支那語もある関係で、漢文も、よくやりました。いち時は、漢文の学校に行って中等教員の免状でも取ろうかと考えたことがあるが、家が貧乏だったんで止《よ》しました。止してよかったですよ」

風景が開けた。

このさきは、道が小さくなり、丘の斜面をすべって曲りくねる。南風原村に通じているようだ。石畳の旧道で、半ば、野草におおわれている。

島尻の山野が、単調な土地の高低となって、砂丘のように、つづいているのが見下せる場所に、乾いた枯草をしいて、二人は腰を下した。見るもののない荒涼たる景色があるのは、天地清明の季節といわれるだけに、自然は、ゆたかな光線の祝福をうけて、ギラギラしている。背中がポカポカし、足もとから、草の香が立ちのぼる。

麓の凹地で畠仕事をしている農夫の姿以外、人影のない閑散な午後である。

「沖縄の風景を、誰かが、みどりの砂漠、という風に形容してあるのを読んだことがあるが、なるほど、この辺を見ると、そういった感じですね」

独り言のような山城の言葉に、美代子は、チラと、彼の横顔をみたが風景に心動かされているというよりは、みどりの砂漠、という形容詞に感心している様である。

山城は、美代子に相談しなければならない用件を、どう話したものか、その糸口を考える。美代子が、自分を誘ったのも、そのことだ、と彼は察している。

「もう、間もなく、夏休みでしょうね学校は」

「あと、ひと月です」

暫く、沈黙が続いたあと、

「実はね。美代子さん。お家のことで御相談があると、申し上げたのは、……その前に、もし、必要なら、お家の事情を、少し、お話して、……お母さんからでもお聞きになりましたか」

「まだ、聞いておりません」

「近いうちに、詳しい収支の書類をつくるつもりですが……」

「あの、私、詳しく説明されても理解できるかどうかわかりませんので、簡単に……　体、家の負債は、どのぐらいあるのでしょうか」

「そうですね。ここにメモを取ってありますが……」

と、山城は、シャツの胸ポケットから手帳を出して、

「債務だけなら、百二十万円ばかりになるようです」

「百二十万?」

美代子は、明かに、愕然たる色を現わした。

「債権が、いくらかあるから、それを差引かなくちゃ

ならないが、負債といっても、これは、事業の赤字ですからね。たしかに、普通の借金で、これだけの負債を背負い込むとか、金めぐりで、あやまって穴が開くとかであったら、これは、背負いきれない大金です。

また、事業が、このまま駄目になるというんだったら、一生、うだつが上らないかもしれない。

しかし、事業という立場からみれば、これくらいの赤字は、大したことはないですよ。土建業など、一寸、ぼんやりすると、二、三十万の欠損ですからね」

「ちっとも、しりませんでしたわ。いつの間に、こんなに……」

美代子の愁眉は開かなかった。

「それだけ、負債するまで、放っておいたのは、うかつでしたね。というより、色々、やって、どうにもならなかったと思います。よく分らないが、なにしろ、談合入札で、色々複雑な手を使いますからね。いまは、工事ひとつ請けるのでも大変ですよ。

それに、最近、土建業が不振でしてね、銀行でも用心しているんですよ。融資の方は……。

事業というものは、とくに金銭面での信用が第一でしたね。その信用が落ちると、途端に八方塞りになっちゃうんです。お父さんのお仕事は、技術や、実績ということもあるんだが、それでも…」

「どうして、こんなに負債をつくるようになったんでしょう。山城さん、おわかりになっているだけ、教えて下さい。

それから、立ち直る見込みは、あるでしょうか」

「立ち直る見込みは、十分、あると思います。私も、頼まれて引受けた以上は、責任をもって、当りたいと考えています。ただ、その場合、こちらとしても色々、条件を考えているんですが……それは、あとで話しましょう。

条件と言っても、何も、取引の条件ではないんです。私としても、努力する以上は、その努力が、無駄になりたくない。

それで、対策を立てますから、みなさんが、私の意見を、なるべく採用していただければいいんです。そのための条件なんです。

……事業が赤字になった原因もですね。これは、色々、あるでしょう。しかし、この際、適切な形容じゃないかもしれませんが、その原因を探ることは、死児の年を数えるような結果になりかねません。この際、早く対策を立てて思い切った方法で、切り抜ける手段を立てることが緊要なことです。そうする上でも、やはり、これまで、やり方のまずかった点が反省されて、それが、参考になってはきますが……」

「では、私たちに守ってもらいたい条件とおっしゃるのは、大体、どんなことでしょうか？」

「そうですね。後先なしに、概略を申し上げます。

差当り、あちこちの会社に私の株がありますから、それを担保に、三十万円ばかり、すぐ、まとめてきます。その金で、まず人件費を清算し、延べの利かなくなった債権者に集まってもらって、内金で、顔を立てておいて、支払計画を示し、その取り決めをする。人件費は、わずかでしてね。十万円ばかりだが、働く人たちに、どうだこうだと、噂をバラまかれては、困りますからね。

それから、負債のほとんどは、セメント、木材、鉄筋といった材料費の掛金です。これは、別に、債権者を集めて相談します。金融関係の債務も、どうにか、話をつけておきます。

で、こちらでお願いしたいことが色々、ありますが、とくに、貴女に、是非、……」

「それは、何でしょうか？」

美代子は、まるで見当がつかない。

ジーンと、耳の痛くなるような静寂が丘の周辺を取巻いていた。山城の言葉が一つ一つ、ある重量を持って、美代子の心にかぶさってくる。自分にたのみたいことというのを、今、山城の口から言い出されるの待つ姿勢になっていると、彼は、また、話を逆に、もどした。

「その前に、…もう、すこし…実は、ですね、今、お住いの家も、無尽会社の抵当に入っていますよ。それでも、旧市街の方に土地が、大部、残っていますからね。そのうち、百坪は、さき申し上げた三十万円を融資する場合、担保にしておきます。別に、その土地を、どうするというわけじゃないです。形式的に、そうしておきます。土地が残っていたことは幸いでしたよ。

親譲りの土地に手をかけては、と、その点、お父さんが、お固いようで、とにかく、…これから、支出をうんと引きしめるんですな。あの、ジープですね、あれは処理しましょう。人件費も助かる。その代り、しっかりした、経理を見る人を雇いましょう。

これは、私に、当てがあります。少し、年を老《と》りすぎていますが、そして、事業費と生活費をはっきり、させるんです。きつくなると思いますが、お父さんも、月給制にして、それを、厳守してもらうつもりです。この点は、つい、ルーズになってしまいますからね。はじめ、融資のことだけだと、思いましたが、経営も見てくれ、と言われまして、…それから、適当な現場監督が必要です。第一、今度の欠損も、例の、M村の工事で、現場から材料が盗まれたりして、予算が狂ったのも大きな原因のようです。心当りはないが、その方面もさがしてみます」

山城は、腹案を、美代子に説明した。そうしておけば、彼女の両親にも、話しやすくなると、考えていた。

「それから、工事のことなんですが、今度、うちの銀行が、牧志通りに、新しい社屋を建てることになっているので、こいつを当てにしているんですよ。でなくても、ほかに、一件、目当てはありますがね。その、どれかを、落札できれば、悠々と、持ち直る」

美代子は、山城の好意に、どう答えてよいか、わからなかった。

「これはですね。私は、なにも、貴女方との個人的なつながりで、こうするわけじゃない。もちろん貴女のお父さんと、亡くなった私の父とは、昔の知遇であったし私自身、貴女のお父さんから助けてもらったことはあるが、まァそうした情実じゃなしに、お父さんの技術と実績を、買っているんです。私としては。…工事が真面目で、技術もよいと定評があるんで、一寸した失敗で、くじけてもらいたくない。よい事業家を育てる意味で…それで、貴方にお願いしたいというのは、工事を請けるための、条件の一つとして、これは言いにくいことですが、実は貴方の兄さんのことなんですがね…」

兄のこと、と聞いて、山城が、何を言い出すだろうか、と、美代子は、緊張した。

「これは、ちょっと、申し上げにくいんですが、……結論を申し上げると、兄さん、政党に関係なさっているでしょう、それで、そのことなんですが、余り、その面で表面に出ていただいては、つまり、具合が悪いんで、……なんとか、目立たない方法を取ってもらいたいんです。それで、こんなことを貴女にお頼みするのは、どうかと考えましたが、それが、かえって一番いい方法だと思いまして、実は、貴女から、そのことについて、兄さんに、御相談をしていただきたいんですがね……」

と、山城は、美代子の顔色をうかがったが、当惑したような彼女の表情をみて、

「なにも、政党から手を引いていただくように、と申し上げているのではありません。現在、中央委員をなさっているでしょう。あまり、それが、目立ちすぎますのでね」

「そのことでしたら、これは、私としては、……困ったわ。でも父の仕事と、兄のことと、どういう関係があるんでしょう?」

美代子は、いささかムッとした。家では、生活態度や、考え方のことで、不満を言ったり、忠告したりすることは、あっても、そんなことで、互いに干渉することはなかったからである。

「そう言われたら、こちらも、返答に窮してしまいますがね。僕は、理屈を言っているんじゃありません。現実の問題として考えてもらいたいんです。

これは、杞憂かも知れませんがね。たとえば、僕が、今、考えている工事ですがね。その工事の入札の場合だが、どんなことから、破綻がくるかも知れないので、万一のために、打つべき手は打っておかないと、……」

「つまり、兄が、いまの立場にあることが、その万一……」

「そうです。しかし、これだけは、誤解しないで下さい。いま申し上げたことは、誰から、頼まれたわけでもなく、僕の一存ですが、僕自身、政党とは、何の関係もありません。これだけは、明言します。ただです

ね、僕としは、一種の気兼ねがあるんですよ。工事は、おそらく、指名入札になるでしょうが、そのとき、利害のことになると、どこから、どんなことで文句が出てくるかしれない。関係者の中には、政党人もいるわけですからね。それを、封じたいんです。こんな相談、貴女も辛いでしょうが、何とか、やわらかく、当ってみてくれませんか。兄さんが、表面に立って下さらなければいいんです」

「どうにか、話してはみますわ」

「極力、お願いします。お家の事業に関しますから……僕も、こんな干渉がましいことは、不愉快ですよ。ただ、現実は、現実として、対策を立てませんとね。貴女方だから、知己として、こんな相談もするんです。そうでないと、ふれたくない問題ですからね」

海軟風

壷屋の泥田の上に、
街ができた。
コンクリートの下から、
泥がでる。
泥がでる。

那覇の新市街の中心地区は、もと一面の田圃であった。川が流れて、そこで、童たちが、鬪魚や鮒を掬っていた。暴風雨のときは、その小川が氾濫して、湖のようになった。春の朝、蛙が鳴き、夏の夕べ、蛍が飛んでいた。

と言えば、詩的だが、じめじめして、うす汚くて、足のむずかゆくなるような場所だった。

夜空を焦す都会から、はなれて、ここは、静寂の中に、せせらぎの音が聞え、暗夜の水面に星屑が動く、人の気のない郊外だった。

まず壷屋に、戦後、住民が入り込んだ。壷屋と牧志通りを結ぶ一本の小さい道があった。その道を中心に町が栄えた。
　泥田をふんで、
　泥田の上に
　人が住んでた。
　泥田をふんで
　泥田の上に、
　やがて、十年。
　泥田をふんで、
　泥田の上に、
　町ができた。
　せせこましい窪地に、家が建て混んだ。新開地の活気にあふれた。単調な歴史だった。その中に、小さく、いろんな動きがあった。いろんな変化があった。
　どろのなかで
　まずしいひとたちが、
　あがいて、きずいた、
　そのまちが、
　あがいていているうちに、
　いつのまに、
　まちらしくなった。……
　基地経済の偉容を誇り出した。どろあがきが、ドルあがきであったことを示しはじめた。
　町は、日本やアメリカの商品にあふれ、娯楽施設はやたらにふくれ、戦前はみられなかった高層ビル街ができ、ネオンの舗道は、自動車のライトの洪水だ。
　畳の上でねて見たいと、テント小舎で夢想した、あの終戦直後の、渇望を、人々は、もう、忘れたようになった。
　乞食がふえ、
　失業者がふえ、
　喧噪が多くなり、
　自殺が多くなり、
　――それでも、町はふとる。
　公衆便所がなく、
　どぶ川には、微菌が、
　うようよしている。
　――それでも、町はふとる。
　金鎖りのぶら下った、

成り金の、胸の、
チョッキのように、
町は、ふくらむ。
ビチャ、ビチャ、ビチャ、
これは泥の音だ。
ぶく、ぶく、ぶく、
これは、ドルの音だ。

廃墟の中に、新しい夢が生まれてきた。どんな運命の中からでも、新しい世代が、新しく生まれかわってきて、夫々の夢を育てる。人々は、現実の中であくせくしている。荒々しい足音をたてている。現実の足音が、あまりに、荒々しいため、すべてが、索莫として散文的に見える。が、そこに、その生活の足音にふさわしい夢が胚胎する。


——那覇市の都市計画が漸《ようや》く、動き出した。

草原にブルトーザが唸り、道にセメントが流されてゆく。

ドル・エネルギーがすべてを、活動的にする。


壷屋や牧志の新市街だけでは、動きの取れなくなった力は、旧市街の方に、はみ出して行く。

昭和十九年十月十日の空襲で、灰燼瓦れきと化した旧市街は、十余年、応仁の乱のときの京都の焼跡のように（ただし、これは、想像だが）、草の生えるにまかせていたのを、俄かに、整然たる区画整理の準備が始められた。

戦後できた新市街が、旧市街となり、空襲で焼けた旧市街は、いま、新市街として復興しつつある。

腰の曲った老婆が、お孫さんを膝に、ラジオの「ワンダフル婆ちゃん」に、耳を傾け、洋装の若い娘さんが、琉球の古典舞踊を習う時勢だから、新市街が旧市街になり、旧市街が新市街になるくらいは、朝飯前である。

旺溢した復興気分が旧市街にあふれてきた。

まだ、広々と、整理されたまま残されている土地が多いが、それでも、片方から、急激に、家が建ちはじめる。

日々、新たな生活感覚と、たくましい商魂が、追いつ、追われつしている。ことに、都市発展の投機的な予想のもとに、泊、若狭町、波之上一帯は、目ざましく、人が入り込んできた。

復金住宅ブームは、まだまだ、続くとの感が深い。

曽《か》つての那覇は、落ちついた町だった。王朝時代からの開港場で、年と共に近代化しながら、古都「浮島」の面影が、どこかに残っていた。

街路の榕樹、亭々たる福木、松林、梯梧や赤木などに色どられそこには、頑丈な石垣に囲まれた、古い屋敷町があった。

泉崎の夕暮、波の上の漁火、崎原灯台の秋色、落水の名月、三重城や屋良座森城、渡地の帆船…など、地誌的な叙情味が、たっぷりあった。その代り、日本の地方の地方的存在であった孤島沖縄の港にふさわしく、発展の歩みは遅々とし、人口は、いつも、六万台で、どこかに、停滞的なところもあった。

戦後は、小禄、首里をふくめて大膨脹した。それに、真和志と合併し、旧市街が復興したら、二十万をはるかに突破する都会が、立ち所にでき上ってしまう。節度は失ったが、もりもりたる活力を示し、まるで、復興の無礼講、罷《まか》り通るといった状態である。

国際都市の面目が目に見えて躍進してきた。人々の心に、それが反映する。

若狭町、波之上一帯は、二、三ヵ月見ないと、戸惑いするくらいの変り方をする。

戦後、何ヵ年か、この辺は、訪れる人もまれで、時々、パンパンと兵隊の逢曳場所になり、昼でも、女の一人歩きは危ないとされていたが、もう、櫛比《しつび》した住宅地区になり、海岸は、今時分、夜遅くまで、アベックや、涼客の影が絶えない。

……波之上の第一鳥居は、取払われて、右肩のもげた第二鳥居との間は、まだ、人通りの賑やかさはないが、戦前にまさる新築の建物がギッシリ並んで、それが、左右翼に大きく拡がりつつある。

西武門止りのバスを利用して、丁度、海水浴や散歩客の影が、平日でも、絶えない。日曜なら、一段と、活気を増す。

夕方など、料亭の客待ちらしいタクシーが、通りに並び、米人の出入りも、かなりある。

大尽然とした、どこかの、会社の重役タイプの男と、若い洋装の料亭娘との、高級自家用車の相乗りというシーンが、日中から、見られることがある。

通りは、昨今、みちがえるように、化粧されて、旅館、夏向きの飲料水店、食堂、写真店、薬品店、レストラン、バー、雑貨店、ミシン店、料亭、美容院、洋酒専門店、理髪店、洋装店、喫茶店、自転車店、食料売店、鮮魚店、パーマ屋、風呂屋、交番など、ブロック建築木造建築が混ざって、構えが、いずれも、本格的である。

ニュー・アミューズメントセンター（新歓楽街）といった香りがする。が、まだ、人の気が少く、蒸暑い昼間から、レコード音楽が街路に流れているのをきくと、かえって、うつろな感じである。各種の立看板がけばけばしく立ち、厚化粧の女のような装い。

通りの両側には、いつの間に、献灯が、立ち並び、夜は、電飾される。昔の石灯籠とはちがって、木造、ペンキ塗りの灯籠で、一寸、映画のセットのような感じである。ところが、その、灯籠の裏表には各商店の広告がしてあり、広告スライド灯籠（？）と名付けたくなる。抜目ない商魂が、そんな所にまで表現されているのは、新しい時代の特色かも知れない。

商都の鎮守だけあって、波之上の神さん、その程度のことは、お許しなんだろう。普通、官弊神社といえば、謹しみて申さく、の神官のいる森厳な場所だが、隆起珊瑚礁の上で、日夜大海の空気を吸っているせいか、波之上神社の神さんたち、（イザナミノミコト、速玉男命、事解男命）は、頗《すこぶ》る開放的で進歩的である。

恋の邪魔する奴は馬に蹴られる、との原理をよくお分りと見え、男女の色事を大目に見て、干渉がましいことをなさらない。家庭の父兄や学校教師などより、まだ、理解がある。戦前、辻原の絃歌に、やさしく耳を傾け、旭ケ丘のラブ・シーンにウインクを送っていたとか（？）……これからも、甘えたい神さんである。…ローマ神話のヴィナス様くらい物分りがよさそうだ。文珠の智恵かも知れない。

＊

美代子が識名の丘で、山城と話している、おなじころ、安里実は前日約束しておいた、波之上の第二鳥居の付近で、上原晶子を待ち合せた。…いつの間にかセメントで、きちんと修理された石段を、二人は、社務所の方へ上って行きながら、顔を見合せて、たがいに微笑した。

アロハ姿が、偶然、一致していた。晶子は、膝までの短かいパンツに、スリッパ、頭をカチーフで包んで、先のとがったボックス型のサン・グラスをかけている。そのグラスが、彼女の円顔を、ひきしめて、どこか勝気な印象をあたえる。

ひところ、軍作業ガールのあいだで流行った格好だが、海岸向きの明るい服装で、晶子の場合は板についている。

――晶子が頭を包んでいるカチーフは、このごろ、みかけなくなった。軍作業はなやかな時代の名残りである。石川市の入口や、越来十字路や、安里三差路や、どこでも見られた光景だが、朝など、軍作業の迎えのローバーの中に、沖縄の若い娘たちが、一杯ひしめきあって、色とりどりの頭布をかぶって、まるで、お花畠のようだった。軍作業だけでなく、この、カチーフの流行は、沖縄の女性を風びした。

沖縄民政府が知念の山の上にあったころは、役所の往き帰りのトラックの上で、女事務員たちが、やはり、三角形にしたカチーフの端を、後頭部にたらしていた。その柄は、白とか、他の単色を用い、オフィス・ガールらしく控え目にしていたが、それでも、服よりも、いくらか派手なものだった。「これ、ホコリ除けですよ。」と言いわけするのもいたが、流行には、ちがいなかった。

老女たちまで風呂敷や、兵隊服の布地で、頭を包んでいたが、これこそ、ホコリ除けになるというわけで、流行を便利な実用に向けていたにちがいなかった。

沖縄の道路は石灰質で、ただでさえ白塵が立つ。米軍トラックが、絶えず疾駆するようになり、もうもうたる白塵から、婦人たちは髪を守る必要が生じたかも知れない。

「そのカチーフ、一時、とても流行っていましたね」

「これ？　ええ。お姉さんたちがみんな、やっていましたわ」

「やはり、ホコリ除けのためだったんでしょうかね」

「ふふふ…流行ですもの、一種の装飾よ」

「ルーマニアや白ロシアあたりの農婦の風俗に、たしか、よく似ています」

「そうお？」

「地理雑誌でみたんですが…」

「恐らく、服装に不自由している時分で、PXあたりから流れてくる色柄物を、せめて、頭布に利用していたんじゃないでしょうか」

「女性の装飾本能はスゴイな」

安里は、肩からカメラをはずし、焦点を合わした。

その前に、晶子は、ポーズをつくった。

本殿裏の崖の上に、わずかな芝草をみつける。晶子は、立てた膝を、両腕で抱くようにして座る。海を見ている晶子の横顔が高慢に見えた。健康な、息づかいを、たがいに、感じる。太陽が盛んで、六月の海は、眩しく輝く。

「まだ、早いわ、しばらく、休んでいましょう」

「うんと陽に焼けてみましょうか」

「ええ」

サン・グラスの晶子の口元が笑った。花やかな笑いである。安里は、心の隅々まで、光りを吸い込んだような気がした。

「美代ちゃんくらい、黒くなって見ようかな。…でも、すぐ、こんなに、ランデブーしてかまわないかな」

「交際はフランクに」

「美代ちゃんに、悪くない？」

「どうして、そんなことききくんですか」

「美代子さん、どう思って？」

「と言いますと…」

「ビューティーでしょう？」

「たしかに」

「それに、プリティ（可愛い）でしょう？」

「ほんとに」

「あたし、その、どちらでもないでしょう?」

「チャーミングですよ貴女は。周囲を明るく、楽しくさせる。アメリカの学校で、クイーン(女王)に選ばれるのは、大抵晶子さんのようなタイプでしたよ。嘘じゃない」

「お上手ね」

「お世辞じゃないんです。美代子さんと、貴女では、まるで、タイプが違いますよ」

「どちらが、好き?」

「どちらも」

「欲張りね。でも、それ、嘘だわ。そうでしょう?」

「困るな、そんな質問は」

「あたしが、男だったら、断然、美代子ちゃんだわ」

「そんな仮定は成り立ちませんよ。これは、難問中の難問だ。魅力というのは、分析しがたいものだし、比較しがたいものですからね」

こんな拙《つたな》い話題を、茶目気な晶子は、わざわざ、自分を困らすために、持ち出しているのだと、安里は考えて、鰻のように、スルリと答えぬける手を考えていた。

晶子は、自分は決して美人でないこと、美代子が、いまでも、女友達のあいだで、評判であること、その評判で、美代子が、別に自惚れたりなどしないことなど、話してから、あたしなど、フラッパ娘よ、という結論になった。

安里は、この娘、自分の魅力に、相当、自信をもっているな、と思った。が、こんな話になると妙に追求してくる女心に、いささか警戒気味だった。話の転機を考えていると、

「安里さん、案外、はっきり、物をおっしゃらないわね。なんでも聞いてやろうと、たのしみにしていたのに」

晶子は、安里実の顔を覗き込んだその口元は、悪戯そうに、歪んでいた。

「安里さんの第一印象、きかして。あたしが、どんな風に見えました?」

大胆に、自分のことを話題にして行こうとする、晶子の自我が、安里には、鼻につくし、まぶしくもあっ

た。

「最も、代表的な現代娘だと思いましたよ」

安里の答えは、退屈していた。

「エチケットね。……お転婆に見えないかしら……。あたし、はじめ猫をかぶっていたの。そろそろ、誘惑するかも知れないわよ。坊や、用心して」

安里は、急に、こそばゆくなってしまった。

「ワハハハ。ワハハハ。愉快。愉快」

安里は、明るい空気を振わせて、哄笑した。

「貴女は、無邪気ですね。ほんとに、無邪気なひとですね」

アッと、言う間に、安里の右手は晶子のサン・グラスをつかんでいた、晶子の円い顔が、明るい光線の中でポカンとした。その目元に、澄み切った瞳に、かすかな、笑いが浮んだ。

「これから、ズッと交際《つき》合って下さる？」

「サンキュー」

「面白い方だわ。安里さん」

「面白い？　可笑しい意味？」

「ひねくれ者！」

「ハハハ。貴女も、面白い。さァ泳ぎませんか」

「もっと、話して」

崖下の破船は水着姿で賑《にぎ》わっていた。晶子は、手提げバッグから、コカ・コーラを、二本、出した。

神社下の通りで、買ってきたものである。それを、側の岩にこすって、安里が蓋を開けてやると、晶子は、二人とも、ハンカチをお尻りにしいていることに気づいた。

「タオルじゃいけませんか」

「ううん、これで」

晶子は、頭のカチーフをはずして瓶の口をふいた。その乱暴な仕草に、愛嬌があった。ヘップバーンよりも、心持ち短くした、ボーイッシュ・スタイル（男の子のような髪型）が、いくらか、晶子を、あどけなく見せた。

「自由ね。海！」

晶子がコーラでのどをうるおしながら、発音した言葉は、詩のようにひびいた。

「いつみても自由ですね」

「自由は、海だけにあるかしら」

「そうは思いませんね。人間の社会こそ自由であるべきですよ」

「沖縄の生活、窮屈だわ」

「窮屈すぎて、時々、海のあることを忘れますよ。人間は幸福であれと、自然は教えているんですがね。なんだかデモクラシーは海にしかないような気がする」

「むつかしいことを、おっしゃるのね」

「晶子さんは、いつも、どんなこと考えていますか」

「そうね、すきなことを何でもやってみたいと……」

「ほほ。では、なにが、いちばん好き？」

「もちろん、自由よ！」

「自由のために、乾杯しましょうか」と、晶子。

「よし、やりましょう。せめて、海に向って、五つの自由に、のために」

安里と晶子は、コーラ瓶をカチッと合した。

「あら、四つの自由、じゃなかった。なんだったかな…言論の自由、信仰の自由、欠乏からの自由…」

「脅威からの自由。それに、沖縄では、交際の自由」

「恋愛の自由、と言ったほうがいいわ」

「賛成！そして、若さと健康のために…」

「乾杯！」

「トーストー」

豪華な夏雲の饗宴に二つの手が伸びた。

「ね、安里さんの恋愛観、聞かして」

「恋愛観なんて、そんな、レディメイド（既成品）は持ち合せませんよ」

「安里さんは、どう考えて？　恋愛と結婚は別物と思いますか。それとも別物ではないと思いますか」

「さァ。晶子さんは、どう、考えますか」

「安里さんの意見きかして。わたし、考えること下手なの。ただ、お友達の間で、よく、それが、問題になるわ」

「ぼくも、そんなこと、本気で考えたことありませんよ」

「じゃ、大体の意見聞かして」

「そうですね。じゃ、速成の意見でも、まとめてみますか…」

安里は煙草を取り出した。

微風が、崖の上に、ふき上げてくる。晶子は、身をよせて、風をさえぎる。安里は、煙草の火がつくと、しばらく、考える風をした。燃える光線の中で、凡《すべ》て、眩《げん》惑していた。

左手の方、蚊坂（ガジャンビラ）の旧気象台跡には、オレンジ色の堂々たるビルが並んでいる。那覇航空基地の兵舎の一部である。そのあたりから、空気を引き裂くような金属製の爆音がきこえて、ゼット戦闘機が二機、飛び立った。すぐ手前の、外国船がいくつか横付けされた那覇港の中空で、二機は前後して、ゆるく、大きな、弧を描いて旋回した。

その下で、白い、油貯蔵タンクの巨体が十基ばかり、鏡面のように、強烈に、光線をはじき返している。ビューンと、機体を大揺れさせ、一段と爆音が高まると、白い航跡を残して、二機は、別々の方向をとる。一機は、海に突出した、新しくできた崎原灯台のほうに回り、キラキラ光る波間に、漁舟十五、六隻浮かんだ洋上にでて、それから、高度をぐんと上げて嘉手納の方向に一直線に進んだが、間もなく雲間にかくれた。

一機は、ブルドーザでしかれて、半分ほど、黄色い地肌をあらわした辻原と、その前面の幅広いリーフとの中間を、安里たちが座っている崖の真上に迫り、すごい爆音を残して、アッという間に、埋立てされ、民家の入り込んだ、若狭町、泊の上空に小さくなった。

「つまり、いま飛んで行った二ツのゼット機のように、恋愛と結婚は、別々のものか、という、わけですね。御質問の内容は」

安里の唇は、諧謔《かいぎゃく》的な比喩を捉えて、微笑した。

「それにしても、飛行機は、別々の方向に飛んで行っても、帰り着くのは、同じ基地ですがね」

と、彼は、暗示ともつかないようなことを言ってから……。

「そうだなァ……。恋愛と結婚。……それは、別々でない、とも、別々である、とも、言えないんじゃ、ありませんか」

「それ、どういう意味？」

「だって、別々でない、と思ったって、別々の場合があるし、別々である、と考えたって、別々にならないことがあるんですからね。結果から見て」

「それはそうですけど」

「だから、はっきり区別するような主義が、そこからは出て来そうにありませんね」

「じゃ、どういうことになるの」

「知らない」

「そんなの、ないわよ。そういうところが、学校の先生の、ずるさだわ。逃げちゃ、駄目」

晶子は、からめ手に出た。

「それじゃ、晶子さんの意見を、まず、聞かしてもらおうかな」

「駄目。駄目」

「困ったな。なにしろ、速成ですからね。まとまった答え出ませんよ。そうだなア。……

結婚と、恋愛を別々に考えるのは一種の技巧じゃないですかね」

「技巧？」


「ええ。性愛を享楽する立場から生れた思想だと思うんです。高等技術ですよ。原始時代には、一ツであった、性欲と生殖が、この文明社会では、人工的に区別されることがある。生殖を前提としない性的享楽という技巧さえ、人間の智恵は発明したんですからね。それと同じじゃないですか。性的享楽のために、恋愛を、結婚から区別する技巧の底には、現代人の臆病な打算がひそんでいますよ。後ぐされがないように、ずるく立回ろうとする……あの、『太陽の季節』ですか。あの小説の中の主人公たちは、恋愛や結婚を別に、問題にしていない。そういう意味では、彼らは、現代人に、反抗している。無邪気な反抗だ」

話している安里自身、焦点がぼやけてくる感じがした。飛躍したかな、と思い
「釈然としませんか？」

「なんだか」

「文化が発達しますとね、文化はしばしば人間性の基盤から離れると言われていますよ。

文化に内在するメカニズムの必然性によって、人間

的な生命が失われる。恋愛と結婚の問題が、そういう風に論じられるのも、現代の文明生活から生まれた特殊な現象です。われわれの思想感情と生活がメカニズムによって、引き裂かれつつあるので……」

そこまで、しゃべって、安里は、これは、いよいよ、駄目だと思った。

晶子は苦笑していた。

晶子は、もつれた糸のような安里の意見を、太い呼吸で、ふっ飛ばすような気持で言った。

「あたし、むつかしい理屈、わからないわ。でも、もっと、はっきりした考え方をしたいんです。そういうことは」

「どういう風に？」

「恋愛と結婚は、別々だと考えたいの」

「フム」

「あたしにとっては、恋愛も結婚も、行動だわ。どっちでもよいとか。どっちでなくてもよい、とか、そんな不明瞭な態度は取れないわ。だって、行動は、ひとつしかないんですもの」

「おや、じゃ、上手に使いわけるというわけですか」

「そうじゃないのよ。なにも、そう、分裂させることはないわ。恋愛の相手と結婚しても、結婚の中に恋愛があっても、やはり、別々と思うのよ」

「なるほど」

「結婚は、社会生活の習慣よ。形式よ。恋愛は、愛情の内容だわ。純粋なものだわ。だから別々よ。でも、恋愛感情のない結婚生活は、いやだわ。

案外、平凡な考え方でしょう？」

「むしろ、健全な考え方といえるかも知れませんね」

「断然、賛成して下さる？」

「うむ。すこし、疑問もあるが、まァ、……どうやら、二ツのゼット機は、同じ基地に、舞い降りたようですね」

「ひと真似はいけません」

晶子は、にらむ真似をした。

二人の笑いが、風に散った。――安里は、ふと、思い出したように
「あなたのとこの常務は、たしか山城とか言いました

ね」
「あら、御存じ？」
「貴女と別れてから、途中で会ったんです。美代子さんと、立話していた。家庭的な知り合いのようでしたよ」
「ええ美代ちゃんたちとは、親戚らしいです」
「そうですか。ウルマ銀行には私の叔父も関係しているはずです前里幸助というんです」
「前里さん？　じゃ大株主だわ」
「そうだ、今度、新しい社屋をつくるそうですね。その工事をぜひ取らなくちゃ、と力んでいましたよ」
――前里は安里の母の弟で土建界で知られた存在である。

海浜に、十四、五軒、掘立小屋が建っている。食堂や、貸ボート屋などである。中から大正琴の音が聞えたり、風通しのよい座敷で、碁盤を囲んでいる年配の男たちの姿が見えたりして、閑散な風景だが、水際一帯は、浴客で、ごった返すほどの賑わいである。

赤や青で採色されたボートが、十隻ばかり浮び、修繕を要するのだろう、十二、三隻が岸に、ころがされてある。

水に群れているのは、坊主頭の河童たちが多いが、その中に、目もあやな、水泳着が、点綴されている。若い成人女性の、あでやかな水着姿は、波之上海岸の、戦後の特色であろう。

自動車タイヤのチューブを利用した浮袋が積み重ねられてある小屋の横に、小型の乗用車が二台、…米人が乗ってきたものらしい。

安里は、さきに、脱衣して、プールの端に腰かけて待っていたが晶子の水着姿が現われると、思わず目を見張った。

ピッタリしたグリーンの水着が露骨に浮き上らせた体の線。豊かな光線の中で、それが、足を大きく開き、両手を腰に、大胆なポーズで、真直ぐ立っている。

顔を心持ち、横向きにし、おとがいを上向きに外らせ、目の前に座っている安里に、流目の微笑を送っている。さすがの彼も、思わず、周囲を見回し、瞬間、顔を赤らめたほどだ。

「どうお？　このポーズ」

快よい声だった。

六月の海辺の明るさが、彼女の存在で、点睛されたかに思われた。彼女の肉体の、どの線も、朗かな自信に包まれ、無意識な幸福にゆれていた。均衡という言葉を無視して、自由に伸び切った四肢は、あくまで白く、まぶしい。

男性を臆病にするほどの性的魅力である。

「どうお？　このポーズ」

晶子は、二度、同じ言葉をくり返した。

安里が、何か言おうとして、言葉にならず、口をもぐもぐさせていると、晶子は、かがやかしい夏雲のように軽く、足ずさりした。

が、アッと、いう間に、そのまま消えた。プールに、横倒しに、落ちたのである。

「助けてーッ」

はでな声がきこえた。

晶子が、足をすべらせて、もんどり打った瞬間、安里は、ゾッとするほど、すばらしい落ち方を見た。あわてて、プールをのぞくと晶子は、コンクリート壁に、身を寄せて、安里に手を長く差し伸べた。

「こういうときは、飛び込んで、助けるものよ」

膝をついて、晶子の手を引張る安里に、晶子は、早口に、そう言った。彼女の短髪は、悪戯小僧のように、乱れて、額にへばりつき、皮膚は水々しくぬれていた。

安里の掌には、晶子を引張り上げるときの重量が残った。安里の心の中に、彼女の存在の比重が、その重量のようにグンとこたえた。


くり舟がひとつ岸に寄って、人がたかっていた。安里と晶子は、手をつなぎ、珊瑚岩の上を、足を用心しながら、其処に近付いた。珍しい魚でも獲ったのかと思ったら、くり舟から、沢山、ウニをおろしていた。

岩と岩の間には、曽《かつ》て、海藻や、小動物や、七彩の熱帯魚が見られたが、いまは、岩だけの淋しい海岸になっている。

安里は体を曲げて、ウニをのぞき込んでいる晶子の肩をたたいた。すぐ、近くを、しぶきを上げて、モーター・ボートが走っていた。

その中の、沖縄娘らしいサングラスが、こちらを向いた。その娘を、中にはさんで坐っている、二人の外人が、手を振った。

明かに、晶子に合図している。

晶子も、背伸びするほど、右手を差し上げ、身体を左右に動かして、手を振った。外人の男たちが、何か、叫んでいるが、よく、聞き取れなかった。

「あの人たち、何と、いっていました」

晶子が訊いた。

「カム　オン　ベイビィと言っていましたよ」

「ね、あたしたちも、ボートに、乗りましょうよ」

「アベックらしくですか」

「そうよ」

プールから、落っこちたとき、子供たちから、やーい、やーい、と騒がれたので、晶子は、ムッとしていた。

「こんなに、水瓜頭が一杯では、公衆浴場と同じよ。すこし、沖に出て見ない？」

「いいなァ。じゃ、覚悟を決めよう」

「あら、なんの覚悟？」

「狭いボートの中で、悩殺される覚悟ですよ」

「ホホ……。わたし、肉体美でしょう？」

と、晶子は、長身の安里の、上体の胸毛に気付き、

「安里さん野性的ね。頭は、そうじゃないけど」

「原始の肉体、文明の頭——ですか。しかし、頭も切りかえたいと思っていますよ」

……安里実の、たくましい両腕が、オールを一漕するごとに、上原晶子が坐っているボートのトモが、グイグイと揺れ、その振動で若々しい二ツの心がはずむ。

ボートが小さいのと、安里の足が長いので、向き合っている二人の裸の膝小僧が、時々、触れ合う。そのたびに、電流のような快感が走り、全神経がピリッと緊張する。安里は、揃えた足を窮屈に硬直させ、上半身にやたら力をこめて漕いでいるようだった。

はずむ心と、反対に、晶子の感覚はピンと張ってきた。

二人は唖のように黙ってしまった。

男女の間で、会話が途切れるのは、互いの感情がスレ違って、退屈しているときか、あべこべに、会話以上の喜びを、二人が共有しているときだ。

ボートは、混雑する浴場を、尻目に、岸を遠ざかる。

「沖に出て」

晶子は命令的な調子で言った。

「大丈夫ですか」

と言いながら、安里も、ひそかに二人だけの世界をねがっていた。海水浴場が小さくなり、泊港や、那覇港が視界に入ってくるにつれ、陸は平たくみえ、海の量感が拡大してくる。

かすかなうねりがあるが、海面は静かで、直射日光が、鮮緑の水深くもぐり、明るくはっきり底は見えないが、海藻のようなものが、ゆれている。

沖のクリ舟が近く見えてきた。冒険を犯すときの喜びと恐さが、交互に、晶子の胸をかすめた。

「ここはフカのいる深海ですよ」

「いいわ、もっと沖に出て」

「もう疲れた！」

安里はオールをはずして、ボートの中に入れ、腰を底板におとした。海軟風の吹きわたる、広い自由な海！政治だとか文化だとか騒いでいる島の社会が、いよいよせせこましく思われる。

永遠にかわらぬ姿で動いている波にゆられながら健康な若い肉体と魂は、初夏の光りと風の中で、爽快な喜びを味わっていた。

晶子も、いつの間にか、安里の横で足を伸ばしていた。肩がふれ合い、潮風でパサパサに乾いた晶子の短い頭髪が安里の頬をなぶる。安里の臭覚が敏感に、処女特有の匂いをとらえた。

快よい刺激に陶然として、思わず彼の片手が、晶子の肩にまわった刹那、安里の首は、晶子の白い両腕でしめつけられていた。

激しく、唇がひとつになった。強烈な恍惚感が流れつづく。

――ボートは流れるままに波に任されていた。

やがて、二人は、横板に頭をのせ身体を長くのばした。

晶子にとって、初めて味う興奮であった。

＊

晶子は、ハイ・スクールの生徒であった時分から、異性との交際は大胆だった。気軽に、映画に行ったり、散歩したりするフレンド関係のボーイが多かった。が、いずれも、ミツ豆的な交際で、晶子の勝気と茶目気に、ひっかき回されて相手は、ベソをかくのが、普通だった。

勤めるようになってからは、ほとんど、山城が彼女の相手だった。堅蔵の山城が、遠慮するように、彼女と私的に交際合っているのは職場では不思議がられながら公然の秘密になっていた。

タイピストの名目であっても、実際は秘書の役だったので、自然の成り行きのようにあって、そろそろ目立ってきた。近頃は、映画や食事だけでなく、遠くドライブまでするようになった。一人では、どこにも出たがらない山城だから、表面は、晶子が引張り回している形だったが、朴訥な山城の、食わぬ食わぬの顔付の後ろには、中年の男の物欲しさがかくされていると、本能的に晶子は見て取っているので、わざと誘って、嫌々ながらをよそおってついてくる山城を、時には、一杯食わしたくなることがある。仕事では老成家でも、女性のことでは、ひどく幼稚な山城が、ひどい目に会ったことがある。

山城の自動車で、北部に休日のドライヴをしたことがある。名護を過ぎると、晶子が代って運転し、本部半島の海岸線を迂回した。道路は舗装されてないが、山が海岸に迫り、奇岩の点在する波打際のコースは、淡青の東支那海を前にして快適だった。

伊江島を左に、北山城跡を右に見て、今帰仁に入ると、海が消え嘉津宇岳の濃紺が右手に迫る。

やがて、羽地内海が開け、ヒタヒタと小波のよせる阿日葉沿いに、仲尾次部落に通ずる道は急に狭まり、全く人影が途絶える。

恋人を散歩させたり、時代劇の殺陣をやらせたり、映画のロケにはもってこいの場所柄である。

晶子は、車を止めた。

「半島をひと回りしたわけね。ああ、ねむい」

と、大きく、アクビして、運転台の後ろに背をもたせ山城のほうに、一寸、上体を向けて目をつむった。

その唇が、半ば、開いている。

「山城は、こんな場所で、どんなことをするだろうか。誰も、いない二人きりのとき…」

晶子は、寝息を立てているが、かすかに、マツ毛の間から、山城清徳の表情を見守っていた。

彼は、フーッと、煙を吐き、湾内の屋我地島と結ぶ、羽地大橋のあたりを眺めていたが、ポイと煙草を窓外に投げすて、晶子の寝顔に向き直った。手を握るかと思えば、そうではなく、顔だけ近づけてきた。

「キスするのだろうか。だったらタヌキ寝入りを決めこんだまま任せようか、それとも、相手の頰に平手打を食わせて度胆を抜いてやろうか。そのときのはずみだわ」

と、晶子は考えた。

晶子のような女は、異性の愛情を本能的に測定するガイガー計数器のようなもので、山城の欲情放射能に、それは、敏感に、反応した。一〇、〇〇〇カウントばかり記録したのである。

思わず、唇がふるえる。が開け放した車窓を風が吹きぬけるだけで、手応えがない。大写しの山城の顔が、かぶさってくるかと見ると、スーッと、その顔が退却する。事業には我武者羅《がむしゃら》な山城も、女にはからきし意気地ないと見えて、思案に暮れている。

「思い切ってやればいいじゃないの。怒りはしないわよ」

晶子は、心の中でつぶやく。また意を決したように山城の顔が近づく。その決意の中に臆病さがかくされている。あわや、という所で、また、退却する。

その、前進後退の道化さに、晶子は、あやうく吹き出す所だった。彼女は、じれったさに、手を伸ばし、大きくアクビした。

「ああ。いい気持!たら、山城さんも寝ていたの？」

「うん、涼しいもんで」

「たまには、そういう場所も覗いてみるのも悪くないよ。後学のために」

八月亭での宴席は、五、六人の内輪の集まりらしかった。客も給仕の女たちも、山城の横に端座している、活発そうなお嬢さんの存在には、少なからず興味をよせている様子だった。

終戦このかた、今日娘の行状には眉をひそめていた山城は、同じ心理で、晶子のもつ新時代を敬遠していたのだが、料亭の宴席に置いてみると、晶子は、全く、清潔な感じである。おどおどする所が職場とちがって、こういう場所では、かえって、度胸をすえている態度で、座が打ち解けても、頑強姿勢をくずさず、向けられた声にはハキハキ応答し出された杯は受け、玄人女たちの、それとない皮肉や、ひやかしは毅然と黙殺するか、機智的な文句で受け取め、初めにしては、あざやかな太刀筋である。山城は、明朗だけかと思っていた晶子の社交性を意外とし、晶子は、堅蔵の通名はあってもどうせ料亭族だと見ていた山城を、ひそかに見直していた。形式的に応待する、彼の態度を、敏感に見抜いていたのである。

「御意見番が、お控えになっているので、徳さん、杯も差しにくいわよ。ホホホ、ごめんなさい」

と、晶子に流し目しながら、山城の相手に回る女は、晶子から、心理的な威圧を感じているにちがいなかった。

「山城さんのニックネーム、はじめて知ったわ。ね、どこかで気分転換しましょう」

と、頃合いの時間に上手に宴席を外して、外に出ると、晶子が言った。

高級レストランに席を変える成行きとなったが、それから、二人が急に打ち解け、晶子が、無理心中でも、強要しかねまじき勢いで、何や彼やに山城を誘い出す始末、とはなった。

自動車の運転免許がとれるようになったのも、山城の好意と助力によるものだが、そうなるまで、山城清徳と上原晶子の仲は、一歩も前進しない。前進しない所か、折角、晶子が故意に隙をあけて、飛躍の機会を作ってやったのに、山城は、尻込みしてしまった。晶子の唇が目の前にありながら、ルビコンを渡る勇気がなく、実業界のシーザーは、てんで意気地がない。クレオパトラどころか、わが晶ちゃんに、辟易《へき》してしまった。汗をかき唇をとがらして一進一退していた山城の滑稽な顔を思い出して、晶子は、おかしさが止まらない。

そもそも山城はアクセサリーのつもりで晶子を連れて歩いていたはずだが、いつのまに、晶子のハンドバッグにさせられていた。

実際、金も、山城は自分で払わず前以て、晶子に渡してあって、必要なときは晶子が、ハンドバッグから取り出すようになっていたのである。

「徳さん」の間抜け面が、運転台の晶子の横にある。車窓を流れる風景に、視線を投げている。恋愛のチャンピオンになり損ね、ハンドバッグの位置に逆戻りした気の毒な顔である。

そいつをみている晶子に、もっといじめてやれ、というサド的な心理が動いた。仲尾次から塩屋まで車足を伸ばし、名護にバックしたときは日が暮れていた。

「おそくなるといけないから」と、山城は、運転交代を申し出たが、その請願は却下された。

「徳さん、那覇に帰りたがっているけど、あのときの失敗で自己嫌悪におち入っていらっしゃる。反面、もういちど機会を試してみたい下心もあるはずだわ」

と、晶子は推察した。

「ねエえ。那覇には、明日、帰ることにするわ」

「あした？　じゃ、ここに泊るというのかい？」

晶子は、山城の表情を読み取ろうとした。（徳さん、ちと、びっくりした顔してる。内心、うれしいくせに）

「でも、……出勤に間に合わなくなるよ」

「いいじゃないの。たまに」

「………」

「常務さんに、誰も文句いわないわよ。ああ、たまには、こんな静かな所で、朝寝坊してみたい」

「二人、姿を見せないと、職場であやしまれないかなァ」

「もう、あやしまれていますよ。あら、山城さん誤解してるのね。泊るったって、変な想像は止して頂戴。部屋を別々にしたらいいじゃないの」

「うん、それは、そうだが」

結局、宿をとることになったが、山城に先に風呂をすすめておいてから、その隙に、晶子は身仕度を改めて宿を飛び出し、庭先の自動車に乗り移って、アバヨと逃げ出した。置去りされた山城が、いま頃、どんな顔しているかと、海沿いの夜風を切りながら、全速力で走る車の中で、晶子は、おかしさがこみ上げて、声を出して笑った。

山城は、晶子に意地悪いことをされても、悪戯と軽く受け流してきたが、今度のものは悪質だと、激怒したものの表面に出すことができない。人間的弱味を、晶子に握られてしまったと思っているからである。こういう仕方で、女からなぶられることは、彼にとって、堪えがたい恥辱だった。

絶望的な劣等感さえあった。

しかし、彼は、名護の旅館での出来事を、他人に知られるのが、何よりこわかった。機会を失ったとの後悔などはなく、屈辱的な怒りと、世間体だった。

何事にも自信家の山城が、初めて自分の姿をつまらなく感じた。実業家としての男の虚栄心が、思わぬ方向から傷つけられたのだ。それでも、黙っていては大人気ないと思い、翌日、晶子と顔を合せたときは、「ひどいじゃないか、あんないたずら」と、ひと口だけは嫌味をいっておいた。

晶子は、何事もなかったように、シャア、シャアとして、その後も同じ態度だ。あの時の屈辱感を見すかれてもまずいと、晶子との交際に不自然な中絶状態が生ずるのを避けてはいるが、怒りの感情を無理に押えてのことである。

同時に、羹に懲りてなますを吹くのたとえで、以前よりも晶子型の女性を警戒するようになった。今度は、敬遠ではなく警戒に重心がかかってきた。さわってみたいが、うっかりさわると火傷をすると思った。

晶子は、山城の心の変化を目敏《めざと》く見抜いていたが、一寸、気の毒なだけで、大して気にしてなかった。山城がギコチない気持を抱いていても、晶子は、それで、楽しさを減殺されない。

山城のような男は、男同士の日から見れば、なかなかの人物だが、異性の目には、体に似合わず弱小に見える。女の英雄は、ドン・ファンだからだ（失礼）。

山城がモダン娘のハンドバッグの地位以上に向上できないのは、世間的な過度の分別と、女性に対する無智が、その原因のように思われる。周囲の目を意識しすぎて、恋愛に夢中になれない。

また、無粋な責任感が先走って盲目的になれない。それに、女性から、ノーと言われたら、絶望的に総退却してしまう。

時々、晶子の心に、こうした山城をかばってやりたい母性的な気持が動くことさえあった。

「求愛のルールを知らなくちゃ駄目よ、山城さん。ノーと言われてベソをかいちゃ駄目。ほんとにいやだったら、女は冷淡になるものよ。ノーは、必ずしも拒否ではないのよ」と、言い聞かしてやりたかった。

あるとき、洋画を観ての帰り、山城が、「女も男も、相手が好きだと思うときは、すぐ、好きだと言うね。あんな所は面白いな」と、晶子に語ったことがある。

古い道徳概念を捨て切らない山城のコンプレックスが、洋画によって補償され、胸がスッとしているのかも知れなかった。何れにしても山城は、晶子にとって、尊敬の対象から同情の対象に転落した。

＊

ボートは波にまかされていた。すこしづつ、南風で、夫婦岩よりのほうに流されている。

安里と晶子は、ボートの底に、身を横たえている。魂が、空の青さに吸い込まれる。その空には、光る雲があった。水平線からわき上った入道雲である。

唇を許し合ったあとの官能は、さらに、自然の与える陶酔を享受していた。健康な肉体で雲を見上げた姿勢ほど美しいものはない。豊かな腰、張った胸、のびのびした手足、円い顔、が安里の横にあった。

「貴女は、夏の精、ですね」

と、安里は言った。

晶子は答えなかった。青春のように空は青く。処女のように雲は白い。そして、魂は、空気のように波のように、雲のように、自由であった。感覚は、すべてのものに向かって、快よく、開け放されていた。

「いままでに、こんな、喜びを味ったことはない。これは、山城の財布からとび出す楽しさとはちがう。よいドレスで、自動車を乗り回し、レストランや映画に連れて行ってもらうのは、たしかに楽しみだ。が、それは、多分に世間的見栄の上にきずかれたものである。この海の上では、何のぜいたくも要らないではないか。何も彼も裸でよいのだ。誰もみていない。自然があたえるものを、限りなく素直にうければよいのだ。ただ、若くて健康であるという自覚だけで、わけなく幸福ではないか。……」

晶子が、そんなことを考えていると、

「ね、晶子さん。さきの恋愛観じゃ、返答にマゴついたが、僕、すばらしい人生観をもっていますよ。人生観というほどの大げさなものじゃないが………」

「まァ、どんな」

「そうだな、ひと口で言えば、（新鮮哲学）というかな。もちろん、これは、僕の造語ですがね。つまり、人は、いつもフレッシュな気持で生きてゆかなくてはならないという主義ですよ」

「面白そうね、そういう考え方には、賛成だわ。でも、どうしたらいつでも、フレッシュな気持になれるんでしょう？」

「いちばん、大切なことは、過去を切りはなすことですよ」

「過去を？」

「そうです。人は、いつでも、過去にわざわいされている。過ぎ去ってしまったものにね。私たちは、過去を考えずには生きてゆけない思考の習慣をもっています。それにしても、僕は、なるべく、そういうものから脱ける努力をしていますよ。考えてごらんなさいよ、私たちが持っているのは、現在だけなんですよ、その現在に、いつでも過去の影が射し、未来への不安が入りこんで、いつでも、現在がフイにされる。馬鹿々々しいじゃありませんか、私たちは現在を楽しみ、ただ未来を期待するだけでいいではないでしょうか」

晶子は、安里の言葉に興味をもち出した。

「過去にどんな価値があるんでしょう。どんなすばらしい思い出でも過ぎ去ったものは、もう、灰にしかすぎませんよ。そう思いませんか。思い出は荷物ですよ。その荷物をもっていては、身軽になりません。あの空をごらんなさい過去の影がみじんもない。雲も波も、そうだ。あるのは現実という瞬間だけだ。未来への期待だけだ。そして、すべて存在をたのしんでいる。

私たちは、いつもつまらないことにわずらわされていることにあとで気付くんです。幸福になりたいと、みんな思いわずらう。

それが不幸の原因です。幸福であれば、人は、その必要を別に感じませんよ。健康体が、心臓や胃袋がどこにあるかも感じないように。そうじゃありませんか。

幸福になるには、あれが欲しいこれが欲しいと考えるから幸福が逃げる。幸福は、何も必要としない。すべてに喜びを感ずる新鮮な感覚だけあればいいんです。…実は、僕、さっきから、一種の驚きをもって、貴女をみているんです。貴女には、僕の意見なんか、ほんとは必要はないかも知れません。貴女は、僕が、努力して得ようとしているものを、すでに持っている。自然にそなえているような気がするんです。

貴女は、自分は美人ではない、と言いましたね。美人は、自分がそうであるという意識から美が重荷になってくる。貴女は、自分の魅力を自覚してない。自ら美しいと知らないときほど人の心を打つものはありませんよ。僕は、美を鼻にかける人には、何の魅力も感じません。俗臭が鼻につくだけだ」

「安里さんのは、刹《せつ》那主義的な考え方じゃない？」

「晶子さん、そう既成思想のワクにはめてもらっては困りますよ。もちろん、瞬間の尊さを、言う点では似ていますがね」

「過去も未来も考えるから進歩があるんじゃないでしょうか」

「それが過度になると、観念的に不幸になる。文明的神経症状にとりつかれる。晶子さん自身、より現在をたのしんでいることはたしかだ。みただけでわかりますよ。かつてあったことより、現にあることが重要じゃないですかね。人間は過去を背後へ押しやらずには前進しないもんですよ。

記憶はくりかえされることで持続するのです。そして、過去に対する記憶が、いつも現在を食い荒しているのが我々の観念生活です。どんなすばらしい思い出でも、現在とはかえられない。青春の思い出は青春を新たにしません。青春を持続するには、常に、新鮮な感覚で現在を生きなくてはいかない五十になっても、六十になってもああ、そうありたい。昔の支那の哲人も『日新』ということを言っているが、味うべき言葉だ。新鮮な感覚を通していつでも物を見る。そして、心の中には、いつでも、驚きと、喜びを感じる。これが青春の内容だと思いますよ」

「安里さん、哲学者ね。見直したわ」

「そう見直されちゃ困りますよ。むしろ、本の中に人生はないと思っているくらいですよ。

アメリカにいるときも、余り本を読まなかった。それで、成績はよくなかった。沖縄の学生は、みんな、書斎にとじこもって勉強ばかりしていましたね。というより勉強に逃避していたと言ったほうがいいかな。僕は反対だったな。生活を大いにエンジョイした。生きることは大切ですから。どうして生きたらよいかということは、たえず、考えましたがね」

「つまり、過去を忘れて、現在に生きるということをさとったわけね。そして、絶えずフレッシュな感覚で生きる。安里さんらしい考え方だわ」

「晶子さんも賛成でしょう」

「ええ」

「でも、それだけじゃない。いろいろ…」

「これから教えて頂戴」

「僕も、晶子さんから、教わることがたくさんあるかも知れない。要するに、人生を楽しむには、別に、何も要らない。心の持ち方ひとつと思うんです。ただ、何となく楽しいことがありますね。あれが、幸福というものですよ。ランチを前にフォークを動かす手に憂いがこもっていることもあるし、ピクニックなどしてパンをかじっただけで楽しいこともある。物に、やたらに幸福を期待すると背負投を食いますよ」

「でも、あるていどの物の裏付けがないと…」

「それは、わかりますがね。大抵物に幸福があると思って、あくせくくらす人がほとんどだ。争や、嫉妬や軽蔑が、そこから生れてくる。物にこだわらずに、しばられずに、自由に、身軽に、なんでも楽しめるのが、一番ゆたかな人間だと、僕は思うな。

たとえば、僕の叔父さんですがね。いつも金、金でくらしている。留学中は世話になったから悪口はいえませんがね。金で人の能力や価値を判断する。あんな窮屈な考え方からは、自由は生まれませんよ。金が与えてくれる自由の仮面を、はぎとると、そこに束縛という素面がでてくる」

晶子は、安里の話を聞きながら、山城のことを連想していた。

「それから、自分を取り囲んでいる環境のトリコにならないことだ。いつも住みなれている、家庭や町の中では、すべてが単調な生活のくりかえしになる。新鮮な感覚が麻痺する。安住すればするほど、環境は死灰のようになる。私たちは、その中で新鮮な感覚を失ってしまう。誰でも、環境にしばられている。意識的に、そこから脱けることが大切だ。たとえば、職場もひとつの環境ですよ。自分がその中で、退屈し、情熱を失っているなら、明かに、その環境のトリコになっている。環境を克服する工夫が必要だ。そう思いませんか」

「環境を克服するって、どういうことですの？」

「その環境の外に出てもよいし、その中で、いつも新しい気持ちでくらすように工夫することもよい。そういったものです。なんだか晶子さんは、いつでも環境からハミ出して生きているような感じがするな」

「環境なんて考えたこともないのよ。なんでも楽しく、自由なんですもの」

「そうでしょうね。晶子さんは、旅行は好きですか」

「旅行なら、大好きだわ。山城さんと、よくドライブするるわ」

「山城さん？　楽しいですか」

「ええ、それは」

「山城氏は、その旅行を楽しんでいますか？」

「さァ、楽しいから、ついてくるんでしょう」

晶子は、いつかの北部旅行を思い出した。ベソをかいたような山城の顔が浮んだ。

「僕は、疑問だな。貴女の楽しいというのとは、彼氏のは、質がちがうと思う。でも、旅行はいい。吾々を簡単に環境から引きはなして気分を転換させてくれる。旅行をして、未知の町や村をはじめてみるとき、新鮮な好奇心に動かされますね。あの気持ちですよ。ところが、その町や村に住みつくともう、いかない。環境のトリコになってしまう。だから、新鮮な気持ちを保ってゆく手取早い方法は旅行することだな。僕も、今年の夏の休暇は、旅行ばかりしてみるかな」

「いいわね」

「どうです。貴女も」

「ダイサンセイ！あら、いつの間に、雨雲がでたわ」

水平線から高く湧き上っていた入道雲が、へりだけ光って、中は、鉛色の雷雲にかわっている。やがて、沖の漁船が、白い雨足に包まれてしまった。

「シャワー（にわか雨）ですよ。通過するまで、このまま、ジッとしていましょうよ。すがすがしくなりますよ」

空の一方が、暗くなって、爽快な風が吹きわたってきた。波も、うねりが高くなる。

「相当、猛烈よ」

晶子は、上体をあげて沖を見た。海面の一部が視界から消える。

「いいじゃないですか。六月のシャワーだ」

その瞬間、ボートがドスンと大きくゆれて、飛沫がザァーッと、安里の身体にかかってきた。安里はガバッとはね起きて海面をみた。しばらくして、晶子の短髪が水面に浮び、足で水をたたきながらはでに手を動かした。

素人ばなれした見事な泳法である。安里は、オールを下して、晶子のあとをつけた。

「晶子さーん。どうしたんですかー」

振り返った晶子の白い歯が笑っていた。

「放射能雨よ。ぬれたくないわ」

「チェッ！」安里は舌打し、

「水爆なんて大自然からみれば、子供の爆竹遊びだ」

と独語した。

見合い

新栄通りの本屋を出ると、うしろから軽く美代子の肩をたたく者がある。新聞記者の石川だった。

「これから社へ？」

「いや、いま帰るところなんだが、美代ちゃんが本屋から出るのをみて、逆戻りしたんだよ。貴女は？」

「銀行の山城さんの所へ行ってその帰り。家の用事で」

――識名の門中の清明祭で、山城から頼まれたことを、兄の朝雄に、どう話したものか迷ったが、話してみると事は簡単だった。

「ふん、山城がね。党の責任ある地位から手を引いてくれというわけだな、僕に。ふん、誰からもたのまれなかったたって？

ふん。美代子、山城に言ってやんな、もう、そんなお節介は要らないって、どうも山城の奴、気に食わぬが、彼奴のお望み通りになっているからな。今後、党では現役中心主義ということになってね、浪人は勇退することになったんだ。石川がきたのも、その事情をさぐるためだったんだよ。あのとき、南方のことばかりしゃべって帰ったが…なにしろ、彼奴、南方ノイローゼだからな。ハハ。

しかし、美代子、もう、党の問題どころじゃなくなったね」

「土地問題のこと」

「そうさ」

そういう会話があって一週間ほどあとである。早速、結果を報告しようと、美代子は思ったが、山城が出張中で、それができなかった。今日、やっと、出張から帰った山城を、楚辺の家に訪ねた。兄の話した内容は告げずに、ただ兄が承諾したということだけ報告した。美代子としては、自分の説得の努力を、すこしみとめてもらいたかったのである。

「それは、御苦労さんでしたね」

と山城朝徳は、言ったが、もう、そのことを問題にしている様子はなかった。

「石川さん、これ」

美代子は、買ったばかりの本をみせた。

「おう、そこの店にあった?」

「ええ、ひょっと目についたのよ。もしかしたら、石川さんが話していたあれかと、手に取ってみたら、やっぱり、そうだったわ」

「これは、思いがけないなァ。日本語訳が出ているとは知らなかった」

譜久里朝雄の部屋で、美代子が出してきた葡萄酒に陶然となりながら、石川が話したラーデン・カルティニの書簡集『光は暗黒を越えて』の邦訳で、河出書房から出ている。石川は、歩きながら開いたり、閉じたりした。

「本屋で、あとがきを立ち読みしたけど、この間の石川さんの話大分、ちがったところがあるわ」

「そうか、どんなところ」

「カルティニという人は、百五十年前の人だとおっしゃったわね。生まれが明治十一年、死んだのが二十六才」

「ハハハ。そうか。数字をひとりたまちがえたんかな」

「のんきなこと言って」

「コーヒー代ぐらい持っているよ」という石川長生のうしろから美代子は三協デパートの階段を上った。三階の食堂は空いている。

窓際のテーブルから、日暮れのあわただしい人通りや、遊園地の電灯がみえる。空は余映で、まだ明るい。なんとなく、そわそわするひとときである。

「美代ちゃん、面白いものみせようね」と、石川が、原稿用紙を入れる紙ケースから取り出して、美代子に渡したのは、一枚の写真である。背景は波之上海岸。美事な肢体をもった水泳着の女が、片足をプールのはしにかけ、他の片足を真直ぐ上向きに伸ばし、手も、片方は上を、片方は下を指して宙に浮き上った格好である。

「なんですの、これ変な写真ね」

と、美代子は、顔を赤らめたが
「おや、晶子さんじゃないかしら」と、注意を集めた。

「たしか、ウルマ銀行の事務員だよ。以前、受持区域だったから、知っているが……」

「どうして、こんな写真……」

「こないだ海岸で撮ったんだよ。

日曜でニュースが時化《しけ》ていたから、波之上風景に夏向けの記事でも添えてと、丁度、土地問題でゴタゴタしている時でもあるから、そのうらをゆく記事が欲しくなり、のどかな季節感で、紙面をやわらげるため、カメラマンをつれて行ったんだよ。海岸は、賑っているが、パッとした風景では平凡すぎると思って、なにか目星しいものはないかとさがしていた。季節の風物詩でも、何かアクセントがないとね、そう思っていると、すばらしいポーズを発見したね。この写真の肢体だ。こいつが、西部劇の決闘のような姿勢で、プールに突立っているんだ。早速、これだと思った。明るい海辺と、大胆な女性のポーズ、こいつは、いけると思って、カメラマンに目くばせした。幸い、向こうは気づいていない。頭の中では「六月の海のニンフ」という見出しまで考えていたんだよ。ところが、カメラを調節しているうちに、立像が動き出した。それで、シャッターを切ったときはこの格好で飛び込んでいた。これも見事な格好だがね、新聞には出せない。

長蛇を逸してしまったよ。しかし、あの落ち方は見事だったな。後ずさりして、助けてーッと叫びながら、倒すように、逆さに落ちたからね……この辺に、この娘の連れの青年がいたよ」

石川が示した写真の右端には、男の肩先だけが写っていた。

美代子は、その写真を石川にかえすと、黙って、コーヒーに砂糖を入れ、匙でかきまわした。

「ちょっと、その本、みせてごらん」

と、石川は、美代子から、カルティニの書簡集をうけとり、頁をめくった。

「実は、この書簡集は、まだ、読んでないんだよ。原題は Habis Gelap Ter bit lah Tjahaja となっているね。現地でも遂にみつけることができなかった」

と、言いながら、石川は拾い読みをした。

*

ジャワの高原都市バンドンにいるとき、石川は町に出ると、先ず本屋をさがし歩き、現地の小説、戯曲類や歴史書など漁り、そうして集めたものがトランク二つにぎっしりつまるくらいになっていた。ひと通り読んだものである。帰国するとき、それらの本は、英国の進駐軍に押さえられて、一冊も持てなかった。二十代の青春をジャワで埋め、沖縄語を忘れてしまっていた石川にとって、マレー語は第二の母国語であり、仕事の関係で、寝ても起きても、マレー語の中に水浸しになっていた。また彼は、情熱をかたむけて勉強し、将来は、現地の文化研究に生涯をかけてもよいという考えを抱いていた。

彼は、つとめて、現地の芝居をみ、ラジオに耳を傾け、新聞をむさぼり読み、まるで、うえたもののようだった。インドネシア文化の研究者として、自分の運命を拓こうという彼の夢は、しかし、日本の敗戦の為に、一片の水泡のように消えた。そんなことを思い出しながら、このカルティーニの書簡集の原文を、翻訳者にたのんで送って貰おう、早速、手紙を書こうと考えた。あとがきを読むと、仙台で短期大学の先生をしているらしい。訳者は知らない人たが同じころ、同じ場所、同じ空気を吸い、同じ運命をたどったらしい事がわかったからである。石川は、片手でコーヒー茶わんをつかんだまま、しばらく、片手で袖珍本の頁をめくった。

気をとめて読んでみた。

わたしの願いは男の子ど女の子を産み、自分の手で教育して、わたしの理想に適った人間に仕上げてみたいということです。まず第一に、男の子を女の子以上に尊重する悪習を放てきします。

幼少のころから男の子が女の子以上に尊重されてきた事実を思い起せば、自分のことしか考えない男の子のわがままの由って来たるところは別に不思議とするに当りますまい。(中略)わたしの子供たちには、男女とも、互に尊敬し合い、互に同じ人格をもった人間として認め合うような教育を施し真に平等な教育をしてみたいと思います。(中略)厳格に設けてある男女間の隔壁を取り除きたいと思います。この隔たりが緩和されれば、むしろ男性側に有利になる事はまちがいないことです。礼節と知恵とを兼ね備えた男性が、礼節と知恵において自分と対等な女性をことさらに敬遠し、彼らとの交際を忌避して、卑しい女性の抱擁に自己を汚すというようなことは、信じられないことですし、信じたくないことです…。

石川が、思い出したように、コーヒー茶わんを口に持ってゆこうとしたとき、「やあぁ、石川氏」と大きな声で近づいてきたのは、大学助教授の与世山盛吉である。

「あ、暫《しばら》くですね」と、石川が椅子をすすめると、

「先生、お久し振り…」と美代子は立って、頭を下げた。

「おや、ここに才媛がいたぞ」

与世山は意外な発見をしたという顔付になった。

「これは珍しい。兄さん、お元気ですか。しばらく御無沙汰しているが……」

助教授の与世山は、腰を下すと美代子にたずねながら、注文にきた給仕の娘に、「僕も、コーヒーにしてくれ、アイスを入れてな」と扇風機に向って風を入れる姿勢をとった。

「先生、ちっとも、お見えにならないので、どうしたのだろうと、兄が言っていましたわ」

「兄さんでなくて貴女が、そういう風に言ってくれたら、万難を排して、足を運びますがね、ハハ……」

「まァ……」

「いや、冗談は別として、兄さんによろしく。近いうち伺いますよ。……いま、法的立場から、ちょっと、調べているんでね、例の……」

と、終りの言葉は、石川に向けていた。

与世山は、何気なく、卓上の本を取り上げた。

愚かしさなどのみじんもない有識階級の白人の方々とも何度もお目に掛っておりますが、この方々の示す

人種的な蔑視にはまったく堪え切れません。あれはほんとうにわたしの胸を痛めつけます。それどころか、わたしたちジャワ人などは人間の部類に入らないのだと、心の中できめてかかっている人がひじょうに多いのです。こんな態度をわたしたちに示しながら、オランダ人はわたしたちジャワ人を愛しているなどと、いえた義理ではないではありませんか。愛こそ愛の反響を呼び起こしますが、侮蔑は永久に愛を生かしません

与世山は、ふむ、ふむ、と言いながら、パラパラと頁をめくった。

闘いを回避してどうして勝利が得られましょう？　探求を行わずにどうして発見ができるでしょう？　闘わなければ勝利もないのです。わたしは闘うつもりです。

わたしは自分の自由を勝ち取る決心です。弾圧や苦難が降りかかろうともわたしは震えあがるようなことはないつもりです。そんなものを打負かすだけの堅い決意をもっております。

「ふむ、なかなか、いいことを言うじゃないか。なんですか。これは」と言いながら、与世山は、最後の頁をひっくり返した。

「インドネシア民族独立の母、女性解放の先駆者……か。カルティニは幼い頃から西洋風の教育をうけて、近代的な感覚と知性とを身につけた。聡明な少女であった……」

与世山は、そこまで音読してから

「むしあついですな」と、扇風機の向きをかえた。

「そちらの方にも風がくるでしょう。これでよい。ところで、今度の土地問題は法理論から、いろいろ疑問の点があるんで、その面から検討しているが、こんどの抵抗運動そのものは、法理論だけの立場からは割切れないものが残るかも知れないですな。なにしろ、民族問題的な様相を帯びてきたからな。それに、内外の複雑な政治要因がからんできた。ホット・シーズンに、ホット・ニュースですな、全く……」

「なにしろ、こういう、民族の総抵抗というのは、初めてですな。いままで、抵抗という言葉さえ危険物のように、避ける傾向だった。問題が問題だからな。土地がなくては民族として生きる立場がなくなる。まさか、クリ舟の上で生活するわけにも行きませんからね。ハハ。インドネシア語ではね『ふるさと』のことをターナ・アイルというが、これは『土と水』という意味です。

また、よく使われる言葉に、ヌーサ・タン・バンサというのがあるが、これは「島々と民族」という意味で、つまり、土地と民族が、血肉の関係であることを表現している。インドネシアの青年たちがよくこんなこと言うのを聞きましたよ。Kita moesti membela sendiri tanah air kita, noesa dan bangsa（自分たちの郷土は自分たちで守らなければならない）そんな言葉を聞く、こっちは、そうだ、そうだ、大いにやり給えとけしかける気持ちだったが、いまになって、あの言葉のもつ真剣な内容が、わかるような気がする。物事の理解というのは、立場によってちがってくるものですね」

「そうですよ。抵抗という意識も土地問題という現実にぶつかってジャスティファイ（正当化）されてきたわけですからね」

と、与世山助教授は、新聞記者の石川の言葉に相槌を打ってから、

「反抗のための反抗ということもあるが、一概に、抵抗の原理を危険なものとして片付けては乱暴だ。要は抵抗の内容ですからな。その内容が建設的な努力を意味していることがある。すると、保守的な勢力には、それが抵抗となる。が抵抗は、一方的なものではなく相互作用だから、どちらがよいかの判断は双方の立場の内容を考えてみなくてはわからない。人が何かに対して積極的な判断をする場合には、必ず、その判断によって否定されるものがでてくる。問題は、その行動や思想の内容が、積極的であるか、退嬰的であるかであって、建設的な努力や思想を、すぐ危険視するのは、そうする態度自体が反動化している。かえって、どうでもよい、自分だけ安全であればよいという自己保身

的な考え方がひろまることが、ほんとの、思想的危機を生みます。まず、抵抗ということも一応、善意でもってみないと、賛成できないからといって、敵視するようでは、互いの進歩がさまたげられる……」

与世山の口調は、いつの間にか、講義調になっていた。黙って聞いている美代子は、与世山が、神経質な手付で、小さい包みを、いじっている指先をみていた。

「先生、お買物ですの？」

「これ？　これは、煙草ケースですよ。この向かいの角万という店にあった。今度、また法律学会があってね、上京することになったよ。こちらからのお土産といえば、まず漆器ぐらいのものだからな……」

「いいお身分ですな」

「いや、いつも一週間そこそこのあわただしい旅で……」

「法科スタッフが、一寸手不足のようですね、与世山さん。しかし、度々、上京できるのは一種の特権じゃないですか。我輩などは、一度は東京支局にやってくれんかなァと思っているんだが、なかなか、お鉢が回ってこない」

「でも、法科の陣容は、もっと、そろえんとね。そう言えば、今度、裁判所から真壁君という若手がくることになっていますよ」

真壁と聞いて、美代子はギクリとした。縁談の写真を目の前に突きつけられたような気がした。その返事もまだしてない。こういうことにルーズになってはいけないと思いながら、決心がつかない。真壁の名前を聞いた途端、美代子は、ふと、焦立たしさと、重苦しい負担を感じた。

「真壁君は、どっちかと言えば、国際法に詳しいんでね、裁判所よりは、大学に来てもらったほうがよいと、実は、私が交渉したんです。先生は有望な青年学徒ですよ」

「そんなら、与世山さんの相棒というわけですね。国際法なら。……どうですか。今度の絶対所有権取得の問題は……」

「そうですね。そいつを、条約・主権・国土といった観点から法理論的に解釈しなくちゃいかんが、まだ、しっかりした結論が出ていないんで……いずれ、向こうの学会でも、その問題が、俎上にのせられるはずですよ」

「本土政府でも、法理解釈はマチマチのようですね。いまは、政治折衝が優先だというんで、法理論は楽屋にひっこんでいろ、ということになっているが、なんといったって理論は武器ですからね。

善意や良識もよいが、一応は、武器も持っていないと、強い方の善意や良識だけが、通ることになってはかなわんですからね」

「民政長官の帰任の談話を読んで感じたんだが、アメリカは、この問題を、かなり広い観点から、考え初めてきたという感じがしますね、問題の深刻さをわかってきたような気がする」

「基地戦略の概念も、原子力時代を境いに全く変ったらしいですよ基地の民衆の経済的、社会的協力がなければ到底軍事行動の成功は困難である、という考え方になってきている。ある軍事評論家の説ですがね、今後は、経済、政治、社会的要素が基地条件の重要な要素になってくるというんですね。つまり、空間的な縦深性からすすんで経済、政治、社会的縦深性まで持たなければ軍事基地として十分に機能を発揮することができなくなってきたんですね。

こうも極言してますよ。現代戦の性質から琉球、小笠原或いはグアム島のごときは、もう重要な拠点としての資格がない、今後の基地はすくなくとも九州、台湾、ルソン島のような広さを必要とするようになったと……まァ、沖縄基地も重要だろうが、土地問題で、日本内地の基地問題に飛火したり国民感情を余り刺激すると、それこそヤブをつついて蛇を出すことになりますよ」


映画でも見に行こう、と連れ立って、食堂に出た与世山と石川の二人と別れて、家に帰ってみると、玄関に男物の、見なれない靴が並べられてあるのを見て、誰か、お客さんがあると、美代子は察した。

「美代子！」

玄関を上ると、応接間から、父の声がかかってきた。

「山城君は、帰ってきとったか」

「ええ。お会いしました。入札がまた、延びたそうよ。お父さん。今月の下旬だって」

「そうか…美代子、裁判所の真壁弘志君が、いらしているよ。お会いしてきなさい」

美代子は、瞬間、不意をくらって心臓がしめつけられるような息苦しさをおぼえた。無理に平静になろうとすると、かえって動悸がたかぶる。応接間を出て、廊下を歩きながら、美代子は、自意識で固くなってゆくのを感じた。

と同時に、父の言葉よりも、何気ない風で、突然、あんなことを言う父の態度に反発を感じた。

「きっと見合いのつもりだわ。いや、見合いにきまっている」

心の中で、そう、つぶやいた。それにしても、当の自分には何故、黙って、そんな仕組をやったのだろう。まさか、真壁さんが、自ら押しかけてきた訳ではあるまい。まるで不意打ちだわ、と思い、わざと、二階の自分の部屋へ、トントンと音をさせてかけ上った。間もなく足音がして、母の鶴子が姿をみせた。

「どうしたんだね。美代子。帰ったとも言わないで」

「お父さんに言っといたから、いいと思って。…じゃ、ただ今ァ」

「変だよ。あんた。朝雄の部屋に真壁さんが、いらっしゃっているよ」

「お母ァさんたちが、お呼びしたの？」

「そうだよ。とにかく、顔を見せなくちゃ失礼になるよ」

「お母さんたち、勝手なことしらゃ困るわよ。わたしに相談しないで」

「あとで話すから、すぐ、挨拶してきなさい」

「挨拶だけすればいいの？」

「すこしは、お話しもしなくちゃ。とにかく、夕方から、お待ちなんだよ。あなたが、早く帰ると思ってたから、そのつもりでお呼びしてあったのよ。あまりお待たせしたので、また改めてお伺いしましょうと、真壁さん、お帰りになろうとするのを、折角、お出になったんだから、と、無理に、こちらがお引止めしたんだから…」

「仕様がないねェ」

「仕様がないのは、あんたですよ。さ、早く」

「じゃ、服をかえて、すぐゆくから…」

「服は、そのままでいいんだよ。あ、そうだ。お化粧をなおしてからにしなさい」

母は、ひとりで、そわそわしている。いつもの、どっしりした落着きをなくしている母を見て、美代子は、あべこべに、落着いてきたので、兄の部屋へ下りて行った。

真壁との縁談を持ってきたのは、父の友人で裁判所の書記をしている花城という老人である。

副検事という肩書をもつ真壁は、花城老の上役であるので、忠勤をはげむつもりで、花城老は仲介の労を買って出たのかも知れなかった。

真壁が、新聞のミス招介欄を見て美代子を知り、求婚してきたというのは事実ではなく、花城老が知合いの譜久里朝英に、年頃の娘がおることを知って話をもちかけ、手許に写真がないものだから、新聞に招介されてあるのを切抜いて真壁に示したのである。

真壁は「万事、花城さんにたのみますよ」と、任せきりの口振りだったが、内心、かなり動かされていた。花城老が、その話をつたえると、美代子の父は、勿論、学歴や地位に中分のない相手だし、異論はなかったが、この話に、一番、身を入れてきたのは母の鶴子である。

「ほんとに勿体ない御相手で……ほんとにこんなよいお話はないと思っております。……美代子が、まだ、わがままでして……」

と、花城老に詫びる母の鶴子は、この縁談にとびつくかと思いのほか、美代子が冷淡なのを、甚《はなは》だ不満に思っていた矢先、花城老からの催促で、余り伸び伸びもできないと、前もって、今日の日取りを定めておいたのである。

見合いは見合いでも、予め、場所や日取りを定めて、となると、当人同士がぎこちない気持になると考え、形式ばらずに、バッタリあわしたほうがよいと、そこは、進歩的思想を自負する鶴子の執りなしである。あるいは、美代子が怒るかも知れないが、そうでもしないと、尻込みしたり、口実をつくって会わなかったりされたら困ると、鶴子は考えた。

それで、なるべく、親が付添うといった形式的なことをやらずに、若い者同志の気楽なフンイキを作ってやろうと、朝雄の部屋で会わせることにし、花城老にも遠慮してもらい、自分たちは、美代子の親ですと、真壁に挨拶に出たていどだった。朝雄自身は、妹の求婚者の人物鑑定役を引受けているつもりだったが、母の鶴子は、朝雄の鑑識眼には半信半疑の信頼しかよせていなかった。

なにしろ、秀才というひとことで母は参っている。秀才という言葉に、すぐ反撥するのは兄の朝雄である。私学の官学に対するコンプレックスからくる抵抗心理かも知れない。

「秀才て何だい？　合理的、理性的に判断したり行動したりする人間のことか。ふん、その生活内容をみないと分るもんか。金を儲けたい、立派な服がきたい、すばらしい家に住みたい…そんな、感性的な利己的な欲望を満足させるべく要領よい振舞いをするための合理的考えや理性的行動の場合が案外多いからな。周囲に不正や不合理があっても目をつむる要領よさ、賢くみせる技術の体得者が秀才型さ。矛盾だらけで卑小だよ」と、朝雄は吐き出すように言う。——

その朝雄の部屋に真壁がいる。

「私、美代子でございます」

相手の顔から視線をはなさずに、美代子が、挨拶すると、真壁は居ずまいを正した。

「ぼく、真壁弘志です。どうぞ、よろしく」

すると、朝雄がぶっきらぼうな声を出した。

「おい、おい美代子、固くなるな真壁君も、固くならんで、どうぞ、さっきのように、くずして下さい」

「そうですか、では失礼します」

と、真壁は、姿勢を楽にした。

「美代子さん、城南高校には、僕の友達がおりますよ」

真壁は、まず、身近かな話題を切り出した。

「そうですか。どなたでしょう」

「安里君ですよ。安里実君ですよ御存じでしょう？」

「あら、え。」

「鉄血勤皇隊の生きのこりですよ二人とも。先生は、山原にかくれ、僕は、クリ舟で島づたいに本土に逃げて、とうとうハワイにつれて行かれなくてすみましたよ」

「ほう、それは初耳だな」

朝雄が感心した。

「安里先生、とても、スマート・ボーイですわ。ホホ」

「まァ、まァ、そんなことはどうでもよい。おい、美代子、真壁君な、大のパチンコファンらしいぜ。話せるなァ」

朝雄は、相手が気に入ったという顔付をしている。どうも、空気が変である。

おそらく、兄の朝雄と真壁は、にらめっこして座っているだろうとおもっていたが、様子が、随分ちがう。そう言えば、やせ型だろうと思っていたが、法務官という役柄から、いかつい人間を想像していたが、理屈づくめの法律家らしい片鱗さえ見えず、むしろ芸術家タイプといった肌合いで、それでいて、どこか素朴で、稚気さえ感じられる真壁である。

側から兄嫁の峯子が、笑いころげるように説明を入れる。

「兄さんたちね、美代ちゃん。さっきから、パチンコの話ばっかり。琉球政府がパチンコ屋になったら、わがパチンコ党は、日参しようじゃないか、だってさ。ホホホ。ほんとに、意気投合、肝胆相照すという所ね」

「僕はね、パチンコでは、勝ったり負けたり、だがね。真壁君ときたら、負けたり、負けたり、だとさ。ハハハ。貴君こそ、ほんとのパチンコ狂だよ」

「あの、まぐれ当りがなんともいえないですよ」

「ハハハ。愉快。愉快」

美代子は兄とふざけている真壁を、一寸、観察しただけで、この人は、たしかに、秀才だな、という感じをうけた。が、それは、威圧感ではなかった。

「ハハハ。愉快じゃないか。真壁君は、就職のとき、趣味を聞かれたら。パチンコと答えたそうだからな。ハハハ」

「ほんとですか」

美代子が、初めてたずねた。

「いやぁ、困ったなァ」と、真壁は、頭をかいた。

「真壁さん、近く、大学へ赴任なさるそうですね」

「おや、お耳が早いですね」

「与世山先生が、そう、おっしゃっていましたわ」

「そいつも、初耳だ。しかし、法学士とパチンコは意味深長だナ。ハハハ」

美代子と真壁の会話に半畳を入れる朝雄を、妻の峯子はたしなめた
「いい加減なさい。いつまでも同じことを」

そのとき、真壁が、「しかし、先輩」と、朝雄に向き直った。

「わが趣味、あに、パチンコのみに限らんや、ですよ」

「ほほう。もっと、よい趣味がありますか」

「すこし、絵のほうをやっていますよ」

「失望させるね、そんな趣味は」

「もう、およしなさいよ」と、峯子は、朝雄に言ってから、

「自分でお描きになりますの」と真壁にきいた。

「ええ。アマとプロの中間ぐらいですよ。それより絵のコレクションが好きでしてね。その方面なら、人後にはおちません。といっても、あえて過言ではないでしょうな。名画の複製を相当、集めてありますよ。御希望ならお見せしてもいいですが」と、真壁は三人の顔を眺めた。

「ぜひ、お願いします」と、峯子は、目を輝かせた。

「絵というと、近頃の画家はさっぱり商売にならんらしいな。一時は儲かったらしいが、…あのアメリカ人の肖像画を描いていた時分が、一番よく売れたらしいね」と、朝雄の興味といえば、画家の台所ぐらいのものである。

「肖像画といえば、アメリカの開拓時代の初期には、無名の画家が開拓地のアチコチを回って肖像画を描いていた時代があって、アメリカの絵画の発達の源をなしていますが、沖縄で終戦直後、アメリカ人の肖像画を描くのが流行ったというのは、そういう開拓時代の歴史を考えると、面白い現象だと思いますよ」

と、真壁は、早速、その道の知識のひらめきをチラと見せた。

「開拓時代、無名の画家が行商人のように、肖像画の見本と、値段表を携えて、人煙まれなる辺境の農家を訪ねたんですね。

農家の人たちは、この行商画家たちから外界のニュースを聞く。画家たちは、この村のニュースを次の村でつたえる。そして肖像画は胴体から下は、すでに準備されてあって、顔だけ付け足せばいいようになっていて、その中から好みに合うのを選んで、顔だけ、自分のほんものをくっつけてもらうんですね。

だから、農家のおかみさんが、くびから下は、貴婦人のコスチューム（服装）になっている。絹ドレス、宝石の指環、真珠のネックレスといった風に。また、フロック・コートの胴体に農夫の顔がくっつく。こうして、当時の画家たちは、開拓民の素朴な夢を、簡単に満足させてやるもんだから人気があったという話です」

——真壁が帰るとき、美代子は大通りまで送った。

静かな住宅区域の夜空に、星がまたたいていた。付近のお店は、まだ開いていて、電灯の光りが、人足の絶えた通りに投げ出されている。

「そこまで、お送りしてあげなさい」と、母に言われて美代子は、否応なしに真壁と、二人だけの機会を与えられてしまった。

「美代子さん。こうしてお知り合いになれてうれしいと思います。見合いという形で、旧式なようですが、自分には、これが理想的な方法であったように思われます。

自然に知り合うような機会と言えば、到底、なかったかも知れませんからね。自由な交際を通して知り合うというのは、かえって、ごく限られた範囲内でのことだと思いますよ。わたしたちの社会では、かえって、近づく機会の少ない相手同士は、わたしたちの今、取っている方法が、よいとは思いませんか」

美代子は答えなかった。真壁の「わたしたち」という言葉が気になった。

真壁の言葉の裏には、ある計算がかくされていた。美代子に接近するなら、仲介人を通して彼女の両親に相談せずとも別に方法はあった。それが、より若者らしい方法であることも知っていた。たとえば、友達の安里実を介して近づくことができる。真壁は、それがよければ、花城老の犬馬の労をしりぞけても、そうしたにちがいない。

が、独身の安里は、一応、ライバル（恋仇）として真壁の目に映った。安里と美代子が同じ職場にいるという事実だけしか知らなかったが、まず、そういう仮定を立てた。もしかすると、本人同士、案外、仲が進んでいるかも知れないとすれば迂回行動は取れない。のこされた直線行動といえば、旧式でも、仲介を通して両親に求婚の意志をつたえるほかない。返事がのびたので、何かあるな、と思っていたが、ゆっくり構え、今日の招きに応じたのである。美代子の兄と趣味の歩調を合せたのも、彼女の兄が一番、うるさ型だとにらんだからで、パチンコなど狂というほどでなく、実は朝雄は、二、三度、パチンコ屋で、真壁に姿を見られていたのである。真壁は朝雄が冷たい態度で向かうことを予想して、朝雄の感情地殻の冷たい表面で、最も地質の弱い趣味という個所を突いてきた。お人好しの朝雄は、甘く、その手にのって、温い感情を湧出させた。一方、若い娘として、美代子は、見合いの形式を苦々しく思っているにちがいないと考えて、言訳のように、真壁は、自ら採った方法の正常化を試みているのだった。

――が、美代子は、真壁の意見に同感していた。自分などに恋愛結婚はできないと実を言うと美代子はあきらめていた。と同時に、皆が恋愛といっているのは、めちゃくちゃな、両性の吸引現象としか美代子には考えられなかった。彼女の恋愛観念は、少くとも、古典文学で表現されているようなものであったのだ。現実の荒々しい性行動は、彼女にとっては淋しかった。

古都残照

真壁を送ってきた美代子は、寝床についても目がさえた。そのくせ頭はぼんやりしていた。

近くに、車井戸があって、そのきしる歯の浮くような音がきこえてくる。旱が続き、夜分になって、付近の人たちが、湧水をくむために、集まるらしい。暑苦しい夜である。窓を開けても、これ見よがしの美装の星空がとびこむだけで、空気は微動だにしない。

真壁のことを考えてみようとするが、どうしても考えがまとまらない。見合いという形で、しかも、兄の部屋で、いきなりぶつかるようにして、最初の縁談をむかえようとは思わなかった。殺風景だった。これまで未知だった男女が、結婚の意図をもって、顔合せすることのギコチなさが、いまさらのように心にわだかまった。

大事な初めての経験にしては、素気ない印象だった。ただ、美代子としては、結婚問題が、具体的な事実として、急に、目の前に現われてきたという強い実感だけは否めなかった。いま、どうと自分の心にきいてみても、はっきりした答えが出るはずはなかったが、あるいは、自分の結婚は、こういった平凡な姿でやってくるのかも知れない、と予感した。真壁からは、いいとか悪いとか、という特別の印象は与えられなかった。でも、思ったより感じは悪くなかった。

寝苦しいままに、枕元のスタンドを寄せた。買ってきた河出新書を手に取った。


わたしは、高等教育を受けた、進歩的な傾向をもつ同胞の男性たちに交際を求め、友を見出し、進んで彼らの助力を得たいと思っております。わたしの闘う相手は男性ではありません。来るべき時代に——他のいく人かの人々とともにわたしもその草分けとなるジャワの新しい時代に、ジャワにとって価値のない。旧弊な、ひからびた見解そのものが闘の相手です。遠い昔から、どこの社会においても、進歩の道の開拓者が苦難を耐え忍んだという事実は、わたしもよく承知しております。

志を立てさえすれば、人生の目標は立つのだと思うと、胸の底からうれしさがこみ上げてまいります読んでゆくうちに、美代子は、著者の革命的な魂にひき入れられていく。封建貴族の家庭に生まれ、凡ゆる因襲とたたかい、オランダに留学して医学をおさめようという熱烈な希望が、家庭の反対で挫折し、ついに、自ら学校を開いて女子教育に挺身する、カルティニ嬢の民族的な覚醒、当時、彼女が置かれた、複雑で、退嬰的な植民地社会の悩みなどが、オランダ人の知己に訴えられている。書簡の原文は、オランダ語になっているようだ。邦訳は、マレー語からのまた訳である。

——車井戸のきしむ音は止んでいた。隣家のラジオから、琉球古典音楽が流れてきた。

美代子は、スタンドの灯りを消し、窓にひろがる星空に目をうつした。すると、いつか、石川から聞いた赤道の話を思い出した。初めて赤道をこえたときの印象は神秘的だったと、石川は語っていた。

石川は、初めて、赤道を通過したときの印象を、こう語っていた。…その海面は、全く波のうねりがない。うねりどころか、小波さえ立たない。大海が何か強い表面張力に作用されているのかと思われるほど、鏡のように静止している進む船の航跡だけが、この平和な海面を乱す。

湖面のような、その静かな拡がりが、渺茫《びょうぼう》と続く。はじめ、ジッと動かぬ海面にも、鳥肌のような微細な小波があったが、赤道中心に近づくにつれて、それもだんだんなくなって、まるで油を流したようにすべすべになる。平和というより無気味な虚無感さえ漂っている。船が、この赤道地帯を通過するのは、まる、一昼夜かかる。この辺の海は、年から年中、無風とのこと。海と空間の、うつろなひろがりは、人間のやることを馬鹿にしているようだ。雲ひとつない日が続き、ポカンと口を開けた青空に、熱帯の太陽が強烈な光線をみなぎらしている。それに、この辺の海の色、それは黒潮海流のどす黒い波の色しか知らない目には、何という鮮烈な色彩だろう。エメラルドというのか手の染まるような、美しい、うすみどりである。底知れぬ海ながら光線が、相当深く、入り込んで深海という感じはしない。この赤道の静寂は、太古から、そのままの姿で続いたものであろう。

夜は壮大な銀河がかかり、燦爛たる満天の星辰の影が、水に映る。北斗星座がズッと北に寄り、台湾からは南の地平線に漸く見えるという南十字星座が真上にやってくる。星が手に取るように近く見え、何か、人類の未来や過去をささやいているようでロマンティクで、神秘的だという。

美代子は、この石川の話と、学生時代、図書館に通って、読みおえた、琉球の海外交通史の記録とを、むすびつけてみた。

——この広大な、赤道の帯を渡り、遠つみおやたちは、幾日も更に南に向かって航海をつづけたにちがいない。往昔の琉球帆船が太古の静寂をたたえた赤道の海を進む状景を、美代子は想像してみた。それは、グリーンランドを発見したという、北欧ヴァイキングの物語とはちがった夢を描かせる。深山幽谷の中で、筧《かけい》の水音がさえるように、舷側の波音がザアーッ、ザアーッと、さえかえる海原を、マラッカへ、ジャカタラへ、シャムへ…。五五〇年前、尚巴志の時代から、慶長の役の尚寧王の時代まで、約一八〇年間、南方との貿易がつづいた。

「以舟揖万国之為津梁。異産至宝充満十方刹」といわれた時代である。

支那産の織物磁器を持って行き、胡椒蘇木とかえたとも記録されている。…尚徳王が、呉実堅《ぐしけん》という人を正使として、はじめてマラッカに、コシラ丸を派遣したときのマラッカ王への文書の中に、領海を侵犯して密漁を行わない、取引は双方の利益を考えてやる、という意味のことが書かれてあったのを、美代子は思い出した。

そのころの帆船で、赤道の無風地帯を通過するには、おそらく、十日も二十日もかかったのではなかろうか。地図や海図もなく、羅針盤や経緯度もなかった時代に、どうして「カラハ旅」と言われる、南方への航海ができたのだろうか、美代子には想像もつかないことだった。…しかし、戦後の漁夫たちが、四、五十トンの船で、ベンガル湾のアンダマン群島まで貝殻を取りに行ったりしている事実から考えると、あるいは、昔国王の使者として堂々たる帆船で南半球まで航海を延ばしたということも、うなずけないことはない。しかし、そういうことから切実に実感されてくるものは、狭い土地で、精一杯、生きてきた民族の宿命である。——

ラジオの古典音楽は、まだつづいていた。琉球の古典曲は悲哀の歴史を物語るという人がいる。なるほど、切々たる哀感が、迫るように、訴えるように胸にひびく。が、美代子は、ジッと聞いているうちに、その哀調に淡々たる調子を発見した。それは、黒潮海流のリズムとも言われるべきものか…。

——十日ばかり過ぎて、学校は、夏休みの時季に入った。

ある日、美代子は、うらに紹介文の書かれた父の名刺をもって、前に話していた首里の郷土学者を訪ねてみることにした。父が、前に話していた首里の郷土学者である。こういう外来文化の真只中で、国文学を専攻している美代子としては、国有文化の伝統の上に立って、外来文化が摂取されてはじめて、ほんとの創造発展はありうる、との見方で、教育者として、そこの理念をはっきりつかんでおきたかった。

学年時代は単位に追われて、その余裕がなかった。郷土史料の研究をこの休暇を利用して、すこしでもやりたいと思った。…それに、彼女は、どこかに、精神的なゆとりが生じていた。真壁との話が、大体、定まったのである。

母からせかされて、積極的に肯定したわけでもないが、成りゆきがとうとう承諾の形になってしまった。真壁の人物を、まだ、しかとは知らなかったが、母から色々言われてみると。ことわる理由もみつからない。で、「お母さんたちにまかせるわ」と言ってしまった。

学歴や地位は、勿体ないほどだし別に欠点がないとすれば、そう言うよりほかなかった。と言えば美代子に、自身の問題を処理する自主性がなかったようにも聞えるが、実は、すぐ愛情といっては湧かなかったが、真壁なら、そのうちに愛してゆけるような気がしていた。相手の条件に申し分なく、普通の意味で尊敬できるのだったら、それを理想的というのだろうと考えていた。真壁とはあれから二、三度、会っている。二人きりのとき、真壁は、愛の告白のようなものをした。それが、彼らしくなく、支離滅裂なものだった。

それだけに、美代子は、かえって彼に対する親しみを抱きはじめていた。とにかく、まじめな所があると思った。

*

山田良光翁の家は、首里の当ノ蔵にある。付近は、旧藩時代の殿内や御殿屋敷の跡で、いまは、わずかな礎石や、石垣の残骸が一尺か二尺ほどのこった跡に、カヤブキやトタンの屋根が建て混んでいる。史跡を失った首里が、戦後は、基地の空気から離れて、竜潭池の水のように澱んでいる。経済的にも、貧血症状を呈し、村落のようなさびれかたである。嘗《かつ》て、この城廓町に気品をそえていた、円覚寺の夕鐘のひびきも、いまはない。

なんの愛敬もなく、ただ、射りつけてくる、まぶしい白金光線を、日傘で防ぎながら、埃っぽい道をゆっくり歩いてゆく美代子は、時々、調子を取るように体をふり、日傘をグルグル回している。通りというほどでなく、所々に、ゴミをかぶって、小さい店がある。人通りも少ない。池の向こうに、彼女が四年間も通学した。大学の建物がみえる。

美代子が入学した時分台風が吹くたびに屋根瓦が飛んだりした木造建築も、今は古びて、その周囲は、鉄筋コンクリートの大きな建物で囲まれている。外観とともに、内容も充実してきた。この大学の存在が、首里に、いくらか活を入れている。学校の周囲には、学生が間借りしている民家が多い。

美代子は、ほとんど女子寮でくらしていた。月に数えるほどしか、那覇にも出なかった。アブレ海流の渦中から、ある距離をたもっていたかったのかも知れない。戦後の混乱期を、この静かな大学町で、過すことのできた境遇を、幸福だったとして、美代子は、ひそかに感謝している。

はじめて竜泉をみたときの、感激のようなものを、美代子は、はっきり心の中にきざみこんでいる。

砲弾で、すべてが破壊されたあとに、清冽な水が、やはり地下から湧いていた。古い水脈は絶えてはいなかった。美代子は、その水で喉をうるおしてみた。清新な甘味に、古い土質をくぐってきた、ねばっこさがあった。戦争も、これだけは、絶やせなかったのだ、と彼女は思ったその気持ちが、いつまでも心にのこった。これは何かでなければならないと考えた。

そんなことを思い出しながら、美代子は、ひとりで浮き浮きしてきた。いつも、この閑静な町に、身をおくとき、親しさと落ちつきの感情を取り戻す。

二、三軒たずねて、山田翁の家はすぐわかった。真新しい石垣に囲まれているが、カヤぶきの、戦争直後の規格小屋である。大通りから少し、引込んでいるだけで、全く閑寂である。

玄関もない家だから、小さい庭に面した座敷らしい所を回ってみると、美代子は、どぎまぎした。すすけた座敷が開け放たれていたが山田老らしい姿はなく、目もさめるような、派手なスカートが、孔雀の羽根のように、座敷の真中にひろがっていたからである。

「まーア。美代子さん」

振り向いた顔は晶子であった。

「そうだったの」

美代子は、意外という表情をくずさなかった。

思いがけない所で晶子と出会わした。山田翁が、晶子の伯父に当るという間柄は、更に、思いがけなかった。

「そのこと、ちっとも、話して下さらないから……」

「だって、話すほどのことでないでしょう。それに、伯父さんの家なんか、たまに、一年に一度か二度くらいしか訪ねないのよ。訪ねる用事がないわ。古くさい本ばかり読んでいる隠居と話したって面白くないし。美代ちゃんこそ、思いがけなかったわ。そう、歴史の勉強にきたのね。変っているわ」

伯母さんは、那覇に買物に下りたとかで、台所らしい所で、お茶の支度をしているのか、ゴソゴソしているのは山田翁自身らしかった

晶子の人柄を、こういう家と結びつけて考えるのも、戸惑いを感ずるが、老人が男手で、裏でゴソゴソして

いるのに、若い晶子がお客のつもりで平気で坐っているのも、一風、変っている。

「安里さんの家に行ったのよ。生憎、留守だった。また、帰りに寄ってみるつもりよ。ここで中休み、しているの。一緒に寄ってみましょうよ。あとで。すぐこの近くだから」

美代子は、安里が、どこに住んでいるかも、まだ聞いてなかったのに、晶子が、それを知っていて、ひとりで訪ねたりしていることから、二人が個人的に継続的な交際を始めていることを察し、スミに置けない、というのは、晶子のようなひとに当てはまる言葉だろう、と考えた。わざわざ銀行をさぼって出てきたというからなおさらである。こちらへくるとき、学校の運動場をのぞいたら、白ズボンの安里が、女生徒を相手にテニスをしているのを、チラと遠くから眺めた、のを思い出した。安里は、晶子の話によるとその辺で、気楽な下宿生活をしているらしい。山原の農家は、生活に困るほどでないので、独身時代の自由な空気の中で手足をのばしている、というのが、また、事実でもあった。

「これは、これは」

と、美代子をみて、大きな声をあげながら出てきたのは、七十近い山田である。珍しい、どこのお嬢さんかな、という顔付で、美代子をみた。

色白で骨格の大きいのが晶子に似ていた。禿頭の周りを、生毛のような白髪が取囲んでいる老人だが、まだ、壮者のような元気をもっている。美代子が、頭に描いてきた、郷土学者というタイプではない。

「わたくし、こういう者です」

と美代子が、父の名刺をさし出すと、あああ、そうでしたか、と、改めて、美代子の顔をみた。山田は親しそうな笑みをうかべ、用件はきかんでもわかっているという様子で、そばの晶子をかえりみると、

「伯父さん、あたしの紹介だったら要らないのよ。美代子さん、お友達だから」

「あんたのことは、お父さんからきいて、よく、存じておる。じゃが、この晶子と、お知り合いとは珍しい。これの母が、わしの末の妹でしてな」

「そうですか。晶子さんが、山田先生の姪御さんとわかって、ほんとにお珍しいと思いますわ」

そう言う美代子を、山田老は晶子に見比べながら、

「晶子、お前も、譜久里のお嬢さんを、すこしぐらい、見習わなくちゃいかんぞ」

と、すぐ、年寄りらしい小言を、自分の姪に向ける。

「あら何を見習うの。伯父さん」

「もっと、おとなしくなるんだよ。近ごろのお前たちは、ふたこと目には、レディーとか、何とか、いうが、活動の女優のようなハイカラをやっとったら、レディーだと思っていたら、まちがいやぞ。あんな格好は、誰でもできる。ちかごろ、はやりの、洋裁店とか、美粧院とか、行ってくれればそれで、ええのじゃろうが。……昔は、わしらの若いころ、いや、もっと小さいころかな、まだ、よく、おぼえとるが、このあたりの屋敷町を琉装姿で、若い娘さんたちが歩いていたが、実に、上品なものじゃった。上品なものじゃったなア…」

と、山田は、回想的になり、それから、いきなり、

「あんなのが、ほんものじゃよ。そのレディーというのは、あんなもんじゃ」と、断定した。

「やれやれ、また、伯父さんの、守礼の邦が始まった。御免」

と、晶子は、剣術の試合でやるような敬礼をやってから、立ちかけた。山田は、上日づかいに晶子をにらんだ。

「どこへ逃げるんじゃ」

「逃げはしないわ。となりの部屋で、ちょっと、ひとねむりしてくるわ」

「なに？　無作法な。礼儀をわきまえぬ」

「作法や、礼儀よりも、現代は、エチケットの時代よ、伯父さん」

「なんじゃ。そのエチケットなるものは。お客さんを前にして、座を立つのがエチケットというやつか」

「いねむりしながら、ひとの話を聞くのは、かえって、エチケットに反するわ。となりの部屋、すずしいでしょう、伯父さん。じゃ、御免。美代子さん、かえるとき合図してね」

「ハネッカエリ娘。まったく、仕様がない」

山田は、晶子が消えると、苦虫をかみつぶした。

「この辺すずしいですね。先生」

と美代子は、庭の鶏頭に、視線を投げた。

「うん、那覇は、いま時分、大層暑いでしょう。よく、こういうときに訪ねてくれましたね」

「もう、学校がお休みですから。これから、先生から、いろいろ、御教授していただきたいと、考えております」

「いやあ、遠慮なく、遠慮なく。こっちは、隠居だからいつでも」

「息子夫婦が那覇で、店をもっているので、わしは隠居しとる。丁度、話相手が欲しい、と思っとりましたよ。あなたのお父さんから、いつぞや、相談がありましてな。それは、いつでも、と快諾しておいたんじゃが…」

「山田先生は、父の恩師でいらっしゃいますそうで…」

「うん。うん。師範の二部におるときでな。附属で教えた。あんときは、まだ、教員の卵じゃった。遠い昔のことですよ」

「すると、あたくし、山田先生の孫弟子ということになりますわ」

「いや、これからは、あんた方、若いもんから、教えてもらわねばいかんと思っております。

ところで、あんたのような若い娘さんが、そういう方面の研究をなさろうというのは、なかなか珍しいことだ」

「別に、これといって目標はございませんが…」と、前置して、美代子は、伝統文化の継承と、新文化の創造の問題について、自分の考え方を、一寸、のべ、古文化の研究方法については、先生の御教示を仰ぎたい、とつけ加えた。

「わたしの考えといっても、どれだけ御参考になるか、……ここに図書があるから、御自由に利用して下さい」

山田老は、書棚を示した。郷土関係の本が、これほど、まとまっているのを、美代子は、見たことがない。

「戦争中は、疎開しとったからね……。考えてみると、戦前の沖縄図書館の蔵書を全部、焼いてしまったのは、何としても、惜しいことだね。あの時分の騒ぎは、もう、みんな、生命からがらという騒ぎだったから、同情はできるが、かえすがえすも惜しいことだ。

どうにか、できなかったものかね。いや、普段は、文化とか何とか言っておっても、いざとなるとそのくらいのことになってしまうんだね。だから、そういったことも、反省してみなくちゃいかん。軽々しく、文化、文化という前にね……。疎開しとった者が、そんなこと言えば、叱られるかも知れんが……。永井荷風の日記だかに、戦争中は、堅固な地下壕を造ってたくさんの蔵書を避難させたとあったが、個人でも、そうするんだから……」

美代子は、書棚に近づいて、ひとわたり目を通した。ちょっと、これほど揃ったのは見たことがないと改めて感心した。絶版ものが、多い。美代子は読書欲をそそられた。図書館では、乏しい郷土史料の館外の借出しを禁じている。

「ここにある本は、いつでも利用していいですよ。わたしの全財産だが、むしろ、若い研究者に利用してもらいたい。読みたいのがあったら、お家へ持っていってもよい」

美代子は、来てよかったと思った。そのとき、

「扇風機。扇風機」

となりから、晶子の、大きな声がきこえてきた。山田は、何事ぞという風に、声のするほうに、顔を向けた。

「ハアーァ、涼しい。扇風機。扇風機」

ながい間、待たれていたひと雨がざアーッとすぎたあとだった。

へちま棚の木は、冷々とした陰をつくっている。晶子のいる部屋は、南向きなので、相当、風通しがよいらしい。

「あの子は外国生まれでね。古来の醇風美俗を知らないから、困りますよ」

晶子の部屋からは、コトリとも音がしなかった。

美代子は、夕立にぬれた、庭石をみていたが、

「この辺は、やはり、戦前の方たちが、お入りになっているんですか」と、きいてみた。

「いや、大方は、戦後の割当てで、……この辺の、も

との屋敷町ご存じですか」

「よくおぼえておりません。小さいとき、来たことはありますが、でも首里は、変わり方が一番ひどうございますね」

「うむ。……御存じかも知れないが、三山統一後も、按司が各地方に居城して、まだ、地方分権の面影を止めていたのを、尚真王のとき、これらの按司が全部、首里の城下町に移され、按司部を構成したんだね。彼らの領地は、按司掟が按司に代って治めるように改め、中央と地方の職制をはっきりさせた。つまり、百僚を官に任じ、千臣に職を分ち与えたというわけだ。これでもって按司は名実共に独立した地位を失い、特殊な支配階級を形成するようになった。それも、彼らは領地をもっており、領地に知行は知行禄高があった。……そういった制度は、徳川幕府の、あの大名の江戸屋敷と似ているところがあるが、一説には、幕府は、琉球の制度を参考にしたのではないかということが言われておりますがね。……そういった、支配階級の屋敷町だったんですね、この辺は」

そこへ晶子が顔をみせた。

「晶子、もう伯母さんが、帰ってくる頃だよ。ねそべっていたらやかましいぞ」

「うそ、まだ、早いわ」

「ちょっと、お茶でも湧かしてきなさい」

「はい、はい」

と、言って、晶子は、本棚から、二、三冊、本をぬき取ろうとした
「どうするんだよ。その本、まさか、読むんじゃあるまい」

「ううん。枕にするのよ。だって、あすこにあるあの木の枕、固いんですもの」

「馬鹿ッ」

山田は、美代子が、ビックリするほど、大きな声を出した。が、それに気付いて、

「いや、すみませんね。……晶子ッ、あんまり、伯父さんに甘えちゃいかん」

晶子はプクッとふくれて、退った。台所でゴソゴソ

する音がして、晶子は茶を入れてきた。

「じゃ、退屈だから、一冊だけ、借して、よむわ」

と、晶子が、本棚から取出したのは、琉球民謡集である。晶子は、美代子に片目をつぶってみせ、山田のうしろでペロッと舌を出した。

「琉球の歴史の中で、どの時代に一番、興味をもっておられるかな」

山田翁は、美代子に、やや、突込んだききかたをした。

「まだ、そのう、どの時代が、どういう特色をもっていたかという概念さえ、はっきりつかんでおりませんので…」

「なにか、特別に研究なさりたいという研究課題でもお持ちですか」

「はい。ただ、漠然としておりますが、文化の発展史を通して、民族性格の形成課程を、考えてみたいと思っております。どうも、大げさですが……」

「ははア。大上段に構えましたな、うん。なかなか結構。そのことについては、わしも、若干の意見をもっている。が、それは、まアいずれ、ゆっくり」

「ほんとに、力不相応だと持っておりますが…」

「いや、しっかりした研究課程をもっておれば、手がかりは、何とかつくものだ。わしなどは、いままで漫然と読書してきたので、これという成果がなかった。ただ博学になってしもうてのう。博学は浅学に通ず、じゃ、ハハハ。でこれからの研究者は、何か、はっきりした目標をもっておらんといかん。これでも、わしは、いろいろ意見を言うもんじゃから、いままで、その道の人たちから、けむたがられてきた。これが正統だ、あれは異説じゃ、と、こちこちの権威が、新しい意見をおさえつけるようじゃ、何事も進歩せん。本居宣長が、国学を立てたときのことを考えてみると、よく、お分りと思う。自由な研究が必要。権威はその時代、時代によって、新しく、確立されてゆくもんです。いや、なかなか面白い。そういう角度から研究してゆくのも…」

「民族の性格の流れは、自然の条件と、人為的、歴史的、条件とでせきとめられたり、流れの方向をかえたり、いろいろ形をかえてゆくと考えておりますが、なかでも民族の外部からやってきた人為的な条件が、大きな影響を与えたのではないかと思います。たとえば、慶長の役でございますが、あの事件を境に、歴史を考えてみたいと考えております」

「そうだ。あの事件を境にしてたしかに、はっきりしたちがいがある」

「慶長の役以後、琉球は薩摩から搾取されたと言いますが、その搾取の実態を、庶民の生活なり文化なりを通して知りたいのです」

「うん。たしかに、搾取されたことは事実だ。住民は生活的に圧迫をうけた。これは公式の記録をみればわかる。しかし、それを庶民の生活を通して知るちゅうことは一寸、難題やな。なにしろ、その面の文献が少ない。そうだ、ここに、うちの本家の系図があるがな、その中に、ちょいと、参考になるようなことがあった」

と、山田翁は、立ち上って本棚の所に行き、これですよ、と取り出してきたのは、「馬姓家譜」である。

それを美代子の前でひろげた。


綴りは、かなり、部厚いもので、表紙は色あせた花織で装丁されている。用紙は支那製の奉書紙、それに、見事な書体で、細字楷書がどの頁にもつまっている。

所々に、判読しにくい草書があるが、ほとんど楷書で、頁ごとに筆跡がちがうのは、記録した年代と人がちがうからであろう。記録は尚真王世代にさかのぼっているが、慶長年間の戦乱で、記録の大半が失われ、その後、摂政羽地按司向象賢が、系図座をおこして各門中の記録を装備したと史実にあるから、いずれにしても、二百七八十年前のものであることはまちがいない。

「だいたい、この系図は、尚真王代から尚泰王代までのことを記録してあるが、内容は、大同小異でね、ほとんど、系統、婚姻、個人の職歴、功罪、関係した公事、旅行、ことに、祭事の際の下賜品の品目数量と、いったのを書いてある」

と、言いながら、山田は頁をめくっていたが、

「ここだ。ここだ。ほら、ここのところ。ここに、十二代目の馬克任、小禄良厚という人のことが書いてあ

る。尚泰王の時代だから、もう、明治時代に近くなっとるがその時分まで、こんなことがあったんだよ。この十二代目さんは公務を帯びて、何度も渡洋しているが、ここに、その記録の一端がある」

と、示したところは、美代子には苦手の漢文である。

同治六年丁卯五月二十三日為返上物宰領八月十九日那覇開船洋中逢難風伐捨揖檣任風漂流九月十六日漂到中之島損破本船一番方御糸荷十箱御用封御金入箱漸卸取其余御用物及自物等悉流失由是翌年閏四月坐駕御国許御糸向船十七日島開船二十三日到干鹿児府安挿館公務全竣九月八日回国復命

「つまり、入貢の品物をもってゆく途中、ひどい暴風にあったんだね。これからみると、一ヵ月近く洋上を漂流している。帆柱を切り捨て、大切な品物以外、私物などは、みんな流失させている。そして、中之島に漂着し、九月から翌年の四月まで、そこにいて、別の船に便乗して、漸く使命を果し帰って首里に報告したのは、那覇を発ってから一年以上あとのことである。ほんとに苦労したんだね。時には、命がけだ。『上り口説』『下り口説』の歌の気持が、これで、わかりますね。中には、江戸まで行った人たちもいるからね。やれ、年頭の慶賀使、やれ朝見の礼とか言って、さかんに使節がおくられた」

九月初一日鹿児府起程初七日到久見崎十月二十日到大阪二十四日到伏見十月十六日到江府閏十一日に初四日進城

「こんな簡単な文句の中に内地の大名たちの参勤交代とは話にならない苦労がかくされていたことを見逃してはなりませんよ。こちらからの使節たちは、大きな海を渡り、陸路、行列をつくって、歩いて江戸まで行ったんですからね。何かと言えば、沖縄の代表が、飛行機で、東京に飛んでゆく今日は何と言っても、文明だね。

そういうように難儀して、琉球の使節たちが、薩摩に持って行った品々というのは、これは、言うまでもなく、百姓が粒々辛苦してつくったもので、慶長十六年の検地で、納貢すべき品々を色々、定めてある。大島を除く沖縄先島群島で、芭蕉三千端、上布六千端、下布一万端、唐芋千三百斤、綿三貫目、莚三千八百枚、牛皮二百枚という風にね。そのほかに、黒糖や畜産などの負担もあっただろう。庶民の営々たる努力がかすめとられていたわけだ。そして、これらの品物を持って行った琉球の使節たちは、なにを薩摩でもらったかというと、一寸、ここのところを見て御覧」

若殿公賜盛宴並楊枝差十五個花形小箱二個女煙草入四個絹作花二個腰形煙草入三個扇子五本

「こんなことがアッチコッチに出ている。やれ中将公から何をもらった。御隠居公からは何を、三位公から何を、と、それが、煙草入とか扇子とか小箱とか手拭や綿絵といった、実に、今から考えるとくだらぬ、お土産品をおしいただいて帰ってきておる」

山田良光翁は、系図を前に、説明していった。

「いま薩摩に納入する品物の数字をあげておられましたが、その数字は、当時の琉球の生産高からみて、農民や庶民の生活を、実際、圧迫するような数字だったんでしょうか」

美代子が、そう質問すると、

「なかなか着眼点がよろしいな。よい所に気付きなさった。まアしぼられたのが、総生産高の一割以上となっているから、それはこたえたことはまちがいない。……しかし、昔は、封建時代じゃったからな搾取は、そのころは、どこでも、当り前だった。

もう、そういう時代は、とうに、過ぎ去った。それでも、あの時代でも、土地は取り上げなかったからね。取り上げたのは、作物だけじゃ」

よるとさわると、昨今は、土地問題で、話がもち切りである。山田翁の言葉のはしはしにも、それが現われる。

「仮にだね。あのころ、薩摩が沢山の金を準備してきて、土地を売れときた、と考えてごらんなさい。それを、百姓が勝手に売ったとする。いや、あのころは、土地は領主のもの、いや、国王のものだったから、そんなことはできなかったはずだが、仮に、首里政府の有力な役人が、それをやったとする。通貨の乏しい時代だったから一時はうるおったかも知れんが、今ごろは、沖縄の土地の大半は、鹿児島の県有地や私有地になったかも知れんからな。おかしいかな、この理屈は。とにかく土地は売るもんじゃないよ。処分権はこちらにあると、いくら言ってもだ。買った方は、その土地が不要になっても、そのままは返さんにきまっとる。勝手な値段をつけてくる。処分権とか、所有権とか、使用権とか、言葉の表現に惑わされずに、よく、その内容をわきまえんといかんよ」

「薩摩は、はじめから、琉球の支配権を握って、支那貿易の利潤を横取りしようという野心があったと、言われておりますが……」

美代子の質問は、横道にそれた話を、もとにもどした。

「そういう野心は、あったでしょうな。しかし、その野心を遂げるために、戦乱を起こしたという見方もあるが、それは、皮相の見解じゃ」

「では、どうして軍隊を送って征服したんでしょうか。そうしなければならなかった理由があったんでしょうか」

「つまり、さっき言ったような野心はあった。理由といえば、それが理由になるじゃろうが、それは間接的なものであって、決して、直接の理由ではなかった。

薩摩が、琉球を勢力下におくことによって、支那貿易から、利益をあげようという野心をもっていたにしてもだ。当時、琉球に対しては、幕府の見解と、島津家の見解にくいちがいがあって、薩摩としては勝手なことはできなかった。

ところが、豊臣秀吉の時代から琉球に対して、色々、要求がもちかけられた。中には、シャクにさわるような要求もあったんだろうが、それらの要求は、大方は、儀礼的なものだったんだよ。

琉球として、どうしても、できない相談を、もちかけられたわけではない。使者を送って隣交の礼を立てておれば、事なくすんだんだよ。応じておれば、戦乱を招いたり、在藩奉行をおかれて、物税を課されたりしなくてすんだかも知れないんだ。琉球が幕府の要求を再三、拒絶したもんだから、薩摩に軍事行動の口実をあたえてしまったんだ。幕府の要求といっても、幕府はさして琉球に関心をもっておらず、薩摩は幕府の機嫌取りのつもりで、琉球に、使節を送り、幕府に進貢の礼をつくせと迫り、きかないと討征軍を送ろうという一石二鳥の狙いをもっていたような気がする。琉球が、そのワナに見事、ひっかかったんだね。つまり、薩摩は、幕府におべっかしながら、同時に、琉球から商業的利益をせしめる手を考え、遂に、その機会をみつけたのである。首里で行政の要職にあった謝名親方の裁断で、薩摩から使節がくるたびに、粗略に待遇したり無視したりしたので、島津家久は、幕府に対する失礼の態度を理由に、中山征討の許可を、徳川家康から得たわけだ。そういう結果になったのは、琉球自体に原因があった。あの当時、幕府や、薩摩を入れるかどうかは、さしたる問題ではなく、独立国としての面子の問題が大きな関心事であったように思われる、それよりも、もっと深刻なのは、琉球内の支那派と親日派の対立だよ。

以前から、この両者の隠然たる対立抗争があったようだ。それと当時、琉球の政治家は、国際情勢にうとかった。支那がどういう時代にあり、日本がどういう時代にあったか、あれだけ交通していながら、情報を判断していなかったここの所に、今の吾々にも参考になる点がある……」

「当時の支那は明の時代だがね。琉球の役人の一部は、あまりにその明をたよりにしていた。そのころの明政府が、崩壊の一歩手前にあったことを知らなかったんだよ。それにひきかえ、戦国時代がおわり、徳川家の下に、天下が統一された当時の江戸幕府の威望は、旭日昇天の勢いだった。

そんな事情を、よく知らなかったのが、あのころの外交的失敗になっとる。こういう国家的な政治の失敗は、学校の試験問題のようにその答えは、一寸、まちがっていました、と、頭をかいては、すまされない。

その失敗で、苦しむのは、庶民大衆だから、事だよ。政治家の個人的な感情や判断で、由々しい結果が招来される。

あのときは、つまらない抵抗をやろうとして、ひどい目にあった。いや、抵抗がどうの、というんじゃないよ。おとなしい民族は、どんなことがあっても、おとなしく黙っていればいいんだと、いうわけじゃないんだよ」

山田老は、美代子に話しているというより自問自答しているような話し方だった。

「どうすべきか、すべては、そのときの事情によるよ。つまり、わしが言いたいのは、抗すべからざるときに抗し、抗すべきときに抗せざれば、千載の悔をのこす、ということだ。おとなしい民族も、立ち上るべきときがある。じゃが、それは、普通の反抗ではない。いわゆる、無抵抗の抵抗じゃ、それからだね。政治家が色々の問題で甲論乙駁するのはよいとして、事、民族一大事の秋に限っては、徒《いたず》らに、白黒闘争をやったら、おしまいじゃ。昔の首里の政府では、一大事があるごとに、支那党と日本党が喧嘩していたがあれで、いつでも内部がグラグラしとった。慶長の役のときも、それがあった。

そうだ。慶長の役といえば、ここに、面白い記録があるよ」

山田老は、丁寧に、系図の頁をめくった。

「名護良豊という人のことが、ここに、書かれている。……その前に、一寸、系統のことを説明しておこう……」

と、前置して、山田老が、漢文体の文章を追いながら説明した話は、要約、以下のようなものであった。

大親与湾五郎（大親は大将。彼は琉球から派遣された軍司令官のようなものであった）のことは、ロシア文学の権威者、昇曙夢の『奄美大島史』に詳しく記されている彼の威望が高かったため、他の豪族の嫉視する所となり、謀叛の意ありと訴えられ、ために、尚清王の征討軍が派遣されたが、与湾大親は、戦わずして、古仁屋湾に面する与湾岳で白決した。

「特命大将兵を発し与湾大親を征討す。官軍上岸するや与湾大親天を仰ぎて嘆じて曰く。吾輩なくして誅《ちゅう》を受ぐ。我を知るものはそれ天か。自ら縊して死す」と、系図にはある。

与湾大親は無実の罪で誅《ちゅう》を受けたが、元来誠忠の人であったので、その子孫は栄えたというのが家譜序文の主旨になっている。

与湾大親の長男（糖中城）、次男（中城仁屋）は、大親のヤカー（侍従兼養育係）が、こっそり、琉球につれてきた。漂着したところが、那覇の北郊、崎樋川、東支那海に面した断崖で、その付近で彼らは、貝殻に物をにて食べながら、一時、くらしていた。

そのことが、間もなく、土地の豪族、天久按司の知るところとなった。天久按司は、漂着者が与湾大親の子供たちであることを知り、長男は、識名大親に、次男は沖の寺にあずけたが、次男は乱暴者で、尚清王を父の仇として復讐の心に燃えていたので、更に、怪傑、瀬長按司にあずけられた。

次男は、その後、大島に帰ったとも伝えられるが、長男、糖中城掟親雲上良当は、のち、首里王府で知遇をうけた。この、糖中城の子供、馬良詮、大浦添親方良憲（童名、思太郎金、桂南と号す）が馬姓の始祖（ウタチクチ）になっている。

この人は、浦添間切の総地頭職となり、嘉靖三十八年進貢使者となり、正議太夫、蔡廷会に随行して中華（支那）に行き、帰国後、三司官（大臣）になっている。この大浦添親方の孫、つまり三代目にあたるのが、さきに話しておいた、名護良豊である。

と、山田は、長々と来歴をのべ、さらに、年老らしく、血族関係を、くどくどとのべた。

……大浦添親方の長男が、馬世栄、名護親方良員で、尚寧王の時代、やはり三司官に任ぜられ、名護間切総地頭職となっているがこの良員と、その妻、名護大按司志良礼（毛氏大里親方盛実の長女）との間に、真鍋樽、阿真首武志良礼の二女と、馬良輔、馬良弼、馬威竜の三男があり、長女の真鍋樽金は、尚氏北渓王子朝里に嫁し二女、真加戸樽（阿真首武志良礼と称す）は、向氏中城親方朝芳に嫁した。長男、馬良輔（伊計親方良真）が、父より先に死んだため二男の馬良弼、つまり、名護親方良豊が家をついだ。

良豊の妻、真牛金は、毛氏池城親方安棟の長女で、梅南と号した。その間に、一男三女があり、長女は、向氏大里按司朝辰に嫁し、次女は今帰仁親方宗能に嫁し、三女の思真牛金が、尚寧の子、尚豊の王妃となり、君豊見按司加那志と称している。良豊の跡つぎ、馬継盛、名護親方良益は、実は、良豊の次女と今帰仁親方宗能との間にできた子で、良豊の長男、馬秀、与那覇親雲上良寧が二九才で早死したので、良益を外祖父、良豊の跡目にした。

…と、山田老は要らぬことまでしゃべる。

聞いている美代子には、こみ入った血族関係の説明は、頭がこんがらがるだけである。……この三世良豊は、尚永王時代に三司官座敷（書記官長）になり、進貢として、鄭迵《ていどう》、謝名親雲上（のちの親方）らと、中華に渡り、尚寧王の時代に三司官となっている時、恰も、慶長の役、系譜には、次の旨を記している。……

山田は、漢文体を、日本読みにして、聞かせた。

馬姓の系図には、慶長の役のことを、こう書いてある。

薩州の大守、家久公（島津）人将軍、樺山権左衛門殿、副将として平田太郎左衛門殿らを派遣し、大いに兵船を発して、以て失礼の罪を問う。けだし琉球国は、かつて日本と素より隣交の誼みを修む…但し、鄭迵《ていどう》謝名親方、この礼を失す。尚寧王、為すところを知らず、遂に、良豊、菊隠和尚ら急いで国頭地方、運天の沖にて兵船を迎え服罪の意を伝え、菊隠和尚は急ぎ帰り王城に報告す。良豊ひとり兵船に残り、人質となり、兵船を導き那覇に到り、遂に千歳の禍をまぬかる。このとき、王城を出て、暫く良豊の家に居り、その年の五月、薩州におもむく云々。また、那覇の親見世（貿易事務所）で講和談判があり、喜安日記には、薩摩側から、市来織部、村尾笑柄ら、琉球側から、具志上王子尚宏、名護良豊、池城安頼、豊見城盛続らが出席したとあるところからみて、この名護良豊さんは慶長の役の立役者の一人になっている。

のち島津家久から、太刀一腰、馬代青銅五百疋を賜う、とか、ヤジリ一本（自作吉道）濃茶茶わん二（満介）御茶入一（加治木）などを拝領とある。知行八百石、六七才で死んでいる。

——そこまで説明してから、山田老は、さて、と言葉を改めた。

「この三世、名護良豊さんは、謝名親方とは、正反対の立場にあったようだ。歴史というものは、当時の事情に立って解釈しないと、その判断をあやまるものだが、これだけは言えると思う。

慶長の戦乱のために、庶民大衆が、長く困るようになった。政治家というものは、大衆の利害に立って物を考えるべきで、それを離れて、個人的に独走してはならぬということだ。謝名親方の行動は、当時、まだ気骨のある人士がいたことを示し、まことに、壮とすべきじゃが、事に当っては、独走のそしりもまぬかれまい。

わしは、なにも、自分の祖先の我田引水をやっておるのじゃないよ謝名親方も名護良豊も、共に憂国の士だったと思う。ただ、政治をみる立場を異にしていたんだね。……

しかし、もう、政治家だけが政治を考える時代はすぎた。いまは世論の時代だ。総意によって事を決める時代だ。

政治家だけが独走すべきでない。世論によって政治をするのだから自分一人くらい世論に反したことをいってもいいだろう、と、考える政治家がいるなら、これは、民主政治の何たるか、を知らぬものだ。…ところで、前にもいっておいたが、抗すべからざるときに抗し、抗すべきときに抗せざれば、悔を千載にのこす結果になる。馬鹿のひとつおぼえみたいにいつでもおとなしくしておれば、すべて問題が解決するというわけのものではないよ。

しかし、抗するにも方法ありじゃつまり、無抵抗の抵抗じゃよ。暴力をもたざる、正理の闘争じゃよ」

山田老の話は歴史というより、時事問題の方に飛火して行った。

「民族の一大事に直面して、政治家たるものの内輪もめは、禁物じゃ。世論が一本にまとまっているのに、政治家が白黒に分裂するのは好ましくない。それに、国際情勢をよく判断せんといかん。今日だね、どこどこの国に味方するとか、どこどこの国の敵にまわるとかいう考え方はよろしくない。そういうのは問題が小さい。今日は、国というより、まず人類の問題を考えなくちゃいかん。われわれは、従来通り、国と国との対立にばかり気を取られて大切なものを忘れとる。いま、大きな対立といえば、人類の中の平和勢力と、戦争勢力との対立じゃよ。平和勢力は人類の味方であり、戦争勢力は人類の敵じゃ。これは、はっきりしとる。どこの国が敵じゃ、味方じゃという時代は、とうに過ぎとる。どこの国の人間でもよい。平和勢力と結びつき、平和を求める世界の世論を大きくしてゆくんだ。

国家の組織だの、制度だの、イデオロギーだの、むつかしいことは、わしにはわからん。また、そんなことは、わからん人が、世界には多いんじゃ。ただ、みんな戦争を嫌っとる。平和を求めてる。理屈は簡単じゃ。つべこべ、人惑わしのことはいわんでもよい。好きは好き、嫌いは嫌いと言っておればいいんじゃ。人類という名の女子がいて、言いよる男が二人おる。つまり、平和という名の男と、戦争という名の男だ。女子は、平和さんを愛し、戦争さんを嫌っとる。嫌いというのを、力ずくでは、好きになれとは言えないじゃないか。それと、同じことじゃ。ハハハ」

断定的に物を言うのが、すこし、気にかかったが、山田老の話は、若い者が顔負けするくらい、ハイカラな内容であると、美代子は思った。そこで、話を、また、もとにもどしてみた。

「薩摩が、琉球に駐屯するようになってから、社会の風紀はどうだったでしょうか」

「そりゃ、一時は、乱れたろう。産業は荒廃するし、人心は捨てばちになったが…羽地按司が、そういう混乱を収拾して、風教を建て直し、蔡温の時代になって、産業の復興によって、実質的に、それをうら付けている。その後は、よくなったと思うんだ。それに、慶長の役が終ると、軍隊は、すぐ引きあげ、在番奉行が置かれてからは、琉球に駐屯する薩摩人といっても、数にして、そう、余計にはいなかったはずだ。また、薩摩は、むしろ裏口から、コソコソ、物をよこせと要求していたのであって、表向きは、支那政府を気がねしとった。琉球の背後に薩摩がおるとわかれば、琉球と支那の交易に影響してくるから、それをおそれていた。だから、無茶に威張ってばかりもいられなかった。それで、表面、自粛して紳士的だったのではないかと思われる。その証拠には、そうだ、ここに、参考になる記録があるよ。琉球駐在の、薩摩の在番奉行所に対しては、島津家から、風紀に関する厳格な示達事項が手渡されているよ」

と、山田老が、説明した記録の大要は左の如きものである。――

一、御城下(首里)の法式を尊重し奉行並びに付役人は非道失礼の行動を取らぬよう心がけること。

酒宴遊興はなるべく慎しみ、善悪の義をよくわきまえ、私欲を制し、個人的に琉球の国庫から物を借用したりせぬこと。

一、奉行が個人的に懇意だからといって、それだけの理由で、特定の琉球人のために、官職をとり持ってやったり、琉球人からワイロなど取ってはならぬ。

一、付役人(奉行の下級者)が、地方農村に出張するときは、前以て定めた日程を固く守り、人馬等の費用を節約しアチコチで御馳走をうけるのもなるべく慎しむこと

一、在番所の役人が多数で狩りをやるのも慎しむこと。生類をあわれみ、無用の殺生せぬこと。猪など田畑を荒す場合は別。

一、王城には、奉行といえども、公用以外は、勝手に出入してはならぬ。中城王子、佐敷王子の邸宅も、また、然り。

一、琉球人宅を、奉行や付役人が度々、訪問し、馳走をうけ、酒宴いたし、みだりがましき行為をなすことは固く禁ずる。

一、奉行人や村役人、及び、その家来や下人共にして、琉球で女をこしらえ、子供を生み、商売をする者が

いる。そして、いざとなると、琉球人の妻子を捨て、薩摩に帰ってくる不心得なことをするが、これは厳に慎しむこと。
一、琉球で、奉行や村役人が女をつれて物見遊山するのがいるが、これも慎しむこと。また、女と親しくなり、ために、その女の親類縁者の者を、情実で、役職に取立てるという偏頗なヒイキはするな
一、奉行所の諸役人は酒に溺れ、或いは利欲にふけり琉球人の入札談合に加わり商売人同様のことなどするは言語同断である。また奉行所の役人が、琉球人から品物をうけ取り、鹿児島に帰ってから代金の清算はするなどと契約し、契約通り実行しないで琉球人に迷惑をかける者がいるが、もってのほかである。付役人以下の者が、那覇以外に出ることは、公用以外は厳禁する。
一、琉球で、質屋や金貸業をやってはならぬ。
一、薪用だと言って、みだりに立木を伐採してはならぬ。
一、こちらからの船員には、航海中の用心のため刀や脇差をゆるしてあるが、琉球では、それらを、封印し、在番奉行所にあずけおくこと、等々――
「そういったことがきびしく令達されていたんだね。つまり、いまどきだったら、店からウイスキービンを勝手にかっ払うべからず。理由なく運転手のくびをしめたり、住居に入りこんできて女を出せと言ったり、通行人をぶんなぐったりすべからずといった風紀取締りの、布令でも、出してもらったらどんなもんじゃろうなア。ハハハ。しかし、これは、冗談じゃないぞ。

歴史というのは、なかなか面白いいろいろのことがわかる。温故知新ですよ。晶子は、わしのことを、十九世紀の遺物じゃ、遺物じゃ、と言いおるが、西洋の借り物を着て、文化じゃ進歩じゃ、と言う、いまの風潮が、わしにはのみこめん」

山田老は、得意になって、しゃべりつづけた。

「どうも、いまどきの若い人たちは、過去のものといえば、すぐ、遺物だ、とか、博物館行きだ、とか言う。いや、こうした傾向は、いまどきにかぎらず、これは、

近代人の傾向だね。新奇なものを追って、どしどし前に進む。それはよい傾向だとも言える。じゃがそれがすぎると、また厄介なものになる。考えは、軽薄になってくる。古いものは、まるで、価値のないものと、思い込むようになる。こうなると、正常じゃないな。近代の社会は色々の病気をもっておる。いま言った考え方も、その病気のひとつじゃ。新奇なものは、何でも進歩と考え、古いものは、何でも退歩だと考える。こういう思想は必ず病気にかかる。こういう病気をなおすクスリは、新奇なものをさがしたって見つかるもんではない。なにしろ、新奇な思想から生れた、思想の病気じゃからね。…

こんなときは、過去のものをさがさなくちゃいかん。新しい細胞が、古い細胞の優生をうけつぐようにな。自分たちの過去の文化の中から優秀なやつを見出してくるんじゃ。その優秀なのが、いわゆる古典だよ。古典という言葉を、古いものの代名詞につかっとるが、あれは、まちがいじゃ。いつまでも、古くならないのが古典だよ。古くなるようだったら、古典として残る値打ちがない。早い話が、太陽をごらん。いちばんよい例だ。太陽は、いちばん、古い。そして、太陽は、いちばん、新しいんじゃ。そうでしょうが。太陽は宇宙最高の古典じゃよ。ちかごろ、若い連中のなかに太陽族とか言うのがおって、障子をつき破って威張っているという話じゃが、まるで、赤ん坊だ。われわれ年寄りには何のことかわからん。じゃが、ケチな話だ。太陽族とは、もってのほかじゃ。宇宙の古典を冒涜するもはなはだしい。その太陽族とかいうのは不良少年のようなものだというではありませんか」

と、山田老は美代子をみつめる。美代子は、顔を真赤にして、下をうつむき、無言で、モジモジした。と、

「ハハハハ。ハハハハ」

となりの部屋から、晶子の笑声が大きく聞えてきた。ねているかと、思ったら、壁ごしに、山田の話を聞いていたらしい。

「伯父さん、太陽族のこと知っているの。案外、スミにおけないわね。ハハハハ」

「なにがおかしい」

山田は、壁の向こうに大声を投げた。すると、晶子の声が聞えた。

「ノーコメント」

山田老は、なんのことやらわからずに、当惑した。

「そのう、…いまの、はなしは、すこしおかしいですかな」

山田老は、どうも、太陽族の引用には自信ないらしい。

「とにかくじゃ。近代人は、ときどき、脱線しおる。それを、軌道に、のせるには、過去の文化をふり返ってみなくちゃならない。その伝統の中から、本物を見つけ出してくるんだね。いまの若い人たちが、こんなことを言うのを、たびたび、耳にしとる。過去を否定する。とか、古いものを否定しなくちゃ、新しいものは、建設できない、とか言うんだね、それも一理だ。わしは、それが、まったく、まちがっているとは言わん、美代子さんこの老人はな決して頑固じゃないぞ、だが過去は学ぶべきじゃ。否定するにしても、何にしても、学ぶべきじゃ。学ばずして、否定できるものか。否定するという言葉をいいことにして、学ぶ労をいとい、不勉強な態度を取るようではいかん。それは、無視というものじゃ。

…極端なものになると、博物館なんか要らぬ、というのがいる。こんな連中は、先進国になればなるほど、博物館が充実してくる、という事実を知らないのじゃろう。文化が、どういう風にして正常な進化をするか、その常識さえ、もたない連中だよ。だが、いまの人たち忙しいんだね。その点は同情する。新しい知識をつめこむだけでも精一杯なんだからな。だから、過去のことを忘れがちになると言って、過去の文化を馬鹿にするということは、また、話がちがってくるよ。…考えてごらんなさい。原始時代の土器や石器を見てさえ、人智がいかにすばらしいものであるかがわかる。実に、壮厳な感じがするものだ。

そういうことから考えてですよ、琉球のような、小さい島の、過ぎ去った昔の文化なんかに、なんの価値があるかと、考える人がおるかも知れんが、そう考えては、まちがいだ。どんな小さい社会の文化だろうが、人間社会の長い歴史の所産だと見なくちゃいかん。まして、それが、すぐれたものであったら、なおさら大切にしなくちゃいかん。そうでしょう」

美代子は、深く、うなずいた。美代子の聞く態度に、山田は好感をもつ。老人というものは、上手な聞き手がおれば雄弁になるものである。

「琉球の古い文化は、そう低いものじゃないと、見られている。そういう自分の文化を白眼視して西洋の新しいものなら、よしあしの差別なく有難がる。そんなのが近代人だといいばったって、わしは賛成できませんな。いままで、琉球古文化の研究といえば、隠居の趣味的な仕事とみられてきた。たしかに、そういう傾向じゃった。郷土学者といえば、特別のひとを除いては、普通、小学校の校長を、引退したといった老人に相場がきまっとった。このわしが、その、よい例じゃよ。ハハハハ」

と山田老は哄笑した。

「なにごとも、若いうちから、はじめてこそ、ものになる。年老ってからやり出したんじゃ、これという成果はのぞめん。歴史研究が、まさにそうです。歴史研究は、遠い過去を対象にするんじゃから、一番大切なのは想像力です。若々しい想像力のゆたかな人達を必要とする学問研究である。想像力が衰える年頃になって、始めたって、偏見や先入観がはいるだけで、過去の歴史的事実をつかむことはできません。現実のような生々しさで、過去の出来事を再現することはできない。

…外国ではね、何十万年昔のことを研究する考古学に、若い、優秀な学徒たちが動員されるという話じゃ。だから、研究が、いつでも進歩する。動脈硬化症にかかるようなことがない。古い昔のことを研究するから、その人たちの頭は古くさいと考えたら大まちがいですよ。みんな、その時代の、最も進歩的な人たちですよ。

…第一次大戦のとき、アラビアで有名になった、英国のローレンス大佐という人を御存じないかな。御存じない？　その、ローレンス大佐が、考古学者じゃった。

小説も、たくさん書いているが、二十世紀の最高の知識人の一人だと言われとるよ。ええと、『チャタレイ夫人』とかいう小説を書いた人もローレンスと言ったな。あれじゃない。わしのいうのは、オックスフォードの考古学者で、有名なスパイじゃったひとだ。スパイは感心せんがね。」

山田老は、ひとりで、しゃべりつづける。その話が、すこし、大げさになってきたようにおもわれた。山田先生は、私を、一寸、買いかぶっているのではないかしら、老人にまじめな印象をあたえたのはいいとして、あまり買いかぶられては窮屈だ、と美代子は考え出した。

「まだ、これというめあてもなく行きあたりばったりの読書をやっているんですが、先生、なにか手引になるような、ご意見でもございましたら……」と言えば、

「それは、御謙遜。いや、さきおっしゃったように、民族の性格が歴史の中で、どう形成されてきたかという、立派な研究課題を、あんたは、持っておられる。こういう、新しい角度から研究してゆくとすれば、暗中模索も必要じゃ」

と、山田老は、あくまで、大まじめである。

「そうだな、あんたの研究課題については、わしも意見をもっている。……ええと、島という条件を裏と表から、みた場合だネ。極端に相反する二つの性格がそこから出てくる。われわれが島というものを主体にして、考えるとき、島の狭さということだけが意識される。しかし、その反対に島の周囲を取りまく、海洋を主体と考えるとき、海洋の大きさが意識される。そのいずれに、われわれが目ざめるかということが問題じゃよ」

と山田老は自信ありげな、調子である。彼の取っておきの持論らしくおもわれた。

山田老の意見というのは、こういう内容のものだった。

——琉球の歴史を眺めた場合、島国の悲運を感じさせる時代があったかと思うと、海洋の広さを利用して大いに発展した時代がある。

また、琉球の民族性の中には、事大主義や、島国の

狭小性に劣等感をもつ面があるかと思えば、遠く南米や南洋に植民し、葉舟を浮かべて大洋を渡るといった面もある。島国性と南洋性の二ツの性格の流れが、時代や民族の中で、消長しつつ並在しているのである。

では、この二ツの性格はどうして生まれたか。……琉球民族は渡来民族であるといわれる。南方からやってきた海洋民族であるといわれる。民族の発生からみると、海洋性というのが琉球民族の本来の性格であるはずである。海を渡ってきた渡来民族は、数千の島づたいにやってきたのであり、島の大小よりか、まず海洋の広さということに、意識が占領されていた。海洋には数知れぬ苦難と冒険と、広大なる未知の領域があり、それを征服してやってきた渡来民族は明朗、率直、健康、勇敢であったにちがいない。

最初に琉球に辿りついた、この勇敢な海洋民族の性格は、しかし、その後、幾世代を重ねていく中にだんだん失われていった。海洋民族は、もう、二度と海を渡る必要がなくなり、辿りついた島々に社会を作って住みつき、幾時代かを重ねた。そうする中に、海洋よりは、島というのが生活の中心となる条件として、彼らの意識にのぼり始めたのだ。人為社会と、歴史とは、かくして、海洋民族の雄渾《ゆうこん》な性格を、狭い島の中でゆがめて行った。島を主体に生活の条件を立てるとき、かれらは狭小と貧困に遭遇し、いじけた意識生活を結果するようになった。「おもろ」の時代には、まだ、海洋的性格がみなぎっていた。しかし琉球に封建社会が確立されてくるにつれて島国的な悲劇性が発生した。つまり、島国的狭小性と、海洋的開闊性、……この二ツの類型が、歴史と民族性を貫く底流として、あるのである。……扁舟をあやつり大洋をわたってきた渡来民族たる祖先――彼らは、大胆で、また、従順な、民族であった。大洋の荒波をのりきる為には、冒険と忍耐を必要とした。そして、冒険は勇気を生み、忍耐は従順をもたらした。彼らは、自然に従う以外に、自然を征服することはできなかったのである。海洋をわたった祖先たちは、自然のままに、波のままに自らをまかせたのではない。彼らは自然や運命とたたかったのである。しかし、自然とたたかうことが如何に勇気と同時に忍耐を必要としたことか。忍耐は、自然の理法に耐えてゆく力である。それは人為社会の非合理や圧迫に忍従することではない。海洋民族の健康な忍耐力からは従順という性格が生まれ人為社会の非合理への忍従からはいじけた性格が生まれる。一方は率直な明るさであり、他方は病的な暗さである。

——山田老の説は、耳新しいものだった。

新しき潮流

帰るとき、美代子は、山田老の蔵書から『沖縄女性史』一冊を、借してもらった。

「伯父さん、ときどき、避暑にくるわ」

晶子は、庭におりると、そう言って、股のさけるような足取りで、さっさと、そとに出た。

山田老は、通路に並べておいてある、小さい鉢植を、晶子が蹴飛ばしはしないかと、さも、心配するような顔付で、活発な、晶子の後姿を見送った。

「美代ちゃんの出現で、あたし、ますます、伯父さんの信用がなくなっちゃうわね、比較されて……。それとも、あたしによって失墜された現代女性の信用が、美代ちゃんによって回復されたことになるのかな……」

晶子は、ふくみ笑いをしながら、美代子をかえりみた。

「伯父さんなんか、要すれば、一九世紀の遺物よ」

「そうでもないでしょう。山田先生、物の見方が、案外、新しいと思ったわ。かえって、こちらが啓発されたくらい……」

「あら、美代ちゃん、えらく、ひいきになったのね。年寄りの話を聞くのもいいけど若い者は、若い者同士よ。安里さんの話でも聞いたほうが、気持が、さわやかになるわ。……だいいち、伯父さんに言わせると、現代女性には、まるでレディーがいないようなこと言うけど、それが、老人の、うしろ向きの遠視眼というものだわ。とんでもない見当ちがい。伯父さんのレディー説、はなはだあやしいよーだ。女を働かせて、男は三味線ひいていたというから、昔は…」

伯父さんに、たしなめられたのがよほど晶子のカンにさわっているらしい。そうした晶子を、可愛らしい、と美代子は思った。

「なんねェ。系図とか何とか、古いものを、もち出してさ……」

「あら、晶ちゃん、きいてたの」

「きいてたわよ。いまごろ、そんなことといっていたら、アフリカやフィリピンの系図まで、しらべなくちゃならなくなるわ。そうじゃなくって？」

美代子は、なんのことかと思ったが、やっと、その意味がわかると思わず、ふき出した。

晶子も笑った。

「そうねェ。系図は、封建時代の家族制度の産物にはちがいないのよ。それも、男性中心の……」

美代子は、そこまで言って、口をつぐんだ。彼女は、心の中で、こういう考えをまとめていた。

——系図は女性を従属視してきた父権家長制的、並びに階級的封建社会の遺物で、それは、男性の系統を中心にした士族社会の記録で女性の事は、血統を表示するために不可欠な最小限にとどまっている。女性中心の系図をつくるとしたら系図の構造がちがってこなくてはならない。……それよりも、今日は、もう、家系の歴史よりも人間そのものの歴史が大切になってきている——

「ここ、安里さんのうち」

晶子が示したのは、復金住宅（琉球復興金融基金で建てられた住宅）らしい新築であった。

「これは珍しいカム　イン　プリーズ」

安里は、美代子を見ると、快活なゼスチュアをみせた。

「さきも来たのよ。安里さん、見えなかったから、伯父さんのとこで、休んでから出直してきた」

「安里さん、山田良光先生、ご存じ？　郷土研究家の」

「アイ　ドン　ノウ」

「お家が、すぐ、そこ。そちらで晶子さんと会ったの。晶子さんの伯父さんだって……」

「美代ちゃん、かびくさいことばかり研究するの。安里さん、洗脳してやって。フフフ」

「ハハハ。お二人とも、いやに朗かですね。さア、どうぞ、せまい部屋ですが……」

と、安里は椅子をすすめた。

首里の民家で、よくみかける下宿向きに、トタンで張り出した、八畳間で、内部は、洋間風にして、採光がよく、清潔な感じがする。

「さっき、学校でテニスしていたんですよ。ここの娘さんと」

そういう安里は、白ズボンに、スポーツ・シャツといういでたちで、襟のところから近ごろはやりのストリング・タイ（ヒモ・ネクタイ）を、たらしている。

「ここの娘さんと？」

校庭で、女生徒を相手にテニスをしていた安里の姿を思いうかべながら、美代子は、思わず、ききかえした。

「そう。ほら、上江洲道子さんですよ。貴女のクラスの。ここのお嬢さん。そう言えば、道ちゃんは大のファンですよ。譜久里先生の貴女の話なら、なんでも、こちらに筒抜け」と、言って、笑ってしまってから、

「いや、いまのは失言。生徒の名誉毀損になる」と、安里は、一寸まじめな顔になる。

美代子は、上江洲道子ときいて、いま、この家にいるのだろうかと思ったが、「小母さん、すみませんが、コーヒーをわかしてくれませんか」安里は壁の向こうに大きな声をかけてから、「道ちゃんが、まだ、これをやっているんですよ」と、安里は、ラケットを振る真似をした。

上江洲道子といえば、顔立ちがよく、美代子のクラスでは、成績もいい方である。いや味のない生徒だが、美代子が警戒していることがひとつある。

無邪気といえばいえないこともないが、何でもかくすことを知らず、時々、ゴシップをまき散らして喜ぶ性癖がある。どことなくませているようでもある。いちど、その道子が男の生徒からきた彼女あてのラヴ・レターを、わざわざ授業中に教壇の美代子に提出してきたことがあるが、美代子は素知らぬ態度をとった。

その手紙を公開させる魂胆だと察したからである。貴女の噂はこちらに筒抜けですよと安里に言われたとき、美代子は、ここにいるというだけで、なんでもないことに尾ひれがついて、とやかく放送されるのではないかと懸念したが、幸い、おませさんは、留守のようすである。

下宿屋の叔母さんという人がコーヒーを入れてきた。細面で品のよい鼻筋をもっているが、いくらか顔色が青白い。いまは、余りみかけないが、中年以上の婦人が、よく市場の買出しなどに用いる、青灰色の米軍作業衣で仕立てたワンピースを着ている。

「美代子さん、こちらが、ここの小母さん。というより、道子さんのお母さん」

「こちらが、うちの学校の譜久里先生。道子さんの担任ですよ」安里が二人を紹介する。

「譜久里先生？　そうでいらっしゃいますか。わたくし、上江洲道子の母でございます。先生のお話は、道子から、よくうかがっております。道子が、大変、お世話になっております。何分、よろしくおねがいします」

上江洲道子の母は、担任教師と聞いて、恐縮した態度になった。儀礼ばった挨拶だったが、それでもそこは年配で、言うべきことは、ちゃんと言っている。文法で言えば、主語・述語・動詞・補語が完備しているといったような、ソツのない挨拶である。

美代子は、こういうときに、どう返辞したものか、まごまごした。こそばゆくもあった。が、同時に、こわばるような気がした。

上江洲道子の母は、なに気なく挨拶してひき下ったが、美代子をよく観察していた。

教師と、その教え子の母親という、学校と父兄会の縮図のような、表面的な間柄でも、そこは、女ということ、やはり、女同士の世界がある。年増は、若い女性にとって、軍隊で言えば、軍曹的存在だといわれる。若い女性は、女の世界のいわば、初年兵であるので、何かと、うるさい年増との間には心理的な暗闘があるらしい。が、上江洲道子の母は、初対面で美代子から好印象をうけたらしい。うるさい下士官の、お目がねにかなったことはまちがいない。教師としては、教え子の親に好い印象をあたえるということは、大切なことだが、しかし、美代子は、いくらか、気まずいものを感じていた。

生徒の家は、一度、家庭訪問しておくべきだったからだ。赴任間もないことではあり、色々の行事に追われ、なれない職場で、まごまごしているうちに、たえず、心にとめていながら、つい、怠ってしまった。そんな弁解もできたが美代子の気持ちがゆるさなかった。しかし、何十名の生徒の家を訪問することは、実際には、骨が折れる。これまで、機会をみては、その何軒かを訪問したが、夏休みを利用して、全部の家庭を訪問しなくてはならないことになっていたがその矢先なので、予め、顔合せしてよかったと思うし、まずかったような気もした。安里が上江洲道子の家に下宿していることを初めて知るのも、担任教師として、うかつに思えた。晶子は、下宿屋の小母さんとは、すでに見知りらしく。

「小母さん、今日は」

「ようこそ、いらっしゃいませ」

と、いったていどの挨拶を交していた。

「アメリカ式に、セルフ・サービスにしましょう。勝手に、注いで飲んで下さい。いくらでも、ありますよ。ココアがよければココアでも」

安里実は、そう言ってから、

「晶子さん。飲んでからにしなさいよ」

と、上原晶子に、声をかけた。晶子は、部屋のスミで、しきりにレコードをしらべていた。――安里の部屋は、大きな窓が両方にあり、一方の窓に片寄せて、折たたみ式のベッド、すみに、英書のつまった書棚、と思ったら、英書よりも、レコードが、その書棚の大部分を占めている。

よくも、これだけ集めたもので、サラリーだけでは、これだけ買い集めるエキストラ・マネーは、うかないが、土建業をしている叔父の前里幸助の、翻訳、通訳を、時々うけたまわって、それが、かなり収入になる。

部屋は、ごたごたしたものをおいてなく、床張りの上、籐製のコーヒー・セット用の小卓と、それをかこむ籐椅子一式があり、スリッパばきなので、割に、広く感じられる。応接間兼用のつもりだろうが、机もなにもないのでなんだか落着かない。

ただ、ラジオがすえられた、張り出し棚に、上江洲道子がさしたのか、花ざしの花びんがある。

そういえば、開け放たれた一方の格子窓から、座っている美代子の目の高さに、戦争のとき米軍が弾丸うけに使ったとかいわれる、野球用ボールのはいるくらいの円い穴が無数開いている鉄板の垣根内に洋花壇があって、午後の日を浴びている。

「机もないから、このコーヒー・テーブルの上で、仕事はしていますよ。机をおくと、へやがせまくなるんでねェ。生徒の書いたのをしらべる以外、別に仕事といってもないですからね」

書棚は、洋書ばかりで、教育雑誌や、教授法に関する参考書といったようなものはない。

安里は、本を読むといっても、アメリカのモダーン・ドラマぐらいで、いつもレコードをかけたり、ライカム放送のラジオ・ドラマをベッドにねそべってきいたりしているということを話した。

急に狂燥な音楽が、部屋の空気をかき乱した。ジャズである。晶子が、蓄音機のそばで、チャッチャッ、チャッ、チャッ、と、両手をたれたまま肩を左右に動かしたり、軽くステップをふんだりして、音楽に合わせて調子をとっている。晶子は、安里と美代子の方を向いて、笑ったまま、その動作をつづける。

「George Gershwin（ジョージ・ガーシュン）のAn American in Parisという曲ですよ」

と、安里が説明する。

美代子は、その曲が、おわったころを、見はからって、立って、レコード・ライブラリーのところに行った。

「ここがクラシック。こちらがジャズよ」と、晶子。

みると、シューベルト、ショパン、メンデルスゾーンといったものと一緒に、かなりジャズ音楽が集められている。

「安里さん。ジャズもお好きなんですか」

美代子は、文化会館のコンサートからの帰り、クラシック論議をやっていた安里を思い出した。

「クラシックとジャズの組み合せが珍しいとおっしゃるんでしょう。変ですかね。その点、僕と晶子さんは、趣味が一致していますよねェえ、晶子さん」

晶子は、あごをしゃくってうなずいた。

「ここの上江洲道子も、ジャズ、ファンですよ。小母さんが、最初うるさがっていたが、僕の教育が相当効を奏しましてね、いまでは、軍作業のワサワサーに似ていますね、とか何とかいって、だまって聞いてくれますよ」

そう言って、安里は笑った。

美代子は、ふと、上江洲道子が、ときどき、学校の廊下などで、変な身振りをして、クラスのものを笑わせることがあるのを思い出し、あれが、ジャズ・ダンスのつもりだったんだな、と思った。

晶子が、別の曲をかけた。やはりジャズである。

「ジャズ音楽といえばケイベツする人が多いようですがね。なかには、原始的な黒人音楽だと思っている人がいるが、ジャズは、むしろ、二十世紀文明が生んだ近代音楽ですよ。なるほど、黒人音楽が母体にはなっていますがね。御存じかも知れないが、ジャズはルイジアナのニュー・オリンズから全米にひろがった。その意味ではアメリカ文明が生んだ音楽です。

それが、また世界的になってきています。黒人音楽のリズムに、西洋近代音楽の伝統が加味されて発達してきて、今日では、独特の意味をもち、近代人の感覚に、ドン・ピシャリ、マッチする音楽になった」

「ジャズに、どういう意味があるんでしょうか」

美代子がたずねた。

「意味といえば、大げさになるかも知れないが、しかし、……まずジャズ音楽の特徴というのが…」

安里が、そこまで話したとき、コーヒー茶わんを手にして、レコードのそばで、立ったまま、リズムに合わせて、体の調子をとっていた晶子が、近づいてきて、茶わんを卓におき、安里に、目で合図した。踊ろうというのである。

「ひるまっから、ちょっと、てれるなァ。踊るんだったら、ワルツかなんかにしたほうがいい」

「それでも、いいわ」

晶子は、レコードをとりかえた。甘美な曲が静かに流れる。安里と晶子は、抱き合って、流れるように動きだした。

晶子が上手なうえに、安里のリードが、さらに、うまい。せまい部屋を、見事に、ターンしながら、闊達に踊っている。学校で習ったスクエア・ダンスしかやれない美代子には、羨望だった。

肉体のリズムの一致というのが、こんなに、すばらしいものかと、思った。ときどき、晶子のスカートのすそが、優美に、大きく、ひるがえる。

安里と晶子は、なおも、踊りつづけている。

すると、そこへ、また、上江洲道子の母が姿を見せた。手に菓子皿をもっているが、甘美なメロディーに吸いよせられてきたのかも知れない。

「まア、お上手ですこと」

彼女は目を見張った。が、踊りが上手だというより、人目もはばからず、男女が抱き合っている姿に、目を見張っているというのが本音らしかった。

菓子皿をおいてから、それでも、立ち去ろうとはしないで、道子の母は、あかず、抱きついてる二人をみつめていたが、小声で美代子の耳にささやいた。

「あのう、学校でも、あんなのを教えるんでございましょうか」

「いいえ。あれは、社交ダンスといって、オトナの踊りで、ございますよ」

「そうでございましょうね」

道子の母は、安心した様子である。美代子はおかしくなった。しかし、美代子としては、いずれＰＴＡのつながりをもたねばならぬ彼女と、こういう初対面は気まずかった。

「じゃ、みなさんごゆっくり」

一曲、おわると、道子の母は、美代子には、とくに、丁寧におじぎして引退った。

踊りが止んで、二人が、椅子にもどると、美代子は、さきの、ジャズの話を、安里に向けてみた。安里を静かに、釘づけにしておきたかったのである。教え子の家で、あまり、とんだり、はねたり、やられては、坐ってみているほうがやりきれないと思ったからである。

「そうですね。ジャズについては、たくさんの人が、はげしい議論をたたかわしているのが、現状ですがね。なにしろ、半世紀そこそこの、歴史の新しい音楽ですからね。アメリカのダンス・ミュージックとして、たいへんな人気だが、まだ、新しいですよ。ジャズの音楽的な構成上の話になると、これは、こみ入った話になるが、ザッと、その特徴といえば、まず、ジャズは、つきつめると、問題は、演奏者にかかっているんです。そこが、伝統的な西洋音楽とちがうところです。

全く個性のなかった封建時代の音楽とちがって、近代西洋音楽は作曲家が、自由に個性をのばして作曲している。が、演奏となると、作曲にしばられる。作曲に対する、演奏者の解放というものはありうるが、作曲を無視することはできない。つまり、作曲家が、演奏の上で、支配的な力をもっている。ところが、ジャズとなると演奏者は、あまり、作曲にしばられないで自由に、演奏する。これは、なにを意味すると思いますか音楽の中で、自由の概念が、一歩、前進したということですよ」

この話は、晶子にも興味があるとみえて、晶子は、足を組み、楽譜をめくったり、菓子皿に手をつっこんだりしながら、耳を傾けた。

「普通のジャズ・オーケストラは三つの部分からなっています。ブラスというのがトランペットとトロンボーン、リーズとよばれるのがサクスフォンとクラリネット、リズム、セクションというのが、ピアノ、ギター、バンジョー、ストリング、バス、チューバ、ドラムとなっていますがね、…ジャズ演奏をみると、おわかりと思うが、プレイヤーは、全体の調和に気を配っているというより、各自が、さも無我の境にあるといったように、思い思いの演奏をやっているように見うけられます。

ホット・ジャズでは、各演奏者が勝手に即興演奏することがあってつぎに何がとび出すかわからない。普通の音楽のように、リズムの流れを予測することができない。つまり、この音楽形式は、Free for all（みんなが自由に）というやつですな。これは、極端にいえば、混沌、無秩序ですよ。そこから、クレイジーノイズ（狂的騒音）が生まれるんですね。各プレーヤーが立上ってソロをやり、自己流の表現をするのも特徴で、そこで集団演奏の中で、個人的な表現が自由になされるわけです。…そのジャズによってですね。現代文明の根本的な問題である、個人と集団の要求の相剋を解決しようとしているとみられんですね。ジャズは、そうしたものの表現を内部にもつているとみる批評家が多いんです。だからジャズ・バンドでは、全体が独創的な演奏をやってゆくと同時に、各演奏者が、全体に制約されずに、自我を満足させることができるといわれております。つまり、孤独と集団のみごとな結合ですよ。音楽構成としては、ジャズは、実に単純なものです。ただ、突然刺激的な音が飛び出したり、思わぬところでリズムがこわされたりしながら、たえず、変わってゆく。そして、いつの間にか全体的に調和をつくっている。とても柔軟なんですね。ジャズでは、演奏者が作曲家である場合が多いですよ。ジャズは誰でもたのしめる。集団的にも、個人的にも。そこに、大衆性があるんです。基礎的な構成は単純だが、それが、各演奏者の自由な即興的独奏で、自由に破られてゆきます…」

「ジャズ音楽には、現代人の不安とか、なやみとか、希望とかが表現されているでしょうか」

安里は、美代子の問いで、しばらく、考えた。

「とは、思いませんね。ジャズはそういうのは、表現してないでしょうね。どういったらいいかな…ジャズは、その中から生まれた現代の産業文明を象徴しているといわれています。そうですね、ジャズは、近代人の内部というより、むしろその感覚をリズミカルに表現するといえましょうね」

晶子は、レコードを取りかえるために立上った。

美代子が興味をもち出したところで、晶子は、安里の話に興味をなくしたようだった。晶子は、腰窓に腰かけて足をブラブラさせた。

「どうもむつかしいな。音楽は、なかなか論理的に定義づけられるものではないですからね。…あのニューヨークの摩天楼の林立、あれは、コンクリートと鉄のホット・ジャズである、といわれていますよ。ジャズと摩天楼、これが現代機械文明の力を象徴しているんですね。アメリカ伝統文化の頂点を示す、政治デモクラシーの制度と、資本主義機構、それに近代技術の上にきずかれた機械文明…これが、ジャズの母体になってるんですね、どうですか、おわかりになりますか、僕の説明で……」

「そうおっしゃられれば、そういう気も致しますわ」

「クラシックにあるような、深刻高尚な精神的要素はジャズにはないかも知れませんが、ジャズ音楽には、ユーモアと、性的興奮があります。これだけでも、現代音楽としての十分な資格をもっているわけです。活気があり、流動的で…」

そこで、晶子が話に割りこんだ。

「タンゴもシャンソンも、アフリカからきているんでしょう」

「そうですよ」

「でも、ジャズほどはやってはいないわね」

「そうね」

「結局、いまのジャズ・ブームは資本主義的機械文明の潮流にのっているんですよ」

「摩天楼をホット・ジャズにたとえているのは面白いですわ」

「考えようによっては、沖縄で起こっている社会現象も、一種のジャズといえるかも知れませんよ。美代子さん」

「そうでしょうか」

「ジェット機の爆音、一号線の自動車の洪水、土地問題、ブルドーザー、殺人、自殺、自動車事故、歓楽街パンパン、都会の雑踏、農村の貧困、靴磨きの少年や花売娘、浮浪児、プラカード、デモ行進、住民大会、いろんな犯罪…かぞえればいくらでもあるが、こういう社会現象は、戦前はなかった。基地経済と、機械文明がもたらしたもんです。もちろん、一方ではビルディングがどしどし建ち、商品はあふれる。いい面もたくさんあるが、とにかく、社会生活のテンポが、ブルースから、フォクス・トロットぐらいに変わってきたのはたしかです。

あの、のんびりした戦前の生活は昔の夢ですよ。こうした色々の現象は、やはり音楽でいえば、ジャズかも知れませんよ。民族のホット・ジャズ、とは言えませんかね。ハハハ」

安里は、思い出したように腕時計をみた。

「ああ、わすれていた。今日は、那覇で同期会があるんですよ。師範学校時代の集まりですがね。でも、まだ、時間はあるな」

「あら、同期会？　そんなの、パスしちゃいなさいよ」

「というわけにはいきませんよ。晶子さん」

美代子は、ふと、婚約者の真壁弘志と、安里実が同期生であることを思い出した。

今晩、同期会があるとすれば、ひょっとしたら、その席上、真壁が婚約のことを、安里にうち明けるかも知れない、と美代子は考えた。そうなると、自分が、その事実をかくしていたように、安里や晶子に、思われるかも知れない。ここで言ってしまおうか。

安里や晶子が、どういう表情をするだろうか。べつに、かくす筋合いのものでもないから、発表してもよい。が、女の方から、そんなことを公表することはできない。…そんなことを考えながら、美代子は、チラと、男女が婚約の直後すぐ、みんなの前で、それを発表する外国映画によくある、場面を思いうかべた。……

真壁と婚約したと言っても、美代子が相手の申出を拒否しなかったという形で、意志を通じ合った結果になってはいるものの、まだ正式に約束の取交しはない。いわば、まだ、黙約の形を出なかった。それに、婚約といっても、別に発表などはしないが、自然に周囲にもれるか、あるいは、披露で初めて、わかるというのが、普通で、そのための披露宴である。習慣が、そうなっているから、しらばくれていると思われても、その時期まで、だまっていたほうがよい、真壁の口からもれるなら、そのときのことだ…美代子の考えは結局、そこに、落着いた。安里は会は七時からだから、時間をみてその前に、一緒に那覇に出て、夕食でもとろう、と言った。

「美代子さんは、こういう話題には、随分、興味をもっていられるようですね。文化問題について、なにか、突込んだ研究でも、なさっているんですか」

安里は、間をみて、そんなことを言った。

「ええ。ただ」

と、返答にまごついていると、いきなり、晶子が、
神妙ぶって、

「なんといったかな、民族の性格が、…歴史の中で……なんとかかというんでしょう。女博士になるための論文を作成中よ」

「まァ、晶子さん」

「ほんとですか、ハハハ。でもね美代子さん。なんでも、理屈からさきに考えると、味がなくなってしまいますよ。英語でも、文法にとらわれすぎると、自由な会話が上達しない。ダンスだと、ルールにこだわると、体がこわばってしまう。音楽も、そうです。まず、聞いて、聞いて、聞くことですよ、味わうんですね。たとえば、音楽の理論なんてのは、作曲する人とか、演奏する人には、ゼッタイ必要かも知れないが、そんなのを知らないで、結構、鑑賞している人がすくなくありませんからね」

「わかりましたわ」

美代子は、一寸、意地になってこたえた。

「でも、ジャズが機械文明と、どういう関係にあるかという、さっきのお話、たいへん参考になりましたわ。しかし、音楽として、あの、ジャズに、どれだけの価値があるんでしょうかね。そして、進歩する可能性があるでしょうか」

「そうきかれると、ちょっと、あたまを、おさえますね。なんだったら、ここに、アメリカのジャズ音楽、という本がありますが、それをよんでみませんか。原書ですが……」

「あたし、原書では、頭に入りませんの。いちいち辞典を、ひっぱっていたんでは、……それに、いま、山田先生から借りてきた本がありますので、それは、いずれ読ましていただきますわ」

「ジャズに、どんな価値があるか将来性があるか、という質問だが……」

「むつかしい話ばっかりして。こちら、退屈よ。もう、いっぺん、踊って、ねェ、ミスターアサト。いいでしょう、ミヨちゃん」

「ちょっと、待って」

美代子の声に、おさえつけるような、ひびきがあった。

「ううん」

晶子は、のどの奥を鳴らした。不満が顔にあらわれている。

「ジャズを云々する前に、一歩、退って、考えてみましょう。文明は技術や産業力と、社会や政治制度によって形成されます。生産力が発展するにつれて、文明は、更新されます。文明が、究極において、どんな形に発展するかは予測できません。ただ、機械や技術の発達が、刻々に、社会環境や人間関係を変えていきます。しかし、機械文明は、一直線に変化発展するだけではないのです。必ず、その中から、矛盾が生じる。破壊的な要因がとび出してくるとみられているのです。人間が、こよなく思っている過去の伝統や環境が破壊されてゆく。

物心両面に、破壊作用が働く。習慣や思想、教育方法が、古い建物のように、いつかは、こわされる。悪いからこわされるんじゃないですよ。この点が重要なんです。どんなに、有用で、よいものでもいつかは、過去のものになる。新しい環境とマッチしなくなるんです。つまり、新しい時代の要求をみたすために不適当なものになるのだから、よいとか悪いとかの問題じゃないんです。適者生物の法則は、生物にだけでなく、社会現象にも当てはまるわけですよ。だから、ジャズの将来性は、その芸術的価値というより、それが、文明の変化発達にどう適応してゆくかにかかっていると思います。……すべては、機械文明のきめる社会法則に、ひきづられるんですね。……その点、ぼくは、民族文明の問題にも、ひとつの疑問をもっていますがね、……これは、いつかの機会に、お話しましょう」

……そのとき、ジャズ曲が、部屋の空気を、かき回した。安里は、晶子の伸ばした手を取って、立上った。二人は、体をせわしく動かして踊った。ターンするとき、晶子は、キャツ、キャツと笑った。

「安里くーん。いるかーツ」

そんな声がしたと、美代子は思った。と、声の主が、いきなり、戸口に姿をみせた。

「あらーッ」

美代子は、うめくように、ひくく、声をのんだ。


白木綿の半袖の開襟シャツに、黒サージのズボン、それに近視眼鏡の上に、光線除けの色ガラスをはめていたが、それを、はずしながら、真壁弘志は、いぶかしげに、美代子をみた。神経の焦立つような、狂想音が室内をかきまわしている。踊っている安里と晶子は訪問者があるのも気づかぬのか夢中になっている。まともな真壁の視線をうけて、美代子は、一寸狼狽の色をみせた。まったく、予期しないところで、真壁と、でくわしたからである。べつに、悪びれることもないが、美代子を発見したときの真壁は、無表情にちかかったが、あきらかに、不愉快な感情が、かくされているにちがいなかった。この場合、どう応答していいか、美代子は、わからなかったが、立って、真壁に椅子をすすめた。

真壁は腰を下すと、美代子には何もいわないで、踊っている二人のほうに、視線をうつした。無口の、その横顔は、いささか、あきれたという表情だった。真壁は、部屋の空気から、何か推理しようとしてでもいるかのように、しばらく、おし黙っていたが、やがて、美代子の耳元にささやくようにして言った。

「貴女も踊るんですか」

言葉はやわらかいが、詰問的な問いかたである。たづねるというより、なにか非難をこめた言い方のようにおもわれた。

「いいえ。私は、駄目です」

と、答えて、美代子はしおらしくうつむいた。

「やあー。ミスター真壁。知らなかったよ。忽然としてあらわれたな」

「うん。そこの、学校のほうに用事があってね。九月から、勤めることになっているんでね」

「そうか。うらやましいな。大学の先生か」

「どうせ、晩は同期会があるが貴君ともしばらく会わんから、来たついでだと思って、寄ってみたんだよ」

クレイジー音楽は止んで、部屋の空気まで、ひんやりとしてきた。

「あ、そうだ、紹介しよう。こちらは僕のボーイ・フレンドで、真壁弘志君。こちらは、いずれも、僕のガール・フレンドで、こちらが、ウルマ銀行の上原晶子さん…」

「真壁です」

「どうぞ、よろしく」

真壁と晶子が、一礼した。

「こちらが…」

と、安里が、美代子を紹介しようとすると、真壁は、片手をあげて制した。

「いや、安里君。失礼だが、その紹介は、こちらにさせてくれないか、丁度、よい機会だ」

安里は、なんのことか、わからずに、ポカンとした。

真壁は美代子のところに身体をよせると、やさしくきいた。

「まだ、なんでしょう。まだ、お話してはないんでしょう?」

美代子は、うつむき加減に、頭をかすかに、横に振った。

安里と晶子は、顔を見合せた。

安里と晶子は、狐につままれたような顔付で、真壁と美代子をみた。真壁と美代子が、単なる知り合いではないらしいことは察したが突差に、彼らの様子から、意味がくみとれなかった。

「美代子さん。いいんでしょう。いけないことはないでしょう。ここで、発表しても」

真壁は、美代子との関係を、ここで、はっきりさせておく必要があると考えた。また、こういう場合白を切って、事実をかくす法はなかったが、どちらかといえば、真壁としては、安里を心理的に牽制する必要があると思った。その場の空気をかいで、真壁は、いつのまに、身構える体勢になっていたのである。

美代子は、顔を上げて、落ちついた声で返辞した。

「ええ、いいですわ」

彼女は、機先を制されて、度胸をすえた。なにか、ぎこちない具合になった。安里は、固唾を呑んで真壁の言葉を待った。

「じつは、まだ正式ではないが、話はまとまっているので、すこし早すぎるとは思うが、ごく、親しい貴君らに、よろこんでもらいたいことがあるんだ。じつは、美代子さんとぼくは、結婚することになったんだよ」

真壁は、冷然と、肩を動かした。

よろこんでもらう、というより、安里の感情がどう反応するかを試すように、真壁は、安里の表情に注意していた。

瞬間、座が白けた。およそ、こういう場面には、ふさわしくない空気が流れたが、すぐ、

「おううー」

「アジャー」

安里と、晶子の調子外れの声が、同時に起こった。その表情よりも、内心は、事の意外さに、二人とも、おどろいていた。唖然としていていいるといったほうがよかった。美代子の眉がピリッと動いた。真壁の心は、意地悪い微笑をうかべていた。

「これは、すばらしいニュースだ。美代子さん、おめでとう。真壁君おめでとう」

安里はいきなり、快活な声を出した。晶子もあわてて、おめでとう、と言った。みんな、どうして、ぼんやりしているんだ、という風に、安里は、

「さア、祝おうじゃないか。お二人の幸福のために、乾杯しようじゃないか。なにかなかったかな。ちょっと、待ってくれ」

と立上った。安里のいそいそした態度が、快活たるべく努力しているように真壁には思われた。

「かまわんでくれ。べつに。非公式なんだから」

「まァ、まかしといてくれ。前景気だ。晶子さん、てつだって下さい」と、外に出て、安里と晶子はビールやらコーラやら、かかえてきた。

「これでやろうじゃないか。晶子さん、そこに、ウエディング・マーチ（結婚行進曲）があるはずだから、さがして下さい。そうだここの小母さんにも知らせよう」

あれ、あれ、という間に、安里は事を運んだ。賑やかなマーチが流れた。何杯も乾杯！が叫ばれた。

下宿屋の小母さんも、顔を出した。初対面のとき、ソツのない挨拶をした、さすがの小母さんも、このと

きばかりは、挨拶のことばがすぐとはみつからなかったらしい。やっと、

「そうですか。それは、それは、こんな、おめでたいことはありません」

安里が立上った。

「儀式ばるようだが、テーブル・スピーチをやります。譜久里美代子さん、真壁弘志君、おめでとう。上原晶子さんと、小母さんを代表して、あらためて、お祝いをのべます。

才媛と秀才という、チンプな形容は、このさい、ひっこめまして、御両人が、いずれも勤勉努力家であり、真面目な良識人である点で、むすばれたことは、よろこぶべきことだと思います。

突然、ここで、婚約を発表されて、まったく、予期しなかったことではあり、正直なところ、私としては、出しぬかれた、という感じさえうけました。

もちろん、生涯で、もっとも、重大な結婚ですから、御両人が、愛情で、むすばれていることは言うまでもないことだとおもいます。周囲は、その事実を、気づかなかったけれども、御両人のあいだには、私たちが、はかり知ることのできない愛情が、ひそかに、はぐくまれていたことと、推察いたします。

真壁君は、いまの、裁判所のつとめをやめて、近く、大学に転任するそうです。しっかりした、御両人が、ともに、同じ道を進むということも、教育界のために、よろこぶべきことでありまして、心から、御両人の、幸福と健康をお祈りしますよ」

安里は、自分で、パチパチと手を打ちながら坐った。晶子と、道子の母も、拍手した。

「さア大いにやろう。真壁君。晶子さんや、小母さん、いけるんでしょう。ビールくらいは。美代子さんも、どうですか。…小母さん、新築早々、こういう、おめでたい話がとびこむなんて、まったく、えんぎがいいですぞ。道子君も、未来の真壁美代子先生に、あやかるんですな」

と、いう安里の視線をうけたとき、美代子は、日頃の安里とはちがう、あるものを感じた。が、道子という言葉を聞いた途端、これは、夏の休みがあけると、

噂が、学校中にひろがるな、と予感した。

ふと、アチャコという俳優が、アヒルのような格好して、言う、メチャクチャデゴザリマスワという言葉を思い出した。美代子はベソをかいていた。

「みんな、踊ろう。フォーク・ダンスを踊ろう」頬が紅味をおびると、安里は、わたしは、ダメですという小母さんまでひき入れた。

五人は曲に合わせて、八畳の床を鳴らした。垣根のそとがわに、五、六人の子供が、妙な顔で眺めていた。てんやわんやである。


同期会は七時集まりで、また、時間がある。ひと足さきに失礼しよう、花楽亭で、会おうと、真壁が、美代子をうながして、去ったあと、安里と晶子は、急にひっそりした部屋に、取り残されてしまった。

「いや、まったく、意外だな。おどろいてしまったよ、急に、婚約の発表ときたからね」

「世間って、広いようで、せまいものよ。だけど、美代ちゃんを真壁さんに紹介しようとして、あべこべに、真壁さんから、あんな風に挨拶されて、あのときの安里さんの顔、おかしかったわ。すこし、気の毒になった」

「いや、おもわぬ伏兵の反撃にあったよ」

「背負投くって、目をまわしたとはあのときのことね。そうでしょう？」

と、晶子は、安里の顔をのぞいてから、

「安里さん、油揚げを、トンビにさらわれた気持ちじゃなかった？　美代ちゃんが、すきじゃなかった？」

「晶子さんだって、びっくりしていたじゃないか」

「それは、当り前よ。油断がならないわ。ボヤボヤしていると結婚バスにのりおくれるわ」

「なにか、陽気なレコードをかけてくれないか。さ、ビールが、まだ、のこっている。飲み直そう」

「ね、安里さん、美代ちゃんが、すきだったんじゃない？」

「なんだい。おなじことばかりきいて。もちろん好意はもっていたさ、それ以上のことは、自分の心にきいてみたことがないよ。一人の婚約を祝福したばっかりじゃないか、こんな、話はよしましょう」

それから、晶子が、むっつり、黙ってしまった。

「どうしたんです？」

晶子は、うつむいて、手をモジモジさせている。顔が、あからんでいるが、あながち、ビールのせいでもないらしい。こんな晶子を、安里は、見たことがなかった。かわいいと思った。

「どうしたの？」

安里は、晶子の、しおらしい顔を珍しそうにのぞきこんだ。

「晶ちゃんらしくないな。なんでも、はっきりいうくせに」

「安里さん！」

「なんですか」

「どうもいいにくいな」

「じらさないでくれ」

「安里さん、あたしと結婚してッ」

「？………」

「いや？」

「びっくりするな、いきなり」

「いやなのね、ほんとは、そうでしょう？　わかるわ」

「そうじゃないよ」

「あたしくやしいのよ。バカバカしくなったの。ウサギとカメの競争みたいよ。恋愛の選手だと思っていたら、カメさんのほうがさきに結婚ラインにゴール・インしてしまったじゃないの」

「それは、同感だよ。でも、あわてなくていいよ」

安里は、晶子を強く、ひきよせた。


安里の家を辞して、通りに出たとき、真壁は、

「安里君が、挨拶の中で、出し抜かれた気持ちだと言っていましたね。あれは、安里君の、ほんとの気持ちだと思いますよ。安里君は貴女が、好きだったんじゃないかな」

いきなりこんなことを話題にしようとする真壁の気持ちがわからなくて、美代子は、不機嫌になった。

「そんな、そぶりはなかったですか。これまで」

「いいえ」

「気付きませんでしたか」

「………」

しつっこいきき方に、美代子は、ムッとした。と、同時に、美代子は別の意味で、自分たちを祝福する安里の挨拶の中の言葉を思い出していた。――もちろん、御両人が愛情で結ばれているだろうことはうたがわない。周囲が知らぬ間に、御両人の間には、はかりしれない愛情が、ひそかに、育くまれていたにちがいありません――安里は、そういって、視線を、美代子に投げた。その視線が目先にチラついた。

「怒っているんですか、美代子さん安里君の話をしたのが、悪かったかな。でも、安里君が、たとえ、美代子さんに、愛情をもっていたとしても、…私は、それにまさる愛情をもっていることを信じて下さい。それは、争われない事ですよ。安里君は、美代子さんと、職場を同じくしていながらまだ、愛情の告白をしてなかったとすればですよ、まだ、心に余裕があった証拠ですよ。私などは、全然、美代子さんとは未知の間柄だったが、こうと思ったら、もう、待てなかったんですからね。まだ、会ってないうちから、美代子さんの人柄を直観して、はげしく、ひきつけられていたんです。離れていた男女が、距離をちぢめてむすびつく。愛情がはげしければはげしいほど、その、むすびつく速度も早くなるはずです。幾何学では、直線は、二点間の最短距離だと説明しています。いわば私たちは、その最短距離で、むすびついたわけです。安里君が、もし貴女に愛情を抱いておったとしても、それは、曲線的なものだったことは歴然としています。ピーンと、張りつめた愛情でなかったことはたしかですよ」

真壁は、なぜ、勝手に安里のことを推理して、そんなことを言うのだろう、と美代子は思った。なにか、安里との交際を疑惑で、みているのではないか…。この人は疑りぶかい人ではないかしら。なにか、ネチネチしたものが、真壁から感じられるのだった。それよりも、愛情を、法律の証拠物件みたように証明されたり、幾何学にたとえられたりするのはたまらなかった。これが、異性間で取交される愛情の言葉だろうか。愛情、それはリクツではない。空気のようにふんわりしたものだ。

「美代子さん、まさか、婚約を発表したことを気になさっているんじゃないでしょうね」

真壁は、まだ、そんなことを言っていた。

＊

その翌日である。

土建業をやっている叔父の前里幸助が安里の下宿を訪ねてきた。

ミノルおるかア、と無遠慮な声を放って、前里は、勝手に安里実の部屋に上った。ハンチング、半袖シャツに半ズボン、靴下、靴と、全部白ずくめのゴルフ・スタイルで、といえば、この叔父は、ときどき事業関係の外人にまねかれてゴルフの相手をするが、その道はまったくの素人で、ただビジネス上の交際といえば、何でも辞退しない厚かましさから、人並にクラブをふってみるだけのことである。

半ズボンと靴下の間からのぞいたたくましい膝小僧や、「どうじゃ、暇でかなわんじゃろう、休みは」とハンチングをわしづかみに脱ぎすて、胸ポケットから、煙草とマッチを取り出す、毛深の両腕の皮膚の黒さは、彼が、机の前でジッとしておれる人間でないことを証明している。

「また、たのみがあってきた」

「翻訳ですか」

「そうや、お前に、別にたのむことないじゃろうが」

「みせてください」

「まア、せくな」

「あと、二、三日したら、…しばらく、田舎に行ってみるつもりですから、それまでにはやっておきます。ながいもんじゃないでしょうね」

「二、三日ものんきにまてんわ。すぐ、やってもらおう。みじかいんや」

せくな、という叔父は、かなり、せっかちである。

安里は、叔父を待たして翻訳にとりかかった。工事の見積書ではなく、中部のコザに、新しくスービニール店を開くことになったが、よろしく、という知り合いの外人関係に対する挨拶状みたいなものである。

「これは叔父さんの付帯事業ですか」

「そうや。うまくゆけば、本業になるかも知れん。いまどき。いつまでも、おなじもんに、しがみついていたら、険呑やからな。もうかるときに、手をうっておかんと。前に進むことばかり知って、退くことを知らんと、事業はぺけや。そのためや」

「どんなのを売るつもりですか」

「島内の特産品よ。ぁ、それからこいつは、均一店にしようと思っているがな、英語じゃ、均一店のことを、どない言っているかな。店のいい名前が、おもいつかん」

「いくらの均一ですか」

「一弗や」

「そんなら、ワン・ダラー・ショップでしょう。そんなのが、アメリカにも沢山ありますよ」

「そうか。そうか。それや、それや」

「特産品て、どんなものを売るんです」

「なんでもかんでもや」

「一弗で売れる品があるんですか」

「そこが、目のつけどころこや、ミノル、お前、教員よさんか」

「なんですか、いきなり」

安里は、顔をあげずに、気のない返辞をする。

叔父の前里幸助が、妙なことを言い出すと思ったら、こういうことはいつもあることで、安里は、別に気にもとめない。来れば、すぐビジネスで、それが終れば、さっさと帰ってしまう。そこの要領は安里も心得たもので、この現金主義の叔父と、無駄話をしないのが普通だが、いつも、忙しそうに腰の落ちつかぬ叔父が、今日に限って、せくな、と言ってみたり、タバコの煙りをくゆらせながら、だべったりするのは、新企事業への期待からくる興奮が、彼をたのしくさせているのだろうか。

「折角、就いている仕事を、止めろ、なんて、おかしなことを言いますね、叔父さん」

安里は、そういいながら、辞典とにらめっこで、英文を書き込んでゆく。

「お前、教員すかんと言ったたろが前に。どうだ、この際、叔父さんの手足になって働いてくれる気持ちはないか。叔父さんはな、これから、どしどし、新規の仕事を考えてゆくつもりや。あたるんやわしのやることは何でも。いままでが、そうじゃろうが。お前、英語が話せるから、いくらでも使いみちはあるんじゃ。もったいないよ。その英語をあそばせておいて」

「あそばせてはいませんよ。学校で教えていますよ」

「そいつがいけん。学校で教えてみんなが英語がはなせるようになったら、将来、お前らの通訳の仕事もあがったりじゃないか。商売道具をやたらに、ひとに借すもんじゃない」

安里は、思わず、顔を上げた。このときばかりは、あきれて、叔父の顔をみつめた。これが、商魂というものだろうか。と、そこまでゆくと、安里も、この叔父には、かぶとをぬぐ。

「そうじゃろが。しみったれた安月給取りを、いつまで、つづけるつもりや。あげくは、貧乏学者になるのがおちや、いいか、いくらでも儲かる仕事がある。それもいまのうちや。月給なら、いまの倍にしてやってもいいぞ。不賛成かな」

「叔父さん。なんですかこれは」

「なんや」

「基地を離れて沖縄の経済はありえないということを忘れて、基地反対をやる反米行為は、私の日ごろ、にくむところでありまして、四原則運動の行過ぎをはなはだ遺憾に思うものであります。ことに最近の学生の行動は…叔父さん、こんなことも書かなくちゃいかんのですか」

「おう、そいつも訳してくれ」

「そんなことと商売と関係があるんですか」

「あたりまえや。それくらいのこといわんと、アチラさんは、よろこばんからな。おとくいさんをおこらしてみろ。馬鹿みるがな。どうだ、これで、わしも、ドル獲得の一翼をになうか。それよりも、お前、さきの話、まじめに考えてみな。

ミノル。いつまでも、こんなところで、蓄音機のレコードばかりきいていては、あきまへんぜ。わしは、お前見ていると、歯がゆくて、かなわんがな。ええ、ミノル、叔父さんの話、きいとるかい。金のありがたさを知らんうちは、まだ、子供や。どげん、えらそうなことというたかて、まだ、ボンボンや」

「月給を倍にしてくださるのは、ありがたいが、叔父さんの手足になるったって、どうせ通訳ぐらいでしょう。商売は知らんし……」

「通訳じゃ不服かな。実はな、コザの店を、お前に見てもらおうかと思っているんだよ。商売知らんというが、はじめからできるものは、ありゃせん。やっているうちには、おぼえるものや。どうだやってみるか」

「ほら、できましたよ叔父さん」

「もう、できたか、ありがてえ」

と、早速、財布から、千円（B円）札を一枚、出し、これは当分の小使いやと渡した。その点、前里は、はっきりしている。万事、ビジネスライフにはこぶ。

簡単な翻訳にしては、奮発したな、とは思ったが、この叔父からは、できるだけしぼってやれ、という考えなので、安里は、そうですか、と当り前のように、その札をポケットにしまった。用事がすめば、さっさと引きあげる前里は、どうしたのか、動く気配がみえない。

「お茶も出さんですみませんね」

「そんなの、いらん。……土建業もな、あと、ようやって四、五年や。例のウルマ銀行の工事入札がすぐやが、これがすむと、考えんといかん。なんにしても、これからはドル獲得や」

「その銀行の入札というのは大丈夫ですか」

「それや、大丈夫や」

と、前里は腕をたたいてみせた。

「ちょっと邪魔が入っているがの、常務の山城という男が、親類関係の譜久里組をもち出しよった。画策しとるのは、ちゃーんと前から知っとった」

安里は、譜久里組ときいて、ハタと、困った表情になった。

「こちらも潜行運動して、手は打ってある。山城の言葉が、わしは気に食わんのや。譜久里組は実績がある。仕事が誠実や、とまるで、こちらは成り上り者あつかいや」

「そうじゃないんですか」

「バカッ。その譜久里組はな、いま借金背負って火の車や、近いうち破産する会社や。山城は、幹部の間を説いて回っているようだが常務たッて、あんな青二才の言うこと、誰もきくもんか。いいかこちらは、バクダンもっている。現ナマや。大株主のわしを差しおいて、まったくけしからんやつや。あいつは。けどな、ミノル。こんどは、まとまった金が入るぜ」

「叔父さん、その工事、手をひいてくれませんか。譜久里組にゆずってくださいよ。それだったら叔父さんの言うこと、なんでもききますよ」

「なに。なに」

安里の言葉には、さすがの前里幸助も、思わず水をひっかけられたような驚きかただった。

「なに言ってんのや。アホかいなおまえ。おまえ、山城のまわしもんとちがうんか」

前里は、疑惑の目をむける。

「叔父さん、そうじゃないよ」

「なら、どうしてや。叔父さんが金もうけるの、気にくわんのか。え。折角の話になんで水むけるんや。え」

「そうとられちゃ、困りますよ。譜久里組の娘が、私の学校で先生しているんです。そういうことがわかったら、毎日、職員室で顔を合せるのが気まずくなるんですよ」

へたなことを言ってしまった、と安里は思った。

「わけというのは、それか。ワハハハハ。ワハハハハ。だから。そんなくだらん教員なんか、やめちまえと言ってるんだ。なんだ、娘とか言ったな。その娘にほれとるのか、おまえは。ワハハハハ。もう、おまえなんかと、話するのが馬鹿くさくなった。おまえ、まだ、はなたれ小僧や。ミノル、おらァ、かえるぜ」

前里幸助がのこして行った空気の中で、ぼんやりしていると、そこへ、下宿の小母さんが顔をみせた。彼女は、前里を、あきらかに、けむたがっているのである。

「もう、おかえりになりましたか。うらで洗濯していたもんで、失礼しました」

お茶も、なにも出さずにしまった言訳をしているのである。これは、秘密だがね、と相手の耳元に口をよせて言うときでさえ、隣室から、その声がきこえるくらいの叔父のどら声だから、普段の話声をいくらうらで洗濯していても聞こえなかったはずはないのである。それに、今日の叔父の声は、とくに高かった。…外食している安里は、客がきたとき、お茶だけは出してもらっていた。

「いや、かまいませんよ、小母さん」

「なにも、おかまいできんで」

そういえば、叔父の前に出してあるのは、灰皿だけである。話すとき、せきこんで夢中になる前里幸助は、たてつづけにスパスパ、煙草を吸うくせがあるが、半分ばかり吸ってもみつぶした吸殻が灰皿におりかさなっている。

「あの叔父は、あれでいいんです。金もうけ以外は、頭にない人なんだから、ほかのことには、気をつかわないんです」

と、言ってしまってから、ふと、この下宿の小母さんが前里を敬遠するようになった原因を思い出した。

ある日、安里が不在のときしばらく待とう、と安里の部屋に上り込んだ前里に、お茶接待し、世間話の相手になっているうち、前里がけしからぬことを言ったというので、あとで、カンカンに怒って安里に苦情したことがある。小母さんは夫が比島で戦死し、男の子を戦争中、山原で病死させ、長女の道子だけをかかえている。

その話を聞いたとき、安里は、ありそうな、ことだと思った。四十をすぎたといっても、ひとつか、ふたつ、世帯やつれはしているが、素性のよさそうな目鼻立ちには、まだ品がある。

叔父が言ったという、その、けしからぬことというのは、とうとう打ち開けなかったが、なさけなくなりましたよ、と涙をながし、怒りにふるえていた。おそらく、生活の面倒をみてやってもよい、ぐらいのことは、あの叔父のことだから、言ってのけたかも知れないのである。安里としては、結局、叔父、前里幸助の日頃の所行を、うちあけて、あんな人だから、普通の人とおもって、本気になさらないようにと、小母さんの理解をもとめ、前里をけなして、彼女に同情する立場をとらざるをえなくなった。

　行商したり、模合をかけたり、新聞の取次所などやったり、やりくりして小金をため、いまは、それをもとでに、ちょっとした商売をはじめ、それが当たって、復金住宅まで建てているほどの気丈な女だから、前里は、相当、こっぴどくやっつけられたらしい。そういう生活能力をもつ女を、なんでまたなめてかかったのか。……

　が、それにもこりず、その後も、ときどき、素知らぬ顔で、安里を訪ねてくる心臓には、おそらく毛が生えているにちがいなかった。そういう叔父だから、安里も、はっきり例の件を話して、ぼくの迷惑になるようなことは、よしてもらいたいと、強く釘はうってある。…小母さんは、前里が、現に妾をもっていると聞いて、さらにおどろく仕末、田舎から、たまに出てくる、安里の母が、また、前里のことをよく言わない。

「きのう、那覇で同期会がありましたが、その席で、妾さんをもつ悪風は、吾々の時代から、撲滅しようじゃないか、と話し合ってきましたよ」

「これから、そんなのがあったらほんとに、たいへんでございますよ。家庭がメチャクチャになりますからね。たとえ、そうならなくても、女がどんなに苦しい思いをするか、そういう立場を考えますとね……」

「昨日の会合で、誰かがそういうとですね、将来、そういう心配をせねばならぬようなやつは、吾々の仲間には、おりそうにないぞ、と半畳を入れるのがいて、皆、大笑いですよ。どうも、金との縁のありそうなのが、おりませんからな……」

「まア。でも、これからでございますからね。だいいち、男は年取って金の余裕ができると、すぐ、そんな心配がでてきますからね。安里さんも、気をつけませんと、ホホホ」

「逆立ちしても、ぼくには、その能力がありませんよ」

「でも、お妾さんをもつひとは、人情家が多いという話ですよ。女を、次々とあさって、すてる人にくらべると、情があるわけですからね」

　そういう彼女は、前里を心からにくんでいないのではないか、と安里は耳を疑った。

島の秋

ことしは秋のくるのがはやい。

まい年やってくるはずの台風が、やってこないときなど、かえってうす気味わるくなるものだが、ことしは、八月に入ると、早速台風ワンダがあばれた。

この台風は、あとで支那大陸に上陸し、そこでは、百万人が家をなくしたと新聞は報じていたが、国が大きければ、被害も大きいものである。沖縄の被害も、だんだん判明してくるにつれて、少なからぬものであることがわかった。が台風があるごとに、この調子でせまい、やせ地で、働けど働けど莫大な作物は風と共に去りぬ、である天をうらみたくなるが、農民は、それでも、鍬を、猫額のやせ地にうち込む。いつのころからかこの島は、台風銀座（タイフーン・センター）とよばれるようになった。

台風は、民族の長い体験であり、自然の暴威は不可抗として、あきらめているが、鉄塊が暴風のように荒れまわった。あの戦争から、このかたは、プライス旋風だの、オフ・リミッツ旋風だのと、人工台風まで加わって、まことに、にぎやかなものである。びんぼう風には、住民は、つくづく、こりているから、ここらで、ひとつ、ドル旋風でも、まき起してくれればありがたい。…沖縄の空が、ドルの札束で、くもるくらいの、ありがたい風が吹いてくれないものか…と、いえば、そういう風をまちのぞんでいる証拠なのかドル獲得だ、自立経済だ、観光事業だ、という声は、かまびすしい。いずれも、そういう意味では風乞歌？　のようなものか。

ハワイでは、火山見物が、ひとつの観光になっているときく。キャラウェア火山の間欠噴火を見物するために、世界中から、観光客がやってくるという話だが、地変かくのごとけれぱ、天災も、また、しかるべきである。

ひとつ、沖縄の台風を大いに宣伝し、世界の観光客を誘致してはどんなものだろうか。世界には、金のあまる物好きが多いはずだし台風は、どこでも、そこでも見られるという代物ではない。「こんどの風は、観測筋の報ずるところによれば、秒速七十米以上、小石が空中に吹きとび、波天に沖《おき》し、沖縄本島で最もせまい、仲泊、石川の地峡では、太平洋の波が東支那海に、東支那海の波が太平洋にうちこえる光景、その他、家屋の空中分解など一望することができるでありましょう」とか何とかそこは、ちと、ハッタリを利かして、宣伝すればよい。季節に観光客をおびきよせておいて、肝心の台風がこなければ、予め準備して、綱引、爬龍船、古典舞踊など豪華なショウにしてエキゾティシズムを満喫させ、いろいろ、台風よりよかったという印象を与えて帰せばよいのである。世界には珍しい所がたくさんあるから、観光といっても、ただ、沖縄をみにくるものはあるまい。世界的に専売特許のとれそうなのは、まず、台風で、それにしても、天気予報がもっと、しっかりしてくれなくては、(オット、失礼)。

＊

やりきれない炎暑は、台風がどこかへ吹き飛ばし、夕冷えのころとなった。美代子一家には、しかし別の意味で、台風一過の秋風が訪れた。

あれほど期待していた、ウルマ銀行新社屋の工事請負がはずれたのである。落札したのは、銀行の株主である前里組、これで、譜久里組は、破産状態に直面せざるをえなくなった。一方、銀行常務の山城朝徳としては、譜久里一家に面目の立たない羽目になった。前里幸助が跳び出してくることは、当然、予想していたことだが相手は、ずぶの素人請負師だし信用ある銀行を、そういうハッタリ屋の儲け仕事に利用されてはならない、いくら、株主でも、これだけは、御免こうむるだろう、ほかの幹部を納得させる自信があったし、これは、しかし、ごく常識的に考えて、説くまでもなく賛成してくれるにちがいないと、たかをくくっていたが、几帳面な彼にしては、甘かった。

これまでの実績からみて、譜久里組が、技術もよく、誠実な工事をやっている。相手の前里幸助が、したたか者であることは、山城もよく承知しているし、この際勝手な真似はさせないぞ、と力む心もあったが、どっちかといえば、相手をなめていたのがいけなかった。

理事会でも、山城君が適任者のようだから、工事の方は、ひとつきみ、考えておいてくれないかと、あらかじめ言われていたことだし、見積、設計など、責任をもってみてきている手前、自分の発言力を過信していた。が、いざとなってみると、相手から突込まれるスキがいくらでもあることに気付いたときは、すでにおそかった。譜久里組を推すとすれば、その技術と誠実さだけが、これだけの理由が、いかに、もろいものであるかに気付かなかったのは、山城として、まったくの不覚だった。いわば馬鹿正直の一本槍で押そうとしたもので、彼らしくないやり方だった。譜久里組は、部外者であり、しかも負債会社である。この工事をとる事で、かたむいた業運をたてなおそうとすることは明らかで、技術や、仕事の誠実さということは、そういう条件を土台にして考えるとき、見方がちがってくる。そこを、前里は、裏から突いてきた。それに、譜久里組と親類関係にある山城の動き方にはなにか面白くないものがあるなどと、妙な言いがかりまでつけられてしまった。もちろん、前里の言葉を、理事たちが、そのまま信じたわけではないが、結局、山城には、分が悪くなったのである。前里は、必死になって目星しい人たちをこっそり説得していたのだった。だいたい、気軽に、何千万円の工事が、ふところにころがりこむと、虫のよい計画をしていたのが、禍因である。

譜久里組のパトロンのような役をひきうけてしまった山城として、まず、差し当たって、手をつけなければならないのは、その、負債整理である。彼は、早速、プランをたてた。

いつか山城が、識名の丘で、美代子に話した、事業建直しの基礎的な手は、すでに、打ってあったので、のこるのは、債務の支払方法だけである。それも、今度の工事請負で、すべての期待をかけて、債権者を集めて納得させてあったのだが、その予想がはずれたとなると、山城は債権者の矢面に立たなければならなくなる。山城の顔で、一応、引き退らせていた債権者は、支払の見通しが、おぼつかなくなると、案の定、催促の矢をふらせてきた。早急に処理しなかったら、訴訟も止むを得ないといった強硬態度にでてきたのである。

この際、抜本的な英断をやらないと、譜久里組の信用はゼロになる、というので、山城は、美代子の父、譜久里朝英と相談して、結局、次の方法を取ることにした。譜久里家の現在の住居は、すでに金融機関の抵当権が設定されているので、それは、譲渡することにした。大道区にある事務所の方に住居を移すつもりにしたが、そこは、すこし、改造しなくてはいけないので、二ヵ月ばかり、抵当権行使を控えてもらうようにした。あとの債務は、建築資材の掛買代金の三十万円。仕方がないから旧市街にのこっている不動産の一部を手離して充当することにした。差し当たって、工事だが、これは山城の懇意の問屋が若狭町にビルを新築するので、二百万円ぐらいの小規模なものだが、それを相談して、つなぎをつくっておいた。

「いや、整理してみるとかえって、せいせいしたよ。何千万の工事を欲ばったのが、ねっから、まちがっとった。山城君も、今度は、随分、骨折ったな」と、譜久里朝英はあっさり笑った。

＊

朝雄と美代子は、バスの座席に、並んで腰かけていた。立混むくらい乗客があって、車内は、ムンムンしている。

「むかし、汽車が通っていたのはどのへんかしら」

美代子は小声で兄に話しかけた。

「んん。キシャ？　ああ。そのズッと内側だったよ」

「道路のこちらがわね」

窓際の美代子は、窓外を指さした「そう。いつか、水泳からの帰りに、お前がねこんでしまって、石川と交代交代で、抱いてやったことをおぼえているかい」

「かすかに。丁度、この辺で、目をさましたのをおぼえているわ。汽車がピーッと、汽笛を鳴らしたものだから」

「やっぱし、今が便利だね。アスファルト道路を、スーッとすべっちゃうんだからね」

「石川さん、さいきん見えないわね」

「うん、忙しいんだろう。なんやかんや、記事がにぎやかになったからね。なにしろ、沖縄の問題がワシントンやモスクワの、ポリティカル・トランプ・ゲームの切札のひとつにされてきたんだから……」

「社会面の記事に、こわいのがあるわね。中部で、あったという事件なんか……」

「少女が殺されたという、あれかい？　うん。キスを拒否されてドスで刺したり、結婚をことわられてメッタ切りにして殺したり、まったく、アプレ青年行状記だね。だんだん、すさんでくる…………やられているのは十五、六の少女ばかりじゃないか。あの、誘拐事件にしても……」

「可哀そうだわ。結局、家庭の責任よ。いくら、環境がわるいといっても、環境から子供を守ってやるべき家庭の親たちが、問題よ、そこにいろんな問題があるのよ」

「親を包丁もって追いまわす子もおるから、仏教でいう末世の症状かも知れないな。政治する人たちは、経済が復興したと、同じ言葉をくりかえしているが、道徳的な罪悪や、法律的な犯罪が、多くなってくるだけじゃないか」

「兄さんたちにも責任がある。兄さんも政治家なんでしょう。」

「いまは、ごらんの通り、休業しているよ」

「ずるい」

「ほんとに、政治問題や経済問題のかげにかくれている、そういった、社会問題に、もっと重要な意味を発見すべきなんだがね……」

「本土では、特殊な事件だと、すぐ、取りあげて問題にするのにね」

「それだけ敏感なんだよ。批評家学者だけでなく一般が、四方八方から批判をする。それがあるだけでも、リュウインがさがる。現実にかまけて、批判精神がだらけてしまったり、投げやりになったりしたらおしまいだ。高校生の教育をあずかる美代ちゃんなんかのこれからの責任が、重大だよ」

朝雄は、いつの間にか、話のホコを巧妙に、妹に向けていた。

混み合っている乗客の高声の会話の雑音にまぎれて、バスの座席の片隅で、兄弟の、めだたない会話がつづく。

朝雄のヨコに、体のすけてみえるような、よごれた芭蕉布で仕立てた、詰襟上衣とズボンを着た、田舎風の五十男が立っていて、ジロジロ、美代子たちをみている。そのヨコに、肩からカメラをぶらさげた二世らしい青年が立っていて、その青年とそろいのアロハを着た沖縄娘が、上のつかまりに手がとどかないものだから、青年の腰に両腕をまわして抱きついた格好で身体の安定をとっている。

美代子は、五十男の無遠慮な視線を意識しながらも、時々、はなやかなフンイキをかもしている、アロハ・アベックのほうに目をやったりした。

「あんたの友だちの晶子さんという人は、ハデなひとだね」

「ええ。でも、ガッチリ型よ」

丘が車窓にせまったところで、清明祭のとき、山城と、家のことで話をした場所は、どの辺だろうかと、美代子は窓外に視線を向けた。そこからズッと芋畑がつづいている。

「ひょっとしたら、石川がきていないかな」

「与那原に？」

「うん。神出鬼没だから、あいつは行事があるところには、大抵、姿をみせる」

「石川さん、社会記者なの？」

「なんでも屋さ、フリーだよ」

美代子は、しばらく黙っていたが
「石川さん、むかしとは性格が変わっているような気がするわ。そう思わない。兄さん？」

「変わったというと？　そりゃ、誰でも年と共に変わるさ」

「そういう意味じゃないの。いつも、ふざけたり、力んでみせたりするけど、なんだか、ニヒリストみたい」

「こんな世の中になると、誰だって、ニヒリストになるよ。ことに新聞記者は、毎日、社会現象にぶつかっているし、しかも、美談というよりは、その反対の現象にお目にかかることが多いからな。でも、まったくのニヒリストでは記者はつとまらんよ」

美代子は、いつか、石川が、こういうことを言っているのを思い出した。

――沖縄の人には、ある心理的なポーズがあるね。これは、沖縄人の性格というより、社会の一種の空気からきた、ポーズだ。たとえば相応な、感動や驚きをかくす。大したことはないという顔付になる。これは、一種の擬態だな。この擬態が、人を素直にみせない。妙にいじけてみえる。社会的停滞性の原因のひとつが、そこにあると思うね。この心理的ポーズは、卑小感をカバーせんがための誇張だよ。物事を過小に評価することによって、逆にそうする主観自体を大きく見せようとする誇張なんだ。

いやらしい嘘の謙譲さのかげにかくれたジメジメした心理だよ。新聞記者をしていると、時々、人間の臭気にやり切れなくなることがあるよ。

客は、ほとんど、与那原でおりた。


海岸より部落の中に、朝雄と美代子はおりていった。もと、汽車の駅前から、真直ぐ、海岸に大きな道が通じていたが、わずかに、この辺りだったと思われるところに、人がむらがっている。ちょっとした広場で、白鉢巻の少年たちが、小鼓（ソーグ）や金鼓の稽古をしている。

付近の瓦葺の一軒では、「組踊」の人物をかたどった装束の仕度をやっており、竹垣の外から子供たちが覗いている。バスの通る人通りからみると、ちっぽけにみえるが、部落は、かなり広く、縦横に幾つか道が通じていて、アチコチに雑貨店、書店、材木屋などがある。十字路になったところで、赤鉢巻に黄色のタスキをかけた若者たちが、見物人に取囲まれて、旗頭のケイコをしている。桜の造花に「民栄」のノボリ、イリ（西）の旗頭らしい。旗持はランニングシャツに白ズボン、何回も交代してケイコしているが、中に四十四、五才位《ぐら》いの先輩らしい男がいて、誰よりも巧者である。

外人がアチコチからカメラを向けている。

「美代子は、初めてだね。綱曳をみるのは」

「ええ、生れてはじめてよ」

朝雄は、中学に入ったばかりのときかに、那覇西町の大綱（ウーンナ）があったことをおぼえているので、物知りらしく知っているだけのことを、妹に説明してやった。

「ずいぶん、大きな綱ね」

たくさん枕木をならべて、その上に、五、六十米の雌綱がおかれ、ムカデのような手が、親綱の両側から、いくつも出ている。

「この上に、シタクがのって、浜まで、この棒をかついで、持ってゆくんですよ」

他所者とみたらしく、そばの男が美代子たちに説明した。

バスで一緒だったアロハ・アベックがやってきて、男の方は、カメラを、綱のカニチのところに向けた。カメラを携行した外人が、今日は大した収穫だという表情で、幾たりも、うろついている。美代子も、おそらくその外人たちと、同じくらいの好奇心で、部落のフンイキに軽い興奮をおぼえた。朝雄は、こわれた石垣、福木、木麻黄、ユーナ、砂地の上に鉄板囲いした屋敷など珍しそうに眺めていた。

アガリ（東）の方は、水色鉢巻に紫タスキの旗持たちが気勢をあげていた。そこの旗は「国豊」と書かれ、造花は、ハスかボタンのようなものに、芭蕉葉をあしらってある。

「雄綱はここにあるはずだがね、さア、海岸におりてみよう」

ひとまわり、賑わいをみて回ると朝雄は、美代子をうながした。時々雲間に午後の日がかげる。

「あの、老女踊りは面白いわね、太鼓をたたいて」

「うん。こういった行事が連綿とつづいているからね。でも、規模は小さいな。一種のショウだね。ほんとはもっと花々しくて、荒々しい行事なんだよ」

浜におりてみると、そこは、万余の人出であった。七、八尺のコンクリートの堤防で一帯は護岸されて、もとのキレイな砂浜はなくなって、埋め立てしたのか、運動場のような草原がある。そこで綱を引くらしい。

西原への大通りの両側は、乗用車がズット並び、その間を、「スリがオリマスカラ、サイフニゴヨージンクダサイ」などと、警察の車がマイクでがなって通る。

朝雄と美代子は、堤防に腰かけた。広っぱは、女子供連れの外人が一杯で、その見物衆を見物するのが見《み》物《もの》である。

「ウッサンチン、シンカノ、ユトールヤー」（えらい人だかりやな）

田舎のおっさんが、そんな嘆声をもらしている。シンカという言葉が、旧藩時代の「臣下」から転化してきたのではないかと思い、朝雄は、心の中で苦笑した。ホワイトも、その「シンカ」の中に入っているから、本来の意味から解釈すると、おかしなものになる。

土地問題で神経がとがっているおり柄、なにかにつけて住民側と米人側が衝突するおそれあり、との理由で、軍施設に近い中部一帯が、米人の立入禁止となっているときである。彼らは、はみ出してきて、ここで、オフ・リミッツの自由な空気を吸っているといった感じである。挑発的な、トゥー・マッチ・ショートのパンツでのし歩くレディーもいる。

沖縄人も米人も、綱引のスリルの中で、万余の「シンカ」を構成しているのだ——。

「美代子、家ももうじき明け渡さんといけないし、いままでのような生活はできなくなるかも知れないよ」

朝雄は、そんなことを言った。実は、美代子をここに連れ出してきたのも、気分転換のつもりであった。

「これからでも別に、生活に困るというほどではないでしょう。気にすることないわ。いままでがすこし、ゼイタクだったのよ。生活に困っている人たちが、いくらでもいることを考えると…生意気なことというようだけど…」

「そうか、それくらいの心掛けがあれば、たのもしいさ。問題は、これからも現状維持ができるかということだよ。おやじの事業だって見通しが、いまのところつかんからね。それに、美代子も、すぐ嫁に行くようになるし、…そういえば、真壁君の仲介がやってきてね、ゆうべ、母と話して行ったらしいが、きかなかったかい」

「ううん」

「式は是非とも年内にあげたいと急に、そんなことを言ってきたらしいんだ。とすれば、あと二ヵ月はない。ほんとは相当、むこうは、焦っているらしい様子だ。はじめは、そうじゃなかったが、どうしたのかな。まだ、正式の婚約もしてないので、安心できないのかも知れないね。どうだ、兄さんはもう、あんたの意志にまかしてあるが、これまでつき合ってみて、大体、相手の人物がわかってきたかね。

　最後の判断は、あんたがせんといかんからね。相手に対する信頼とか、尊敬とか、愛情とか、そんなことは、いちいち、きかんがね。あんた自身に、自信があるか、どうか、それだけは、言ってくれてもいいだろう。自信のない結婚だったら、兄さんは、いまからでも反対するよ。いいかね、美代子」

「自信って、幸福になれる自信、という意味？」

「そうだよ」

「幸福をきずくために、努力する自信はあるわ」

「なんだか、その言い方は主観的すぎるね。それでは、兄さんは、まだ満足できないな、相手も判断した上で、客観的にみて、真壁君との結婚に自信がもてるかどうかだよ」

「そんなことは、むしろ、第三者の立場で判断できるものじゃないかしら。当事者同志は、こんなとき……」

「よし、よし、あとで聞こう。婚約のことは、山城君には、話してあるだろうね」

「いいえ」

「お母さんから話してないかな」

「話してないと思うわ」

「そいつは、まずいな。なにか、水臭いように思われてはいけないな。今度は仕事のことで期待がはずれたが、ようやってくれているからね。……」

　と、朝雄は、言葉を切ってから、

「……あんなのを、現代の英雄というのなか。生活力にあふれて」

「あら、金もうけの上手な人が英雄？　兄さんらしくない考え方だわ」

「うむ。そういう考えかたは面白くないがね。ただ、おれのような不甲斐ないものの目には、そう映ることがあるんだよ。要するに山城君はジンブンムチだよ」

そのとき、美代子は、群集の中に安里実の姿をみつけて、おや、と思った。五十年配の外人と歩きながら話している。安里も、ふと美代子の方に気ずいて、すぐ、笑顔で近ずいてきた。

「貴女も、いらしていたんですか、叔父さんと一緒なんです。いやだが、通訳させられているんです」

安里が話していた外人の横に、ハンチングをかぶった半ズボンの男が立っていて、こちらを見ている。安里が、朝雄に気付くと、

「兄ですの」

「そうですか。僕は、美代子さんの同僚で、安里実というものです。美代子さん、ちょっと、お話したいことが……」

と、安里は、朝雄のところから一寸、離れた。

「実はね。美代子さん。貴女にお詫びしたいことがあるんですよ」

「なんですかしら」

「実はね、ウルマ銀行の工事を落札したのが、僕の叔父さんなんですよ。貴女のお父さんが有力な競争者だったことを知って、すまないと思っているんですよ」

美代子は、あの人が、前里幸助かとハンチング（鳥打帽）の方に、もう一度、目をやった。

前里幸助が、安里の叔父だというのは、初耳だった。

「いいえ。それは…」

美代子が口ごもると、

「僕には直接、関係のないことなんですがね、なんだか、すまない気がするんです。だいいち、あの叔父には、僕、あきあきしちゃっているんです…。」

そのとき、むこうのハンチングが大きく手をふった。

「ミノール。ミノール。通訳が、勝手に、そばー離れていかんがなーァ」

きいていておもわず顔のほてるような大声を、前里幸助がはりあげている。

「チェッ、仕様がないな。美代子さん。では、失礼します」

兄の朝雄にも一礼して、安里実はわざと、ふてぶてしく、落着きはらって、歩調をおとして、歩いてゆく。

「ハキハキしているじゃないか」

「前里組はあの人の叔父さんに当たるらしいのよ」

「そうか」

「あすこに立っている人が、その叔父さんという人よ」

「へええ…。安里君はなにを話していたんだ」

「工事の入札のことよ。相手が、あたしたちと知って、すまないといいにきたのよ」

「ふーむ。ちと、筋ちがいだが、屈託のなさそうな態度だね」

　群衆が急にざわめいた。原ッぱの入口に、行列が現われたのである。旗頭、掛声の鼓の音。綱の上には、シタクが数人のっている。

「ムリカーヌシードヤエーサニ」（森川の子ではないか）と、そばのアンマーがはなしている。外人が、興奮の色を示しはじめた。中には、ベイビィを、草原にほったらかして、カメラをもって、綱の所に勇敢に、わけ入ってゆくアメリカ・ママさんもいる。

「ああ、それから言い忘れたがね美代子。今朝、ハガキがきとったよ。中部のハイ・スクールにつとめている具志川…」

「具志川和子さんから？」

「うん」

「なんと書いてあったの」

「ちかいうち、訪ねたいというだけだ。別になにも」

「寄宿舎で同室だったひとよ。いま、家政科の先生」

　旗頭や老女たちのガーイ（気勢）が、しばらくあって、いよいよ、曳きはじめる段になった。

　土地の女たちが、バンジヌカネームン（青年）をみつけると、綱にかかれと、強制的に勧誘する。誰彼の区別なく手を引張って、綱のところにつれて行こうとする。しまいには、公平な審判員の顔付していたアチラさんまで、綱にかかる始末。ところが十四、五分で勝負はあっけなく片付いてしまった。途中で綱が切れたのである。アガリ、の勝ちとわかった。

「イリは女たちのガーイが足らなかった」と、帰りながら話す人がいた。帰りのバスを待っていると石川長生がジープを近づけてきた。

「やっぱりきていたんだね」

商売商売と石川は笑った。

＊

その晩、朝雄と石川は、おでん屋の四畳半の裏座敷で盃をかたむけた、といっても、しんみりと向かい合っていたのではない。

いつもに似ず、朝雄の飲み方が荒い。愉快にやれ、愉快にやれ、とやたらと盃をさしてくる。石川は、かえって、相手になれずに、用心した。

「心配するな、帰りは、おれが、タクシーで送ってやる。おい、石川、飲みっぷりが面白くないぞ。きさまァ、今日は、ほんとに酔ってみろ」

段々、言葉が荒くなってくる。漸《ようや》くのことで、石川が外に連れ出したときは、朝雄は、かなり酔っていた。

「おい、こんどはバーだ」

「もう、よせ」

「よせ、ときたな、こいつ、いいからつきあえ」

「大丈夫か」

「文句言うな、これは、おれの財布だ、開けてみろ、いくら、入っているか」

安定を失った朝雄の身体をささえるのに、石川は手古《て こ》ずったまま、暗い小さい露路にひきずりこまれてしまった。

「やい石川ッ。ニュース・ボーイぶらぶらするな」

「ぶらぶらするよ」

「チェッ、五者協議会みたいだぞこいつッ」

「あたまを、こずくなよ」

「がまんしろ。やい、講和条約の三条がなんだい」

「あいたッ」

「ハトヤマがなんだい。ダレスがなんだい」

「あいたッ」

「ブルガーニンだろうが、アイゼンハワーだろうが、こいっていうんだ」

「もう、いいよ、わかったよ、わかったよ」

「力道山だろうが、美空ヒバリだろうが、こいっていうんだ」

そのとき、露路の向こうがわから、一人のアロハのアンチャンがやってきた。これも、かなり、ぶらぶらしている。

「やい、やい、もう一度、いってみろ。いま、なんと言った」

厄介なやつが飛び出してきたと、石川は思った。

「おまえは、何だい？」

朝雄は、定まらぬ酔眼を、アロハに向けた。

「おれは力道山よ」

「うん。強そうだな。よしきた。おまえに、ちょっと、たのみがある」

「何でえ？」

「おまえの、とくいの空手チョップでよ、チョッ、チョッと、やっつけてもらいたい奴がいるんだ」

「どこのどいつだ」

「ヨシダシゲルというやつよ」

「そんなの、聞いたこともねえ、どこの馬の骨だ」

「おまえ、知らねェのか」

「知らねェよ、そんなの」

「おまえ、なんにも知らないんだな」

「なにー。この野郎。おれを無学だと思って、馬鹿にしやがるのかッ」

アロハが朝雄の胸倉をつかんだ
「おい、おい、けんかはよせ。お前たち、二人とも酔っているんだ仕様がないなァ」

石川が仲裁に入った。

「なに、酔ってる」

「酔ってて悪いかよう。こらっ」

石川は、朝雄とアロハから、ぎゅうぎゅう、くびをしめられた。石川は、コンクリート壁におされたまま呼吸が苦しくなった。

「はなさんか。おい、はなさんか」

「苦しいか」

アロハの力道が、力をこめたからたまらない。石川は、アヒルのような声を出した。

「あげるぞ。おまえたちの手の上にあげるぞ。ゲエッ、ゲエッ。ゲエッ」

相手は、二人とも、思わず、手をゆるめた。

「チェッ、きたねえ、野郎だ」

力道山が、舌打ちした。

石川は、そのまま、しゃがんだ。

「ゲエッ。ゲエッ」

「おい、どうしたんだ」

「ゲエッ。ゲエッ」

「石川、きさまァ、よわいぞ」

「ほっとけ、ほっとけ、そんなのいい、さっきのはなしは、どうなった？　おれに、たのみてえことってなんだい。場合によっちゃ、力になってやらァ」

「ヨシダシゲルのバカヤローよ」

「そいつが、どうした？」

「沖縄を勝手にうりやがったんだよ、そいつが」

「なに、なに。それ、ほんとか。おい」

「あたりまえよ」

「そいつは聞きすてならん。どこに、いるか。そいつは」

「やるか」

朝雄は、唐手チョップの真似をした。

「どこにいるんだ。案内しろッ」

「よしきた。おれについてこい」

「おおッ」

どこにゆくか知れないが、二人は威勢よく、出かけた。

「やれ、やれ。仕様のないやつらだ」

のこされた石川は、あきれて、その後姿を見送った。ええいッ、もう、ほったらかして帰ろうか、と思ったが、朝雄のことが、すこし気になって、石川は、二人のあとをつけた。

朝雄と力道山は肩を抱いたまま露地をでると、突き当たりのバーの中に、消えて行った。

「ハハァーン」

石川は、感心した。彼は、バーの入口で、行ったり来たりして、なかには、入らなかった。が、いくら待っても出てこない。丁度、出てきた女給にきいてみた
「おい、力道山に似た男がきているだろう」

「リキ…？　ああ、なかで、飲んでいらっしゃいますよ」

石川は、また、待った。ころをみはからって、バーの中に入ってみると、どう風が吹きまわしたのか朝雄

がえらく威張って力道は、肩をすぼめて、兄貴、兄貴と朝雄をたてまつっていた。

「あああ。愉快だ。石川ッ。なんだか愉快だなァ、おいッ」

石川は返辞をしない。車を呼んでみるが、朝雄は乗ろうとしないのである。夜風に吹かれながら、ジグザグコースで、三原のうす暗い通りまできた。

ああたたかいはうちやみぬ
夕日かがやく秋空に
老松たかくなりひびく
おもいはふかし奥武山

朝雄は高吟して仕様がない。家まで、送りとどけたが、かえさないぞと、石川は手をつかまれてしまった。

「どこで飲んできたんですか。石川さん」

妻の峯子が顔をしかめた。

「どこでもいいじゃないか。仏頂面するなってんだ。酒を出せ、酒を。もっと、飲むぞッ」

「石川さん、ちっとも酔ってないのね。ダメよ、こんなに飲ませて」

「おい、山城を呼んでこいッ。山城軍曹を呼んでこいッ」

支那で、銀行の山城は、朝雄と同じ隊だったらしく、復員してからも、しばらくは朝雄のことを隊長殿といって、美代子を笑わせたことがある。

「山城は、けしからん。あいつは言ったことを実行しとらん。隊長の命令だ。よんでこいッ」

「なにを言ってるか。ヒョットコ中尉のくせに。ねないか」

石川も、腹を立てた。

「ヒョットコ中尉？」

朝雄が座り直った。

「とは何だー。いやしくも、いや、おそれおおくもか、大元帥殿下の命令をうけた皇軍の将校にむかって、ヒョットコとはなにか」

「なにいってやがるんだよ。久茂地川の泥水で顔を洗って出直してこいってんだ」

ねむけがさしたのか、朝雄の瞼が急に、たれさがった。うしろでになにか手さぐりしている。

「あなた、これは、あたしの物差ですよ」

「階行社から買った、おれの刀はどこだ、こいつを斬ってやる」

途端に、ひっくりかえって、朝雄は、柱にしたたか頭を打った。

「やられたアー」

「隊長、しっかりして下さい」

「お前は誰だッ」

「はい、当番兵の石川であります」

「ここは、どこだ」

「隊長殿が負傷されたので、後送して参ったんであります」

「なに、ここは仮包帯所か。キズはあさい、心配するなッ」

「はい、ちっとも、心配してないんであります。当番ッ、帰りますッ」

と、石川は、要領よく、逃げ出した。石川は星空を見上げた。すると、下駄の音がして、追ってきたものがある。美代子である。

「ハハア。なんでもありませんよ。途中で、面白い酔客にぶつかってね。……」

「でも、あんなに飲むこと滅多にないのよ」

「それよりも、美代ちゃん、おめでとう。兄さんから、ききましたよ。うらやましいなアー」

「あら！」

美代子はバス乗場まで石川を送った。まだ、「最終」があった。

＊

お盆もすぎ、いつか、九月の声をきくようになった。ある日、助教授の与世山盛吉が、ひょっこり、譜久里朝雄を訪ねてきた。旅行のみやげだと言って、西陣織のネクタイをプレゼントした。

「話したいことは、たくさんあるが、これから、二、三ヵ所、まわるところがあるんで、ゆっくりもしていられないよ」

と、落ちつかないようすだが、それでも与世山は、煙草を取り出した。

「むこうでは、こちらのことを、心配しているだろうな。在京の人たちは」

朝雄がきいているのは、土地問題のことである。

「うん。心配している。なにしろこちらのように、現実の、複雑な、利害関係をもっていないからね、むこうの人たちは、そういう問題に対する考えかたが、郷土愛という純粋な感情から出ているその点では、ことに、一般の人たちなんか、素朴だな。われわれよりも、郷土の過去に、強い郷愁をもっているからね」

「はなれていれば、自然にそうなる。十数年ぶりの帰省だというような画家の個展なんかみると、こちらの連中よりも、ローカル色が濃厚だという話だよ」

絵に趣味のない朝雄は、もちろん自分で、その個展をみたわけではなく、真壁弘志からきいたのを受売りしているのである。

「そういえば、かえりの船の中でおもしろい人と知り合ってね。生野坂江女史といって、エカキなんだ。東京の人だが、いまいうこちらの帰省画家から刺激されたらしいんだ。こちらで、紅型の研究をして帰りたいというんだが、まア半分は物見遊山の旅行だろうな、東京でよく見かける有閑マダムといったタイプだよ。

こんどうちの学校にくることになっている真壁君というのがいるがね、貴公知らんかな、その、生野女史が、彼氏と知り合いらしく、偶然、その話が出てね、そこで親しくなっちゃったんだよ」

朝雄は、思わず聞耳を立てた。ことに彼氏という言葉が、いやらしくひびいた。その生野女史と真壁が、どんな知り合いなのか、聞こうとしたが、それが、おかしな質問になることに気付いた。与世山盛吉は、美代子と真壁のことを、まだ知ってないからである。

「昨今は、絶望的な懐疑をもつ、若い世代は、島を飛び出せば、ちがった世界が待っているように考えて目当てもなく、上京するのが多いようだが、むこうでは、いま、あべこべに沖縄ブームだね。できれば、沖縄をみたいという人たちが多い。こちらから、東京に行ける人たちは、いわば、こちらの特権階級といってもよいような気がするが、その反対に、東京からこちらに来れる人は、東京の特権階級といえるよ」

「貴君や、その生野女史という人が、まず、双方の代表的な人物かな。ハハハ」

「きのうね、生野女史に、あちこち見せてやったがね、こんなにアメリカナイズされた所は本土でもすくないと言っていた。『東京の沖縄』をみた目には『沖縄のアメリカ』が珍しいようだね」

＊

「話って何だね」

山城朝徳は、さぐるような、まなざしをした。

「あわてないでよ。いま、お料理いただいているんだから」

上原晶子は、割箸の先で刺身皿をつついた。あっさりした日本料理に、ビールを一本そえた。小卓をはさんで山城と晶子が、さし向かいに座っているのは、食堂の畳間。さそいは晶子だが、おごりは山城である。

「ね、今晩、映画みせて」

「なんだ、その話か」

「そうじゃないのよ、ついでに、というわけよ、話は別にあるの」

「ぜいたくだな、じゃ、本筋の話というのは、あとで聞くことにして……いま、どんな映画やっているのか」

「『スタア誕生』、をみたいのよ」

「西洋映画かね」

「そうよ堂々三時間という映画よ。ワーナー・ブラザース提供でジュディ・ガーランド、ヂェームス・メイスンの共演なの」

「三時間も？」

山城は、退屈せねばならぬ時間の長さをはかって辟易している。

「どうも、いちいち、あの字幕をみたりするのが煩わしくてね」

「タイトルはみなくていいのよ、音楽映画だから、……それに天然色よ」

山城は、いよいよ、すくわれないという顔付をした。その、どちらも、彼の趣味に合わないのである。たまに見る映画といえば、カウボーイか剣劇物にきまっている。それに天然色は、やたら目を刺激する。

「で、話ってなんだい」

「そうね、思い切って、いっちまうわ。じつは、あたし、銀行、やめたいと思うの」

「やめる？　結婚でもするのかい？」

「ふふ、結婚は、いずれしたいわよ。でも、それは、いまのところ未知数」

「やめてどうするんだ。ほかにいい仕事でもあるのか」

「それで、たのみがあるというわけ。じつは、あたし、つとめをやめて、自分で、なにか、独立した事業、といえば大げさかな、そうよ、事業をやってみたいと考えているのよ、どう？」

「ふーむ。しかし、なにか目当てがあるのか、その、やってみたい事業というのは何だね」

「それを言えば、ヘルプしてくださる？」

「おや？　どうも、きみの、誘導訊問にひっかかったようだね。資金のことだろう？」

晶子は、うなずいた。

「場合によってはね」

山城は、言葉をにごした。晶子が、いきなり、そんなことを言っても、山城は、別に、おどろかなかった。つねづね、この女なら、若いけど、なにかできる、その、機会があれば、やらしてみてもよい、という心があった。異性としての晶子にも心をひかれていたが、この場合、彼女にひそんでいると思われる才能をひき出してみたいとの、損得外の興味があった。

「きみなら、たいていのことは、やらせたら、できるかも知らん。しかし、事業の種類が問題だな。どんな事業なんだ、きみが考えているというのは、パーマネントかね？　それなら、もう、理髪屋の数より多いくらいだよ」

「そんなのじゃない」

「じゃ、洋裁かい？」

「美容師やドレス・メーカーは、免状や技術が要るじゃないの」

「なんだね、それじゃ、飲食店かい？　それとも、バー？」

山城は、面白半分に訊した。半分は真面目だった。

「ノー」

晶子は、強く、否定した。

「でも、食堂とも関係があるわ」

「なんだね」

「あててごらんなさいよ。ヒントをあたえるから」

どんな事業と、あっさり、いってしまえば、山城は、目を丸くするか、笑い出すか、どっちかであると晶子は予想している。だから、山城に、ひとつひとつ質問させて、それに、諾否をあたえる戦法を思い付いた。答え、を長く引張れば、引張るほど、山城を焦らすことになるが、反面、彼の関心を強くする。彼がうまく当てれば、話は軽くはずむし、そうでなければ、質問に疲れた頃合いに、これだ、と言ってやれば、ナァーんだということになる寸法。

「じゃ、第一ヒントをあたえるわ。その事業、動物とも関係があるのよ」

「食堂とも、動物とも、関係がある？　そんな事業があるかな」

こんどは、山城、まじめに考え出した。二十の扉の要領を心得ているものなら、ここらで、大体、察しがつきそうなものだが、……

「わからないの。では、第三ヒントよ。その事業は、ある商品と、特に関係があって、その商品は、大量に、本土から輸入されるが、それでも需要には足りないの。島内でも生産されて、軍向けに出されているのよ」

「軍に出される品、野菜じゃ、……ないな、……動物だったね…」

きわどい所で、推理がはずれる。どちらかといえば、頭のめぐりのすばしこい山城だが、第四、第五のヒントをあたえても、……いやそのために、かえって、こんがらがって、推理がはずれてゆく。漸《ようや》く、山城はあきてきた。

「あたしがやってみたい事業というのは養鶏よ」

「ヨーケイ？」

「そう。ニワトリを飼うのよ」

「ふーむ」

山城は、笑わなかった。

「しかし、突拍子もないものを思いついたもんだね」

「あきれた？　おかしい？」

「うむ。きみと養鶏ねー。こいつはどうも、むすびつかんよ、連想が。しかし、きみ、それは、思いとどまったほうがいいぜ。もっとお嬢さんのやれそうな仕事はないかね。手をよごさないで、上品な……」

「あら、それ、意見の相違だわ。ニワトリ、とても、かわいいわよ。そのニワトリに、卵を産ませるのよ……」

「養鶏といっても、十羽や二十羽のニワトリを養うわけじゃないのよ。もっと大々的にやりたいのよ」

「そりゃ、事業というからには、そうであるにちがいないがね」

「何百羽と飼って、科学的にやるのよ、孵卵器も使って……」

「ふむ。大々的だネ。……ふむ、科学的にねえ……」

山城は、断髪美少女の言葉を反すうした。円ぽちゃな頬、スンナリ伸びた白い両腕を、彼は、改めて眺めた。彼女の、まなざしは、意外に真剣で、ルージュをひいた、小さい唇は、まじめに物を言っているようにおもわれた。

「養鶏なんていうのは、ね、上原君、それは、専門のやることで、素人がやったって失敗するよ。各家庭で飼ってる分は、なんでもないが、現に、これまで、そいつを事業化しようとしたのは、十中八九、といっていいほど失敗しているからね。だいいち、飼料の問題で……」

「晶子、ただ、思いつきでいってるのじゃないの。いままで、かくしていたけど、あたし、ズッと前から、こっそり研究していたのよ、養鶏のこと……」

「そうかね、じゃ、素人とはいえないかも知れないね、しかし、実際には未経験なんだろう? 専門家ともいえないわけだね」

「自信があるのよ。信用して! あたし、ズッと、本をとって、研究したのよ。あたしが、毎月かかさずに買った本といえば、スタイル・ブックと養鶏の本だけよ」

「スタイル・ブック、片手に養鶏か」

「茶化さないで。……失敗したというのは、みんな、科学的にやっていないからよ。気候や、品種や飼料や、病気や、鶏小舎のことなど、科学的に研究してないからよ…ね、大丈夫よ」

「ほう、詳しいんだね。……だがね、やはり、それよりは、みんなの真似して、パーマネントか洋裁でも考えたほうがいいかな、……淑女、危うきに近よらず、だ……ハハハ」

「やっぱり、銀行屋ね、山城さん石橋式……でも、石橋をたたいて渡らないようになったら、おしまいよ。事業に冒険はつきものじゃなくって？」

「もっと、安心して、もうかる仕事を考えてごらん」

「もうかるだけが、あたしの目的じゃないのよ、力試ししてみたいのよ」

「ひとかどの口をきくね。だがね山中鹿之介の真似は止したほうがいいぜ。もし、その養鶏が失敗して御覧、出した金は、まア、いいとして、赤字でも出たら、そこまで援助の手は伸べられないからね。第一、金というが、銀行から借りるつもりなのかい、それとも、僕から、……抵当もあるのかね」

「モチ、山城さんからよ。抵当なんてないわ。仕事が成功したら融資ということにして、失敗しそうだったら、投資だったということにしたら、いいじゃないの」

「うえッーッ。こいつは、かなわん」

西部劇がひとつおわって、館内がパッと明るくなった。

山城が、一寸、腰をうかすと、晶子の片手が、山城のシャツの袖をつかんでいた。階上の後方席である。

「どこへ行くの？」

「ちょっと、煙草を吸ってくる」

「逃げちゃ駄目よ」

山城はロビーに出て、それから、那覇の夜景を見下した。

……晶子の養鶏の話は、それから色々、説明されて、その知識が、案外なので、半ば感心したが、どこまで本気にしていいのかもわからず、そんなら、詳細な計画でもつくつてきて、みせてごらん、相談は、それを見てからのことだ、とその場をごまかした。

こういう時にも、気にかかることは、譜久里一家のことである。どうにかして、やらねば……。

座席の晶子は、ビラを片手に、つぎに上映される、

「スタァ誕生」の梗概《こうがい》を読んでいた。

――名優ノーマン・メイン（ジェイムス・メイスン扮）が、名もない旅回りのバンド・シンガーを映画界入りさせるが、この歌手上りのニュー・フェイスは、ある映画でメインの相手役となり、才能をみとめられ、一躍、人気女優になりメインと結婚する。が、男は酒乱で撮影をおくらせたりして、人気は転落の一途を辿り、遂に映画会社から解雇される。彼と反対に妻のレスターは花々しい出世街道を進み、ついに、ハリウッド最高のオスカー女優演技賞をうけるが、その祝賀の席上に、酔いつぶれた夫が姿をみせ、賞杯を手にもつ妻をからかい、おれに仕事をあたえろ、と泣き事のように絶叫する醜態を演じ、並みいる紳士淑女のヒンシュクを買う。かつての名優メインはアル中患者として病院のベッドに敗残の身を横たえるが、妻の献身的な愛情で健康を取りもどして退院する。所が、ある日、競馬場で、もとの会社の宣伝係から、女に養われるだらしない男と、さんざん罵倒され、なぐられ、自棄になり、また、酒にひたり出し、警察の厄介にもなる。いまは大女優となった妻のレスター（ガーランド）は夫が堕落してゆくのを、日夜、目の前にして、必死の愛情を、その更生に傾けるが力及ばぬのを嘆き遂に映画界を去り、すべてを夫の療養と更生に捧げようと決意する。それを知った男は、妻の愛情に泣きながら、どん底まで落ちた屍同然の自分が救われないことを悟り海中の溺死を選ぶ。

未亡人となったレスターは、しきりにカム・バックをすすめられるが、拒みつづけて、一切の交際をさける。しかし、友人のピアニストから、メインの自殺はレスターの成功を祈る心からのことだと説かれ、再び、スターダムにカム・バックする――。

アラスジを読みおえて、顔をあけた晶子の目に、ふと、止まったのは……。右前方の席に、真壁弘志の姿をみつけた。その右横の女と話をしている。見かけぬ女である。断髪にアロハ、年は、二十八、九か。色が白い。どういう種類の女か、一寸見当がつきかねる。

――山城が座席にもどってきた。

晶子は、山城が、真壁弘志のことは、とうに知っているものと思って、前席の真壁のほうに、山城の注意を向けようとしたが、すぐ、場内が暗くなった。

テクニカラー・シネスコの画面がスクリーン一杯ひろがり、音楽が湧き起る。背景は、ハリウッド夜景。


――


「スゴイワネ」

晶子が、小さく、嘆声を発した。……華麗豪華なセット。ハリウッド映画基金募集の「スター達の夕べ」(NIGHT OF THE STARS) のシーンから始まる。美男美女の群がる。名声と、金力と、虚栄の市、ハリウッドの絢爛たる行事である。

そこへ、名プロデューサーにともなわれた可愛い子役スターが現われ、群集に愛嬌をふりまく。寄付興行の呼物は名優ノーマン・メインだが時間おくれて酔態を現わし、舞台のジャズ・シンガーにふざけかかる。

「いま歌っているのが、主演のガーランドよ。いち度、自殺をはかって騒がれたことがあるの。その、女優」

晶子が小声で説明する。山城は、無表情である。自殺、と聞いても、スクリーンのできごとと勘違いしている。

耳元に、晶子が唇をよせるたびに彼女の、やわらかい呼吸が、山城の顔にまつわりつく。

「あまり、ベッピンじゃないな。それに小人の様に体がちっちゃいじゃないかアメリカ人にしては」

山城の目には、晶子のほうが、約三割方、美人にみえる。今夜は、セーラー・カラーの服を着ているので、いつもより、おさなく見えるが、そのかわり、胸のふくらみは、いちじるしく見せている。

いちど火傷したことがあるのでこういう女の取り扱いには、こりている山城は、すこぶる消極的になっているが、やっぱり、悪い気持ちはしない。

「山城さんの美人観は平凡ね、女の個性美を見なくちゃ駄目よ。マネキンみたいな人だったらザラにいるわ」

筋がすすむにつれて山城も、だんだん、スクリーンに見入る様になった。日本語の説明文を読むのが億劫だという山城に晶子は要領よく説明をはさんでやる。

「きみ、あの英語わかるのか」

「三分の一ぐらい」

ハイ・スクールにいるときから、英語力はズバぬけていて、受持の先生から大学の英文科にゆくようにすすめられたことがある。ことに、会話が上手で、キレイな発音をするので、勉強すれば、米国留学もと、すすめられたのだが、どういうものか、晶子は、その道を選ばなかった。とにかく、体を張って体得（！）した特殊女性達のパングリッシュとは、甚《はなは》だ筋がちがう。安里実も、彼女の英語力はみとめていた。

「うう、演技はなかなかうまいね」

「この映画で、ガーランドは、アカデミー賞候補にあがったのよ。最高傑作の一つといわれているのよ。この映画」

「最高傑作のひとツ、か」

山城は、晶子の言葉をおうむ返しに言った。

歌劇風の場面がつづくところで退屈するのか、平服のヘイ・ジョウさんたちが、四、五名、席を立った。と、あちこちで、オキナワン・ボーイや、アイランド・ガール（！）の中にも、席をはずすのが出てくる。

「退屈する？」

晶子がきいた。

「いや、なかなか面白いよ」

ユーモアとペーソスをかみ合せながら、ストーリーは、だんだん、深刻になってゆく。はなやかなスクリーンの舞台裏にカメラは向けられ、愛情と芸術をめぐって、人生劇場が描かれてゆく。晶子の説明も、だんだん、間遠くになってくる。ふと、山城がふり向くと、晶子は、指先で、二、三度、目頭を押えていた。

山城は、おや、と思ったが、見ぬ振りした。山城としては、晶子の意外な面を発見したのである。

「やはり、女の子だな」

と、心の中で思った。

画面では、愛する夫が、日日、堕落してゆく、それを見ていなくてはならぬ妻としての苦衷を、主役ガーランドが涙で訴えている。はなやかなスターダムの中の私生活のヴェールを一枚、一枚はいでゆく。そこに人間性を浮き出そうとしている。…しかし、山城の心を最もひきつけたのは、冷酷非情なハリウッド商業主義のメカニズムである。

彼自身、商業社会がどんなものであるか、身にしみて知っているので、利潤追求の、大海の中に、もまれてゆく人間の姿もよくわかる。やがて、物語りが大詰にきて自殺した夫の死を胸にひめて、女優レスター（ガーランド）が、映画界にカム・バックし、再び、映画救済資金募集の舞台に立つが、そのとき彼女が、自分の芸名を名乗らずに、ディス・イズ・ミセス・ノーマン・メイン（わたしは、ノーマン・メインの妻です）と挨拶すると、万雷の拍手が鳴り止まないラスト・シーンで、感動がクライマックスとなる。…晶子は、ハンケチを出していた。

「なかなか面白いじゃないか」

晶子と連れだって廊下に出た山城は、晶子をかえりみた。晶子は、ニッコリ笑った。山城は自身では意識していないが彼の映画鑑賞眼は、案外高い、と晶子は思った。ふと、彼女は真壁のことをおもい出した。

「ね、真壁さんがきていたわ。知っているでしょう？」

「マカベ？」

「ええ。裁判所の真壁さん。美代ちゃんの許婚者よ」

「美代子さんの…？　イイナズケ？」

「あら、知らないの？」

山城はくびを振った。明らかに、ショックをうけた表情になつている。

「きているのよ、いま、そこに。しかも、誰か、知らない女のひとと一緒なの。ね、ここで、こっそり探訪しましょうよ」

＊

秒速七十米近い突風をともなっていたといわれるエマ台風は、倒壊家屋四千軒、死傷六十余名を出すという荒れ方であった。農作物の被害も、甚大なもので、これで、約ひと月間に三度目の台風だが、今度の風は、那覇が、完全に台風の眼の中に入り、しかも、三十時間近く、坪六石八斗という雨水をたたきつけながら、吹きつづけたからたまらない。原子爆弾、数百個、乃至《ないし》、数千個を、いっぺんに爆発させないと台風のようなエネルギーは発生しないといわれているそうだが、エマ台風は、その台風の中でも、親玉の部類であったようだ。電灯電話の被害も相当なものらしく、地下ケーブルの話まで出ている。

例によって例のような風とは言いながら、今更、自然の猛威におどろく始末。住宅の復興が謳歌されているかたわらでは、台風がくるごとに戦々恐々とした、あの、戦争直後の脅威から、まだ、抜けだし切れない事実を、いやというほど、はっきりと、見せつけられたというわけである。

――が、その台風も、すぎてしまえば、うそのように、けろりとした、南国特有の青空――ヘリコプターや、飛行機の横行する青空がひろがる。その青空は、高く澄みいつかウロコ雲が現われ、秋の気配が深まってゆく。

――近いうち訪ねてくる、というハガキを美代子のもとによせていた、中部の高校で教鞭を取っている、学友の具志川和子は、夏休み中は、遂々、訪ねてこなかった。

寄宿寮で、寝起きしているときは誰よりも親しい友達だったし、教職についてからは、ズッと離れたきりなので、美代子も会いたいと思っていた。

別に用事があるというわけではないが、会えば、話のはずむ友だちである。……お変りございませんか。とくに、お変り、というのは身辺の変化という意味よ。たとえば、いま、ミー公に、エンダンがもち上っているとか、……フフフ…もう、そんな話があって、いい頃じゃない？　もし、そんな、お話でもあったら、一応は、オネエさんの耳にも、入れておくものよ。予告なしに、どこかへ嫁《い》っちゃったら、結婚式のとき、よばれても、行ってやらないから。よくって？　フフフ。小生（！）のほうは相不変の無風状態！ただ、急に、お話しがしてみたくなったの。ひと月に一度は、那覇に出ることがあるけど、いつも、ゆっくりできない。休み中に、是非……近いうち……具志川和子のハガキには、そう、あった。美代子は、茶目気な具志川を想い出して、こちらから訪ねてゆこうと、急に考えた。美代子と同級だったが、二ツ年上の和子は、自分で、オネエさんを以て任じていた。

彼女は、また、性格が男性的なところから、学生時代は、ミスター和子サンと、男の学生たちから敬遠され、美代子と和子が一緒のときは、アベック女学生、世はMW時代か、などと、ひやかされたが、決して同性愛などではなく親密な友情というべきものであった。

新学期で忙しくはなったが、ハガキをよこしておきながら、遂々、訪ねてこなかった具志川和子のことが気になり出した美代子は、エマ台風が過ぎて、天候が定まった気配をみて、日時を定めて、こちらから、お訪ねするからと、具志川和子のほうへ、ハガキを出しておいた。

約束固い和子のことだから、病気でもしているんじゃないかと考えた。田舎では、小さい時から畑仕事の手伝いをやったことがあるという和子の、いつも日焼けしたような顔や、頑丈そうな体格は、病気知らずといわれていただけに、そういう気もした。

——美代子が具志川和子を訪ねて行ったのは、その翌週の水曜日である。その日は、午後から、クラスの女生徒を連れて、社会科の女教師の案内で、胡差の女子ホームの見学に出かけたので、帰りは、社会科の先生に、生徒たちをたのんで美代子は、具志川和子の学校に行った。

「まア、ミー公、久しぶり。友、遠方よりきたる、また、たのしからずや、だわ」

放課後の職員室で待っていてくれた。具志川和子は、心から嬉しそうであった。

「どうしたのよ。オネーサン。ハガキをもらった日から一日千秋の想いで待っていたのに、姿を見せないじゃないの。ビョーキしているのではないかと心配した」

美代子は、一寸、甘えと、おどけをまじえた表情をしてみせた。

「オネーサンなんて言っちゃダメ。ボクもミー公とは言わない。前言、取消しよ。これからは、互に、譜久里先生、具志川先生と、呼び合わなくてはいけません、おわかりになりまして?」

具志川和子は、鼻の周囲に、顔の筋肉をシワクチャに寄せた。

「おかしくて」

美代子も、ふざけた。

「ハハハハハ」

「ハハハハハ」

幸い、人気のない職員室である。

「いまのは、セコハン（中古）のミセス未亡人先生の真似、とてもうるさいヤツが一人いるの、うちの学校に。……そんなことは、どうでもよいけど、実はね、譜久里さん、あたし、病気したのよ。全治二週間の重病よ。それで約束をジュンポウできなかったの。一生の不覚だわ。この罪、まさに万死に価するわ」

「へえ－？　二週間も？　どんな病気？」

「それが、原因不明熱よ」

「ほんと？」

「ほんとうよ」

だが、具志川和子の顔色は、いささかも変色していない。小麦色よりも、もっと、ズッと、健康そうな顔色である。

「でも、病気したあとのようでないわ」

「仕方がないじゃないの。色の黒いのは、もう、あきらめているんだから、……それは、そうと、こんなところでは風流な話もできない。ね、家にゆかない？今日は、ゆっくりしていいんでしょう？」

「ええ」


中城の伊舎堂部落にある具志川和子の家は、二十坪ほどあるが、九人家族が雑居している。定収のあるのは、和子と、タクシーの運転手をしている彼女の弟の二人だけで、和子の祖父と両親は、二反歩の畑を相手に苦闘している。

あとは、ジュニア・ハイスクールに行っている男の子を頭に、幼い弟妹四人の典型的な小農家。和子を首里の大学に出すのでも色々、異見があり、和子自身、我意を貫いた嫌いはあったが、今では、結果はよかったということになっている。

「このまえの風では、トタンが十枚ばかり飛びましてね。骨組はまだ、しっかりしているが、それでも、なかの品物は、ズブ濡れですよ。あさの十時ごろ、トタンがはげて、その次の朝まで、ズッと濡れ通しでございました。いち時は、こわくなって、親類の家に避難したくらいで…ほんとに風には、こりごりしています。どういうものか、今年は、風の多い年でございますね。また、あるとかいう話を聞きますんで、心配しているんでございますよ。このあいだのような風でもあったら…そう、そう、那覇では怪我人や死人まで出たそうじゃありませんか。和子が、新聞よんで、聞かせてくれますが、このまえの風の被害は……」

和子の母は、農家の主婦としては、かなり、おしゃべりである。和子さんは、この母の性格を、うけついでいるのではないか、と、ふと、美代子は、そんな気がした。

「何か、甘いものはなかった?」

和子が母にきいた。

「そうだね。…でも、お宅は、大丈夫でございましたでしょうね」

「美代子さんの家は、風なんか問題じゃないわよ、母ちゃん、ウドゥン(御殿)のような家だから」

ちかく、その家も、明け渡さなくてはならないのだ、と美代子は考えながら。

「たいへんでございましたね、おばさま。でも、すっかり…」

「ええ、これの弟が働きものでして、すぐ、材料をさがしてきて、うちつけたんですよ。あれも、和子以上に学問させんといかんのですが、…ただ、みんな体丈夫で、それだけは…」

美代子は、具志川和子の家で歓待をうけ、日が暮れて帰ろうとすると、たまにいらしたのだから、ゆっくりして、なんだったら、狭い家だが、お泊りになっては、と、よくしゃべる和子の母から、しきりに、ひきとめられた。今日はおそくなるからと、言いおいて出てきてはいるが、学校もあるからと、それだけは断った。

「今日は、旧暦の八月十五日夜よ。ゆっくりして、ね、惜しいじゃないの、ね、月見しましょう。中城公園に行って。大丈夫よ。帰りは、弟に自動車で送らせるから…」

そんな風に和子に説得されて、美代子は、その意見に従うことにした。丁度、和子の弟というのが家にいて、約束してくれた。

職員室の窓から、索莫とした土地の起伏や、その島肌に、カサブタのように、無数にひろがる町のいらかの波を、毎日、眺めてくらしている美代子にとっては、この農村の夕暮れの風情が、霧のように新鮮なものに感じられた。

わずかながら、こんもりした木立のシルエットが、点々とみられる。いずれも戦争の生き残りである。美しい。生きていてよかったと、その幹も、枝も、語っているようだ。美代子は、その、わずかな木立にも、田園情緒をむさぼろうとした。

それは、自然を失った世代の、ノスタルジーのようなものだった。石畳道や、がっちりした石垣囲いの、昔の士族屋敷跡のような一画が、そのまま残っている所があった。

「この辺に、史跡として保存したいような、古い民家がある、なんでも、百何十年前の木造という話よ」

具志川和子は、道々、この辺で、どんな思い出があったという話をした。

公園は、かなりの人出だった。やはり、月見客でにぎわっている。城壁の周囲をひと回りして、二人が、本丸の石垣の上に腰かけるところには、眼下の中城湾では、すばらしい満月が、水平線をはなれていた。

「ビューティフル、ビューティフル　ナイト」

すぐ、近くで、音楽的な女声がした。びっくりして、美代子が、その方をみると三間ほど横の城壁の上で、白人男女が、肩を抱き合って立っている。美代子は、具志川和子の脇腹をつついて、ふくみ笑いした。

「仲秋の名月ね。それこそ、月並な形容だけど。どう、美代ちゃんいいでしょう？　きて、よかったわね」

「ええ、月明き夜を誰かはめでざらむ、だわ」

「誰かはめでざらむ、しかも、ここに美女あり、か。……ね、月の出に鼻筋たかき姉妹《あねいもと》、という川柳があるでしょう、残念だが、あたしたちの場合は、姉のほうが資格を欠いているわね」

「まア」

美代子が、今夜は、とくにキレイにみえた。

どこかで、男声の合唱。荒城の月である。

「ね、あの曲をバレエ化して、こういう晩、ここの広場でやったらどんなものかしら」

「そうね」

美代子も、それは、すばらしいだろう、と考えた。

「昔、宮仕えの女性たちが、ここで、月見をしたでしょうね。こうして。美代ちゃんも、昔だったら召されていたかも知れないわよ。こういう背景だと、しっくりするんだもん」

「いやな、言い方。そんなに、封建的にみえて？　だったら、残念だわ。……この間、ニノチカという映画をみて、グレタ・ガルボの理智的な美しさが、とても、好きになった……」

「そう、そう、美代ちゃんは、理性美への憧憬者だったわね」

皎々と、月光は、いよいよ冴えてきた。合唱はまだ、つづいて、それに弦楽器の伴奏まで入った、高校生らしい数人のグループだった。


「あたしたちが戦争中、疎開していた大分の竹田ね、あすこに岡城跡があるの、滝廉太郎が、楽想をねったところよ。でも、あの作曲の感じだったら、岡城よりは、中城のほうだわ…」

「じゃ、滝廉太郎が中城にきていたら、もっと、いい、作曲ができたかも知れないわね。…まさか…うちの兄が話していたんだけど城の造り方からみて、中城は、守勢的で、勝連城は、攻勢的ですって、中城は、こういう要塞の処に堅固に造ってあるでしょう。勝連は、平盤な丘の上に、簡単に造ってある。つまり、中城は城を頼りにしているが、勝連は、そうじゃない。城から出て行って戦う条件で、建てられている。

だから、阿麻和利は、勝連だけで満足する男じゃなかった、勝連城は腰掛的だった、というのよ」

「そういうことになるかな。あなたの、お兄さん、兵隊さんだったわね、じゃ、信用しとこ。でも考えると、バカバカしいわね、なんのために戦争したのかしら」

「いまの戦争だって、そうじゃない？　戦争しなければばならない理由というようなものは、封建時代とどれだけ、ちがってきているのでしょう。戦争…もう、思ったただけで、ゾッとするわ。戦争しているときだけの悲惨だけじゃなくて、その不幸の爪跡が、十年も二十年も、人間の生活の上に、のこされるんですもの。罪悪だわ。ことに女がみじめよ。夫や恋人をうばわれて、…もう、これからは、私たちの島から兵隊に取られるということはないでしょうね」

そう言って、美代子がふりむくと具志川和子は、なにか、意味ありげにニヤニヤしている。

「どうしたのよ、いやな笑い方」

と、美代子がなじっても、相手は面白そうにだまっている。

ひる、コザの女子ホームを見学に行く、バスの中で、安里の下宿先から通学している上江洲道子の、そういう視線を、美代子は感じたのを、美代子は思い出していた。

「美代ちゃん、真壁弘志さんて、どういうひと？」

「……？」

「あら、そんなにびっくりしなくてもいいのよ。水素爆弾が、おちたわけじゃないんだから…まさかあたしが知っているとは思わなかったでしょう、実は、あのハガキをあげたときは、知らなかった。そのあとで、新聞社の石川さんから聞いたのよ」

具志川和子は、石川たちがつくっている文学サークルの同人であることを、美代子は、やっと、思い出した。

「きょうは、ぜひ、美代ちゃんの心境をきかなくちゃ」

「いやーッ、それで、ここまでつれてきたの。じゃ、折角の月見が台なしだわ」

美代子は、すねた。

「いまが、いちばん、たのしい時ね。花形時代ね」

具志川和子は、親しい友達の前途を心から祝福してやりたい気持がありながら、実際の感情は、友だちが一人一人、結婚してゆくことに淋しさを感ぜずにはいられなかった。同性の友情から異性の愛情へ、法則のように、のりかえられてゆく淋しさである。

が、美代子のほうは、相手の言葉をチグハグな気持で聞いていた。ちっとも感興が湧いてこないのである。

「で、結婚はいつなの？」

「十二月に入ってからということにきまった。もっと、ゆっくりしたいんだけど、むこうが、今年中にという催促で……。日取は、まだ、はっきりしていない」

「恋愛結婚？」

「見合」

「へえ。旧式ね。でも、ファースト・インプレッション（第一印象）が、よかったんでしょう。あんたが、簡単に承諾したんだったら…」

「あんまり追及しないで。なんだか、自分でわからなくなってしまいそうになるわ」

「うん、やはりね、恋は盲目になるというから……」

「そんなんじゃない」

「じゃ、そろそろ芽生えている」

「なにが」

「恋愛感情」

「そんなんじゃない」

「だったら、なァーに。あなたを真壁さんにむすびつけた直接の原因……学歴とか、地位とか、収入とか、容姿とか、そういった結婚市場における、男性の商品価値を買ったの」

「嫌《い》や、そんな言いかた」

「たとえば、洋服を買う場合とおんなじよ。見合結婚は、いわば、注文じゃなくて、既成品を買うのとおんなじじゃない？　その場合、その洋服が身体に合いそうだから裁断がいいから、或いは、柄がいいからといって買うの。それとも生地が、サージであるか、ギャバジンであるか化学センイであるか、純綿であるかということまでしらべてみた？　純綿だったら、何パーセントぐらいの純綿であるかという……」

「いや、いや、いや」

「わたしもいや、友だちとして、それくらいのこと答えてくれなくちゃ」

「答えられない」

「なんだか、美代ちゃんらしくないわよ。相手にこれという魅力もなしに……そうでしょう？」

こんなことを、いち、いち分析して考えたことがないだけに、具志川和子の、執拗な質問に会って、美代子は、グラグラと自信がくずれてゆくような気がした。また、自分自身の心理状態に、目を向けてハタと困惑した。

「じゃ、なんとなく、結婚してもいい相手だと思っただけ？」

和子は、追及の手をゆるめない。美代子が、うなずくと、

「そうだったら、及第よ。直観的にそう感じたんだったら、あなたの直観を信頼するわ」

とよむ　なかぐすく
こしみれば　たきやのうみ
これど　きこえ　なかぐすく
……美代子が低く朗唱した。

「なーに。それ」

具志川和子がきいた。

「オモロ！」

「オモロ？　とぼけちゃ駄目。話をそらしちゃ駄目ッ」

「話って…」

「いまの話よ、一生の大事な話」

「あら、もう、その話、ケリついたはずよ」

「ケリは、まだつきませんよ。おかしいわ、どうも、美代ちゃんがどうして、こんなことに、もっと真剣になれないのかしら。あたしね、美代ちゃんが、あたしの手を握って、涙ながらに、相談をもちかけてくれるものと期待していたのよ。失望だわ」

「あら、ごめんなさい。フフフ。でも、そうね、どうしてでしょう」

具志川和子から、そう言われて見れば、なるほど、自分は、恋愛してる、いや、すくなくとも、結婚を目前にひかえている女と見えるか、どうか、うたがわしくなると、美代子は思った。特別に、いまの境遇から、なんの感興もわかないのである。

「まるで他人事みたいね。美代ちゃんの口振り。……そんなのを、客観的恋愛というのかしら…」

「客観的恋愛？　そんな、言葉があるの？」

「あたしがつくったのよ。美代ちゃんのいまの心境を表現する適当な言葉がみつからないから…」

「ふふふ」

　美代子は、思わず、おかしくなった。具志川和子は、月影に秀でた美代子の横顔をキッとにらみつけた。

「でも、あたし、どうにかしているわね、お姉さん。ただ、結婚については、双方が理解し合っておれば、申し分ないと、そう考えているのよ」

「理解だけではダメ、愛情がなくては」

「理解の中から愛情が生まれてくるのではない？」

「愛情を基礎にして理解が生ずるのよ」

「どうも、見解の相違ね」

「見解の相違は、見解の相違としておきましょうよ、この際、いまさら、恋愛論をもち出したって始まらないから、……泥縄式になって。……サア、いま私たちが話しているのは差迫った問題よ」

　具志川和子は、美代子の口から、その許婚者である真壁弘志のことについて、なにかを引き出そうと焦っている。友情として適当な判断やアドバイスをあたえるためである。

「これだけは言えるわ、あの人には、なんとなく、感情の装飾がないような気がするの。たとえば、二人でいるときの気分に、なんとなく、うきうきするような、あるいは、うっとりするような、そういうのがちっとも、わいてこないのよ」

「そんなら、剛毅朴訥《ごうきぼくとつ》というところかな？　彼氏」

「ううん、ネヴァー、そんなんじゃないと思う……」

「あの人、むしろ、知性派よ。でも、その知性が、ひからびているみたい。六法全書みたいに、カサカサに、かわいている感じがするの……」

「ふふ……じゃ、ベルリンの知性ね。パリのような、ミドリの知性ではないというわけね、ふふ」

　具志川和子は、キザな表現をしてひとりで、うれしがった。

「だけど、それは、ミヨちゃん自身にも、責任があるわ……恋人らしい気分というのは、互いでつくるべきであって、一方に、責任をおわしてはいけないわ」

「だって、無理につくる必要けないでしょう？　気分なんて、自然に湧いてくるものよ」

「とにかく、美代ちゃんは、本を読みすぎるんだわ……」

「そんなら、I think of you in the day-time I dream of you by night, ………（ひるはまぼろし、よるはゆめ）という、気持ちにならないといけないわね、……おお、恋するものよ、だわ」

「そういう意味じゃないのよ。………そうね、理解し合って、その中から、自然に愛情が生じてくるのを辛抱づよく待つ……いいことね、それも。うらやましいわ。と言っても私には、そんなことはできないかもしれないけど……のぞみたいことだわ。私ときたらすぐ、好悪がさきになるんだから……」

月影の中を、幾組かの男女が、消えたり、現われたりする。

「男女の交際は、たしかに、自由になったわね、美代ちゃん。しかし、私たちの周囲を見渡して青春の風景は、果たして、どんなでしょう。荒涼としていないか、どうか、疑問よ。性道徳は混沌無秩序よ。その中で、自分の立場をしっかり保つだけの努力と聡明さが必要ね」

「どういう結婚が理想と思うの？　和子姉さんは？」

「理想――なんて、そんなゼイタクなものはないわよ。わたしには。でも、結婚の相手としては、まずエゴイストでない人。それから女性の容姿とか、才能とか、性格も、まず、男性の愛情の対象になるだろうけれど、……しかし、もっと、愛情が深いところから……つまり、相手女性の生命そのものを愛してくれる男性、そんな男性がいたら、………ふふふ、やっぱり、理想論になっちゃったわね。ね、わたし、時々、ジッとひとりで、雲をみつめていることがあるの。感傷じゃないわ。でも、切なくなる。誰かが、そばに来たら、この気持ちがくずれる。同じ雲を、同じ気持ちで、眺められるようになったら、それが、ほんとの恋というものじゃないかしら。……勿論、主義、思想、理想などが一致することは、のぞましい。でも、よく、左翼小説の中にあるような男女関係、主義だけで交って、悲劇におわるような人間関係、そんなのは、たまらないわ。男女の愛情は、他の、どんな目的のための手段にも、なってはいけないと思うわ……」

こういうフンイキの中で、若い女性が集まれば、誰彼の別なく、恋愛論のひとくさりは、出てくる。美代子と和子の話も、真壁弘志という、話題の中心となるべき、具体的な対象をはなれて、いつしか恋愛の一般論にひろがってしまった。

名月の光りのなせるわざか。…ふと、譜久里美代子は、新聞記者の石川長生が、こんなことを言っていたのを、おもい出した。

——教育をうけた理知の頭には、快楽と恋の麻酔剤が利かない。いつかは、さめる——

「ね、具志川さん、最近、石川さんと会っている?」

具志川和子は、頭を振った。

「文学サークルに、わたし、随分長くなるわ、出なくなってから、もう、五ヵ月ばかり。あのとき、石川さん、本格的な小説のプランを立てている、と話していたわ。いまごろ、一生懸命、書いているかも知れない。あなたのお家にはちょい、ちょい、見えるでしょう」

「ええ」

美代子は、兄の朝雄と、石川が酔っぱらって、家にきた、いつかの夜更のことを思い出していた。

「本格小説って、どんな小説。純文学的なもの?」

「そうじゃないようよ。なんでもジャワを舞台に、経験四分、フィクション六分のメロドラマということだったわ。筋を聞いたけど、面白そうよ」

「そう?……それから、いつか、あなたから、お借りした、アラゴンの抵抗詩集ね、あれ、まだ、読んでないのよ、ところどころ、拾い読みはしてあるけど、…あたしなんかには、あんな強烈なもの…感動はするけど、…どうも共鳴できないわ」

「妙な言い方ね、感動は、共鳴以上のものよ。まア、いいさ。美代子には、昔の首里貴族の血が通っているんだから…」

「そんなにみくびらなくてもいいわよ。共鳴できないというのは、その人、その人の性格によるのに…あたしのなによりほしいのは、静かな平和なの、平凡な平和といったほうがいいかも知れない。はげしい生き方は、性に合わない」

「そうね、美代ちゃんの、そういう所が私は好き。しかし、革命は本質的には、平和なのよ。人間生活を平和ならしめない擬装平和をうちくだき、ほんとの平和をきずくのが革命の現象は、いかめしくみえても、その本質は柔和なのよ。世の中には、現象だけ柔和にみえて、本質は冷酷なものがあるからそいつを、けっとばすのよ」

情熱型慷慨女史は、勢い余って、右足にはいていた下駄を、近くの草むらへ、はねとばした。ついでに左足の下駄もはねとばした。

「まァ、…いい気持ち、この草の上、美代子も靴をぬいで、夜露がおりている…」

「アッ、大変!真壁さんと、月見する約束忘れていた!」

「えッ? あきれた人――でも、愛嬌、愛嬌。あとで、彼氏が、怒ったらホンモノよ。いい、テストになるわ」

破船

あの晩、映画がおわって、外へ出ようというときになって、山城は晶子から美代子についての意外な事実をきかされた。

晶子は、知らない女と一緒に映画見物にきているその真壁という青年の様子を、向こうに気付かれないようにして、たしかめようと言い出した。山城は、ハタと困った。

見知らぬ男女の行動を、こっそり観察するということが、甚だ、大人気ないし、やましいことのようにおもわれた。それに、もう、他人の色事に露骨な好奇心を動かす年頃でもない。かえって、こちらが、周囲からジロジロみられるようで、明るい電飾の中だけに面映ゆい、中には、自分の顔身知りがいて、いぶかるかも知れないと、思慮が働く。

「あすこで、休みましょう」

晶子は、階下広間にでると、長椅子のおいてあるところに、ズンズン歩いて行った。仕方なく、山城も、晶子と、離れて腰かけた。

「二階の売店で、なにか飲んでいたから、すぐはおりてこないわ」

山城は、煙草に火を点け、さも、疲れたという風に足を伸ばした。左右は動く人垣であり、映画館の出口は、階上階下から出てきた観客で、つまっている。晶子は、絶えず、人影に邪魔されながら、もどかしそうに、階段の方に全身の注意を向けている。

階段が二つあって、二階からは、観客が二派に別れて、おりてくるので、どちらにも、注意を等分していなければならなかった。

彼女は、バッグからコンパクトを取り出し、小鏡を目高にもって、化粧崩れをなおす素振りをした。

女性でなければ、一寸、こういう芸当はできない。たしなみある女性ともみられ、また、一見、待ち人の格好でもある。勿論、化粧に心はない。心と動作の、見事な背馳である――。

ソファーに、間隔をおいて、腰かけている山城朝徳と上原晶子。一方は、疲れを休めているようであり、他方は恋人でも待っているような格好、他人の目には、そう映るかも知れないが、知人か、同じ職場の者が見たら、赤の他人のように座っている二人の挙動はコッケイで、変チクリンなものにちがいない。

なに気ない風で煙草を吹かしている山城は、心が落着かない。でも、相手が、譜久里美代子の許婚者と聞いては、……その、青年の連れの女というのは、一体、誰だろう？　軽い疑惑が起きたが、しかし、あの娘も遂々、結婚するのか、という実感が強く心に響いた。美代子の、つつましい笑顔が目先にチラついて仕様がない。

……丁度、山城と晶子の間に、一組のアベックがやってきて座った――実は、晶子から美代子の婚約をきかされた山城は、みたばかりの映画の印象をすっかり吹き飛ばされてしまっていた。美代子の存在が、グングン遠のいて行ったり、反対にクローズアップされてきたりする――。

「きた、きた、きた……いま、おりてくる……」

晶子が立ってきて、山城に小声で囁いた。

やや、まばらになった観客にまじって、右手の階段を、縞のニー・パンツをはいた、ソレと目立つ女が降りてきた。

晶子は、女性特有の本能で、相手を察したが、肝心の真壁弘志の姿が見えない。たしかに、この女にちがいない。二階の席で、後方からみた髪型や、横顔から、……それよりも、もっと、直観的な、ある自信があった。

「誰だね、その真壁という青年は?……」

晶子は、それに答えずに彼女が思案するとき、いつでもするように右手の指尖を、優美に、アゴのところに持って行った。

「ひとちがいじゃないか。そうでなくても、観覧席で、隣席に座っているのが、必ずしも、連れだとは限らないよ。きみの邪推だったかも知れないね」

「黙って、いまおりてきた。ほらメガネのひと…」

美代子が、これからの将来をあずけようというのは、あの男か、と山城は、眺めた。

誰でも、自分が関心を抱いているある異性に、配偶者か、配偶者となるべき相手がおると聞けば、その相手を観察批判することによって、その異性を再評価しようという心が動く。山城の心理が、それだった。が、チラと見たていどでは相手がどんな人物か、わからない。

「きっと、あの女、表で待っているわ」

「どうするつもりかね……」

「ぶつかったら、あいさつしてやるまでだわ…」

と、言い捨て、晶子は、山城に、ついておいで、という手振りをし見失ってはいけないという様子で足早やに出口に向った。山城も、思わず、晶子の動作につられていた。

なるほど、タクシーのライトなどの交錯する、映画のハネ時の通りの、十間ほど先を、晶子の勘にたがわず、例の女と、真壁という青年が、肩を並べて行く。

山城は、一寸、立止った。晶子は、先に立って、またも、ついてこいという手振りをした。山城は、ムッとした表情で、ゆっくり煙草を取り出した。晶子が近ずいてきたので、

「どこまで、ゆくつもりだ」

山城は、苦虫を噛みつぶした。自分の立場が、みじめに、わびしかったのである。

「ゆくところまでゆくのよ、どこまでも…」

「バカ、おれに、そんなことができるか」

「あら、ごめんなさい。そうね、まさか、常務さんが、そんなこともできないわね。じゃ、あたし、ひとりで…」

晶子は、可愛い目を、探偵のようにクルクル動かすと、何か言おうとする山城のそばを、かまわずに離れた。

例のアベックが牧志の大通りを右に、蔡温橋の方向に曲がったのをみとどけて、舗道の上を、足早やに彼女は、人波をかきわけた。

真壁と、相手の女は、中北部行バスの停留所で、立ち話しをしていた。

晶子は、付近の、まだ店じまいをしない本屋の店頭で、流行雑誌をあれこれと手に取って、内容をあらためるふりして、バス停留所の真壁たちをチラチラみた。距離があるので、動作だけで、判断するほかないが、真壁が、別れて、かえりたがっているのに、ニー・パンツの女史は、しきりに、どこかに真壁をさそおうとしているように思われた。

そのうち、二人は、また、歩き出した。晶子は、手にしていた雑誌をパラと落として、店頭を離れた。しばらく、バスの停留所の人混みの中で様子をうかがっていると、例の女が、タクシーを呼びとめた。真壁も、ひっぱられるように、しぶしぶと、車内に消えたのである。晶子の体内の血が、本能的にジャンプした。好奇と疑惑が、彼女の心の中で、コンクリートのように固まった。彼女も、押っ取り刀で、タクシーを呼び止めた。

「あの先にゆく、車を追跡して」

追跡という言葉に、運転手は、思わず振りかえった。

「ダメですよ、うしろをみたりしちゃ。交通頻繁なところで、よそ目したら危いわ。見失しなったらダメよ。こちらから、二番目先の車」

特種をみつけたときの新聞記者が現行犯を追跡する警官よろしく、晶子は緊張している。まるでスリラー映画もどき。京浜国道ならぬ、牧志街道である。運転手は、二、三度、頭をかしげた。女記者かな、それとも女警官？　彼は、判断に迷っているにちがいなかった。

「お嬢さん、なにか、事件ですかね」

「事件？」

こんどは、晶子が、答えに窮した運転手の問い方が、すこし、大げさだったからである。

「ふふふ。事件は事件よ。でも、刑事事件や、社会的な事件じゃないわ。つまり、……個人的な事件……」と、晶子は答えてから、「ある個人にとっては、重大事件よ」と、尻尾をハネ上げた。運転手は、わかった、というように、うなずいた。

どうわかったか……ハハア、さては、色男がほかの女とタクシーの相乗りをしているのをみつけて、サカヤキの道行かな、とでも彼は解釈したのか。

目標の自動車は、安里三差路で、右に曲り、バスも最終に近く、森閑と戸締りした小暗い安里大通りを、グングン走ってゆく。晶子は、……思わず、……唇を……強く、……かみしめた。

「どこに行くのだろう？　首里？　それとも、もっと、遠く？」いずれにしても、疑いは、濃厚、いや、確定的なものとなった。

「ミヨちゃんのバカ、バカ、バカ…いまごろ、どこで、ぼんやりしているのだろう」と、晶子は、心の中で、くやしがった。

松川までできたときだった、真壁たちの自動車は、スーッと、左手の路地に消えて行った。晶子は、固唾をのんだ。――そこはホテルである。

こうなったら、徹底的に、事実をつきとめてやる。晶子は、度胸をすえた。そのホテルの玄関にタクシーを、乗りつけてやろうか、と、心がはやった。

「ホテルですね、車を入れますかなかに」

運転手が、そう訊いた。彼も、いささか、スリルを味わっているらしい。

が、晶子は、決心がつかなかったというより、はやる心を押えた。ホテルに通ずる、暗い、坂路地を車窓から、うらめしそうに、わめきながら、

「どこか、この辺に、パークできるところない？　大通りでは、いけないでしょうね」

「ええ。何分ぐらいですか」

「そうね」

晶子は、暫《しばら》く、考えた。自分は、いま、何をしようとしているのであるか、と考えたのである。真壁と、あの女は、ホテルに泊るのだろうか。そうなれば、万事、窮すである。

それ以上は、追求する必要がないそれだけの事実が、もう、申し開きの出来ない、決定的なものであることは、わかりきったことである。いま問題になるのは、真壁がホテルに泊らないものとして、ひとりで、かえってくることである。再び、姿をみせることである。それを、自分は確かめようとしているのだ、真壁が、また、出てくるのを、自分は待とうとしているのだ、と、晶子は、自分の潜在意識を、漸《ようや》く、さぐり当てた。運転手から、「何分ぐらいですか」ときかれて、それだけの推理が、瞬間的に、彼女の脳裏を走った。どのくらい待てば、よいのだろうか、いくらなんでも、夜通しは待てない、また、その必要もない。彼女は、職場で、敵の守塁を目前にして、攻撃するか、否か、中隊長が、五分間で、隊の行動を決心するように、真壁がでてくるのを待つ時間を、三十分と、迅速に、決定した。

「待つ時間は、三十分……」

と、晶子は命令（！）した。

活発な、このお嬢さんに、運転手は、すでに、好奇と、好意を寄せているらしく、晶子の言葉を、上官の命令のように、うけたまわって、ニコッと笑った。

三十分で真壁が、姿を見せなかったら、証拠は十分、と、晶子は、自分の決定に念を押した。

自動車は、大原へ通ずる横道にバックした。

「ね、あたし、此処にいるからすまないけど、あんた、あそこのホテルの入口に行って、見張っていてくれない？　報酬は大丈夫、はずむわ。ね、手落ちのないようにね」

「協力しますよ。車賃は、時間だけいただけば、結構です。あとは『恐怖の報酬』ですよ」

運転手はわけのわからない、シャレを言って笑った。

「じゃ、それとなくね、メガネの青年、相手の女は、短いズボン。それから、乗っていたあのタクシーの帰り、空車か、どうか、みとどけて」

郊外の夜更け。人目をさけるように、パークする自動車。なかに、妙齢の女性。近くのホテルの中に姿を消した、ある若い男女の行動を監視している。

これだけで道具立ては、揃っている。スリラー物のストーリーの一幕として、条件は、十分である。折も折、交通事故か事件でもあったのか、警察のパトロール・カーらしいのが、夜のしじまに、ヒステリーのように、けたたましく、警笛を鳴らしながら、物すごいスピードで、松川の坂を、首里の方に上ってゆく。

晶子は、ライトを消した車内で、昂然と、足を組んでいた。これで、ハンドバックに、ピストルでも、忍ばせていたら、ホンモノだわ、と思って、彼女は、一寸くすぐったくなった。しかし、笑いごとではない、と、現実に立ちかえって、すぐ、厳粛な顔付きになる。「男性のぎまん」「女性の危機」というような、抽象的な文句が、映画のスライド写真のように、彼女の心の網膜に、交互に、浮び上ってきたり、消えたりした。

ふと、こんな気もした。こんな時間に、こんな場所で、自分は他人の行動を監視している。いや、他人ではない。相手は、美代子の許婚である。

自分の行為は、正当なものだろうか。あるいは、美代子の知らない場所で、ひそかに、美代子を、侮辱していることにはならないだろうか、という疑念。だが心の片隅に生じてきた、その疑念の黒雲を晶子は、強く払いのけた。自分の行為を、友情に忠実なものと、決めたのである。これも、中隊長決心の如く、である。

そのとき、ホテルの坂が自動車のライトで明るくなった。晶子は、その方向に、体をのり出した。……やがて、運転手が、もどってきた。

「誰か、乗っていた?」

「いや、空車でしたよ」

「そう、………」

いよ、いよ、妖しくなってきた。

「じゃ、もう、すこし、見張っていて。まだ、十分しか、たっていない」

運転手は、前哨線(!)にもどった。中隊観測所(!)

の晶子は、夜光腕時計とにらめっこしながら、これはいよいよ駄目かな、と思った。車を空車で、帰したとすれば、真壁の泊り込みが、八分通り確実らしくなってきた。車が、停車した時間からして、真壁と、その女とは、ホテルの玄関か、屋内で、問答があったことが察せられる。泊る疑いが八分、真壁がなおも、その女に抗して、帰ってくる期待が二分。晶子は、二分の期待を、試みてみることにした。酔払いが、二、三人、表を通る。こういうとき、警官でもやってきて、不審訊問されたら、どうしよう。……そうだ、運転手が、急にこらえ切れなくなって、小用を足しに行っている、とでも答えよう——持前の柔軟で、ユーモラスな機転。

松川ホテルに上る路地の入口、角の、閉まった店先の、暗い軒下で、煙草の火を点滅させながら、立っている運転手の姿を、車前のガラス越しに見ながら、男って、便利なものだ、と晶子は思った。この夜更け、あんな所に立っていても誰もとがめない。女だったら、すぐ、いかがわしい者とされてしまうのだが………。

その時、運転手の影が、ゆっくり近づいてきた。

「いま、おりてきましたよ。たしかにメガネの若い男です」

との報告で、

「ホント？」

晶子は、胸を、ときめかした。

「ひとり？」

「ええ。ホラ、……」

なにも知らずに、表通りに姿を見せたのは、たしかに、真壁である譜久里美代子の婚約者。まぎれもない、正真正銘の、真壁弘志、その人である。

握っている晶子の掌が、いつの間にか、汗ばんでいる。

真壁は、運転手が、かくれていた店先の近くで、暫く立止って、左右を見渡している。タクシーを拾う心算らしい。生憎、車の往来が間遠になっていた。ふと、真壁は物影に晶子の乗っているタクシーをみとめて、近づいてくる気配をみせた。

晶子は思わずギョッとした。が、運転手が、機転を利かしたのか、車前に出て、エンジン・カバーを持上げ、修繕の格好をみせた。それで、故障車と見たらしく、真壁は安里の方向に足を向き直して歩き出した。

「どうします？」

「約二分後に出発。追跡。彼の横で車を止めて。捕虜にするわ」

…中隊長命令である。

「よしきた！」

やがて車が徐行し、ゆっくり歩いてゆく、真壁の横で車が停車した。運転手が、ルーム・ライトを点ずる。晶子が車外に、体を乗り出す。

「あーら、真壁さんじゃありません？」

ふり振いた真壁の顔は、突差に、疑惑と困惑の表情を浮べた。「あたし、いつか、安里さんのところで、お会いした、ウルマ銀行の上原晶子です。首里の、伯父の家でおそくなっちゃって、………いま帰る所ですの。那覇にお帰りだったら、どうぞ……」

と、晶子は、ドアを開けた。

「そうですか。じゃ……すみませんね」

やっと、安堵の色を示して、真壁は車内の人となった。

「個人的な用件があって、一寸、そこの、新聞社の編集長の宅に寄って、おそくなったんですよ」

真壁は明白なウソを言っているナ……個人的な用件、が聞いてあきれますよ、晶子の心は、そう、つぶやいていた。自分のウソは、道徳的なウソである。必要悪である。真壁のウソは、まさに、背徳的なウソだわ……晶子は、心の中でウソとウソの品定めをした。

——運転手は、予想がちがってきたので、断片的な話の筋書からは事の意味を解しかねたのか、首をかしげた。

映画館の前で、真壁たちのあとを追ってゆく晶子を見失った山城は家に帰って、さて、寝床についてからも、なかなか、ねつかれなかった。晶子から、無趣味だとけなされ、まさか金もうけが趣味ではないでしょう？　などと、ひやかされて、ちかごろ、山城は感ずる所があったのか、にわかに、囲碁を習い始めていた。それで、どんなに晩くとも、寝る前に、十分か二十分、碁の本をひろげて見るのを、日課の一ツにしていたが、今夜は、それを手に取って見る気もしなかった。

枕元のスタンドの灯りを消してみるが、かえって、目がさえるばかり。かつて、こんなことがないので、手許に、鎮静剤といったようなものの準備もない。また、灯りを点けてうんと目をさましてやれと、今度は、電気コンロのスイッチをひねり、コーヒー沸しを、その上に置いた。そしてゴロリと仰向けになり、天井をみつめながら、なにかを考え始めた。

——勿論、譜久里家の娘の縁談などということは、私的なことであって、自分とは、何の関係もない。それは、むしろ、家庭の秘密に属することかも知れない。自分は、そんな話に立入る、何の権利もなければ、義務もない。理屈は、そうである。が、自分は譜久里家にとって、決して、赤の他人ではない。どころか、財政面で、譜久里家の、責任ある後見人ではないか。あれと、これとは話がちがうとはいえ、当然身内の者と見られてよい自分に対しては、娘の縁談ぐらい、打ち開けてもよいのではないか。

それを、譜久里家とは直接の関係のない晶子などの口から聞かされようとは、夢にも思わなかった。粉骨の協力を惜しまない自分は、いつの間にか、その家庭の重要な問題の一つ、ツンボで桟敷に座らされていたのだ。

そういうことで相談をうけようとは思わない。ただ、決まったからという、報告は、うけてもいいのではないか。…しかし、自分は、どうも、つまらないことに、こだわっているようだ。何故か。一体譜久里家の財政面の面倒を見てやる気持ちになった動機はなんだろう？

戸主、朝英氏への恩義？　誠実な事業を育ててみたいという実業家としての良心？　果して、そうだろうか？　ひょっとすると、自分は美…いや、いや。…いや、それよりも、今夜のことは重大だぞ。晶子が、どんな報告を持ってくるか、明日、なにより先にそれを、聞かなくてはなるまい。もし、それが、悪い報せだったら？　悪い報せとは、一体何か？　むしろ、自分は、それを待ち望んでいるのではないか？　馬鹿——どうしてこういうことが気になるんだろう？　おかしな、お節介ではないのか？　お節介でも、かまわぬ。この問題は、傍観できない。よし、明日のことだ。さア、ねよう。――コンロや灯りの電気をきって目をつむった。無心の、美代子の寝顔が、ふと、目にチラついた。いつの間にか、山城は、子供のように、スヤスヤと寝息を立てていた。

翌朝、山城は、いつもより早く出勤した。退出勤のうるさい職場だし、部下事務員への、しめしもあるので、日頃、時間は厳守している山城ではあるが、今朝は、彼が事務机の前に、ぼんやり座ったときは、いつも早い女の事務員の姿も、一、二名しか見えていなかった。その、女事務員たちは、何かあったのかなと、簡単な掃除をしながら、山城が姿を見せている理事室に、時々、いぶかるような、まなざしを投げた。珍しく、早かったからである。――

だが、無論、取急ぎの仕事があるわけではない。晶子が出てくるのを待っている間、手持無沙汰をしている。どことなく体の関節がだるく、心のどこかに空洞でもできて、そこを乾いた風が吹きすぎるような、とりとめない気持ちだった。かと思うと、依怙地《いこじ》な力がどこからともなく湧いてくる。……

支那の戦場で、よく、そういうことがあったのを、山城は、思い出した。今度は、或いは、生きないかも知れない、というような戦闘を目前にひかえて、一方では、けだるく、他方では、ナニクソという気持ちが混ざり合うことが、よく、あった。ふと、そんな記憶がよみがえるのは、どうしたというのか……。

そのとき、職域野球の選手などして元気のある、若い男の事務員が、山城の事務室に姿を見せた。

「桃原君、昨日、たのんでおいたのは、すませてくれたかね」

山城が、早速、事務的に、その青年にたずねた。譜久里朝英から、たのまれている不動産担保金融の登記書類のことである。

「はい、昨日、午後早速、行ってみましたですが……」

「まだできてないのか」

「はア、全く、スローですよ」

「そうか」

山城は、仕様がないという顔付をした。

「役所の仕事って、そんなもんですかね、……威張るのは上手ですがね……」

その青年の、いいわけのような不満を山城はとがめなかった。

「うん、役人が威張るのは、下等社会の特徴だよ。学問のある奴でも、官職につけば、民主主義を忘れてしまう傾向があるからね。……一寸、上原君が来ていたら、呼んでくれ給え」

山城は、かえって、その青年に、同調していた。どういうものか、いつになく、理屈っぽい言葉が出るのも、なにか、心にわだかまるものがあるからか、……或いは、裁判所にいるという真壁青年のことが、意識下にあったのかも知れない。

そこへ、上原晶子が、はいってきた。

「まア、けさはお早いですわね」

と、晶子は、山城に改まった挨拶をしてから、ゴミハタキで、しおらしく、部屋の片隅の小さなテーブルから、バタバタ、はたきはじめた。

「それは、あとでいいから……。一寸……」

山城は、晶子の報告から聞こうと思った。

「どうだったかね、…」

山城は、晶子の返答を待った。

「常務さんと、お別れしてから、私、あの人たちのあとを、ズッとつけて行きました」

それだけ言ってから、晶子は、何を思ったのか、山城のそばを離れ、部屋のスミからタイプを持ってきて、山城の横にすえ、それに白い紙をはさんだ。

「で、悪い報せかね、いい報せかね」

「さア、いまのとこ、どっちとも言えない」

時々、パチパチと、意味もなく、タイプを鳴らしながら、……そこで、晶子は、要領よく、かいつまんで、昨晩の出来事と、自分の行動について、山城に説明した。

「ふーむ、そーかねー。真壁は、すると、昨晩の行動だけは、潔白だったということになるね。あの時間に、ひとりで帰ったとすれば。…しかし、十分、疑問の筋はあるわけだね」

「大ありよ」

晶子は、二人きりのときのような馴れ馴れしい言葉使いになっている。が、小声である。

「あの時間に、ホテルまで女を送りとどけるということ自体が、只事ではないわ。これは、ありきたりのつき合いとは考えられないわ」

「そうだ。問題は、現在の真壁君の行動ではない。婚約中の真壁君にしてみれば、現在は、慎しむのが、常識だろうからね。

問題は、過去になにがあったかだ。その相手の女性と、どういう関係だったかということだ。……しかし、過去にあったことを、とやかく言うのは、この際、正当だろうかね？　きみ、どう思う？」

「大いに正当よ。たとえ、現在が、どうあろうと、過去にあったやましい事実をかくして、結婚しようという魂胆では、将来に対する信用も、問題になってくるわ。第一、美代ちゃんが、可哀そうじゃないの」

「うん。僕も、そう考えたいんだ。理屈はぬきにしてね」

山城は、感情的に、その考えに傾いていた。

「こうなると、例の女の身元を洗う必要があるな。…実はね、上原君、きみに、たのみがあるんだ」

「そのことだったら、たのまれなくてもやるわよ」

「それは、そうだがね、ひとつ、この問題は、きみと僕が、協力して、当たってみることにしようじゃないか」

「ＯＫよ」

「真壁君たちの挙式の日取りは、きまっているのかな」

「たしか、十二月にはいってからだと、きいたけど…」

「そうか、そんなら、まだ余裕がある。で、確証を握るまでは、このことは、誰にも、むろん、譜久里の家族にも、黙っておくことにしようじゃないか」

「あら、あたし、美代ちゃんに、早速、電話しようかと思っていた所よ」

「そういうことがあるかも知れぬと、思って、今朝は、早く出てきたんだ」

「慎重にやろうじゃないか。美代子さんの不幸になら

「まアいいさ、今度だけは」

山城は、晶子を、表面で動かしておいて、その情報は、あくまで、自分のところで、封じておきたかったのである。

「それで、これから、どうすればいい？」

「うん。いま、それを考えているんだよ。なにか、適当な名案はないか」

「さア？」

「もう、八分通り、手掛りはついているわけだよ。相手と、その居る場所がわかっているから、調査範囲も、狭い。だが、ああいうホテルに泊まっている所をみると、旅行者かな。東京あたりからきているんじゃないかな」

「そうね」

「昨晩、家へ帰ってからね、私立探偵か、知り合いの新聞記者にでも、こっそり、調べてもらおうかと考えたんだがね、………なるべく、それよりも、もっと内密に、調査したいと思うんだ」

「それで、あたしに白羽の矢を立てたのね。………たないように、ね」

「それは、そう……」

「だから、熟しないうちに報告するのに、食べられない青柿をもってゆくようなものだ。場合によっては、かえって、誤解されて、まずいことになるかもわからん。それに、どうせ、向こうにとっては、よい報せではないのだから、こちらとしても、手柄だと喜べるようなものじゃないよ。誰が報せてもよいが、時期が大切だ。もっと、調査してみよう。

それには、僕は、目立った行動が取れない。上原君、きみの活躍を待つよりほか、ないような気がする。ね、エンの下の力モチになってくれる気持で、ひとつ、やってくれないか」

「ええ。でも、エンの下の力モチは、おかしいわね。力モチは、山城さんのほうよ。山城さんは、エンの上の利巧者になるつもり？」

「どっちだっていいじゃないか。おれが、エンの下の利巧者で、きみが、エンの上の力モチだって。ハハハ。こいつは虫がいいかな」

とえば、私立探偵なら、どんな方法をとるかしら？」

「まずホテルに当たって、その女性の身元を調べ、それから、真壁の友人関係を洗って、彼の過去の品行についてデータを集めるだろうな」

「新聞記者なら、どうする？」

「そうだね、直接、その女に会って、うまく情報を引き出すかも知れないね」

「だったら、あたしが、できる」

「どうする？」

「直接、その女に会ってきく」

「会見でも、申し込むのか？」

「そんな公式的なことはしない。もっと、自然に接近するのよ。そして、相手に気づかれずに、情報を引き出すわ。というより、向こうに、白状させる。それには、お願いがある。きいて下さる？」

「おれに対する、お願いって、例の、養鶏のことかね。どうも、あの話を聞いてから、きみが、レグホンのメスに見えてきて仕様がないんだよ」

山城にしては、オツなシヤレを飛ばしたからたまらない。デスクの下で、尖った、晶子の靴が、したたか、精一杯の力をこめて、山城の向こうズネを蹴っ飛ばしていた。

「ア痛ッ！」

軽い、ウメキと、ともに山城が、デスクの下に、手を伸ばそうとして、上体をかがめたときだった。ガラス板を張ったデスクの上のインク壺がひっくりかえって、山城の顔や、上衣に、インクが、大量ふりかかった。

「アッ！」

驚いたのは、晶子である。それが、なんと、朱書用のインクではないか。――

山城も、晶子も、同時に、うろたえた。山城の顔はしたたる赤いインクで形相がものすごくなった。上衣も襟や肩が真赤である。晶子は思わず、卓上の柄付吸取器を片手に取り上げ、グリッ、グリッと手先を回しながら、山城の上衣から、インクを吸い取り、つぎに、その吸取紙を、山城の顔に、持って行こうとした。

「バカッ！たわけるな」

山城は、大声で怒鳴り、上衣のポケットから、ハンカチを出して、顔に当てた。

生憎、その室には、洗面所がない。山城は、真赤になったハンカチで顔を押えたまま、理事室を出た。晶子が、あわてて、すぐ、あとに、つづいた。

洗面所に行くには、行員たちが、机を並べている広い事務所を通らなければならない。理事室から出てきた、山城と、晶子の姿に、視線が集まり、みんなアッと、声を呑むほど、ビックリ仰天してしまった。

血、血、血、ではないか？

理事が血を浴びて、顔を押えて出てきた。うしろにつづく、晶子の顔色も、青ざめている。

いまさきの怒声！

さては、やったか！

みんなの、頭の中では、
美人秘書、重役を斬る
—白昼、職場の凶劇—

瞬間、三面記事の見出しが、浮んだにちがいなかった。俄然、職場が色めき立った。

晶子が、ひと言、説明すればよかったのだが、何も言わずに、山城のあとを追って、洗面所の中に、消えて行ったものだから、職場は総立ちになって、そのあとを、呆然として、見送った。それから、騒然となった。

洗面所で、晶子が山城の上衣を手に持ち、その横でワイシャツの袖をまくり上げて山城が顔を洗っていると、そこへ、早速飛び込んできたのは、丁度、事務所に居あわせた、那覇タイムスの記者、石川長生である。

「どうしたんです！」

彼は、晶子に詰問した。

「インクですよ、ほら」

と、晶子は上衣をみせた。

「なアーんだ。事務所では、みんな驚いておりますよ」

山城がインクを浴びたのだとわかると、事務所は落ち着いた。女事務員たちが、アチコチで、身を寄せ合って、クスッ、クスッと、忍び笑いしているのが見られる。それでも、山城の室に近い、課長や二、三の課員が、「どう、なさったんですか」と、山城の室に顔をみせた。

そのとき、晶子は、すでに、居なかった。山城の上衣を、近くのクリーニング屋にもってゆき、そのあとで、山城の着替えのシャツを取ってくるため、理事の専用車を山城の家に走らせていたのである。

「いや、何でもないよ。騒がせてすまんな」

と、山城は、ムッツリ答えた。

「机の下に、ペンを取りおとしてそれを、取ろうとしたはずみに、こいつを、引っくり返したんだよハハハ」

さすがに、晶子から、向こうズネを蹴飛ばされたとは言えなかった。吸取紙の件も省略した。すると、さきの怒声は、わけもなく、秘書に当たりちらしたんだな、と、課員たちは勝手に解釈した。そのあとで、記者の石川がやってきて、

「赤字用のインクをかぶるとは、エンギが悪いですな」

と、皮肉れば、

「いや、もう、そんなインクが不必要になったんだ。こちらは、目下、黒字つづきだからな」

と、冗談をとばすほど、山城は、おちついていた。


「ところでね、山城さん。ちょっと、おねがいがあるんですが……。あの、牧志ビルの三階、借していただけませんかね。三日ばかり……」

牧志ビルは、山城個人が、ある地主と共同出資して建てたもので、借しビルにしてある。階下が、商店、二階が事務所で、三階は空いている。

「どうするんですか」

山城は、いぶかしげに反問した。

「実はね、そこで、展覧会をやってみようと……」

「というと、絵の展覧会ですか。あなたが?」

「いや、ある画家にたのまれましてね、じゃ、相談してみますからと引き受けてしまったんですよ。東京から来た、女の画家ですが、文化会館か、どこかの学校ではどうかと言ったら、なるべく、大通りに面したところが、よいとの御託宣で、……それから、一日、どのくらいで借すか、それも聞いてくれ、自分は旅行中だし、営利でやるわけでもないんだから、もし貴方の知り合いだったら、やすくしてもらってほしい、なるべくなら、ただで、などと、虫のよいことをいわれ

ましてね」

「そうだったら、いいでしょう。どうせ、遊ばせてある場所だし……あなた方も、時には色んなことをたのまれますな」

「いや、……相手があけすけにしゃべる女でね。……ときに、工事中の新社屋はいつ頃完成の予定ですか」

「来年の夏頃でしょうな」

山城と晶子は、とんだ茶番劇の一幕で、話が中断したので、仕事の帰り場所をあらためて相談することにした。晶子が、このまえの食堂に誘おうとしたら、山城はクビを振って、

「あそこはいかん。どうも、おれは、ニワトリの亡霊にたたられている」

「だから其処にするのよ。ニワトリの供養のために」

結局、山城と晶子が、差向いで座ったのは、前と同じ日本間、注文を聞きにきた給仕に、チキンライス二ツと晶子が答えたので、山城はキョトンとした。

「お願いというのは、養鶏の話じゃない。山城さんがどうにかしているわ、ああいうことといい出すのは、身元調査の話をしているときに。……なにも交換条件で、それを引受けるのじゃないわ。美代ちゃんのための自発行為よ。……でも、ごめんなさい。あたしも、あんなことして」

山城の向こうズネを蹴ったこと、その直後の珍事を、すなおにあやまっているのである。

「早速、用件から話そう。調査の方法は？」

「そうね。こうするの。あたしが例の松川ホテルに投泊して、同宿者として、例の女史に近づくのよ。これが、いちばんいい方法だとおもう。同じホテルのお客さんとしてなら、むこうも、気がねなく自然につきあってくれるわ、そうでしょう？」

「なるほどね。敵のふところにとびこむわけだな」

「虎穴に入らずんば、虎児を得ずよ」

「堂々たる正攻法だな。きみらしい考え方だよ。何日くらい泊るんだ？」

「約一週間の予定」

「事務所はどうする？」

「病休ということにするの。山城さんが、そうみとめてくだされればいいでしょう?」

「そうだな、きみの仕事は、一週間くらい休んだって別に、…こちらが、がまんすれば…」

「あたしなんか、どうせ、事務所では、そう必要ないでしょうよ。閑職だから」

「おい、そう、ひがむなよ。きみは、大いに必要だよ。きみがいなければ、おれの仕事がはかどらないよ」

山城は、あわてて釈明した。晶子は、そんなことは、実は、問題にしてなかったが、それでも、もうそろそろ、辞めてもいいと考えていた。職場では、山城とのことが、すこし気付かれている。山城と晶子は、職場以外でも、時々、一緒に行動しているらしい。映画をみたり、食事をしたり、旅行したりしているようだと、漸く事務所の人たちが気付いてきたと晶子にはわかったが、そのことは山城に耳打ちしてない。なにもやましいことはないが、山城の迷惑になってもいけない。養鶏の話も、そういう気持から出ているのだが、これは、かねがね、やってみたいということであった。南米の父からの仕送りがある母娘二人の生活に、別に不安はなかった。

「よし、それは引受けた。事務所には、ウソをつくことになるが、この際、それも止むを得ないだろう」

「調査費用は出して下さるでしょうね」

山城は、右手の人差指で、晶子の額を、かるく押えた。

「それも、おれのふところからでるのか?」

「あたりまえよ」

「調査費用って何だね」

「白ばくれちゃ困るわよ。ホテルの宿泊料と、あたしの交際費じゃないの」

「どのくらい?」

「まだ、計算してない。宿泊料はあとで伝票をみて、山城さんが支払ってくれたらいい。交際費だけ渡しといて」

「いくら?」

「五千円ばかり」

「そう、いじめるなよ、おい」

「不足だったら、その都度、請求するわ」

「敗けた。じゃ、きみに渡すのは五千円、これで、手を打つよ。高いなア、きみの探偵料は、わずか一週間で」

「あら、十分はずんでもらわなかったら、思い切って調査はできないわ。スパイは、資金のバックがなかったら…」

「わかった、わかった」

「それから、映画館から、松川まで、あの人たちを追いかけて行ったときの、タクシー料金は、あたしが立替えておいたわ」

「あれも一緒か。あきれた」

「あとで費用一切は、事情を話して、美代ちゃんのお父さんに、請求すればいい」

「そんなことができるか」

「自腹を切るとこみると、あやしいぞ」

「なにが…要らぬセンサクをするな」

「ふふ。おこったぞ」

「しかし、泊客だから、別に文句はないわけだが、あんなホテルにきみ一人で泊るんだから、そこはうまい具合に、なんとか理由をつけんといかんね。旅行者みたいにせんと」

「いま来島中の南米観光団の一員ということにしたらどう？」

「フム、考えたね」

「それから、山城さんの姪ということにして」

「とんだメイをもったもんだな」

「光栄とおもえ。…ホテルには、山城さんから相談しておくのよ。わかって？」

「まるで女王さまじゃないか」

「スパイらしくないところが、スパイの腕」

「しっかりやってくれよ。例の女、まだ当分いるかな」

「とにかく、明日から行動開始」

「急用があったら、電話で連絡してくれ。三日目には、必ず、中間報告するように、いいね」

相談がまとまって、晶子と別れた山城は、その晩、自宅の電話で、早速、手はずを整えた。直接、ホテルの主人を呼び出した。

「自分の家に泊めようとしたが変わった娘で、一流ホテルを紹介してくれなどと、わがままを言ってね」

顔見知りのホテルの主人にはそう説明した。

＊

翌朝、イヤリングなどつけ、取っておきのドレスで、めかしこんだ晶子は、山城が東京に出張するときに持ってゆく旅行トランクを携帯して、山城の自家用を自分で運転して、松川ホテルに乗りつけた。トランクには、パジャマと、二、三の着替えのほかは、季節の流行雑誌が五、六冊、つめこんであるだけである。

大切な客と見たらしく、すぐ、ホテルの主人が顔を見せ、丁重に応待した。

「南米からいらしたそうで」

「ええ。こんどの観光で参りました。みんな、こちらが、すっかり変わったといっていますが、あたしは初めてですの……」

「そうですか。わざわざ、このホテルを指定していただいて、あとで、あなたからも、山城さんによろしくおっしゃってください」

「沖縄の観光施設がどんなものか知りたいと思いましてね、叔父にも無理を言ったんですよ」

その言葉を聞いて、ホテルの主人は、もみ手をしながら、恐縮の表情をみせた。

「あたしの父が、リマで、やはりホテルを経営しているもんですから」

最近の父からの便りでは、ホテルの経営にも手をのばしているとあったので、あながち、晶子としてウソを言ったわけではなかった。その場になれば、色んなチエが出てくるものではある。

「南米あたりのホテルからみますと、それは、お気付きの点が多いだろうと思います」

「妙なことを聞くようですけど、こちらには、琉球料理もございますかしら」

「生憎、私ども、それは、準備しておりませんので。日本料理と西洋料理だけです」

「じゃ、食事は、日本料理にしてください。それから、ここは、おもに、旅行者の方たちが、お泊りなんですか」

「はい、殆んど、内地からの旅行者か、出張の方で」

「お室は？」

「いま、丁度、お泊りが、すくないんで、いいお室が空いております、すぐ、ご案内しましょう」

「ゆっくりでいいんですの。一週間ほど、お願いしたいんだけど、知り合いもいないので……女の方もお泊りになっていますか」

「はい、おひとり、東京の方で、エカキさんとか。そう、そう、あとでご紹介しましょう」

応接間で、ホテルの主人と話していると、そこへ、ニー・パンツの女性が現われ、片隅の電話の送話機を取り上げた。背格好、服装とも、映画館で見た例の女と、寸分たがわない。

これだな、と心の中で思いながら晶子は、何食わぬ顔で、あらぬことをホテルの主人と話しながら電話の女に、神経が集中している。

「今日はだめ？　どうしてもだめ？　もし、もし、真壁さん、もし、もし、ああ、電話を切っちゃった」

晶子の耳が、ピクッと動いたようだった。

ホテルの主人が、晶子を、その女に紹介した。

その女は、パンツのポケットに両手をつっこんだまま、体を振り振り、気軽にやってきた。すこし平たい鼻の両脇には小じわが見える。年は三十前後か。

「こちらは、東京からこられた、生野坂江さん。絵をお描きになるんでしたね」

「エーエ、ハハハハ」

イクノ女史は男のように、笑った。

「こちらは、上原晶子さん。こんど、来島された南米観光団の方です。やはり、こちらの方ですが、こちらは、はじめてとのことで…そうですな、お室は、生野さんのお隣りに致しましょう。お室がキレイで、見晴しも、ようございますから…お荷物は、お運びしておきましょう」と、主人は席をはずした。

案ずるより生むは易し、とは、このことで、張合い抜けするほど、簡単に機会はやってきた。

「やっぱり、外地からいらしたんですね。一見して、すぐ、わかりましたわ」

生野女史は、そんなことを言った――なにが外地だ――晶子は、心の中で、ペロと舌を出した。

「やはり、画をお描きになるための御旅行で？」

晶子がきいた。

「表向きはね。ほんとは、ただ遊びに来たんですよ。四国より南は行ったことがなかったもんだから。つまり、観光旅行ですかね、あなたとご同様。ハハハハ」

「でも、やはり、なにか…」

「そうね、こちらの紅型をつくるのをみたいと思いましたが、それも、みてしまったし…」

「これから、南部の戦跡を見にゆくつもりにしているんですけど、もしおひまでしたら、どうですかご一緒に？　もう、ごらんになりましたか」

「こないだ見てきました。新聞社の石川さんという方のご案内で、大変だったでしょうね、沖縄の戦争」

「だったら、イクノさんにご案内していただきましょうか。丁度、都合がいいですわ。別に、差しつかえございません？」

「ええ、きょうは。じゃ、参りましょう」

「早速、お近づきになれて、うれしいですわ。こちらにいる叔父に案内をたのんであったんだけど、急に都合がわるくなって」

「では、私、着がえてきますからね」

と、生野女史は、自分の室にもどった。

ホテルに、線香と花束を準備させて、晶子は、自動車の運転台で待っていた。免許証をもっている晶子は、これも、一週間、自由に使うことにしてある。生野女史は、すこし派手な縞柄のセパレーツを着て出てきた。

車の前席に並んで座ると、

「この柄、すこし地味じゃございません？」と、晶子。

「いいえ、もう、年ですから」

「あら、まだお若いのに」

「ハハ、いくつにみえまして？」

「さア、あたしより二ツか三ツ」

「お上手。もう三十五ですわ」

「海の見えるところに回りましょうね」

晶子は、そういって、車を、牧志通りには入れずに、泊港の方向に一直線に走らせた。不用意に町の中で、職場の者に、顔を見られるようなことがあってはいけない、と思ったからである。落着いてハンドルを握っている晶子の横顔をみながら、晶子と並んで腰掛けている生野女史は、東京でも、ちょっと、こういうハイカラな娘は少ないな、と考えた。

「お上手ですね」

晶子は、その言葉に、ニッコリ振り向いた。

「あちらでは、学校にゆくのでも車だそうですね」

「ええ」

「この車は?」

「叔父さんの自家用ですの」

「どこにおつとめですか」

「銀行」

「そうですか」

泊高橋をこすと、一号線の広い軍用路に出た。はじめて、晶子は、小鳥のように自由な気持ちになった。

「南米はどちらですの?」

「ペルーのリマ」

「いい所でしょうね」

「教会の多い古い町ですよ」

「こちらには、真直ぐ、こられたんですか。どこか、お寄りになりまして?」

「日本のアチコチを見てきました東京では、上野の美術館などを見ました。幸福ですね、日本の画家の方たち、美しい自然にめぐまれて」

「ホホホ」

生野女史は、初めて女らしい笑い方をした。

「先生、いつも、アチコチ、ご旅行なさいます?」

「まア、先生なんて、いやよ……ええ、時々はね」

「おたのしみでしょうね。画を描きながら……」

「そうでもないですよ。私など、シングルだから、気楽なもんだけど、心からたのしい旅というのは、やったことないのよ」

「あら、おひとりでございますの。芸術家には、そういう方が、珍しくはありませんけど……」

「それほど芸術家にみえまして、私? ハハハ。夫がズッと前に亡くなったんですよ」

「それは、ほんとに、お気の毒」

晶子は、同情の色を現わした。

「でも、私、メリー・ウイドウでしょう？　生活に困らないからよ。画も、ひとりになってから、本式に始めたんですわ。子供もいないでしょう、だから」

「御主人もやはり画を？」

「いいえ、画どころか、全く、芸術を解しない人でしたよ。株屋。私が遊んで食べてゆけるだけの遺産をのこしてくれたのが、なによりの取柄でしたわ」

話してゆくうち、生野女史の人柄が、そう悪くないことがわかってきた。晶子は、腹に一物を持っていなければ、心から親しくなれたかも知れない。根掘り葉掘り、秘密をさぐり出すのが、気の毒な気もしてきたが、晶子は、その気持を押えた。

「ここが小禄の飛行場」

生野女史が説明した。

「米軍の兵舎が一杯ね」

「この辺でも、戦闘があったようですよ。日本の海軍部隊が全滅したんですって」

生野女史は、記者の石川が説明してくれたのをくりかえしているにすぎなかった。

生野女史が、南米観光団の一人と思い込んでいる、この晶子は、あにはからんや、あの戦災の中をくぐった一人である。晶子は、母に手をひかれて逃げ回った日々を、一寸、思いうかべた。

が、まだ、ほんの少女であったので、戦争は、深刻な刻印を、彼女の心にきざんではいなかった。ただ、苦しかった、いやだったとの印象だけで、彼女の生命は、戦火の中から、ゴムマリのような、はずみをもって、育ってきた。

「イクノさん、ながく、ご滞在ですか、こちらに」

「そうね。どうせ、一、二ヵ月はね、……もっと、のびるかも知れない」

その間、ズッと、ホテルぐらしをするつもりなのだろうか、一体、そんなに、閑と金に余っている女なのだろうか、と晶子は、いぶかった。

「ここで、たんと、絵を、お描きになるんでしょうね」

「ホホホ。前にも申しましたように、気楽な旅ですよ。

はじめは、いくらか描いて見ようと、思っていたんですけど、来てみると、印象が余り、強烈でね、沖縄の風物は。なんと言いますか、まばゆくて、…光りが豊富なんですね、それが、散光というんでしょうね、ただ、明るいんですよ、まとまりがなくて……」

自動車は、平坦な糸満街道を走っていた。朝は、まだ早い。小春日和。雲のない空は、白い光線がみなぎって、うすみどりになっている。爽涼な風が、海から吹いてくる。

しかし、疾走する車の運転台に並んで座っている生野女史と晶子。二人とも、黙って、窓外の景色をたのしむような女ではない。それに、お互いに、ちがった意味で、相手に興味を持っているから話は途絶えない。

「こちらの画家の方に、お知り合いでも、ございますか」

「画家？　さア、画家といえますかね、知り合いはいますが、法律の仕事をやっている若い人なんですよ。もちろん、画は描きますがね、まだ、ヘボ画といったところでしょうよ、ホホホ、」

「法律をやる方で、画に趣味があるのは、めずらしいですね」

「真壁さんといいましてね、その人が、学生のころ、私の属していた画家グループの準会員になっていましてね、それで知り合ったんですの」

「その方、やはり、こちらでおつとめで？」

「ええ、那覇で検事をやっているんです。ハハハハ」

生野女史は、いきなり、哄笑した。

「どうなさいました」

「いいえ、急に、おかしくなっちゃって」

「ハハハ」

生野女史は、そり返るようにして笑った。

「男って、急に品行方正になれるもんですかね、まるで、口をぬぐったように、すましこんで……ハハハ」

晶子は、わざと、どういう意味でしょうか、というように、目をパチクリしてみせた。

「ごめんなさい。ひとりで、勝手に笑ったりして」

晶子が、黙って運転していると、問わず語りに、生野女史は、しゃべり出した。

「そのＭ氏ね、こないだ映画をみて、その帰り、あたしが、さそったら、ホテルまできて、中にも、入らずに、そのまま帰ったんですよ、まるで純情な青年みたいに。アラ、ごめんなさいね、お嬢さんの前で、こんな話なんかして、……どうも、アバズレ婆さんは、いけないわ、つつしみがなくて」

「お嬢さんだなんて、フフ」

晶子は、ハンドルを手にしたまますこし、体を前後にゆすった。

「？？」

「………」

「失礼ですけど、ミセスですか」

晶子は、前方をみつめたまま、うなずいた。

「こんどの観光には、ご一緒にいらしゃらなかったんですか、旦那さんは」

そのとき、晶子は、答えずに、淋しそうに笑ってみせた。

「なにか、ご不幸なことでも？」

「夫は死にました」

「そうですか。ほんとに、お気の毒、……まだ、結婚されてから、間もなかったでしょうにね、でもお若いから、これからですよ、ほんとに、そうですよ、ミセスときいて、あたし、信じられないくらいですもの……」

「こんどの旅行を思いたったのもひとつには、そういった理由からでした」

「ええ、お察ししますわ。あたしが、そうでしたもの。古い心の傷を失くするために、……いいえ、あたしの場合は、それほどでもなかったわ、これから、実をいうと、夫が遺産をのこして死んだときは、これから若さがとりもどせると、心の中では喜んで……不道徳ね、あたし……。でも、やはり、いっときは淋しいものよ、それで、きままに旅行したの、北は北海道、西は京都あたりまで……。あなたの場合は、あたしなんかとは、それぁ、ずいぶんちがうでしょうけど、………旅行なさることは、いいことですわ」

「ええ、いつまでも、クヨクヨできないたちですから……、あたしも、これから、生野さんに見習って、うんと、人生をたのしみますわ、ホホホホ」

「ホホホ、わたしの真似はよくありませんよ。はやく、代わりをみつけなさるといいわ」

車が、糸満の町の中に入り、交番が見え出すと、ふと、晶子は、もし、なにかで、停められでもしたら、と思った。持っている自分の免許証は借物だと、あとで、生野女史に言訳すればよいと考えたが、そこは、スーツと素通りした。

イモの葉が白く裏返っていたり、カルカヤが風にゆれていたり、畑と、荒地の続く、風景の中を、白い石灰質の道が、一筋、うねっている。

「お若い人は、これから、何度でも、機会がありますわね。ことに外国では、そういうことに、束ばくがありませんからね。………あたしなんかは、もう、尋常な、再婚ということは、あきらめています。そのつもりで、……」

「そのマカべさんと、おっしゃるかた、時々、ホテルにいらっしゃいますか」

「あまり、こないんですよ。逃げ回って、来たら、あなたに、ご紹介しなくちゃいけないけど………。なんでも、那覇の娘と、近く結婚するらしいんですよ。生憎なときにきて、あたし、わるかったわ。フフフ」

真壁は、美代子との婚約を、すでに、打ち明けてあるな、と晶子は、思った。

――その日、晶子は、摩文仁海岸の戦跡を、生野女史に案内（！）されて歩いた。

「出てこい！」という、米兵の合図で、ボロを着て、顔に泥をぬった、晶子が母に手をひかれて、おそるおそる、はい出してきた。壕の近くも通ってみた。

どうして、自分は、こんな所に、きてみる気持ちになったのだろうと考えたりした。そう、そう、自分は、観光団の一人だったはずだと、思いなおして、おかしさがこみ上げてきたりした。

姫百合之塔では、そこに来合せた外人にせがまれて、晶子と生野女史は、写真を撮られた。そのとき、晶子が外人と交した会話で、生野女史は、晶子を、南米からきた娘と信じこんでしまった。

ホテルに帰ったのは、午後四時ごろ、晶子は、生野女史が風呂に行っているスキに、早速、山城の事務室に、電話した。

山城には、調査が、予想以上に困難になりそうなこと、応接間などで何気なく機会を狙っているが、その女が部屋にとじこもったきりで、ただ、電話を、どこかへかけるために出てきたとき、一寸、会釈しただけで、勿論、まだ、名前もきいてないこと、だが、一週間には、必ず、正体をつかんでみせるから、などと、思わせぶりな報告をしておいて、晶子は、電話を切った。

その実、晶子は、もう、その女の正体、肝心な、真壁との関係について、それ以上、詮索の必要もないほど、情報を握ってしまっていた。

生野女史は、真壁が彼女の家に寄寓し、ある期間、彼の学費を出してやったことがある、ということまで、打ち開けていた。

——その晩、晶子の前に出された料理は、一見、スペシャルなものであることがわかった。ホテルで気をつかっているのである。一寸、薬が利きすぎたかな、と晶子は思った。

寝るとき、明日から、このすばらしい週休！を、どう、すごそうかと、忍び笑いしながら、晶子は、色々、考えた。

はじめ、ホテルの主人から紹介されて生野女史と言葉を交したとき、この女からなら、大丈夫、情報を引き出してみせるとの自信が晶子の胸に湧いたが、思いがけぬほど早く、生野女史について知りえた好結果に、晶子は、ほかのことも万事、この調子で行ってくれたら、よいなァ、とさすがにうれしかった。わずか半日の収穫で、一週間の予定は満たされたのである。その日は、心持ち、疲れたので早めに床につき、さて、あと六日間をどうすごすかを考えた。もう、生野女史につきまとう必要もない。これからは、かえって、その女からつきまとわれることを用心すべきだ。情報を握ってしまえば、もう、相手に興味はなかった。山城から貰った運動資金も、使うのが勿体なくなってきた。その金を、どうしよう。そうだ、なるべく、まとまって残しておいて、季節のドレスを新調しよう。かねがね作ってみたいというのがあった晶子は、まさに、大胆にして、細心である。どこか、あたってくだけろの度胸があるが、一歩退いての計算も上手である。

山城との約束は実行できたから満足である。あとは、功績休養だ。情報を握ったからとて、山城の喜ぶ顔を見るために、あわてて、とんで帰る手はない。手柄は山城にくれてもよい。その代り、情報はチビリチビリ出そう。

あとは、自分勝手なことをやればよい。どうせ部屋代は、山城があとで計算することになっているのだから、晶子としては、このホテルで、存分、手足を伸ばしていいわけである。明るい笑いが思わず晶子の口の端によってきた。毎日、山城の自動車でドライブしてやろうと考えたのである。そのとき、安里実のことが浮んだ。昼はどうせ学校だから、誘うなら夕方だ。その前に、電話で連絡しておこう。明日、早速実行ときめた。

一方、真壁がこのホテルに訪ねてくることも考えておかねばならぬ、彼と顔をあわしてはまずい。生野女史の口振りでは、彼が自発的に訪ねてくることは、まず、なかろう。どうせ、生野女史からの強制的な誘いがなければ来ないはずだが……それにしても、平日はやはり仕事がおわってからだから夕方になる。その時間は、なるべくホテルを空けよう……などと美代子への友情から発した行動も、その日的を達してしまうと、あとは、自分のたのしみの計画に余念がない。

山城は、エンの下の力持ちになってくれ、とたのんでいたが、そうなるにしても無駄骨は折らない他人に花をやるなら、自分は実を取ろうというやり方である。かくれて派手にふるまう、ひそかな、たのしみもまたすてがたい。——それにしても、彼女の立場はウソで囲まれてしまった。

ネバーマインド。罪のないウソは、生活上の一種の色気であり、クスグリである。晶子の場合は、それが、ある魅力にもなっているのである。

あくる朝、ホテルの一室で、晶子は、遅く目をさました。窓を開けると、真和志の市街が、カッと明るく展けた。

が、洗面所におりてゆくとき、生野女史の室のドアはまだ閉まっていた。よほどの朝寝坊らしい。いくら遊んで食べてゆける有閑マダムといっても、沖縄あたりまできてノラクラと、ホテル生活を二、三ヵ月もつづけるというのは腑におちなかったが、生野女史は、あながち、自費だけの遊山旅行でもないらしかった。どことは言わなかったが、東京のある会社に、現地調査を依頼されていて商いの用件もあるらしく、その会社から月々、調査員としての出張旅費が仕送りされていると、これは、女史自身が、そう言っていた。

彼女のことだから、その会社の用件というのは適当に、報告でも送って、処理しているのだろう。年の功だけあって、処世の要領から言えば、晶子などのは、まだ、ミツ豆くさい所があり、生野女史の保身の甲羅には、うす苔が生えているといった感じ。………

その朝も、上品な日本料理が出された。晶子は、とても、こんなのは、南米あたりでは、お目にかかったことがないなどと、おだてておいた。うまいもの食べて、自由にふるまって、と一度はやってみたいと思ったことが、かなったわけである。午前中は、鍵を内からかけて、ベッドで足を伸ばして、持ってきた読物を、あれ、これと開いてみた。

が、だんだん退屈してくる。映画を見に行こうと思っても、那覇は歩けない。山城から、それは、固く禁じられている。と、いって、室にとじこもったきりでは、一流客として丁重にされている観光の目的をうたがわれる。

すると、夕方からドライブに出ると、どこを、なにを、見物するのだと言われそうで、考えてゆくと何でも、窮屈になってくる。……そのとき、外からドアをノックする者がいるので、内から開けてやると、生野女史が、パジャマのまま洗面具を片手にぶら下げて、立っていた。

「もう、起きていらしたの。どうお？　きょうは。どこか、行きません？」

晶子は返答に困ったが、突差に、

「きょうは夕方から、田舎の親戚を訪ねることになっていますの、明日は、叔父と会って、是非、話さなければいけない用事があるし、明後日から三日間は、観光団の方たちと一緒に、予定がありますのよ。ひょっとすると、最終の日が自由になりそうですから、そのときは、都合がよろしければ……」

「そうですか」

生野女史は、一寸、残念そうな顔付してから、洗面所におりて行った。そのスキに、安里の学校に電話をかけてみた。

安里は、丁度、いて、電話口に出てくれた。夕方の六時頃、お訪ねしたいから、学校をひけたら待っていてくれるように告げた。

「なにか急な用件ですか」

「会ってから、お話しますわ」

晶子は、いそいそと仕度をし、しめし合せた時間になると、自動車を安里の家に走らせた。

「ドライブ？　用事だったんじゃないんですか。きょうは、また、ばかにめかしこんで…」

「どう、これで、ブルジョア娘にみえて？」

晶子は、安里にしなをつくってみせた。

「すごいなア、…しかし、この自動車は、山城氏のものと違う？」

「誰のでもいいじゃないの。運転しているあいだは、あたしのものよ」

「ちょっと、いやだなァ」

「あら、あたしの気分をこわさないでよ。折角、こうしてきたのに、ゲット　イン　ハリー」

すぐ、南風原を下りる道路に出た坂で、晶子は、すこし車のスピードをおとした。

農村の平和な夕暮れがあった。

「首里の司令部を撤退するとき、この道を通ったんですよ。ここは、一番、犠牲者が多かったな」

「戦争の話は、よしてッ！」

晶子の声の調子に、安里は、急に、ベソをかいたように、黙ってしまった。

「あしたは都合悪いけど、明後日から三日ぐらい、ズッと、いまごろ、この自動車をつかっていいことになっているの」

「どうして？」

「リペアしてかえってきたのよ。テスト　ドライヴィング…ミスター・ヤマシロの許可をえて…」

「HM」

晶子は、安里にまでウソをつかなくてはならないのが、一寸、悲しかった。ひとつウソをつくために、つぎつぎとウソをつかなければならなくなる。

「しかし、運転だけは用心してくれな。馬天の女学生の例もあるから…」

「女が、酒気運転やりますか。事故だったら、誰もない所でやるわよ」

「おい、おい無理心中か、そいつは、困る」

柔らかな運転台のクッションの振動するリズムと、風を切る快よいスピードとは、感覚的に、安里と晶子をむすびつけていた。こういうチャンスも、もとはと言えば、真壁が間接的にあたえてくれたようなものである。

なにも知らない、その真壁は、今頃、どうしているのだろう。いや、なにも知らないにしても、彼は、ひそかに、悩んでいるにちがいない。美代子との結婚をひかえて、とんだ邪魔が入ってきたからだ。彼は、古傷の生きた証人を説得し、穏便に追い返そうとして汗だくなのにちがいない。…忠ならんとせば孝ならず、孝ならんとせば忠ならず、真壁は、生野女史と美代子の間にはさまって、進退ここにきわまる、平重盛の心境になっているにちがいない。フフ、身から出たサビは、おとして、自分で、せんじて飲みなさいよ、だ。

「なにを、ひとりで、ニヤニヤしているんだ？」

晶子は、答えなかった。

与那原のスタンドで、ガソリンを補給してから、西原街道を、直線に進んだ。

「やっぱし、いいね、車は、道がいいし…」

「いいでしょ？」

「いやに、ニヤニヤしているね」

真壁は、安里の友人である。安里はなにも知らない。真壁の一身上の危機の上で、自分たちはたわむれているんだと、晶子の考えは、意地わるい。

「もう、運動会もおすみになったんだから、うんと、休養のつもりで、いいんでしょう？　あと、三日か、四日ぐらい、ドライブしたって。ね、いいんでしょう？」

「悪くはないですね」

「もっと、明確な、積極的な返事をして頂戴よ。男性の、そういう物のいい方が、いちばん、気にくわない」

「手ごわいな」

左手の中城連丘が長く、西原平原に影をおとしていたが、それも、刻々、うすれて、夕闇が、四囲を包んできた。ただ、空だけが、余映で明るい。自動車のヘッド・ライトが点いた。

「あたし、銀行を辞めようかと思っているのよ」

「どうして？」

「なんとなく」

「こういう、就職難の時代に、それは、ゼイタクだな、やめて、どうする？」

「いい仕事ないかなア」

「ないね、いまごろ…」

安里は、晶子の言葉を、気紛れ娘の気紛れな言葉だ、と受け取った。

が、ふと、叔父の前里幸助のことを思い出した。前里幸助が、胡差市の園田通りに出した店が、スタートから調子よく行っており前里から、なんとか力になってくれと安里は、その後も再三、たのまれているが、自分には、そんなことは向かないというので断りで通してきた。それで、叔父は少なからずつむじをまげて、何かにつけて、気前よくはずんでくれたポケット・マネーも、近頃は遠のいており、何かたのむことがあっても前とはちがって謝礼がケチ臭くなっている。

「理由は、わからないが、貴女がもし、今のところをよすというなら、ひとつぐらいは目当てがあるがね…。だが、会社の事務のような上品な仕事じゃないよ」

と、安里は、冗談のように、晶子の気をひいてみた。

「でなくてもいいのよ、どんな仕事？」

「僕の叔父がね、知っているでしょう。いま、貴女の銀行の新社屋を工事している前里土建の…その叔父が、最近、胡差で、面白い店をやっているんですよ。僕に、その店を見てもらいたいと、いつもいわれているんだが、出来そうにないと断っているんです。貴女なら出来るかも知らん。どうですか僕の代りに……むろん、単なる店員じゃないんです。まァ、マネージャー格ですね。女店員を三名ばかり使っている。叔父は切りもり一切を任していいといっているんですよ、どうですか。

もし、貴女が御希望なら、僕から極力、スイセンするがね。貴女が御希望ならだよ、僕としては、すすめていいのか、悪いのか、わからないが…」

「ええ、…でも、前里幸助、あの人、女たらしという…アッ、…アーラ、…ごめんなさい」

「ハハハハハ。そういうことまでわかっていたら、かえって安心だ。ついでに、そのことは注意しておこうと考えていたところですよ。ハハハハ。…でも、女たらし、とは言えないな。なんとか、とは言えるかも知れないが。…しかし、貴女のような近代的なお嬢さんは絶対に苦手らしいですよ。むしろ、近代女性にはおそれをなして、敬遠しているようだから、その点は、あるていど心配することもないと考えるのだが…つまり、叔父なんか、女を誘惑するのでは古典派ですよ、いわゆる妾狂いだな、まず、女の生活をみてやるという手…」

「その店って、どういう店?」

「スーヴェニア・ショップ…ちか頃はやりの…それにしても、一風、変った店でね…まア、行ってみればわかるでしょう。そういう商いは、われわれみたいなボーイがやるよりは、外人客といっても男の客が多いから、やはり、ガールのほうが、客足をひくのでも効果があるんでしょう。マネージメントといっても、店の奥にかくれて経営をみているというより、店頭で、陣頭指揮をやってもらいたいというのが、叔父の要求するところらしいですから、その意味でも、貴女なら適格者かも知れない。商売のことは知らないが、叔父の話では、出はながよく、見通しもあるとのことだから、ペイの方も少ない額ではないはずです。僕には、一万円出すといっていましたがね…どうだか…。それでも、七千円以上は必ず、出させてみせますよ。

ただ、ああいう環境に貴女を投げ出すのが心配だが、…貴女にもいつかお話したように、環境に支配されるというのが、僕が、常に抱いている考えでしてね…貴女なら、しかし、どんな環境でも、自分の生きる場所として、順応するというよりは、その環境を、克服し、改造してゆく性格がある。…たしかに、あんたには、そういう所がある」

「そんなこと、どうでもいいわ。そうね、やってみようかな」

山城にたのんである養鶏業の話もどうも、おぼつかない。むしろ、山城は、世間を知らない小娘の野心として一笑しているかも知れない。詳しい計画書を出してみなさい、それから考えることにしようという山城の言葉には、どうも、気のりのしないひびきがある。それで、計画書も、出す気持ちにならない。その矢先、安里のもち出した話に、晶子の心が、すこし動いた。なんでもよい、自分に任せてやらしてくれるんなら、やってみたいという気がした。晶子の運転する自動車のヘッド・ライトは、具志川から天願に通ずる道路を照らしていた。晶子は、しばらく黙って、何かを考えていた。

＊

玄関に、靴音が近ずくと、山城は、すぐ、晶子だとわかって、ごめんなさいという声がかからぬうちに、

「上原君？　お入りなさい」と声をかけた。

その日は、晶子の報告を聞くことになっていたので、事務所から真直ぐ帰宅し、約束の時刻を待っていたのである。

「やっぱり、そうよ」

「にらんだ通りか」

晶子は、うなずいて、山城の問いにつれて、答えて行った。が、さぐりえた情報を全部提供したわけではなかった。予め、今日はこれだけ報告しておこうと決めた分だけしか話さなかったが、それでも、真壁と生野女史の関係について、十分、疑える内容だったので、山城は、感心したようだった。

「あと、二、三日で確証をにぎってみせるわ、室が、その女の隣りなの、ひょっとしたら、真壁さんが訪

ねてくるかも知らんし、二人の様子をうかがってみる…」

「そこで、彼と出会わしたら、まずいんじゃないか」

「私に、真壁さんを紹介すると言っているけど、会わなければいい、気分が悪いからといって」

「その女はね、するとと、石川が話していたのと同一人だよ」

そこで、山城は、画の展覧会の話をした。

「そんな話、してなかったけど、いつやるのかしら」

「それがね、結局、やらんらしい。展覧会といっても、自分の描いたのじゃないらしいんだ。なんでも、名画の複製を見せるつもりだったらしい」

「そしたら、コレクション展だわ」

「そうかね、それも、自分のものじゃなくて、その真壁君が持っているのを当てにしていたらしいが彼がことわったから駄目だ、と、会場の話をまとめて、告《しら》せに行った石川に、すみませんでした、とあやまっていたらしい。馬鹿をみたといって、プリプリしていたよ、石川が」

「事務所では、なんとも言ってない？　あたしのこと」

「届出欠勤だから別に、…このあいだ、インクをひっくり返して騒いだろう、あれで、すこし、決まりがわるくなって、出ないのじゃないのですか、というのもいたよ、…それよりも、きみのお母さんが心配していたよ」

「そんなはずないわ、ちゃんと、いいふくめてあるから」

「それは、僕からも言ってあるがね、やはり、心配だとみえる。きょう、お伺いしたんだよ。…それからね、実はね、今夜、帰りに寄ってくれる様に、お母さんからたのまれているんだ。南米から手紙がきているようだよ、弟さんかららしい。お父さんが、心臓がお悪くて入院なさっているという話だ。すぐ、どうということはないが、先が心細いし、折角、やりかけた仕事も、このままでは、…とつまり、早く帰ってくれるようにとの呼寄せの手紙だね、一日も早く顔が見たいだろうな」

晶子の表情が、みるみる深刻になっていった。

「でも、このことは、しばらく、美代子にはだまっていてくださいね」

思いがけないことなので、美代子の母は、山城の顔をジッと、みつめて、やっと、それだけ言って、ためいきをついた。

そのためいきには、娘の前途にさした暗い影の背後に、さらに別のひびきがあるように、山城には感じられた。

抵当にはいっていた住居を引き払って、いまは、夫の事務所の片隅に、急ごしらえの割部屋を仕切って住んでいる。鶴子と山城が話している部屋も、その一ツで、もとの生活からくらべたら、いかにもわびしい壁や天井で囲まれている。

それに、美代子の父、朝英が、最近は、病気がちになり、反面、信仰にこり出した。兄、朝雄が、新設のさる生産会社に、職の手ずるを求めえたことだけは、せめて、家庭に、ある落着きをあたえたが、もう、業運の挽回は、さして期待できなくなり、どうにか現状を維持してゆく上に、山城が力になってくれることにのぞみをかけていた。サラリーマンの朝雄は、結局、一家が自分の肩にかかってきたことを感じ出し、また、現実のむつかしさがわかってきて、前のように、改革的な意見や、政治行動からも、表面、遠のいてゆくようにみられた、「なんでも一直線ではいかないもんだ」というようになった。ただ、いままでとはちがった明るさが、この家庭にもただよってはいた。

朝雄の妻、峯子に、おめでたがあるらしいことがわかったからである。主婦として、鶴子は、これからが、ほんとの生活が始まるんだ。これまで、すこし上調子だった、と反省した。が、その矢先、山城によってもたらされた真壁の一件は、彼女に少なからぬショックをあたえた。

「あれほど信用していたのに、わからないものねえ、…でも、山城さん、疑うわけじゃないんだが、それだけきいては、どうも…」

鶴子は、まだ、希望にすがろうとするようだった。

「私も、まだまだ、断定は下していませんよ、実は、私、美代子さんの婚約のことも、うちの銀行の上原晶子から聞いて知ったばかりで、…こういうことに差出がましいようですが、ちょっと耳にしたもんですから、これは捨ててはおけないと、勝手に調べてみたんです。自分勝手なことをしたと思ってはいます」

「いいえ、こちらが悪かったのよ。日取りがはっきりしてから、あんたにはお告せしようと、そう思っていたもんだから…」

「叔母さん、真壁君の件なら、調査の方法はいくらでもあると思います、私に任せて下されば、はっきりした根拠をつかみます。私に任せて下さい、いいですか」

「そうして下さいますか。こうなったら、ぼやぼやしていられないしね」

そこへ、ただ今、と美代子が帰宅した。彼女は、山城と母の顔をみると、「どうかしたの？」と、敏感に、ある空気を察して、眉をひそめた。

「山城さんなにかあったんでしょう？」

美代子は、母と山城と向き合って端座すると毅然とした語調で、尋ねた。

「なにかって…？」

母の鶴子が、言いよどむと、

「真壁さんと、生野さんとかいう女の方のことじゃなくって？」

「えッ？」

「…？」

鶴子と山城は、同時に、美代子の顔をみた。美代子は、唇元に、軽い笑いをうかべ、

「そのことなら、あたしも聞きました、きょう、晶子さんが学校に見えて…」

「晶子が…？」

山城は、耳をうたがった。

同時に、仕様のない奴だな、とムラムラとした。が、なぜ、晶子が美代子に告げては悪いのか、自分だけで、なにか解決の、いや、エン談のぶちこわしの力になってやろうとした気持はなんだろう、と思い返すと、これという理由がみつからなかった。

「いま、山城さんが調査してみると、おっしゃっているんだよ」

と、鶴子が言えば「いや、その調査というのも、実は、晶子にやってもらっているんです」と、山城は、バケの皮を、いまさら、かぶれなくなったと見えて、頭をかいた。

「美代子さん、勝手なことをしてさぞ、お怒りでしょう？」

美代子は、それには、答えなかった。

「あたしも、その話、きいたとき高い所からつきおとされたような気がしたわ。…山城さんと、それから晶子さんにも、そうおつたえねがいたいんだけど、これからは、もう、これ以上、むこうのことを調査する必要はないと思いますわ」

「と言いますと？」

「あれを聞いたとき、とても侮辱を感じたの。もちろん山城さんたちに対してじゃないわ、…もう、これ以上、みじめな気持になりたくないし、それに…」

「つまり、真壁君のことは、もうあきらめなさったというわけですか」

「そうじゃないわ。これ以上調べたって、無駄というのではないけど、わたしとしては、…別に、参考にならないと思いますの」

娘の固い言葉に、母は、たしなめるような目付をした。

「どういう意味でしょうか。私には、はっきりしませんが」

「もし、知りたいことがあれば、わたしが、直接、調べます。自分が、知らないうちに、だまされていたと信じたくないの。自身で、はっきり、それが知りたいの」

「では、直接、真壁君にでも会ってききますか」

美代子は、うなずいた。

「本人が正直なこと言いますかね」

「そこだわ、山城さんたちの報告にあったような事実があったかどうかは、別問題として、そのことについて、どう、相手が出るかが問題だわ」

「じゃ、もし、向こうが正直に告白すれば、過去にあったことは問わないというわけですか。美代子さん、そうですか」

「そんなこと、まだ、考えてないわ、その場になってみなければ、わからないことですわ、ただ、自分の一生に関係したことは、他人の報告だけでは、決めたくないの」

「そりゃ、そうでしょうね、……やはり、真壁君に尊敬と愛情を感じていらっしゃるんですね、それとも、あなた御自身の自尊心かな」

「山城さん、あたし、すこし、頭が痛みますから……」

と、美代子は座を立った。

美代子の態度は意外だった。山城は、少々、シャクにさわったが、心の中で、敗けた、と思った。

しかし、ああいう風な態度も、弱味をみせたくないための一種のゼスチュアだと、山城は解釈した。晶子が、どのていどのことを言ったか知らんが、自分は、美代子の母に、真壁が、東京で、生野坂江の愛人同様の生活をしていた形跡があり、その女から、経済的援助をうけていたことはたしからしいと告げてある。

まさか、そのことを承知で、これから、相手の心をたしかめる何のというのは、もう、ほんとの心からではなく、破綻を、精神的にも形式的にも、うまく、つくろうとする体面上の行為にしかすぎないのだ。

美代子は、ひょっとすると、真壁との破談をおそれているかも知れない。しかし、それは、破談そのものをおそれてのことかも知れない、つまり、あるていど、周囲に知れてからのことだから、世間体がある。そういった心理になっているのかも知れない、結局、それは、愛情の破綻ではなく、形式の破綻である。……さて、彼女が真壁とあって、心境がどう変化するか、山城は、美代子の家を辞して帰途、そんなことを考えた。

今日は、家へ帰ってゆっくり、碁の本でも見よう、と思って、神里原通りまできたとき、ふと、まだホテルにいる晶子に、電話してみようという気がして、知合いの商店に入った。

晶子はホテルにいなかった。ひょっとすると、その生野という女かも知れないが、電話は女の声だった。

「どこかの若い男の方と、自動車ででかけたが、行先はわからない」との、ことだった。

山城は、人に連れられて行ったことは、数回あるが、

はじめて、ひとりで、桜坂のバー、それも、どことい
うことなく、あるバーに、入り込んで、片隅のボック
スでビールをかたむけた。
女が、三人、山城のところにきて、そのうちの一人
は、山城にピッタリ体をくっつけた。山城は、やがて
陶然としてきた。心の空虚がすこしずつみたされてき
た。つとめて、ふざけた冗談を飛ばして女たちを喜ば
せた。
彼は、こんな場所では、案外もてるものだというこ
ともはじめて知った。手のとどく所にある女たちから、
ある親しみと温みを感じ出した。

＊

真壁と会って話をきくにしても、どこで会ったらよ
いか、美代子は迷った。騒々しい場所も、ロマンチッ
クな場所も選びたくなかったし、お互いの家庭でもま
ずいと思った。
真壁は、与世山盛吉のアッセンで首里の学校に、ゆ
くことになっていたが、風向きが変って、まだ、もと
の役所にいる。美代子は、是非、会ってお話したいこ
とがあるからと、職員室から真壁の事務所に電話して
おいた。ちょっと、居残ってすまさなければならない
仕事があるから、私の事務所に、六時ごろ、きていた
だけませんか、それまでには、すますつもりですが、
ということだった。――
美代子は自分の机の前にもどると男女の生徒が群がっ
ている運動場にぼんやり目を映していた。
おなじ生活の中で、たのしんでいる生徒たち一人一
人が、将来どんな運命を辿るのだろう、などと考えた
りしていると、安里実の声がした。彼は、部屋に入る
なり、
「やァ、また、クイズですか」
と、入口に座っている同僚に声をかけた。
「うん、なかなか当るもんじゃないな、クイズという
やつは」
いままで、うんうんうなりながら一生懸命、解答を
考えていた、理科担当の、その男は、安里の方を振り
向きもしなかった。安里は、そのまま、美代子のとこ

ろにきた。

「譜久里先生」

「ハイ？」

「晶子さんのこと、きかれました？」

「晶子さんのこと？」

「ええ、ひょっとすると、南米へ帰るかも知れませんね。お父さんが体が弱くて、早く来るようにとの、しらせがあったようです」

「まだ、きいていませんわ、それ近いうちでしょうかしら」

「そうらしいですね、準備があるから、あと、一、二ヵ月は、いるでしょう。そのときは、真壁君なども呼んでパーティーをやってあげましょうよ」

「ええ」

真壁の名をきいて、なんとなく、美代子の返答がうなだれた。なに気ない安里の好意の言葉は、痛い皮肉となってひびいた。

「貴女は晶子さんを、どう、お考えになりますか」

安里は、改まった調子で、急に、そうきいた。

「どうって……」

「つまり、あの人は、何事にも、クヨクヨしない強い人だとは思いませんか、どんな所に行っても、どんな場合にも、決してセンチにならない。そうじゃないですか」

「ええ。でも、女ですもの、……いくら強いたって、涙を流すことはあるでしょうよ。みたことはないけど、それでも、帰るとなると、淋しいでしょうね、晶子さん」

美代子は、安里の目をのぞいた。安里はあわてて、視線をそらし、

「いや、あの人は、絶対に、強い…きっと、そうだ」

＊

「わざわざ、電話して下さって、ありがとう」

真壁は、そんなことを言った。美代子から、そうすることは、あまりなかったからかも知れない。

「どこか、食事でもしながら、…今日は、ゆっくりでいいんで。たまった仕事があったんで、まだ、夕食とっ

てないんですよ。そこの、…」

「あのう……」

美代子は、どうしても、表情がこわばるのをおしかくせなかった。

「どうしたんです？　お気分でも悪いんですか。どこか、静かなところでも散歩してみますか」

「ええ」

美代子の答えは、しかし、応諾のそれではなかった。

「どうも変だなァ、どうなさったんです？」

真壁の、いそいそした態度が、きまりわるく、白けてきた。

「あのう、実は、おうかがいしたいことがあるんです」

美代子は、思い切って切り出したが、こう、ぎこちない態度ではいけない、もっと、親しみをこめてきかなくてはいけないと思いながら、やはり、言葉がこわばってくる。真壁は、何かあるなとは察したらしいが、気に止めてないように明るくなった。

「そんなら、どこか静かなところで、お話しをうかがいましょう。……」

と真壁は、美代子の顔をのぞいてから、

「それとも、此処で？」

と、わざと、意地悪そうなききかたをした。

「ええ、此処でもいいと思いますわ」

瞬間、真壁は、複雑な表情をして歩みを止めた。

政府の庁舎がコンクリートの上に夕日影を投げていた。駐車の自動車も、ほとんど引き払って、構内はガランとしている。美代子は、庁舎のコンクリート壁から、冷気が身体につたわってくるように感じた。

二人は、腰を下した。芝生。中に木が一本、その枝の下で、幹を囲っている石の上。警察や裁判の建物の間に、制服の影がチラチラするあたりを、キチンと揃えた両ヒザに両手のヒジを立て、手を組み合せた恰好で、真壁は見ている。

その横顔を、チラとみると、美代子は、急に、言い出そうとした言葉が凍りつくような気がした。彼は、唇に、なにか、冷たい皮肉のようなうす笑みをうかべている。それは、真壁のクセともいうべき無意識の表情でもあった。

裁判のときも、こういう表情をするのだろうかと、美代子は考えた……。瞬間、彼女は、自分のいまの立場が妙なものに思われた。こんな場所で、どういうことを、自分は真壁に話そうとしているのか……。少なくとも、これから、真壁の良心に訴えて、彼の過去のことを聞き出そうとしているのだ。相手の人物をたしかめようとするのだが、それが、予審判事の訊問のような調子にならなければ幸いである。

「ああ、あのヒトのことですか。そうでしたか。なんのことかと思いましたよ」

美代子から、生野坂江のことを聞くと、真壁は、しばらく、ギョッとしたようだったが、被告の態度になるかと、思いのほか、それだけ、言うと、次の言葉を何か考えていた。

美代子は、真壁の顔から目をそらさなかった。なるべく、疑心坦懐に、きき、答えてもらいたかったからである。まだ、尊敬と信頼がつなぎとめうることを、期待していた。真壁の顔は、無表情に近かった。

「どうして、そんなことが……？　知られて、どうということはないが……まさか、貴女、自身で、…そういうことはないんでしょう？　だれか、私のことについて、つまらぬうわさを……うわさを聞いたんですね、そうでしょう？」

「つまらぬ、うわさでしょうか」

真壁は、この言葉が、神経にさわったらしく、

「貴女は、ひとの中傷を信じますか、私の言葉に信をおきますか」

「それは、真壁さんの言葉を信じたいと思っていますわ。それで、こうして、お会いしているんですもの」

「いや、ごめんなさい。それを聞いて安心しました」

「そのことについては、良心的に真剣に、お答えしていただきたいとおもいますわ」

「そうですか。いや、あのヒトのことなら、いつか、お話ししようかと考えていましたよ。丁度、いま、こちらにきていますからね」

真壁の言葉には屈託がなかったが、美代子の視線を、彼は、一寸、さけた。

「式がおわってから、話すおつもりでしたの?」

「いや、その前に」

「正直におつしゃって下さい。はっきりと、くわしく」

「ええ、そうですね。しかし、これは、私の口から言ったら、ウソにおもわれるかも知れないから、どうですか、美代子さん、そのヒトに、会って、直接、聞いて下さいませんか。それで、いいとおもうんです。御案内します」

「その必要はないとおもいますわ」

美代子は、キッパリ言った
「貴方のお言葉が信頼できなければ、すべて無駄だとおもいます」

「じゃ、正直に申します。たしかに、話しにくいことがありました。しかし、それを、あくまで私の口から聞こうとなさるのは、すこしひどすぎます」

「話しにくいこと?」

真壁は、ようやくうなだれた。が、彼は意外な態度に出た。

「過去の過失は誰にもあります。法律でも、人間の更生を主旨としています。もし、あなたが、それをゆるせないような、そんな、モラルの古いひとなら、私も考えなおします」

思わず美代子は、ポロポロと涙をこぼした。夢中で、小走りに、広場を横切っていた。やがて牧志行のバスの中で、乗客の影に身をかくし、泣くまいと、懸命にたえた。

そよ風

その翌日、美代子が、学校から帰ってくると、山城が、茶の間で、母と話しをしていた。

「お話しは、うかがいましたよ。法律が、どうの、こうのと言ってたそうじゃありませんか。あんなときに。ハハハ」

美代子は、思わずカッとした。山城は、一体、なにを笑っているのだろうか。真壁を笑っているつもりだろうか。あの破局的な結果を笑っているのだろうか。

「あたし、ちょっと失礼します」

と、彼女は、そのまま、自分の部屋に退った。母の鶴子は、部屋を出てゆく娘の姿を目で追っていたが、

「ハアァ」

と、大きく溜息をついた。

「全くガッカリですよ」

鶴子は、それだけ言って、山城の顔を見た。

「で、美代子さんのお気持ちは、どうなんでしょうかね。あのことは、もう、はっきり、決心されたわけですか」

「よくわからないのよ。まだ、はっきり、なんとも言わないから。いまは、静かにしといたほうがいいと思って、わたしも、きくのをひかえているんですよ」

「ですが、こういう問題は、はっきりさせておきませんと、……式は十二月の予定でしたね、……どうなさいます?」

「だから、あの娘の気持ちも、きいてからでないと…」

「こんなことは、もう、私などが立入るスジのものじゃありませんが…」と、山城は、晶子がさぐった情報を、そこで、のこらず、鶴子に話してきかせた。

「いや、私も、妙な役を買って出たもんです。…結果が、よかったような、悪かったような。……ところで、その生野という女ですがね、近く、引きあげるらしいですよ。上原君がそういってました。ゆうべ会ったらしいですがね。その前に、真壁君がきていたとかで」

「……美代子や、真壁さんの名前は、誰にも言ってないでしょうね」

「いいえ、そういうことは、もちろん、決して……」

「こんなことは、つつしんで下さいね、なるべく、だれにも知られたくないことだから…」

「ハア。………上原君の話では、その女と、真壁君が、ひどい口論をして、帰ったあとだったらしく上原君の顔をみると、あと、十日ばかりしかいないつもりだ、と言っていたそうですよ」

「そんなことは、もう、私たちとは、関係のないことですわ」

——美代子は、机を前にしてボンヤリしていた。あ

のことから、はげしく傷つけられた心を、どういたわっていいか、自分でもわからなかった。が、不思議に、相手を失った悲しみというような、深刻なものは湧いてこなかった。

　真壁という存在が、急に影のうすいものになってきた。ただ、事の成行きから自尊心が傷んだのである。

——そこへ、母の鶴子が、姿を見せた。

「山城さんは、お帰りになるよ、出て、挨拶でもしたらどう？」

　美代子が、入ってきたのをみてタバコをポケットに押しこみ、立ちかけていた山城は、また、腰をおろした。

「晶子さんは、ペルーに、お帰りになるんですって、ね」

　美代子が、すぐ、そう、きいた。

「ええ、事務所で、昨日、辞表を出していましたよ」

「そんなに急に？」

「ゆっくりでいいんじゃないかと言ったんだけど、……準備があるとかで、なんでも、旅費も送金されてきたらしいですよ。行くとなれば、落ちつかないんでしょうね。もう、向こう行ったら、二度と、こちらにこられるかどうかわからないし、行くまでに、ゆっくり、こちらでの生活を、楽しんでからというわけでしょうね」

「でも、早く、決心がついたものね」

「事情が事情だから……それにしても、思い悩んでいるようでしたよ。ずいぶん、心残りがあるんでしょうね、こちらにも…。どうですか、晶子さんの壮行を祝して、ちかいうち、送別会でも……考えておきましょうね……。ところで、美代子さん、真壁君のことですが、もちろん、私は、もうこれ以上、この問題に、深入りするのは、なんですが、こういう問題は、一応はっきりさせておいたほうがいいと思いますよ。といいますのは、むこうに、はっきり、どうと、返辞はしておきませんと、……まだ御本人同士に、心のむすびつきがあればともかく、そうでなければあとは、いずれにしても、いったん、もち上った話ですから、その結末はつけませんと。…形式的なことですがね、大切だと思うんですよ。いま、お母ァさんにも、真壁君たちの、これまでのことは、のこらず申し上げておきましたがね。……それとも、もう一度、真壁君と、お会いしてみる気持がありますか」

「そのことなら、もう、はっきりしていますわ」

「と、申しますと、決心なさったわけですね？　すると、こちらからお断りするんですか」

「そこまでは、考えていませんわ。来月の式は、取り止めていただくつもりですわ」

「それを聞いて安心しました。ガッカリなさらないで、これからはもっと、のびのびとすることですね。私は、これで、失礼しましょう」

山城は肥った体をゆするようにして立ち上った。帰るとき山城は、玄関に、ひとりで出てきた美代子に、

「美代子さん、私のとった行為はよかったでしょうか、わるかったでしょうか、どっちですか。美代子さんから、ほめてもらおうとは、おもわんが、結果として、貴女の気持ちを傷つけることになったからね……」

そういう山城を、美代子は、おかしくおもった。どこか、たのもしいともおもいながら……。

真壁から、これまでの話は、なかったことにしたいと、仲介の花城老を通して申し入れてきたのはそれから数日後だった。

美代子は、静かな心境に立ちもどって、自分というものを考えてみたいと思うようになっていた。真壁との婚約の失敗は、真壁を失ったということより、こういうことにはじめて、そして、はじめに経験したつまずき、そのことが苦い味を、彼女の心にのこした。さらに、その、つまずき、そのことよりも、その原因となるものに苦さがあった。直接の原因は、いうまでもなく、真壁にああいう事実があったということ、そして、彼が、その事実を、あのときまで知らせなかったことにある。

が、いまは、真壁を責めても何にもならない。自省という形で、彼女は、原因の一端を、自身の内部にさがしてみた。たしかに、それらしいのがあったはっき

りとはつかめなかった。——真壁との婚約が、余りに簡単に成立したが、そのいきさつを考えてみた。が、はっきりした印象にのこるようなものは浮んでこなかった。その当時の心境が、不思議におもわれた。

自分は、最初から真壁に何をみとめていたのだろうか、と自問して当惑するだけである。彼に、ある種の、尊敬と信頼は、たしかに、抱いていた。しかし、それは漠然としたものだった。彼の中に、尊敬と信頼に価いするものを、はっきり見てのことではなかった。つまり、自分は、個別的に彼の人格を観察してはいなかった。とすると、自分は、彼のレッテルをみていたことになる。類型的に、彼をみていた、いつか、具志川和子が言っていたように、意識はしなかったが、相手を、商品のような、標準値でみとめていたのかも知れぬと、そこまで考えて、思わず、肩をふるわした。相手の地位学歴に眩惑されていたことは、たしかだった。その意味では、母は、彼女以上だった。知らないうちに、母の考えかたを通して、彼をみていたのかも知れなかった。そこに、家庭に対する、習慣的な、よりかかりがあったことに、彼女は、気付くのだった。

彼女は、さらに、もうひとつの考えにつき当った。それは、異性との愛情関係において、ある、既成概念を、すでに持っていたことだった。というのは、恋人について、彼女は、ある感情、恐怖心とは言わないまでも、警戒心みたようなものを抱いていた。恋愛には喜びもあるが、必ず、にがさが、時には危険がともなうものだとのそれは、彼女が小説などを読みすぎ、実際の経験の先をこして、恋愛を心理的に経験してしまっていたことからくる、固苦しい考えかたのようだった。いつのまにか、彼女は、幸福を、結婚の習慣と形式に求める考えかたに逃避していた。平凡な、平和な、つつましい幸福、そうした結婚の型に、それを求めていた。そういうときに、母から、真壁との縁談をすすめられた。

自分ひとりできめるというよりは、よりかかりの安心感をもってスナオに、彼女は、周囲の意見に従った。そのスナオさを、彼女自身、いま問題にしているのである。異性との交際や、結婚という問題で、父兄や先輩の意見に従うスナオさは、たしかに、あってよい。

どうしても、経験の多い人たちを無視すれば、無軌道におち入りやすい。けれど、自分のことについては、自分が判断を、もたなければならぬ。恋愛や結婚は、どうしても、自分が選ばなければならない道だ。いくら、世の経験を積んでいる人たちでも、それだけにそれなりの見誤りはあるものだ。……と、そこまで、考えると、同時に、自分の婚約が、けっして、強制されたものでもなかったことも、みとめないわけにはいかなかった。——

真壁との婚約に失敗した美代子は、いま、愛情のことについて、迷子のような、困った、たよりない表情をしながら、それでも、落ちついて、なにかを、さがそうとしている。……いまとなっては、真壁に対して、どうという悪い感情はいだいていない。むしろ、自分たちの不運を、あきらめるだけだった。

真壁の過去のことは、未婚の処女として、感情的にこだわらざるをえなかったが、やはり、彼の現在と将来というものは、尊重してやらねばならなかったはずだ。ただ過去の事実を指摘されたときの真壁の態度が、美代子としては、がまんならなかった。考えてみると真壁とは、話がまとまってからも、形だけの成行きにまかされているだけで、いわば、つかず離れずのままで、心がふれあうということがなかった。ほんとの愛情が、まだ、湧いていなかったのだ。それは、二人を近づけた、形式のぎこちなさから、自然に、そうなったかも知れなかった。

とにかく真壁が、幸福な結婚をしてくれるように、彼女としては願う気持ちになっていた。彼との婚約は、周囲に、あるていど知れ渡っていたが、それが破談になったことについて、美代子は、一時、ひどく気をつかっていたが、もう、そんなことにこだわってはいけない、これからは、もっと、のびのびと考えをもたなければならないと、考えるようになった。……そこで、愛情の問題を、もう一度、考えてみる。自分は、ハレモノにさわるような、愛情について、オズオズした気持ちをもっていたのは、たしかである。

愛情には、たしかに、嵐のようなはげしさや、冒険もあるはずだが、また、しのびよるような、やさしい愛情もあるはずである。人は、夫々の性格によって愛情の求め方。受取り方がちがうはずである。泉のように、自然に湧き出て、それがせせらぎとなり、地面をひたしながら、流れ、その流れに、多少の曲折はあっても、やがて、静かで平和な、結婚という平野に出る、そんな、愛情の流れかたもあるはずである。

……とにかく、美代子は、色々、反省してみる。ただ、彼女は、当分、なにか別のことに、心をうちこんでみたかった。結婚の問題は、しばらく、おあずけにして。——そんなことを思っていると、ある日、山城が、思いがけない話をもってきた。

母が呼びにきたのであるが、美代子は、化粧などして、わざと、時間をながびかせた。なんだろう、山城の話というのはと思った。

美代子の母、鶴子は、居間で、山城と向き合って座っていた。美代子は、そこへ、しばらくしてから顔をみせた。

いつもとちがって、山城も母も、角張った姿勢で、美代子が、入ってきたとき、二人とも、黙って彼女の方をみた。なにか、ぎこちない空気を、美代子は感じた。彼女が座ってからも二人は、黙ったままだった。

美代子はチラと母の顔を見た。

母の鶴子は、自分から、話を、切り出さなければならないかどうか、迷っている風だった。そのとき、

「美代子さん。いま、お母ァさんに申上げたところですが、是非、貴女も御一緒にきいていただきたいと、思いまして。……誠に、唐突で、さぞ、びっくりなさるだろうと思いますが、実は、……こういうことをどう話していいかわかりませんから、結論から申し上げますが、……美代子さん……私のところに、きていただく気持ちはございませんか」

「エ？」

美代子は、思わず母の顔をみた。母はモジモジした。

「いま、すぐ、御返事をいただこうとは、思っていません。ただ、私の気持ちをおつたえしたわけです。いま、こういうことを、打ち開ける、適当な時機か、ど

うか、自分には、わかりませんが……」

山城が、求婚の意志を表明しているのだということが、やっと、美代子にわかった。

彼女は、半ば、あきれた気持ちである。が、意外にも、山城の態度が、余りに堂々としているので、半ばは感心してしまった。美代子は、うつむいたりなんかしなかった。ゆったりと、山城を直視しながら、彼の言葉をきいていた。

「もちろん、私は、美代子さんの相手として資格があるか、どうか自分ではわかりません。しかし、私のいまの気持ちは、あくまで誠実ですし、美代子さんに対する愛情は純粋なものであることは信じて下さい。その意味では、私は、美代子さんを幸福にする自信があります」

美代子は、急に、フキ出したくなるのを、こらえながら、

「では、あたしから、御返事致しますわ。山城さんの、お話は、あたしも、真面目な気持ちで聞いておりますわ、でも、こういうときに、そんな話をもってこられるのは、失礼ですけど、すこし、こっけいじゃございません？　そんなこと言えばお怒りになるかも知れませんけど……真壁との話が、ああなった直後じゃございませんか。あたしの気持ちも察して下さい。はっきり申し上げますが、山城さんの、いまのお話しに対して、あたしは、別に、賛成する気持ちも、反対する気持ちもありません。まだそんなことを考える、心の余裕がありませんわ」

山城の求婚は、それこそ、青空に雷である。結婚戦線で、思わぬところから伏兵が飛び出してきたのである。いままで、山城という男を、そういう意味で、ながめたことは一度もなかった。

この男と、自分の将来をむすびつけてみたらという、娘時代の軽い好奇心さえ起こしたことがなかった。相手が、独身の、青年という時代はすぎているかも知れないが、働き盛りの男であるということを、あらためて意識せざるをえなかったくらいである。求婚されて、はじめて……しかし、考えてみればそれも、うかつだったかも知れない。山城が何を言っているか、その意味

が、やっとわかったとき、美代子は、ただ、あきれ、むしろおかしくさえなった。山城が柄にもなく、愛情とか幸福とか言うものだから、……だから、それだけに、聞く方としても、かえって、気が楽だった。

水牛のような感じのする、山城の、もり上った肩が、壁のように美代子の前にあったが、彼女は、ちっとも、息苦しい気持がせず目を涼しく輝やかせながら、冗談とも、真面目とも、とれない調子で、山城をたしなめていた。

事もあろうに、こういう時機を、わざわざ、選んで、そういう話をもってくる山城の無粋さ、それは腹の立てようもないほど、トンチンカンなものである。一体、この人は、相手の気持というものを全然、考えないほど、無神経なのだろうか。

いや、そんなはずはない。そのゴツい体格に似合わず、どこか、オドオドと、気を使うところのあるいままでの山城だった。が、いま、彼は、岩のような固さで、彼女の前に座っている。「男」として。……それを主張する存在として。……美代子は、やはり、多少の圧迫感は、感じないわけにはいかなかった。

「美代子さんが、いま、おっしゃったように、なるほど、いまの時機というのは、どうかとも思われます。美代子さんが、真壁君との話が、あんな風になってしまって精神的にショックをうけていられることは、十分、お察ししています。そういうときに、私から、こんな話をもち出すのは、……なんといいますか……美代子さんがおっしゃったように、コッケイかも知れません。……しかし、むしろ、こういう時だから、かえって、私としては、自分の気持を申上げる、よい機会だと思いました。はじめから、美代子さんが、御返辞下すったような言葉は、予期しておりました。私としては、いまはっきりした御返辞をいただこうという意味では、ありません。あとで、よく、お考えになってから御返辞してくだされればよいのです……」

それから山城は、財政的後見人である立場や、真壁とのことで、演じた役割りなどから、誤解される点もある、つまり、破談の原因を作っておいて、その弱味につけこむようだが、決して、そうではなく、純心から出た求婚であることを、母娘に説明した。山城は言うだけのことを言うと、やや、姿勢をらくにした。

あら、お茶が冷えてしまって、と美代子の母は、急須を手にして、座を立った。美代子は、今度は、自分が何かを言わねばならない番だと感じた。

「はっきりした返辞をききたいとおっしゃるけど、あたしには、そうしなければならない義務はないと思いますわ」

山城は、微笑した。

「もちろん、義務なんというもんでは、ありませんよ。貴女の、好意を……」

「ですけど、いまのあたしは、そんなことは、一切、考えたくありませんの。しばらく、そういうことから解放されていたいのです。そんなことを言う、わたしは、わからず屋でしょうか」

「いや、それは、お察しします。むしろ、私も申し出が唐突だったようです。あのことで受けた、美代子さんの心の傷は、まだ、新しいわけですから、……ですから、いま、御返辞を聞こうとは、思っていないのです」

「でも、御返辞しなければならない負担を約束することはできないわ。私にとっては、いま、そういうことは、負担ですわ。もし、御返辞できれば、致しますし、そうでないと、しなくてもいいということにしていただきたいわ。わがままのようだけど、……」

「では、私の希望は全く、望みがないということですか。つまり、私は、はっきり言って、資格がないということですか」

「いいえ」

「では、私が申しあげたことに、無関心……ということではないわけですね」

「ええ」

「そうですか。それを聞いて安心しました。私としては、美代子さんの御気持ちをきくまで、あせらないで待っているつもりです。ですから、美代子さんとしても、その点、そういうことにしばられないで、のびのびとした気持ちで、いていただきたいのです。

そのために、私たちが、かえって、気まずくなったというようなことが、絶対ないようにしたいものです。……それから、これだけは、はっきり申し上げておきます。たとえ、私の希望がいれられないような御返辞をいただいても、私は、決して、失望したり、クヨクヨしたりしないつもりです。そのときは、あっさり、あきらめます。私は、理想の女性として、あなたを求めているわけですが、その理想がいれられないからといって、駄々をこねたり、泣いたりする、乳くさい子供では、もう、ないのですから。そのときは、貴女の幸福を、さらに、祈る気持ちに、私は、変わっているでしょう。自分ながら、えらそうなことを言うようですが、そのえらそうな気持ちが、美代子さんに対してだけは、たしかに、抱けるという自信があります」

——山城が帰ってから美代子は、感心してしまった。彼の態度が、余り、堂々たるものだったからである。

*

学校の帰り、しばらく振りに、山田老を訪ねてみようと、美代子が旧市役所跡付近の通りを歩いていると、うしろから追いかけてきて、声をかけたのは、安里実だった。その日は、朝からなんとなく、忙しく、安里と、廊下や職員室で、視線を合わしても、話をするようなことはなかった。ただ、安里が、なにか話しかけたい格好をみせることはあった。きっと、真壁のことにちがいない美代子は、そう思った。

真壁とのいきさつを、もう、安里は知っているはずだ、それで、自分から、なにか説明があるはずだと待っているが、一向、そういう気配をこちらがみせないので、向こうから、たずねてみる気になっているにちがいないのである。

安里には、あのことを知らんふりするわけにはいかないと思いつつも、どうしたものか、つい、決まりわるくなって、そのままになっている。真壁との破談を、誰に知られても、もう、そのことを苦にする心はなかった。そんなことにこだわる心はなるべく捨てようとの気さえあった。

「やあ、どちらへ？」

安里は、美代子に追いつくと、そう、きいた。

「山田先生のお宅にお伺いするところです」

そういう美代子の手提カバンの中には、山田老にみてもらいたいノートが一冊、入っている。

山田老と会って、いろいろヒントをあたえられ、その後、美代子がひとつの研究テーマをもって、ひまをみては、いままで、書き綴ったものが、一応、まとまったので、今日は、それを先生にみてもらって、その意見を拝聴しようというつもりでいる。

……安里はうなづいた。どちらからともなく、歩速が落ちた。ゆっくり話しながら、歩く形である。

が、二人は、黙っていた。

安里は、下宿へ帰る道筋だが、美代子の後を追ってきたのだった。美代子は、彼が、すぐ、真壁のことから言い出すだろうと、そのときの返答を考えていたが、

「近頃、学校の空気をどう思いますか」

と、安里は、日常の話題をもち出した。

「さア、なにか、変わったことでもありまして？」

「ひとつ、気に食わないことがあるんですよ」

「なんでしょう？」

美代子は、好奇の目をむけた。

「別に、変わったことではないかも知れない。むしろ、それが、従来の教育では、当然のことだったかも知れないが、……お気付きになりませんか、近頃、校長が……どういう風の吹き回しか、さかんに学校の成績を上げようとしている様子を…」

「なんか、外部的なもよおしがあると、目立って、気合を入れてくるようなところはありますわね。そのことですか」

「それも一例だが、…とにかく、校長の教育観は古い、賛成しがたい」

と、いつもの安里にしては、はっきりした、断定的なものの言い方である。

これまで、教育上のことで、安里と話したこともなければ、安里が話すのを聞いたこともなかった。そういうことでは、安里は、意見を持っているのかしら、と美代子は疑っていた。そんなことには頓着のない、のんびりした様子だったからである。

「なにか、改革的な意見でもお持ちですか、安里さん？」

と、美代子は、くすぐるような、きき方をした。

「いや、改革的な意見なんて、そんな、大それたものではないです。だいいち、僕は、まだ、そんなのをもつほど、教員の生活に積極的な熱情を感じていないんです」

「じゃ、単なる不満になってしまいますわ」

「そうですね、じゃ、不満は言わないことにしようか」

「校長先生の年ごろになると、固まってしまうのね、だから、若い先生が、ひっこんではいけないわ。そんなことより、言いかけたことを、途中で、ひっこめるのは、いけませんわ」

「ハハハ。ザッツ・ライト。…それでは、この間の校長の話をどう思いますか。役に立つ人間をつくれという意味はわかりますよ。しかし、あの場合、それを、現在の就職難とむすびつけていましたね……その点には、反対だな。もちろん、僕の英語教育の場合は、会話に重点をおいているから、期せずして校長の意図に沿うような結果になっているわけですが、それは、軍作業などで欲しがっている通訳を速成するつもりでやっているんではないんです。まず、言葉は、話すことから、始めるべきだという、自分の考えから、そうしているんです」

「でも、生徒の卒業後のことにまで心をくだいてる校長先生の熱心さには感心しません？　毎年、職員が、卒業生の就職アッセンを割当てされるのは、苦手だけど…」

「なるほど、いまの生徒たちが、卒業してからの不安をもっていることはたしかでしょう。しかし、それは社会自らが解決しなければならない問題です。たとえ、役に立つ人間をいくらつくったからと言って、その役に立つ人間の供給が、社会の要求する絶対需要量を上回ることは、必ず出てきますからね。まず、学校では、自分で、自分のことも、社会のことも考えうる、イマジネイション（想像力）と、オリジナリティ（創造力）のある人間をつくることですよ。また、努力したものが役に立つようになるのであって、学問に近道はないと思いますね。功利主義的教育理論には、どうも賛成できないデューイーは、Education is life.

とも、Education is a process of living, and not a preparation for future living. とも言っています。学校は、将来への準備というよりその生活そのものが、人生の一部として、生かさねばならない、というわけですね」

安里が、そこまで話したとき、丁度、山田老の家の近くまで、きていたので、美代子は、足をとめた。

「まだ早いですよ。僕のとこ、よっていただけませんか。差し上げたいものがあるんです」

「なんでしょう？」

「まァ、まァ……」

安里が、そういうもんだから、山田老のうちは、その帰りに、訪ねることにした。安里の下宿は、そこから、わずかである。

が、ふと、真壁弘志との婚約を発表して、安里実と、上原晶子から祝福をうけたのが、安里の下宿であったことを、美代子は思い出して、途端に、心が重くなった。

「これですよ」

安里は、棚から、大きな缶を、取り出した。

「フルーツです。アプリカットですよ。昨日、コザに行って、もらってきたんです。開けましょうね」

果物を、缶から皿に移すと、プラスチック製の小さいフォークを、それにつきさして、美代子にすすめた。果物皿が前におかれたので美代子は視線のやり場に困った。その部屋に、はいった瞬間から、周囲の壁が、そう遠くない日の印象を、彼女におしつけていたのである。安里は、いたわるように、美代子をのぞいていたが、

「さ、どうぞ、お取りなさい」

「ええ」

美代子は、フォークを動かして、果物の端を欠き、小さいのを口に入れた。

「元気がないようですね。真壁君のことですか……」

「そのこと、お話ししようと思っていましたが、つい、……」

と、美代子は、今度は、うつむいてしまった。

「そのことだったら、もう、いいじゃありませんか。仕方がなかったんでしょう?」

そういう、安里の口ぶりでは、彼は、美代子から、わざわざ、そのことを聞こうとしていたのではなかったことがわかって、いくらか、美代子の気持ちが楽になった
「しかし、全く知らなかったな、真壁君に、そういう、過去の事実があったというのは……。いや、もう、この話は止しましょう」

安里は、美代子のフォークで、わざと、アプリカットの大きな固まりをつきさして、どうぞ、と、彼女の手に渡した。美代子は、甘ズッパイ、泣き笑いのような、妙な笑いかたをして、それをうけとった。彼女の、いまの気持ちが、丁度アプリカットの味と似ていた。

「おいしいですわね」

お世辞ではなかった。甘美な汁液がノドを通ったのである。

今度は、欲ばって、大きなのを口に入れたため、ほほをふくらませていた。

「まるで、ホホがおちるようですわ」

と、美代子はチンプな、ほめかたをした。すると、急に、たのしくなってきた。

「それはいけません。そのキレイなホホがおちたら、たいへんです」

と、安里は、大仰に、おどけた表情をしてみせた。

二人は、無邪気に笑った。

そのとき、下宿の娘、上江洲道子が、制服のまま、とびこんできた。担任教師である美代子の顔をみても、上江洲道子は、ひるまなかった。安里の肩に手をかけて、甘えるように、

「安里先生は、約束、やぶるからイヤ。そのフルーツを開けるときは、道子に、予告するといっていたくせに……」

道子は、美代子のほうに片目をつぶってみせた。

「ハハ、そうだったな。そんなこと言わずに、そこへ座って、食べないと、なくなるよ、フォークを持ってきなさい」

上江洲道子は背後に回していた、片方の手を、前に

出した。その手には、フォークが握られていた。

「なんだ、早いなァ」

その道子をみていると、美代子は上原晶子を思い出した。ハイ・スクールの生徒だったころの、晶子が丁度、いまの道子に、そのまま似ていた。

上江洲道子は、美代子や、安里を無視して、あれよあれよという間に、ひとりで、皿の果物を全部、平らげてしまった。

安里と美代子は、二の句が告げずに、あきれてみているばかりだった。食べおわると、上江洲道子はさァ、失礼しようかな、と、男の子の口調で、立ちかけた。

「なんだ現金だな。すこしぐらいは、座って、先生たちと話をしなさいよ」

「いま、お友だちが待っているから失礼します」

「どこに？」

「映画をみにゆく約束してある」

「なんという映画？」

「処刑の部屋……」

と、言いかけて、上江洲道子は、思わず、両手で、自分の口をふさぎ、目を皿のようにして、美代子と、安里の顔を交互にみていたが両手と両足を棒のように垂直にのばして、回れ右をやり、関節を曲げずに足を棒のように硬直させたまま、妙な歩き方をして、部屋を出て行った。それも、なにか、映画のまねらしかった。

美代子と、安里は、思わず、ふきだしてしまった。

安里は、棚から、また、果物缶を出してきて、残りを皿に移した。

「あら、全部じゃなかったんですの？」

「あの娘にやろうと思って。これだけは、とっておいてあった。……こちらのを食べちまったから……さァ、どうぞ」

二人の教師は、生徒のうらをかいたような、妙なこそばゆさを感じた。

「でも、あんな映画、生徒にみせて、いいんでしょうか」

「処刑の部屋ですか」

それから、二人の話が、自ずと、太陽族のことにおちた。

「坂口安吾の『堕落論』というのを読んだことがありますか」

と、安里がきいた。

「いいえ」

「戦後の日本の社会風潮は、まァいわば、堕落の坂をころがってるようなもので、なまじっか、その大勢をとめようたって、結局、徒労だというんですね。だから、なるままに、放っといたほうがいいという論旨ですよ」

安里は、言葉をつづけた。

「社会が道徳的に下降状態にあるとき、なるがままに放置したら、一体、どうなるのか、と誰しも反問したくなりますね。それに、坂口安吾は、こう答えるんですね。道徳そのものが、固定したものではないのだから、いままでの道徳をささえていた社会そのものが、根底的にゆらいできた今日、既成道徳の概念で、どうの、こうのといったって始まらない。いままで古い社会基盤がゆるんで、新しい社会が生まれようとしている。その胎動の過度的現象としての、道徳の乱脈は、既成概念では、どうにもならない。人間よりも、現実社会が変化してきているのだから、じたばたしたって何にもならない。というので、この説は、ナゲヤリ論に聞えますがね、そうじゃないんで、結論は、楽観論なんですよ。社会が堕落するなら、放っといて、徹底的に堕落させなさい。トコトンまで落ちてしまえばそのドン底からは、また、ハイ上るよりほかはない。また、そこまで落ちなければ、ハイ上りは期待できない……」

そこで、美代子が、安里の言葉をさえぎる。

「なんだか、それ、劇薬みたいな思想ですわね」

「たしかに…」

「そういう考えかただと、人間の病気も、治さないで放っといたほうがよい。放っとけば、トコトンまで病気が悪化する。そうして、はじめて、病気というのは、自然に治ってくる。ということになると、早期に病状を発見して、治療するとか、いえ、それ以前の予防医学も必要ないということになってくるのではないかしら。……それは、あまり、自然治癒力にたよる考えかたではありませんかしら……病気という点では、人間の病気も、社会の病気も……」

「なるほど……」

安里は、話の論拠を側面から突かれて、一寸、苦笑した。

「さァ、しかし、そこまでは、僕考えてみませんでした。でもね、坂口安吾が、道徳の頽廃を、人体の病気のように考えていたか、どうか、こいつは疑問ですね。……ただね、おそらく、彼は、人間というものをみていたと思うんです人間が堕落するたって、どれだけ堕落し切るもんか、とタカをくっていたんですね。堕落の限界というものを、彼は、みきわめていたと思うんです。

……ところで太陽族の話になりますがね……これは、全く僕独自の見方なんですが、……敗戦後の社会は、坂口安吾が言うように、一応、落ちるところまで落ちたという感じがしますよ。そこからは、もう、ハイ上りがなければならない。既成道徳を、一応、モミクチャにしておいて、さて、新しいモラルという段になるわけだが、新しいモラルは、そう簡単にはでてこない。そこに、ポッカリ、穴が開きます真空状態というか、白紙状態というか……」

美代子は、時々、果物皿のフォークを動かしながら、気軽に、聞いていた。

安里は、坂口安吾の堕落論を引用し、結局、落ちるところまで、いったん落ちてみた社会風潮、そこからは、反動的に、なにか上向きのモラルが芽生えてくるという過度期に、一時的なブランク状態があるものとして、現在の、太陽族といわれる、若い世代が、丁度、そのブランクにはまりこんでいるとの結論を導いてきた。太陽族は既成道徳を否定し、それに反抗的態度を示すが、彼ら自身、既成道徳に代わるべきものをもたずに、行動ニヒリストになっている。しかし、それは、底をついた社会風潮から、なにか、立ち上りを予見させる、泡沫的ニヒリズムであって、その証拠には、モラルをもたない太陽族は、常に、なにか、たとえ意味はなくても、とにかく、行動しなければ生きられぬといった衝動にかられている。この衝動は、少なくとも健康なものである。そこに、太陽族の脅徳的健康がかくされている、だから、こういう世代が示す社会風潮は、病気回復直後の食いすぎから起こる、下痢のようなもので、社会が全快に向う前兆である。…安里は、太陽族について、そういう楽観論をのべた。美代子は、生真面目に聞いていたが、

「でも、敗戦のうけとり方も、日本本土と沖縄とでは、似たところもあるが、かなりちがったところがあると思いますわ。だから、太陽族といわれる世代の考え方や、行動は、こちらでは、そのままうけとれないものがある。

それに、たとえば、日本の若い世代に、そういう風潮があったとしても、それは、ごく、限られたものであって、むしろ、虚構性の感じられる、あの小説の作中人物をかえって、真似る風潮があとからでてくるという危険がないでしょうか、つまり、現実を描いたようにみせかけた小説の虚構を、現実が真似ようとする……。」

「そうですね、オスカーワイルドが、言ったように、現実が、あべこべに芸術を模倣するということも考えられますね…それにしても……」

と、安里は、自説を曲げようとしない。それから、二人は、しばらく、意見を応酬していたが、そのうち美代子は、ふと、いま論じていることに、さほどの重要さを感じていないことに気付いた。ただなにかしら、安里の意見につっかかって行こうとする自分を発見した。安里の強情さと、自分の強情さが、意味もなく、ぶつかっているにすぎないような気がした。

安里は、日頃、余り理屈や、自分の意見をのべないほうである。なるべく、そうすることをさけようとしているようにみえることさえある。が、なにかの時に、セキを切ったように、自分の考えを主張するときがある。そういうとき美代子の心は、いつでも、安里の考えかたに反発を感ずる。

なにか安里には、ひかれるものがありながら、また、そこには、なにか、美代子にとって抵抗となるものがあった。はっきりいえば、ついて行けないものがあっ

た。

＊

美代子の兄、譜久里朝雄は、しばらく、会社サラリーマンの生活に安定を見出していた。街に、散歩に出るのでも、必ず、妻の峯子とアベックで、という具合。それも峯子の腹が目立つようになってから少なくなったが、その代り、帰ってくると、どこにも出ないで、本を読んだりしている。

ところが、つい最近になって、急に、彼の帰りがおそくなった。どこか酒場にでもよってくるのだろうか、と疑うにしても、彼が、会社から貰ってきた月給袋を、ほとんど、そのまま、妻の峯子の手に渡したのは、ついこの前である。ひとりで映画をみたり、パチンコをやったりして、おそいのだろうと思っていたが、どうも、そうでもないことがわかってきた。

またぞろ、彼の持病がでたらしいのである。主席がかわる、那覇の市長選挙がある、という、思いがけぬ情勢になってきて、さめかけていた政治熱が、再燃してきた様子、帰りがおそいのは、毎晩、党本部によってくるためかもしれなかった。とにかく、どこかで、毎晩誰かと会っているらしく、また、政治活動の渦中に、まきこまれはしないかと、妻の峯子は気になったが、いままでとはちがって、朝雄のやり方が、非常にひかえ目である。表立って、何をやろうという気配は見えない。あるいは、弥次馬みたいに、政治の動きの後塵を拝して、自らをなぐさめているのかも知れなかった。

美代子が、学校から持ち帰った仕事をやっていると、兄の声がする今日は、珍しく帰りが早いな、と思っていると、石川が一緒らしかった。美代子が、耳をすましていると、朝雄が、彼女の部屋に姿をみせ、

「美代子、知っているか」と、いきなりきくので、

「なーに？」

「そうか、わしも、今日、ある人から聞いたんだが、真壁君、近く結婚するという話だよ」

「………」

「おどろいたなァ」

「……」

「なんでも、相手は、金持ちの娘らしいんだ。くわしいことは、きかなかったが……美人らしいよ。実に早いなァ」

「……」

「美代子、変な顔するなよ。破談になったこと、後悔してるのかい？」

「うん」

美代子はうなずいた。

「美代子、好きだったのか。真壁が」

彼女は、頭を、ゆっくり、横に振った。

「おかしいな。……ハハハ。……しかし、さすが、秀才だな、相手は、身のかわし方が見事だよ。……軽くバンドに出て、ベース・インしたところなどは、あざやかなもんだよ、ハハハ」

美代子は唇をかんだ。なにか、野球の用語を使っているな、と気付くほどの余裕があったが、いきなり立上って兄の胸をどんと突いた。ピシャリ、障子を閉めたのである。


かなり高声で話しているらしく、兄の部屋から、兄の朝雄と、石川の話し声が聞える。

エジプト、中東、国連などという単語だけが切れ切れに聞えるので、およそ、どんな話をやっているかわかる。

石川は、もう、美代子たちのことは、知っているはずだった。ことに、生野女史と真壁との関係を、朝雄から聞かされたときは、石川は目をパチクリしていたらしいと、兄嫁の峯子が、前に美代子に話していた。

「美代子、いま、パーティーやってるよ、来ないか」

部屋ごしに、突然、朝雄の大きな声が、間ぬけてきたが、美代子は身体を固くしていた。と、峯子が姿をみせた。

「お仕事？　忙しい？　スキ焼きやるとこよ、手伝って、ね」

「姉さんたち、あたしを、ひやかすんだったら、いやよ」

「あら、なにをひやかすの。おかしなひと、……きてね」

「ちょっと、待って、ここ片ずけてくるから……」

手伝って、といわれて、美代子はそう答えざるを得なかった。

美代子は、すぐ、鏡に向かって化粧を直した。兄嫁がもどると、兄の部屋で、急に、笑い声が高くなりすぐ、消えた。

峯子は、PXをやめている、生理休暇の名目だが、もう、どこにも出ないのだろう。朝雄が職についているし、家庭の主婦らしく、おちつくつもりらしい。育児の本を手にしたり、編物の指を動かしたりしている。なにかあると、すぐ、手伝って、と美代子にたのみにくる姉である。

紅型茶羽織をひっかけた和服姿でやがて、現われた美代子の姿をみると、石川長生は、

「うーん。こいつはいける。美代子女史の和服姿は、鑑賞に価いするぞ」

「そんなに？　じゃ、デパートのマネキンになろうかしら、……」

と、軽く応酬しながら、峯子の横に座って、すき焼きの準備を手伝った。峯子は、今日はどこにも出ていないので、それだけの材料をどうしたのだろうといぶかっていると、

「これね、石川さんたちが、もってきたのよ」

「へーエ、そう？　買っていらしたの、御自分で」

美代子が、石川に視線を向けると、兄が、

「そうだよ、二人で、野菜市場や肉市場を回ってきたんだよ」

「まァー」

「どうだ、アチラ式だろう」

朝雄が、妙な自慢をする。

「こういうのも、ちゃんと準備しているよ」

と石川が、ボトルをもち上げてみせた。

「なーに？」

「ワイン！」

「南方のお土産じゃなくて？」

と、美代子がからかうと、

「まさに、然り」

と石川が答える……セレベス島の現地と、なにか取

引を画策しているある団体の、現地とのインドネシア語による交渉文書の翻訳を、たのまれて、その翻訳料の臨時収入で、あがなってきたものだと、石川は説明した。

チリチリとスキ焼き鍋の底が音を立てる。ほう、手並がいいぞ、と朝雄がおだてる。美代子に、何でも、まかせて、あべこべに、手伝っているのは峯子で、切ったお野菜やお豆腐を、箸でつまんで、機械的に、ナベのスミにはこんでいるだけ。

「どうも、待てんな。これは、先に開けとこうか」

と、石川が、ワインを手にすると、

「順序が逆になるが、……そうするか……」

と、朝雄が、オープナーを渡す。

小机を前に、朝雄と石川が、まずコップの端をなめはじめた。時々、ナベに横目をやりながら……と、石川が、

「きみ、国連の安保理事会ね、あれは、代表メンバーが十一名だろう。こういう風にして、スキ焼きでもつつきながらできんものかね」

と、面白いことを言い出すと、

「それよりは、メンバーを全部、女にかえたほうがいいと思うな、戦争なんかなくなるよ」

と、朝雄が、まぜかえす。

「ハハハ。そしたら、スカート・パーティーになってしまう。しかし、どうかな、女が戦争をおっぱじめた例だって幾つもあるぜ。そいつは、疑問だ」

二人とも、かなり好機嫌であることがわかる。

美代子はナベに、水とお醤油をたした。食欲をそそる臭いが立ちはじめた。

「石川さん。やはり、自然の摂理の通り、男性と女性が協力したほうが、何でも、うまくいくでしょうよ。こうして、スキ焼きがたのしいのも、その一例よ」

と、美代子。

「それは、そうだな」

と、朝雄はハシを取り、ナベをつついて、

「うん、もう、できているじゃないか、おい、石川、ここへよれ」

美代子が、皿と卵を配る。

「しかしね、美代ちゃん。男女の仲だって、そう簡単には行かんよ。いまの国際情勢ほど複雑なもんじゃないかも知らんがね、なかなか複雑なものがあるよ」

「それ、あてこすり？　石川さん」

「そうじゃないって。一般論さ。あのね、これは物理になるがね、水の上にだね…」

「おいおい石川、お前、物理の点数はたしか……」

「まァ、聞け、これだけは、おぼえとる。水の上に、花粉をおとしてみるとだね、……おとしてみたことはないがね、物理の先生の話だよ……花粉は水面で、パッと散る。そして、くっついたり、離れたり、さかんに動いている。これは、水の分子の作用だったね、そうだろう？　ところで、われわれ、生活の海に浮んでいる人間の男女はだね、やはり、くっついたり、はなれたり、やっている。これは何の作用だと思う。水の分子がとんだり、はねたり生きているようにだね、我々の周囲には、我々を流したり集めたりする生物が、つまり、いろいろの要因があるんだね。どうだ、そうおもわんか」

美代子や峯子の前にも、ワインの注がれたコップがおかれてある。峯子は、さすがに、遠慮しているが、顔だけはみなと同じく上気している。

「どうです、美代ちゃん、そう思わない？　人間は花粉のごとしとね……」

「さァー。人間は動物ですもの、水の中だろうが、ジャングルの中だろうが、求めるべきものは、どこまでも求め、はなれるべきものとは、どうあっても、はなれて行くんじゃなくて？」

「ほ、ほう。その意気や、壮とすべきだね」

「石川君、きみの説はね、すくなくとも、政治には、当てはまるよ。政治という花粉をだね、基地経済という海に、ばらまいたってだね、そこでは、ドルという分子がはねているから、なかなか、まとまらないよ……」

「なるほど、利害が、要因になってくるというわけか。…そういえば、いつだったか、向こうのジャーナリストが〝味方は助け、敵は無視〟ということを言っていたね」

「そこだよ、……だがね、ふまじめな味方があると同時に、まじめな反対者もいる、ということをこの際、わかってもらいたいね」

……美代子と峯子は、男たちにはいくらでも、そういう議論をさせておけ、という顔つきで、朝雄たちの話を聞いていた。

女は、皮膚で、室内の和やかさと温かさを感じていればいいのである。それには、男たちの話声の伴奏が必要だった。

「とにかく、戦後は、なにもかもすっかり変わったね。風景も変わった生活も変わった。人の心も変わった。

——いま、沖縄のどこに、あの、むかしの、やさしい牧歌的な情緒が、のこっているかね」

酒の調子で、すこし石川の声が、しめっぽくなる。

「そう、センチになるなよ」

「センチじゃない、がまんできないんだ」

「そのかわり、すべて、便利になったではないか」

「ふん、人間の心まで、便利になったからね」

「どういう意味だ」

「カメレオンのように、臨機応変できるじゃないか、いまの世情は。え、そうじゃないか」

「こういう時代の保護色だよ」

「弱い証拠だね」

「そうだ、強いものは、かえって存在を強調する。態度をかえない」

朝雄と石川は、勝手に気焔をあげている。

「すぐ、自慢を出したがるのも田舎くさいが、なにかといえば、沖縄人を馬鹿にしている、とぐちるのも、厄介な愛郷的僻根性だね、こいつも弱い証拠か……」

聞いていた美代子に、

「兄さんたち、かげで、そう皮肉るのも、弱い証拠よ。……弱いのは、一部の支配層や、インテリ層でなくて？一般の人たちは、案外強いかも知れなくてよ」と、言われて、二人ともギャフンとなり、黙って、ナベをつつき出した。

「ああ、いい気持になった」

石川は、スキ焼き鍋から、牛肉を自分の皿に移した。

「また、どういう風の吹き回し？　珍しいわね、きょうは」

と、美代子がきけば、

「いや、これには、意味があるんだよ。なにしろ、おめでたいことがあるんだからね、こうして、前祝いをやらんとね」

と、石川は、峯子のほうをみる。

「とにかく、おれは嬉しいんだよとても、うれしいんだよ。なァ、朝雄、きみも、やがて、パパになるからな、……きっと、傑作ができるものと、いまから、大いに期待しとるよ。ハハハ。おい何とか言えよ。いままでに、貴君傑作がひとつでもあったかい。おい、あったら、言って見ろよ。しかし、今度は、たしかに期待しとる」

「石川さん、酔ってしまったのね…もう…」

「まだ、大丈夫だよ、美代ちゃん。しかしね、……とにかく、赤ちゃんは、実に、頑張ったね、……よく、頑張ったね、……」

「石川さん！」

美代子が、たしなめるような目付をすると、

「美代ちゃん、そう思わないかい。おれは、そう思うね。未来ができたんだよ。未来が……ね、わかるかね。おれはね、産児制限には、大反対だよ、……人口過剰の、何のって、ふん、……大いに、未来を作れと、叫びたいね。どうだ、朝雄君、そうだろう？　あらゆるだね、……ええと、何だったかな、……ああ、そうだ、……あらゆる社会の暗さは、貧乏からきているんだよ。貧乏人の子沢山というけどね、貧乏人の夢沢山だよ。どんどん、未来を生めといいたいね！」

朝雄が、石川をおさえた。

「よし、今度は、僕から言うことがある、美代子も、峯子も、よく聞いとけ、これから、重大声明を発表する……」

「なに、兄さん」

「うん、実はな、石川君にも、夢ができたんだよ、その意味もあるんだ、こうして家へつれてきたのには、……おめでとう、石川君」

「や、おめでとう。しかし、なんだったかな、あ、そうか、そうかおめでとう、未来のパパ」

「おい、お前のことだよ」

「兄さんたち、何のこと？」

「実はね、重大声明だよ。石川君がね、……びっくりするなよ……美代子……お前の、……お友達の具志川和子さんね、あの人と、婚約が、きまったんだよ、……どうだ、重大声明だろう？」

美代子は、唾をのみこんでから、コックリした。

「石川さん、それ、ほんとう？」

「え、え？　あ、いま、兄さんが、言っていたことかい？　それはね、…残念だが、……どうも、ほんとらしいな」

「あら、ひとごとみたいに。でも顔が赤くなっているわ」

「ばか、それは、酒のせいだよ」

「どうだか、……でも、けしからん……」と、美代子。

「なぜだ」

「和子さん、ちっとも、知らせないんだもの…」

石川と具志川和子の婚約は、例の文学サークルの交際の中から、生まれたものにはちがいないが、予想していないことだったので、美代子は、祝意をこめながらも、そうなったいきさつが知りたかった。

「ベスト・フレンドの貴女にも、知らせてなかったの？　そいつは、けしからんな」

「そんなら、この機会に、石川さんから説明して……」

「なにを説明するの？」

「あら、婚約したという、単なる結果報告だけでは、物足りないでしょう？」

「つまり、その、原因動機を知りたいというわけ？　ハハ。それは何でもないよ。つまり、お互いに、異存がなかったら、結婚してしまうことにしようじゃないかと、相談して、意気投合したというわけさ、実に簡単な理由だよ。エキストラ（売れのこり）になってはいかんからね、どちらも。そういう次第だよ」

「双方に異存がなかった理由をうかがいたいのよ。後学のために」

「ややこしいな。そうだな、……言うなれば、理解だよ、男女の仲は。理解が生じて、はじめて、まとまるし、幸福になれると思うな。よく新聞で報道される、映画人の結婚生活をみたまえ。富や美貌、名声などが、必ずしも、幸福の条件にはなっていないようだよ」

「でも、いつか、理解の中から愛情が生れてくる、とあたしが主張したら、いや、愛情を基礎にして理解が生ずるのだ、と和子さんは反ばくしていたわ、一体、そのどちらなの？」

「そんなことを言ったのか、彼女が？　ハハ。女の意見なんてアテにならないよ。結局、おれの意見に同調したからな。なにしろ、おれに、ほれとるからな、彼女は」

「まァ、のろけね。だったら、やはり、はじめに愛情ありき、というわけね」

「その順序は、どうだっていいよ。順序不同ということもあるからね、人によってちがうさ。……愛情、愛情というけどね、……よし、そんなら、心理学で行こうね……。一般に性的要素が働く時には、感情が強く興奮されるために思考活動が阻害される。……いいかね……まず、お互いに、曇りのない目で、認め合わなければいけない。そのためには、……」

「まるで、実験室の科学者みたいなこと言うね」

途中で、朝雄が半畳を入れた。

「ハハハ。美代ちゃん、できてしまったことを、あとから、何がさきだったかなんて、考えることはむつかしいな。ハハハ……ところで、和子の話では、美代ちゃん、なにか、いい論文を書いてるそうじゃないか、ひとつ、新聞にでも発表してみたらどうかね」

石川は、ひらりと話のホコ先をかわした。山田老に見せるために書いた、ノートのことを言っているらしい
「なんでも、歴史研究とか？」

「大げさにしないでよ。でも、石川さんには、いつか見て貰うわ」

石川が、帰ったあと、美代子は、しばらく、兄の部屋にいた。

「ああいうのは、うまく、行くだろうなァ」

と、兄の朝雄が独語のように、ポツリと言った。石川と具志川和子のことらしい。

「あっさりしたものね」

と、美代子も合槌を打つ。

「僕たちが、そうだったな、……おい峰子……。どうして結婚したのか、その動機が、ちょっと、思い出せないじゃないか」

「あなたが、どうしても、是非、と、猛烈に、プロポーズしてきたから、あたしは、思わず、ひきこまれてしまったんですよ」

「そんな、憶えはないぞ」

「あなたが、忘れっぽいからですよ、何でも……」

「ふふふ」

美代子が、笑い出した。

「美代子、しかしね、男というものはね、どこか、ボーッとしているようで、それでいて、どこかしっかりしているといったタイプが結婚の相手としては、いいと思うな」

「じゃ、山城さんみたいな、……そういう意味？　兄さん」

「とも限らんがね。……そう言えば、山城君を、どう思うかね、美代子」

「さァ……」

「お母さんから話は聞いたがね、山城君のこと。……実はね、おれのところにもきたよ」

「兄さん、何と返辞したの？」

「それは、……本人の気持ち次第だ、と答えておいたさ。そうしか返辞できないだろう？　兄さんも、もう真壁君のことでは、自信を失ってしまったよ。だから、……美代子が、しっかりしてもらわんとね。……ところで山城君だがね、……日ごろから家族みたようにしてきた間柄だし彼の人物は、お互い知りすぎるほど、といったら言いすぎかも知れないが、とにかく、ほかの誰よりも、よく知っている。……問題は美代子の気持ちひとつさ。好きか、どうかということだよ。……それできまるんだよ。……まァ、男女の仲には、愛情とかいううるさいものが、付き物のようではあるけどね」

「あら、愛情を、そんな風に考えて、兄さん？」

「おれが言うのはね、愛情って、これだと、手でつかんでみせることができないものなんだろう？

　だから、そう言うんだよ。山城君は、誠実な人間だよ、実力もある、彼と一緒になって、決して不幸になるということはないだろうな。ただしだ、愛情とか、幸福とか、ということになると、美代子自身の問題になるからな。

　……山城君のブルジョア根性は感心しないが、人間として、苦労はしている。戦地にいるときも、影日向のない人間だった。下士官として模範だと言われていたよ。その人物は保証する。兄さんの目に狂いはないとおもう。……女は、別の角度から男をみるかも知れないがね。いや、兄さんが言っているのは、ただ、参考までに言っているだけだよ。

　まァ、山城君のことは、自身でよく考えてみることだな。お母さんにも、そう言っておいたから、……そういうことは、一応、本人同志の意向を尊重して、まかしておくようにとね」

「姉さん、ここ、もう、片付けましょうか」と、美代子は、兄嫁の峯子へ振返った。

「いいのよ、あたしが、片付けるから」

「まァ、いいじゃないか。まだ、早い。ところで、美代子、あんたが書いてあるというのを、兄さんにも、見せてくれないか」

「あのノート、いま、山田先生にみてもらっているの」

「そうか、どんな内容？」

「民族の性格が、どうして形成されたかということを、二ツの面から眺めて書いたのよ」

「ほう、それなら、読んでみたいね」

「どうしたの、兄さん、いままでそんなことに、感心なかったくせに」

「ちかごろね、政治というものが民族の性格に、かなり、左右されるのじゃないか、と思うようになってきたんだよ。民族の性格なんてあるものか、あるのは、社会の制度や機構だけだ、と考えていたんだが、どうも、民族の性格なるものがあって、それが政治に、かなり反映するという風に思えてきたんだよ」

　それから、伝統とか、古典文化とか、民族性とか、言う言葉が、朝雄や美代子の会話の中で、ひとしきり、とび出してきた。と、美代子は、兄に一度、たずねてみようと思っていたことをおもい出した。

「兄さん、こういう意見をどう考えて？　うちの学校の安里先生の意見だけど」

「どういう意見だね」

「つまり、こういうのよ、今日の世界は、資本主義や共産主義の社会を問わず、圧倒的に、高度の機械産業文化の影響をうけつつある。その影響が世界文化の本流を形成しつつある。民族固有文化の伝統というようなものも、この産業機械文明の支配力の前には、早晩、消えるものである。文化が交流するといっても、産業革命以前の文化交流の仕方と、科学物質文明が普遍的になりつつある今日のそれとは異う。昔は、文化の交流が集まって本流を形成したが、いまは本流が支流を吸収する時代だ。地域文化の特殊な存在性の影はうすれてきた、というのよ、……」

「ハハハ。有力な意見だね。しかし、そいつは、若干、絶対観念がまじっているね。……」

「具体的にはどういうこと？」

「いまは、国際政治が民族自決の線で進んでいる。各民族が固有文化を持っている。その発展を考えている。そういう現状で、たとえ産業機械文明の支配力といったって、文化芸術の終局の発展形態といったものを、直ちに、ひき出すわけにはいかないよ。第一、将来まちまちの人間の言葉の問題がどうなるかもわからないんだよ」

朝雄は、アクビをかみしめた。

白鳥処女

万座毛。——

晶子と、美代子は、断崖ちかくの芝草の上に腰掛けて、海を眺めている。心にくいまでに、晴れ渡った秋日和で、ポカポカと日向になった芝草の上には、ほかに、ピクニック客が、幾組かあって清澄で平和な空気を、楽しんでいた。海面高く、そびえる断崖からは、はるか下で、砕ける波の音がきこえる。右手に、曲浦の海岸線と名護湾、その向こうに、本部半島がのびて、その突端にはるか伊江島が遠望される。左手は、残波岬につらなる凹凸の海岸、そして、前面に、渺茫と東支那海の永遠のみどりがひらけている。

頭をめぐらすと、平和な、恩納村の上になだらかな線をえがいて女性的な恩納岳がある。晶子たちが座っている断崖を基点に、海をかこむ雄大な眺望と、恩納岳を中心にした、優美な風景が一望の間に、おさまっている。海岸の動的美と山岳の静的美が妙を得て、対照している。

……秋の一日を、どこかで、ゆっくり、たのしみたいと、約束してあった。今日は、その日曜日、どことということも決めてなかったがそのときになって、二人の意見が期せずして一致して、この、海岸に、きている。

今日は、清澄な海の色が、ことに美しい。その海に、「るり色の濃淡を画し、さながら一条の練絹の如く、白波の帯を以て島を取巻く珊瑚礁」がある。

……晶子も美代子も、新調のスーツを着ていた。晶子のはブルー、美代子のは茶。……しばらく、風景にみとれている二人だった。

「出発はいつ？」

美代子がポツリときいた。蘭瞼豊頬の晶子は、美代子の優雅な鼻筋を見ながら、「来月の第三月曜日」と、明るく笑った。

ブルーの服色が、色の白い晶子によく似合う。

「準備は、もう、できて？」

「ええ」

「何日くらいかかるの、あちらまで」

「五十日余りよ、船で」

「そんなに？」

「すぐ直航？　どこからゆくの」

「アフリカ回りよ。香港、シンガポール、ケープタウン、……それから、ブラジルのサントスに行きサントスから、リマまで飛行機。いま、ペルーに行くのは、手続きがうるさいのよ」

「どのくらいかかるの？」

「費用？　そうね、船だけで、二等だと、六万円余り、……月、一回那覇から南米行きがあるわ」

「やはり外国語？」

「そう、ロイヤル・インターオーシャン・ラインズという会社の、一万トン級の船、……琉貿が代理店をやっている……」

晶子の話では、東京の在日ペルー領事まで出頭して、手続きを済ましてきたらしい。

「クリスマスも、新年も、船の上でむかえるわけよ、今年は。」

晶子は、芝生の上に、仰向けにねた。

「美代ちゃんも、こうしてごらんよ」

美代子も、晶子と並んで、仰向けになった。

「いつか、晶子さんは、こんな狭い沖縄なんか、いやになった、どこか、広い国で、自由に生活してみたいと言ってたわね、それが、こんど実現するわけね」

「でも、なんだか、行きたくなくなってきた」

「それは、別離の感傷よ。ちがった世界が、むこうでは、待っているわ、そこには、晶子さんに、ピッタリする生活があるはずだわ、きっと。……ほら、あんたが、いつか言っていたように、大きな農場で、トラクターを操縦する、…そういうこともできるはずだわ、むこうへ行ったら……」

「あたしが行くのは、都会よ」

「だったら、もっと、すばらしいダンス、ドライブ、……」

「あら、美代子さんも、そんな生活がしてみたい？」

「あたりまえよ」

「でも、ほんとに、もし、お互いの立場がちがっていたら、もし、南米に行くのが美代ちゃんだったら、どんなことをしてみたい？　むこうで……」

「あたし？……さァ、そんなこと想像できないわ、そうね、むこうには、インディアンがおるでしょう？　そのインカ帝国の文化の跡でも訪ねて、いろいろ研究してみるかも知れないわ」

「あなた、古典学者ね……」

晶子は、寝返りうつようにして、横向きに、美代子の体に身をよせ片手を、美代子の胸におき、美代子のブローチを指先で、いじり出した。

「ねーエ、なにか、昔の話、きかして。沖縄の昔の話」

「どんな話？」

「なんでもいい」

晶子は、音を立てながら、チューインガムを噛んでいた。

「この辺の海、昔から、こういう景色だったんでしょうね」

「そうね。多分、アマミキヨの昔から……」

「人間の生活は、いろいろ変わったんでしょうね」

「そうね。この小さい島の中にも色々な生活があったはずよ」

「そんな話をして……。たとえば女は、どんな生活をしてきたんでしょう？」

「ひとくちには、言えないわ。でも、昔はね、いろんな、因襲の中に埋もれて、……そうね、『沖縄女性史』には、社会的に女の地位が高い時代がかなりつづいたとは、書いてあったけど、……昔はね、この島の、人知れぬ海岸で、アダンの実や、クバの実を食べて、淋しい日常を送っている女性が、たくさんいたという話よ。昔はね、離島なんかでは、使い水に不自由して船を漕いで、ほかの島へ水を貰いに行かねばならぬような生活もあったそうよ。そういう女の生涯を、考えてみたことがあって？」

「ううん」

晶子は、甘声で、頭を動かした。

「山田の伯父さん、感心していたわ。あなたが書いたのを見て。どんなこと書いてあったの、なんの研究？」

晶子は、目の上にかざした。自分の左手のユビワを、眺めていた。

「琉歌の研究よ」

美代子は、山田老にみてもらっているノートのことを、思い出しながら、答えた。

「そうお？　琉歌といえば、この万座毛で、恩納ナビーが歌った、あの、歌の文句なんだったかな、忘れちゃった。さっき、あの松林で見たけど……」

「波の声ん止まり、でしょう」

「ああ、そう、そう、風の声ん止まり、ね」

「その、恩納ナビーの歌を、おもに研究したのよ。はげしい恋愛の情熱をうたったのが多いわ。大胆な万葉調の……」

「そう？　むかしのひとも同じね。恋愛感情は」

「より、純粋だったわ」

「そうね」

「ひょっとすると、晶ちゃん、みたいな、人だったかも知れないわ恩納ナビー。

……万座毛の断崖にくだける、はげしく、意欲的な、波の躍動、……」

「あら、あたしなんか、歌なんていちばん縁遠いわ。あたしは、花よりダンゴのほうよ」

「でも、自分では知らなくても、晶子さんの生活の中には、きっと歌があるのよ。明るく、力強い…きっと、そうだわ」

「そうかしら」

「そうよ。それから、優美で、平和で、従順な、恩納岳の情緒………それが、恩納ナビーの…」

「だったら、美代ちゃんに、むしろ似てる筈だわ、そういう面は」

「恩納ナビーには、大胆な意欲的な面と、素直な従順な面があったのよ。それらが、健康的で楽観的な、物の感じ方で貫かれているわ。丁度、ここの風景が象徴するように、すべてをつつみ限りなく広がる一望の開放的な明るさ………。

そこから、恩納ナビーという一個の性格美が誕生したの。雄渾《ゆうこう》にして且つ従順な、海洋的性格が生まれたのよ。この性格は、自然を恋うる庶民の生活にほのかに残されていた。たまたま、民族の、この原初的な生活美が、あの封建の時代に、一個の生命をかけて、具象化されたのよ」

「ヘエー？　研究したのね、ずいぶん」

「いつも、生命感に張り切っているところが似ているのよ。あれを書きながら、晶ちゃんが、心に浮んできたわ」

「おほめのお言葉ね。……その晶子…伯父さんからは、さんざんなのよ、いつも」

「可愛いからよ、きっと」

「こないだ挨拶に行ったら、お前などは、南米に帰ったほうが、お母さんも安心するだろうって、そんなこと言ってたわ、御挨拶ね」

「なんだか、遠いところへ、去るかと思うと、さびしくなるわ」

「ふしぎね、……なにもかも。…ね、こうして、目をつむってごらん。ああ、静かね、こうしていると、なにもかも忘れてしまう」

晶子は、ねむったように、急に、おとなしくなった。美代子は、乾いた草の根で、晶子の鼻腔をくすぐった。

「ううん、いや、いたずらしちゃ」

晶子は、横を向いた。横で、かすかに呼吸している晶子の、もり上った胸をみていると、不思議な生きもの、という感じがした。

美代子も、仕様ことなしに、目をつぶってみた。波の音がきこえる。……

美代子は、去った夏の休暇に、書き上げた、例の琉歌研究に、いつしか考えが飛んでいた。

――琉球の民族性の中には、島国的狭小性と、海洋的開闊性の二つの性格の流れがある。かつて、海洋民族であった時代の性格と、島の小さい人為社会の歴史の重圧でゆがめられた性格、……この二つが時代や個人の中で、消長して現われている、という山田老の意見にヒントをえて、美代子は、その後、ひとつの考えをまとめてみた。民族の性格をさぐる手段として、人間の感情を単的に吐露した歌に、これを求めたのである。そして、民族の原始的な、感情の流れを代表するものとしての恩納ナビーに注目した。

――素朴な感情と、自然の欲望を歌いあげた恩納ナビーは、人間的なものにもとり、人性に反するものに反抗した。……庶民の中に生まれ、庶民の中に育ち、庶民に同情し、庶民と共感した彼女は、明らかに庶民の生活に、「自然なもの」を感じ、大切な庶民生活を通して、人間性を守ろうとしているたくましい、その歌の格調と、それにもられた、はげしい情勢の中に、それが現われている………。こういうテーマを中心に、封建社会に、あるときは反抗的、あるときは嘲笑的な姿態をもって歌われた、恩納ナビーの歌をさぐって、そこに、民族の性格として伸ばすべき、よき面があることを結論づけてみたのである。

——恩納ナビーの歌には、躍動する新鮮なリズムと、生命の充足感がある。封建時代に、あれほど、自我を解放しえたことは、驚嘆すべきだが、これは、決して士族社会の中でなしうることではなかった。彼女の場合、自我が、限りない自信にみちて、はげしく、何物かを意欲している。迷信と、封建的なモラルにみちた、あの時代に大胆な形で恋愛の意志を表示したうらには、すばらしい情念の解放があり、意欲の健康さと、たくましさがあった。

……美代子は、わずかに語りつたえられている恩納ナビーの、数少ない歌を手がかりにして、彼女の性格内部にさぐりを入れ、それをひとつの民族性のタイプにまでむすびつけてみたのである。

そのため、恩納ナビーとは、対照的な内容をもつとおもわれる、女流歌人ユシヤーを、ひきあいに出し、この二人を、民族性格の両極を代表するものと仮定してみた。もちろん、未熟な論文だが、着眼点は新しかった。

美代子は、心の中で、その論旨を反復していた。

(美代子のノートより)

恩納ナベーが万葉歌人なら、ユシヤーは古今歌人であった。

万葉の無技巧と古今の技巧がはっきり識別される。この二人の女流歌人の、作風、おかれた環境、内在的な生命は、まるで対照的である。思うに、二人の相異は、その資質と、生活環境から決定されたものであろう。

ユシヤーは、幼少にして、那覇の遊里に売られた。彼女が短い生涯をおえた沖島の遊里社会から、彼女は宿命観と技巧を与えられた。ユシヤーがみて来た社会は、金力と権力の、強制社会で、そこでは、凡ゆる自由がしばられていた。遊里こそは、封建社会の典型的な縮図であった。虚偽と技巧の社会で、買われた遊女としての生活の中で、ユシヤーの人間性は、正しく伸びることを許されなかった。

あきらめといつわりの中で、彼女がつくった歌は、無常観をたたえ技巧的であった。

そこには、運命に追いつめられた心の嘆息があり、この詠嘆と技巧の中で、ユシヤーの詩才はゆがめられ、高い格調は逃げ、生きるリズムはすっかり枯れ果て、運命に抗する力は失われていた。ユシヤーは、歌の作風から言えば、小野小町に似ており、その境遇は「椿姫」に似ている。

運命と社会の圧力に抗することができずに、はかなく散った一輪の花、しかも、そこに散りゆくものの美しさを残している。

彼女の歌には、不可抗力におし流されていく嘆きと、あきらめの自我愛がある。そこに、弱く亡びゆくものの、一抹の美がただよう。デカダンスの夕映えの如く、それは優美で倦怠である。ユシヤーの一生は、琉球の悲劇の歴史を象徴するもののようでもある。

——現実に耐えきれなかったユシヤーに反して、恩納ナビーは現実を止揚した。ユシヤーが現実を否定したのに対して、恩納ナビーは現実を肯定した。ユシヤーは生きる自我を極度に狭め、ナビーは、これを極度に拡大しようとした。

「ひとり山の端の月に向かて」と、待てども、やってこない恋人を待つわびしさをかこつユシヤーと、「森ん押しのけて、くがたなさな」と、不可能を可能にしようとする恩納ナビーの、恋愛観にもその相異が現われている。ユシヤーが自意識的であるのに、ナビーは没我的である。ユシヤーの考えは、いつでも自己にかえってくる自我中心で、ナルシサス的である。それにくらべて、恩納ナビーは、他我に没入しようとする。

恩納ナビーの強烈な自我は、他我的自我であり、自己否定の上に立った自己肯定である。

対象の中に、烈しくとびこもうとする捨身の自我である。そして、ナビーは、庶民の中に、自然の中に、恋人の中に、没我的に自我を没入する。ユシヤーは生の逃避者であり、ナビーは礼讃者であった。恩納ナビーは不可抗力の運命の手を感ぜず、本能の自然を信じ、それを阻む如何なる障害もみとめなかった。

わが恋のためには、「山も動け」と叫ぶ彼女であった。

自然、従順、素朴、明朗、大胆、率直――そうした性格をもつ恩納ナビーは、本能の意欲する所に従い、主観的な自我を、どこまでも拡大しようとした自由人であった。人為的な権力に強制されることなく、また、当時、ノロの迷信的な信仰政治の中で、勇敢に人間の欲情を歌ったということも注目に価いすることであり、内なる本能の自然の声に耳を傾けて何物もおそれなかった証拠である。…海洋をわたって、この島にやってきた渡来の民族の間には、人為的な階級のきずなはうすく、むしろ、種族の横の結帯が強かったはずである。その最初の祖先たちの血が恩納ナビーの血管に流れていたのではなかったか。彼女は、自然にもとるものには怒ったが、自然らしさに於ては従順であり、その自我は、他我との平和的な共存を必要とした。

……恩納ナビーの歌は、まず庶民の間につたわったと思われる。しかし、それは鑑賞されたのではなく、感動されたのである。それは、庶民の魂の琴線にふれ、それを強くふるわした彼女の歌は、庶民の素朴な心に、率直に訴えた。庶民の生活の中から、庶民の言葉と感情とをもって歌われた、恩納ナビーの歌が庶民によって共感され、感動されたのは当然である。ナビーの歌は、思想の深遠、技巧の妙を以って、価値あるのではない。彼女の歌のもつ価値は、その格調である。つまり、感動の高さである。人の魂を動かす強さである。その言葉は幼児の、純粋に人の心をゆすぶるものがある。いくらくりかえして、口ずさんでみても、あきることがなく、いつも新鮮そのものである。

庶民は、彼女の歌を理解したのではない。魂に感じたのだ。彼女もまた、庶民の間にある魂の支流を、止揚したまでである。……封建時代における庶民の生活と言えば、たしかに下積みであった。しかし、物の生産者であり直接、自然と接触し、自らの労力と自然の恵与とによって、必要な生活資料を得ていた農村庶民の生活は、それだけ自然に近いものであり、そこには、いくらか、「自然らしさ」と「人間らしさ」が保存されており、庶民が生産したものの上に、課税その他の方法で得る収入によって、寄生的に生活していた非生産的な士族社会のように人工的な虚飾と、不自然な制度や道徳を守る必要はなかった。それらは、庶民におしつけられたものであり、庶民はいつでも、そうしたものからくる圧迫をのがれて自由な空気を吸うていたのである。士族社会の生活は、直接、生産とつながっておらず、それだけ、「自然」から遠ざかっていた。封建時代における庶民の息吹き、それは、士族社会には全く禁じられた、「自由恋愛」であった。恩納松下に「禁止の標」が立ったという事実は、封建という、規則社会の、いかめしい姿というよりも、かえって、その裏にかかれた庶民生活の自由な空気を反証するものである。

自然を友とし、自然とたたかったたくましい祖先たちの正しい血統が、恩納ナビーの、あからさまで大胆で、かざることをしらぬ、自然さの中に受けつがれていた。また、原初的な、海洋的性格は、規則と拘束の社会に於いてよりも自由な自然と接触して、生活した庶民の間に、よりゆたかに保存されていた。

……恩納ナビーの歌は実に簡単素朴である。ただ、その、情熱のはげしさ、意欲の強さそれを統御するリズムの高さ、健康さ、雄大さ。――はまさに万座巌頭に砕け、躍る波である。朝夕、平和に眺めて育った恩納岳に向って「わが恋まかり通る。そこのけ」と叫ぶ、そこには、情熱をもてあます暗さはない。愛を求めての、もだえもない。躍動する波のはげしさと、その上をわたる微風の快活明朗さがあるだけである。情熱を統御する健康性があるだけである。自由な、自然の生命が、爽涼の大気のように生き生きとしている。恩納ナビーは恋歌によって、封建社会の中の庶民の自由な意欲を歌い、自己の生命を解放している。そこには、何かを貫き徹そうとする、主情的なロマン精神がある。奔放な表現形式の中で情念を思い切り解放している。必然的な内部の声が、単純そのものといいたい形式の中で、もり上っている。そこで「個」が、はじめて自らの欲求に確信をもつのだ。

恋は、彼女の情熱のいぶきであり、本能の解放であり、自我の拡大である。時に、彼女の歌には、夕立ちのような、すがすがしさがある。白い雨足のような健康がある。五月のような青春と情熱が感じられる。暗さや、悩みはない。胸のすき通るような、荒々しい野性のさわやかさがあるだけである。その感受性は、星の如く健康であり、波の如く新鮮である。

……恩納ナビーの歌は単なる恋歌として扱われているが、その形式に託されたローマンチシズムの精神を見逃してはならない。彼女こそ琉球史上、最も興味ある存在であり、リアリスト蔡温とともに、琉球封建社会における革新的な魂であった。彼女の、朗かな健康性と壮大なローマン精神と、真摯な意欲と、新鮮な情念とは、民族の魂の内部に、ある「いぶき」を吹き入れるものである。その「いぶき」は最も素朴な形で、民族の血管とつながるもので、知識や学問とは、縁遠いものである。琉球の言葉がもつ、音律や響きが、彼女の言葉によって、最高度に止揚され、原初民族の内部的な律動が、彼女の魂を通して正しくつたえられたとみるべきである。

「自然のみがよく、自然な人間のみが人間である」とルソーは言う。自然詩人、恩納ナビーの歌は、その意味で、庶民の胸にひびく。そこには、自然、従順、素朴、明朗、大胆、率直ーオモロ時代の祖先の性格が波打っている。

Unnadaki Agata Satu-ga umarijima, Muin Ushinukiti Kugata Nasana.

*

美代子が、夏の休暇に書きためた短歌研究は、未熟なものである。整理もされていない。まだ、思いつきの範囲を出ないものであった山田老には、そのまま見てもらって、参考意見を聞くつもりでいたのである。

とにかく、恩納ナビーの歌の中から、ひとつの民族的性格のタイプを浮彫りしようと試みた。そのために、時代的背景となる当時の琉球封建社会と、農村庶民の生活の特殊性についても考え、独自な意見をのべたり、つたえられる恩納ナビーの歌、数首について解説をほどこしたりして、できるだけ、論拠を固めようとしたが、それとても、まだ、主観的な自己解釈という範囲を出ないものなので、山田老の意見をきき、再考しようと考えている。論旨さえ、賛成してくれれば、それに力を得て、研究を進めることができる。ただ、美代子として、あるていど、自信がもてるのは、恩納ナビーの歌そのものがもつ、格調の高さであった。そこに、なまの魂の叫びがあり、その魂が、歌を通して、直観的に把握できると考えた。

しかし、その自信を確実なものにするためにも、もっと、オモロや万葉を勉強する必要があると思っている。……とは言え、美代子が興味をもっているのは、短歌研究ではない。民族性を探ることである。つまり、海洋的な性格と、島国的性格という、二つの仮説をたてているのであるから、その、類型の中で、いろいろの素材をあつめて検討してみなければならぬ。まず、その手がかりとしての琉歌の研究というわけで、実は気のながい話ではあるが、美代子は、その仕事に興味をもっている。そういう興味のうらには、また、新しい時代の女性は、どしどし、そういう創造的な仕事にも参加すべきだという、美代子の、まァ、人生観といったようなものが働いている。だから、彼女は、そういうことを理解してくれる男性、そういうヒマを与えてくれる生活、ということを、漠然と、結婚の条件に考えている。もちろん、好きな人とは、手鍋さげてもという気持ちもどこかにありながら、そういった人は、まだ、現われていないし結婚を考える場合、条件は条件として持っているのである。

美代子は、思想的には兄の朝雄というより、記者の石川の影響をうけている。石川は、これを読んでごらんなどといって、美代子に、色々の本をすすめたりした。また、こんなことを言うこともあった。「美代ちゃん、自分自身にとじこもらずに、自分がやってみたいということを思い切ってやってみることだな。美代ちゃんなら、いくら脱線するといったって、たかが知れている。そうして丁度、よいくらいだよ。目標をきめて、なにかに、ぶつかってみるんだな。きっと、生き甲斐を感じるよ。美代ちゃん、幸福ということをどう考える？　人があたえてくれる幸福だけで美代ちゃんは、それだけで、満足できる？」

とはいうものの、家庭をそっちのけの生き方は、美代子は、考えていない。ただ、社会的な活動をすればよいと、男性に伍して職場に進出するのが、新しい女性の在り方だとは思っていない。

独立、独立という旗印を振りまわすやり方は、敬遠している。女性の経済的な独立とか、いや、自分自身で、物を考えるという精神的な独立、といろいろ叫ばれてはいる。しかし、生活というものは、そんな、表面的な、形式的なものではないと美代子は考えている。かえって、古いふるいと言われる、昔の祖母たちの生活に、実質的には、西洋の女たちにまけない生活があったことが発見されることがあるからである。

祖母たちは、家庭にとじこめられ社会とは没交渉で、封建的な遺習の中でくらしたかも知れない。しかし、家庭の中では、かくれた、すばらしい仕事をしてきた。

かくれた彼女らの力は、目に見えない糸で、社会とつながっていた。封建的な「家」というものが批判され、改められつつある今日の時代でも、かつて祖母たちが家庭の中で生きた生活を全く、否定することはできない。いけなかったのは、社会や家庭の制度であり女性の地位であり、男性の女性観であった。そういったものは、根本的に改革されるべきではなく、そのまま否定されるべきではなくその生活が、よりよく生かされるためのワクが改造されるべきであって、内容そのものまで、直ちに、何もかも取り変えてしまうことには、美代子は、疑問を感じている。社会活動をするにしても、家庭にあるにしても、一応は、生活という土台に立って考えてみる必要があると思っている。形式の物真似だけでは、新しくはならない。生活の内容そのものの進歩や変化ということは、生活とともに自然に、もたらされてくるという考えである。………

というわけで、自分ができる何かの仕事なり、趣味なりをもちながら、生活をきずきたいという希望をもっている。近頃、山城か安里の、どちらかを、結婚の相手として考えてみる事があるが、その場合も、そういう考えかたがはたらく。山城だったら、経済的に心配はない。だから、読書したりする余暇が、努力なしにえられるし、やりたいとおもう事をやることができる。

それは、理想だが、自分の興味をもつことに山城が理解と興味をもってくれるかは疑問である。なんでも好きなことはやらせるかも知れない。また、女として誰でも欲しい経済的安定ということもかなったりである。が、生活感情の肌合いがどうか。

……一方安里なら、お互いの物の見方はともかくとして、知的な生活の中で理解を求めることはできる。しかし……と、色々、ぜいたくな想像をするが、それも、ほんとに、相手が、好きとなれば、考えが、どう変わるかわからない。どちらにも、まだそれだけの愛情は、抱いていない。生活本位に結婚を考え、乙女らしい仮説的空想をえがくことがあるにすぎない。

いちど、真壁とのことで、苦汁をなめた美代子は、当分、結婚観の棚卸しはしないことにしている。家庭でも、家庭以外でも、これからの女性は、過去の社会の女性たちにめぐまれなかった生活を、のばすべきだと考えている彼女は、真壁との破談でうけたショックを忘れるためにも、いまは、石川が言っていたように、なにか目標をきめて、ぶつかってみたいと……と言っても、そこは、盲滅法になにかの行動をおこせる美代子ではない。えらんだ目標は、彼女らしく、つつましい、仕事だった。…国文学専攻の立場から、日ごろ、興味をもっていた研究テーマにとりかかったのである。

民族性の二つの面、暗い面と明るい面とを考えてみたのであるが、これはなにも特殊なものではなく、どの民族、どの個人ももっている、実に平凡な類別だが、ただ、沖縄の民族性を考える場合、それが具体的にどういう現われかたをしているか、そして、その現われかたの原因はなんにあるか、民族の性格に働きかけた、いろいろの要因となるものは何か、ということを問題にしているわけである。光りは物体にあてると、色々の屈折をする。民族性を光りにたとえると、沖縄の祖先たちが最初にもっていた光りは、どういう色合のものだったか、それが、その後、どう屈曲したか、その屈曲の原因となった物は、どんなものか、を頭に描いている。精神的な光りの屈曲の仕方をさぐることは、現在の我々が、戦後社会というプリズムをうけて、どういう複雑な精神的屈折をもっているかを知るためにも、大切なことである。ただ、精神的屈折という場合、民族社会の暗い面が、屈折に伴う影の濃さが、目につく。

貧しい狭い土地に年々、人口があふれるだけでなく、それが外部勢力の圧力とからみあって、島の地理的条件と、これまでの歴史的事情は、民族の性格を、いじけた暗いものにした。が、そういう暗い面は、しばらく、あずかりにして美代子としては、民族として伸ばすべき明るい、未来的な面を考えることにした。そこで、海洋的性格に、想い到り、その面をさぐり、太く打ち出してみたかったのである。

島というより海を生活の舞台としていた時代の祖先たちの性格である。島の狭さより、海の広さが生活意識を支配していた時代の、性格である。この素朴な精神内容を、主軸にして、民族性格の伸ばすべき方向を考えた。

海洋渡来民族は、この島に住みつくようになってからも、長く、海洋的性格を失ってなかった。海洋貿易をやった時代までは、その性格が濃厚にのこっていた。

それが、かの慶長の役以降、かげをひそめ、性格の陰極面が頭をもたげてきた。が、民族の海洋的性格は、音楽、美術、生活文化のすべての面に、なんらかの形でのこされている。まったく失われてはいない。糸満漁夫や、移民たちの生活に、それが、のこされているように。

美代子は、日ごろ、恩納村の農民の娘、ナビーの歌に、天衣無縫、たくまざる調べと、ローマン的な情熱を感じていた。

そこで、ナビーの詩魂に、海洋的な性格の流れを発見したのである

では、海洋的性格とは何か。

ナビーの歌を例にとれば、恩納岳が象徴するものと、他方に、万座毛の岩に砕け躍る波が象徴するものである。従順で平和な性格と、明朗大胆な性格——歌の格調と、そのなかにもられた感情とが、完全に一致して、素朴な形で、感動が止揚されているナビーの歌に、それが現われている。

恩納岳の従順と、万座毛の躍動——恩納ナビーの歌

にあらわれたこの性格は、かつて海を渡り歩いて生活した祖先たちからうけつがれたものである。海洋は、人間に忍耐と冒険を要求する。……

　いま、万座毛の芝草に、二羽の白鳥の如く、身を投げている、晶子と美代子……あるいは、彼女たちの性格にも、恩納ナビーの歌にあらわれた性格の二面が、夫々、分身となって移り住んでいるのかも知れなかった。

　万座毛に今も、波はさわぎ、風は叫ぶ。しかし、残念なことには、波や風の音と共に、歴史は、どこかへ去ってしまった。万座毛の岩塊に、恩納岳の静寂に、なにをたずね得べくもない。ただ曽て、この岸に、黒髪を吹く風になぶらせて、うたった、かの詩人の胸の調べの高き響きのみが、波の音や風の声とともにのこされているのである。…

　美代子は、目をとじていた。とじたまぶたを透して、明るい外光が、彼女の心のすみずみを照らしていた。晶子は、まどろんでいるのか、かすかな寝息さえたてている。——

　その時である。美代子は足に、いや、というほど衝撃をうけて、とび上った。

　なにか、まるく小さい、やわらかい物体が強くぶつかったように感じた。と同時に、晶子も軽い叫び声をあげて、はね起きた。

　晶子は、右手で、お腹をおさえている。

「なんだった？　オナカ、ぶたれたわ」

「あたしは、足を……」

　と、二人は、周囲を見回した。すると、晶子が、ああ、これ、と指さした。

　晶子の横の、芝草の上にひろげた新聞紙の上には、晶子たちがもってきた、お菓子がひろげてあった。その、お菓子の真中に、チョコンと、野球のボールがのっかって、ジッとしている。

「みつけた！犯人は、これよ」

　晶子は、そう言って、そのボールを取り上げた。

「これ、ゴムだわ」

　晶子が美代子に示すと、

「ええ、軟球ね」

「でもかたいわ」

「どこから、とんできたんでしょう？」

「さァ？」

二人は、すこし、はなれたところをみまわした。

と、ひとりの若い男が、こちらにかけてくるのが目に映った。

グローブを片手にはめた男が、こちらに……晶子たちが座っているところに、ゆっくり、駈けてくる。晶子は、右手に握っていた軟式用のボールを、わざと、かたわらの菓子の上にもどした。

「なんとか、言ってやろッと……おなか、ぶたれたんだから……」

黒のセーターを着た、若い男である。若いといっても三十は、こしていそうにおもわれる。ゴム裏のスポーツ・シューズをはいているのがわかった。

彼は、晶子たちのところまでくると、立止まって、会釈した。チョッと困惑の表情をうかべている。それに、かけてきているので立ったまましばらく、肩で呼吸していたが、やっと、ボールのありかを、みつけると、

「どうもすみません。球がはずれてしまいまして。おけがはございませんでしたか」

と、丁重にたずねた。いや味のない笑みをうかべながら謝る態度である。

なにか、言ってやろうと思っていた晶子は、舌が動かない。相手の男が、意外に、どっしりとして、どこか洗練されているような感じをうけたからである。

晶子は、座ったまま、ボールを、相手に、ほうってやった。

彼は、ひょいと、グローブで、そのボールをうけとめると、

「ほんとに、おけがは、ございませんでしたか」

とまた、聞いた。晶子は、おなかをしたたか、うたれたと言おうとしたが、チラと、茶目気を出し、

「はい、マブイをおとしました」

と、答えた。美代子は、思わずフキ出した。晶子をみると、まじめな顔をしている。

「マブイ？」

その青年は、くびをかしげた。

「なんでしょうか？」

と、目に好意の色を動かしてきく。晶子と美代子は、思わず、高い声を出して、笑ってしまった。彼は、なにか、からかわれているな、と思ったらしい。それでも、

「や、ありがとうございました。すみませんでした」

と、一礼すると、きびすをめぐらして、また、ゆっくりかけ出した。晶子たちは、その後姿を、しばらくみていた。

「オーイ」

かけていた青年は、そう叫ぶと、むこうのほうで、体を大きくかまえ、ボールを握った右手で、弧線を描いた。キレイなフォームだった。ボールは、青空へ、高く飛んだ。

「やァー、すごいフライだ」

そういって、そのボールを追って行ったのは、青年の相手らしい、高校の制服をきた少年だった。

「そんなところで、キャッチ・ボールしていたのね。

　美代子は、こちらを向いている高校生らしい少年の投げたフライがはずれて、その球がバウンドしてきて、自分たちの体に当たったことを知った。

「彼氏、沖縄の言葉、知らないのかしら？」

晶子は、そう言って、また、仰向けにねころんだ。

「あら、あら、あら、また、やってくるわ」

美代子が、晶子をゆすぶっておこした。

晶子が茶目気な返答をしたとき、沖縄の言葉がわからずに、まごついていた、例の青年が、ふたたびこちらにやってくる。今度は、グローブをはめず、片手に、なにか包みをもっている。くびからはカメラ・サックをぶらさげて、歩いてくる。

「さっきは、失礼いたしました。これは、私たちが持ってきた、甘いものです。どうぞ、めしあがってください。その代り……」

と、青年は、美代子たちの前で、立ったまま頭をかき、

「そのかわり、……そこにある、お菓子を頂戴できま

せんか。交換条件として、……さっき、私たちが投げた球で、よごれているはずですから、それは、こちらに、くださいませんか」

青年の言っている意味はわかった。しかし、晶子がことわった。

「だったら、かえって、そのお菓子、頂戴するわけにまいりませんわ。よごれたのは、こちらとしてひとさまに、さし上げられませんもの……」

「いいえ、よごしたのは、私たちのボールなんですから……それに、むこうで、座って待っている坊やも、野球のボールの匂いのする、菓子のほうがよいと、そう言っておりますから、……」

と、青年は、立ったまま、腰をかがめ、自分が持ってきたのを、美代子たちの前にひろげた。それをみて、美代子も晶子も、おや、とおもった。チョコレート、チューインガム……美代子たちが、もってきたのと、分量も、ほとんど同じ種類のものばかりだった。それに、マスではかったように、ほぼおんなじである。これでは、交換条件として、過不足はない。

青年は肩からカメラをはずした。

「ぶしつけのようですが、お近ずきのしるしに、ひとつ、撮らせていただけませんか。そのままで、よろしゅうございますから……」

と、焦点を合わして、パチッと、やった。

「どうも、ありがとう。もし、よろしかったら、でき上ってから、さしあげてもいいんですが……おところと、おなまえさえうかがっておれば……」

「あなた、写真屋さん？」

と、晶子がたずねた。

「いいえ、ハハハ、御冗談を」

「あたしのは、南米のペルーに送ってください。その写真ができ上るころは、むこうにおりますから……」

「そうですか？」

青年は、けげんな顔をしたが、すぐ、その意味を察したというように、

「ええ、どちらにだって御送りしますよ。南米だって、アフリカだって、ソ連や中共だって、……世界の、どんな片隅みにも、……アドレスさえ、はっきりして

いただけば……、ほんとなんです。決して、冗談で言っているんではありません。責任をもって、必ず御約束を守ります」

その青年の、大真面目な態度に、面食って、晶子は、返答につまったが、

「それよりも、こちらのかたのほうが、確実にとどきますわ」

と、晶子は、美代子を指さし、写真をとどけようという青年の申し出を、体よく、そらした。

「では、もし、よしろかったら……」

と、こんどは、美代子のほうに、青年は、向き直った。が、強いてたずねるというより、礼儀と好意で、そうしている態度がうかがえた。

困った顔をしている美代子をみると、彼は、

「いや、こちらこそ、自分の名前を言わないで、こんなことを、おたずねしたりして、ほんとに、失礼しました。どうぞ、あしからず、…………」

そのとき、ズッと向こうの草原で、こちらの様子をみていた、青年の相手の高校生は、

「オーイ、オーイ」と、叫び、座ったまま、ボールを握っているらしい手を高く振って、投げる真似をした。

「では、むこうで叫んでいますから、……これで失礼します。あなたがたのこのお菓子、頂戴していきます」

と、彼は、名前も告げずに、美代子たちのところを離れた。

「あんな手もあるのよ、ちょっとした、きっかけをつかんで、異性に近づく手。……でも、不良には、見えないわね、ジェントルマンといった感じはするわ」

と言って、晶子は、菓子をひとつつまんだ。

「いくつあるかしら、数えてみようと……」

晶子は、菓子を数え出した。

「およしなさいよ、みっともないわ」

「あら、誰もみてないわ」

「……」

「アーラ。感心の行ったり来たりだわ。チューインガムが同数、チョコが二ツか三ツ多い」

「ずいぶんチャッカリしてるね」

「ひょっとすると、さっき、彼氏ひと目、あたしたち

の菓子をみただけで、その数量と、種類を、めざとく、察したのよ」

「それにしても……」

「世界のどこにでも、できた写真をとどけてやると言ってたわね。どんな仕事をしているのかしら………。こちらのひとではないかも知れない……。チョッと、ハンサムね。どこか、佐分利信を若くしたようなところがあって……」

ふと、気づくと、二人が、うわさしている青年が、こちらを向いて手をふっている。

「さよーなら」

と言っている。晶子と美代子も、一寸、手をあげて、それに答えた。

……暫くして、「さア、あたしたちも引揚げましょう」と晶子は言い「その前に、ちょっと、崖をのぞいてみよう」と、断崖のはしに行って立ったので、美代子がハラハラした。

「美代ちゃん、すごいわ、あなたものぞいてごらん、あたしが、足つかまえていてあげるから……」

美代子は、身震いして、いやだと言った。

芝草を横切って、松林のちかくに出た。……歩きながら、美代子が、山城のことを話すと、晶子は、一寸、目を丸くしてから、

「いきなりプロポーズしたのね。いきなりね」

と、感心し、

「でもそこが、あの人らしいやりかたかも知れないわ。ちょいと野暮くさいところがあって。………だって、いままで、そんな素振りちっとも見せなかったんでしょう?」

「ええ」

「美代子ちゃんは、どう考えるか知らないけど………そりゃ、山城さんは、いい人は、いい人よ。生活力もあって、しっかりして、安全は安全よ。でも、あたしだったら、一寸、物足りない感じがするな、……こんなこと言っていいかしら?」

「いいわ、ざっくばらんに」

「かえって、結婚後の生活が、無条件に保証されると

いうことが気に食わないわ、変わっているでしょう？

　あたしの考え方」

「それは、晶子さん自身、生活力があるからよ、経済的に独立だって出来る自信があるからよ」

「山城さんは、たとえて言えば、お池の水よ。そこで、ジャブジャブ遊ばせて、あの人は満足なのよ。そういう子供扱いはされたくない。多少、冒険でも、波が自由にうねっている海のほうがいいわ。まとまって完成されたものよりも、期待の大きい未知数のほうがいいわ。その意味では、安里さんのほうが魅力がある……」

　と言いかけて、

「美代子さん、あんた、安里さん好きだったんじゃないの？」

「どうして？」

「どうしてって、べつに理由ないけど……なんだか、いままで、美代ちゃんの邪魔ばかりしてきたような気がするの……」

「おかしなこと言うわね。晶子さんは好きだったんでしょう？　安里さんが、……そうでしょう？」

「ええ、好きだったわ」

「だったら、そんなこと言うの、おかしいわ」

「美代子さん、ほんとのこと言って、……安里さんを、どう思って？　ね、どう思って？」

「……」

「実はね、あたし、安里さんと、たびたびドライブしたり、会ったりしてた」

「それ、知っていたわ」

「でも、普通の交際よ。ケッペキだったわ、それだけは信用して……自慢じゃないけど……」

　晶子が何故そんなことを言うのかと美代子は考えた。晶子は、なお、言葉を続けた。

「別に理由はないのよ。ただ、家庭や世間の目に対する反発心からよ。若い者の交際を白眼視する気風が、まだ、世間のどこかには、のこっているような気がしたの。若い男女の交際には、アヤマチが起きやすい、……そういう見方があるような気がして、それに反発を感じたのよ。だから、わざとおおっぴらにつき合って……」

晶子は、安里との交際で、とり立てて、どうというほどのことはなかった、それは精神的なものだったと言っている。そして、そうなった理由は、道徳的なものではなく、若い男女の交際をまだ危ながる世間の目を感じ、それに対する反発心からだと説明している。

つまり、若い男女は、分別くさい年ごろの人たちが考えるほど、信用のおけないものではない、という気持からだが、これは、そういう人たちに示すというより、自ら、わたしたちはしっかりしていますよ、という自信をもつためだったと、そう晶子は説明する。

いかにも、美代子の耳に、それが自然にきこえるのだが、では、なぜ晶子が、とくに、そういうことを自分に対して強調するのかと考えて、美代子は心にわだかまるものがあった。

「晶子さんが言いたいのは、結局安里さんは、……」

美代子は、そこまで考えて、顔の赤らむのをおぼえた。晶子は、安里の品行証明を置土産しようとしているのだと思い、なにか、いやな気がした。

「晶子さん、なにか、思いすごしをしているのだわ」

と、言おうとしたが、言葉にならなかった。と、晶子が、また、こんなことを言った。

「そういうときね、……安里さんと会っているときね……あまり、美代子さんのことが、二人の話題に上がったことはないわ。全然、無関心だったたというよりも、いつも、美代子さんが、心のどこかに、つきまといながら、わざと、話題にするのを避けていたのだわ。安里さんも、自身で、美代子さんのことを話し出すことはなかったわ。安里さんは、別に、意識的に、そうしたのではなかったかも知らないけど……あたしの場合はちがうわ……。美代子さんが、二人の話題になることを、つとめて、さけようとしていたわ、……なんだか……こわかったもの……それだけ、自分に自信がなかったのね……」

晶子が、こういうことで、いつわるはずがない。言っていることはほんとかも知れなかった。が、晶子の、こういう告白を聞いても、美代子の心は、不思議に、平静だった。

「晶子さん、ほんとに、安里さんが好きだったのね……」

しんみりと、美代子は、そう言ってから、

「もう、その気持ち、すっかり整理できたの？」

「というと、あたしが南米にかえるということ？」

「そうよ」

「いちじは、悩んだわ、安里さんに、結婚する意志があれば、のこってもいいとまで言ったのよ。また、南米がよければ、むこうに一緒に行ける方法はないものかと、考えたりしたわ……すると…」

「どう言ったの？　安里さん」

「いろいろなこと言ったわ。でも結局、あの人は、ちっとも、あたしに対して、はっきりした気持ちをもっていなかったということがわかったの。それを知って、悲しくなったわ。……でも、あとで、かえって気持ちがサバサバしてきたわ」

　晶子の目は澄んでいた。

　松林が切れて、恩納岳の温容が、はっきりと、前面に姿を見せてきた。その麓一帯、恩納の部落が、樹木の中に埋まっている。晶子は、しばらく立止った。豁《かつ》然とした風景を見回しながら胸を張って、二、三度、深く、甘い空気を、吸いこんだ。

「こういう景色とも、もう、お別れね」

「記念のために、沖縄の景色を写真にしておくといいわ。むこうへのお土産にもなるし」

「ええ、いま、アルバム作成中よ、人物と自然にわけて……行く前に、もう一度、アチコチ、回ってみるわ。……でも、沖縄って、小さいわね、……青年の駅伝競争で、十名そこらのランナーが、半日足らずで、端から端まで、走ってしまうんだもの……」

　二人は、畑の中の小道を、歩き出した。

「その、小っぽけな島にも色々の悩みがあるわけね、……丁度、五尺の小身に、人間が色々の希望や悩みをもっているように……」

　美代子がさらにつづける。

「そうよ、この島にも、生活があるのだわ。うちの兄なんか、もうどこにも行きたくないと言ってるわ。あたしが小さいころは、ほとんど、家にいなかったわ、…東京で学校を出ていたり、兵隊にとられて、支那に行ったりしていて」

「お兄さん、将校だったんですってね…」

「山城さんの上官だったそうよ。支那で」

ふと、美代子は兄の言葉を思い出した。山城……影日向のない人物。戦地では、山城のおかげで、兄さんの成績も上った………。

「復員するまでズッと外地だった兄は、これから、どんなことがあっても、沖縄の現実の中で、みんなと一緒に、苦しみも、たのしみも味わってゆくことに生き甲斐があると言っているのよ。沖縄には、農村問題、人口問題、移民問題……色々、複雑な問題があるから、それだけ、生き甲斐があるんですって……。そのくせ、時々、へこたれたようなことを言うことがあるわ。フフ」

「みんな、夫々、生き方があるわね、……」

「そうよ、どこにいようと……」

「そして、人は、大抵、かたちんばな生きかたをしているわね、……これは、余って、あれは足らない……大抵、そうよ」

「だから、お互い、おぎない合わなければならないのね、男でも女でも、……」

「そのためには、フリー・ソサエティー（自由な交際）が必要だわ。その中で、互いに影響し合い、成長する……」

「そして、ゴトン・ロヨンね」

「なんという意味？」

「あら失礼、ジャワの言葉らしいの、相互扶助という意味……」

「ね、いまさき言った、おぎない合うという意味でも、安里さんと美代ちゃんならうまくいくかも知れないわ、……あたしと、安里さんは、気が合っていたように見えて、ほんとは二人の性格が似たりよったりで、深い心の交流がなかったわ」

美代子は、晶子の言葉を、黙って聞いていた。

明日

年の暮れが近づいてきた。——

師走のうすら寒い海風が、吹いている、此処は那覇港の北桟橋。…上原晶子が、いよいよ、母と一緒に、父と弟が待っているペルーのリマに向けて、出発する、その日である。

岸壁には、一万数千トンの外国巨船が、スマートな、その船体を横づけて、休んでいる。しかし、その船体が、あと一、二時間で動き出すのだ。晶子たちをのせて、雲海遠く隔たった、西半球の新天地に向けて——。

冬日らしくなった陽射しが、厚い雲の層から、にぶくもれていた。見送りの人たちと、たがいに別れの挨拶を交わしたあと、船客は、すでに乗りこんで出発の時間を待っていたが、そのあいだ、最後の別離を惜しんでいた。甲板の上と下で、五彩のテープが、取り交わされている。

そのテープが、過去の思い出と、どうなるかわからない未来を、かぼそく、つないでいるようだった。それが切れたら、もう、二度と会えない人たちであるかも知れないのだ！

美代子、山城、安里、山田老夫婦、那覇で商売しているという山田老の息子夫婦……が見送りにきていて、晶子たちのいる甲板のすぐ下で、ひと固まりになっていた。

船客は、そう多くなかった。外国人の船客がかなりいる。沖縄の船客は、ほとんど、南米への呼寄移民にちがいない。南米につくのは、来年の一月の末だという。目にハンケチを当てているのが多い。

晶子と、その母は、乗降口に近い甲板に立っていた。晶子は、このまえ、万座毛に、着けてきていたブルーのスーツを着て、手袋をはめ、白いネック・レースをひらひらさせていた。彼女はニコニコ笑って、片手を振ったりしている。晶子の母は、顔をあげきれぬくらい泣き崩れていた。

——晶子と一緒に、十何年も沖縄でくらした、その母は、もう、移民の面影はなく、しなびて、生活に疲れたような顔をしている。

ペルーからの仕送りで、生活できたものの、それでも、晶子を育てるために、那覇の市場で、一坪くらいの場所を借りて、小間物を売っていた。晶子を教育のために沖縄に連れてきたときは、まだ、中年の若さだった彼女も、もう、初老といった年頃である。

ひとつには、晶子に日本の教育をうけさせるため、ひとつには、墓参の目的だった。墓参がおわったら、晶子だけ、あるていどの教育がおわるまで、山田老のもとにあずけて、自分は、ひとまず引揚げるつもりでいたのが、すぐ、大東亜戦争となり、帰れなくなった。沖縄へくるとき、日米の関係が危ないからと、晶子の父は極力、反対したのだが、それなら、なおさら、先祖を拝んでこんといかんと、強情を張ったのがいけなかった。

間もなく、あのおそろしい戦争を体験し、島尻の戦野を逃げ回って……それでも自分も無事で、晶子にもケガひとつさせなかったのは、せめてものなぐさめだった。

晶子の母、上原政子にとって、これまでの十幾年は、生活は、まアやっと、それほどの心配もなく、やってこれたものの、やはり、苦しいことが多かった。

いま、南米へ発つ船の甲板で、いろいろのことが一度に思いかえされて、彼女は感情がたかぶってしまっていた。

晶子も、元来は、母親似だった。顔の造りも、性格も、母の政子から、うけついでいることが、すぐわかる。政子は、若いときから気丈な女で、親類の反対を押し切って、晶子の父とも結婚し、南米へ渡ってからも、色々の苦労をかさねて、晶子の父が、どうにか、ひとかどの事業をきずくようになったのも、政子の生活力が、大きな内助となっていた。

彼女が、夫の反対をしりぞけて、雲行きの悪くなった、昭和十五年、ようやく就学年令に達した晶子を連れて、墓参かたがた、沖縄に渡ってきたのも、ひとつは、そういう気丈さからだった。

成長してくる子供たちを、男といわず、女といわず、日本で教育をうけさせようというのは、夫婦の一致した意見だった。

それには、山田老が、あの当時はまだ在職中で、小学校の校長をしていたので、山田の兄さんに、子供をあずけるという考えもあった。山田老は、晶子の母の、長兄である。晶子の就学年令が、近づくと、彼女の父は、早速、子供の教育について、沖縄にいる山田老に、度々手紙で相談し、山田老も、「こちらに来させなさい。私が、責任もって教育する。ここには立派な女学校もある」と、極力すすめたのである。それで、晶子の両親は、せめて、初等教育だけでも、日本の教育をうけさせようという気になった。

……この教育問題は過去何十年かの移民の歴史で、いつも、移民たちの頭痛のたねになっているものだった。他国でくらしている移民たちは、子供にどういう教育をあたえたら、よいかということについてまず思い悩むのだった。

あの当時は、まだ日本が一等国の実力をもっていたので、移民たちは、外国にいても、それを誇りとし、子供たちの教育を考える場合も、全く、日本人としての教養をもたない子供をつくることを好まなかった。

移民たちは、生活の現状を打開しようとして、よりよい生活の道を切り開くため、生まれてくる子供たちの前途を明るくしてやるため、そのためには、どんな遠い所にでも行こうと決心し、大抵、自分たち一代は、苦労を覚悟して、生まれた土地を、この狭い沖縄をあとにして、西も東もわからない、地球の裏側までやってくる。

そして、案の定、色々の苦労辛酸をなめ、やっと、子供たちが成長してくるまでには、どうにかこうにか、生活の基礎を固めるようになる。が、そのときになると、また新たな悩みが生じてくる。

子供の教育である。……彼らは、どこの国、どこの社会にいても、教育がいかに大切なものであるかを知らされている。

子供たちの時代からは、もう、自分たちが経験したような苦労をさせるまい、というのが、二世移民たちの念願であった。彼らの半生は、全く、生活に追われ通しで、ただ、金をもうけよう、生活を安定させようとの考えと、努力に明け暮れた。

その間、教育というものがいかに大切なものであるか、それがないばかりに、いかに恥をかき、いかに苦労しなければならなかったかという実例を、いやというほどみせつけられている。

はじめは、そういう苦労をさせないために子供たちに教育をうけさせようという考えだったんだが、年がたつにつれて、だんだん、そういう考えかたも、変わってくる。生活がしっかりした根を下すようになる。移民社会全般としても生活が向上し、外国人の見方も、ちがってくる。つまり、移民の社会的地位が高くなってくる。

社会的にも、職業的にも、活動の場がのびてくる、ということになってくると、ただ生活のための学問ということより、もっと、教育の意味が、積極的なものになってくる。今度は、外国人の社会で、競争意識がおこる。子供たちの中からは、医者も出そう、学校の先生も出そう、………政治家も出そう、と、欲望が増す。

とにかく、移民こそ、教育の必要を痛感しているのである。その場合でも、彼らは、子供たちが、全く日本人であることを忘れるような、人間になることを好まない。だから、何千哩もはなれた郷里へ、子供を、教育のために送ることは珍しくなかった。せめて、初等教育だけでも、そうしないと、もう、機会を失ってしまうからで、それさえ受けさせておれば、あとは、その国で、どういう知識を得ようがまずまず、心配はないと考えている。

そこには、一世移民たちの、一等国民としての誇りがかくされていたが、そのほか、彼らの、郷里や祖国に対する濃厚なノスタルジアが、かげで作用していた。

生活と苦闘してきた一世移民たちの胸には、郷里が、いろいろの意味で、深くきざまれている。彼らの精神生活の中で、郷里の回想は、大きな一本のヒモとなって彼らの現在と、遠い過去をむすびつけているのである。

そこで生まれ、幼少年時代を、青年時代をすごし、まだ、そのころの友だちや、血肉的につながりのある人たちがのこっており、祖先の墓がある郷里は、大きく彼等の意識生活を占領している。色々の思い出の映像が、郷土の風物とともに、古ぼけた、アルバムとなって、彼らの胸にしまわれている。いや、古ぼけるどころか、その映像は、勝手な想像で、いよいよ、鮮明度を加えてゆくのかも知れない。
だから、移民先で生まれた子供たちが、まるっきり、郷里のことを忘れてしまうことは、一世移民たちにとって、たえられない淋しいものであったにちがいない。その感情が、子供の教育を考える場合も、少からず働いていたのである。

上原晶子の母、政子が、あのとき強情を張って、晶子を連れて、沖縄に渡ってこなかったら、沖縄で戦争に会ったり、夫や息子と離れ離れになって、十何年も、苦労する必要もなかった。気丈な性格で、得することもあり、損することもある。

沖縄の戦争がおわって、しばらくすると南米から手紙がきた。それも、三、四通、一遍に来た。いずれも、出した日付がちがう手紙が政子たちの手許にとどいた。受取人の住所がさがせなかったのだろう。

その手紙には、沖縄は全滅したときいているが、ほんとうだろうか信じられない。もし、こういう名前の者がいたら、妻と娘だから、連絡できるよう計らってくれとの、政府宛ての手紙で、それが政府から折り返し封入されてきたのもあった。

ほとんど、戦争前の住所を宛先にした手紙ばかりで、日付を追って読んでゆくと、政子や晶子の生死について、はじめは、希望的な、それから、だんだん絶望的な文句がつづられてあった。

政子は、海外に手紙が送れるようになると、自分と晶子が達者でいることを早速、夫に知らせてあったが、その手紙への返事が、まだ現住所あてにとどいていなかった。やがて、政子や晶子の無事を知ったとの、喜びの返事がきて、それには、むこうの生活の模様がくわしく説明されてあった。

ますます景気がでて、仕事もらくになっていることだった。そしてこちらに帰れるような時期がきたら一日も早く、帰ってくれ、それを持ち望んでいるとあった。けれども、帰れる時期がきても帰らず、遂々、戦争がおわってからも十年余り、沖縄に居のこってしまったのである。

その間、たえず、事情を知らせ合い、むこうからも仕送りがあってどうにか生活はできた。

政子としては、ついでに、晶子をハイ・スクールの教育まではうけさせてからとの考えがあり、ペルーにいる晶子の父のほうでも、それには、同意しないわけにはいかなかった。が、晶子は、もう、小さいとき育った南米のことなど、遠い記憶にしかもっていなかった。ハイ・スクールを出てからも、沖縄で、勤めをやると言い出した。

「お母さんは帰りなさい。あたしはどうせ、どこにいても、嫁に行かなければいかないいんだから、沖縄でくらす」

と言う仕末。政子は迷った。そして、晶子にしばられて沖縄にのこってしまったのである。

ときどき「もし、ここで結婚してくらす気持ちがあるなら、早くお母さんを安心させなさい。これと思う人がいたら、そうしなさい。それを、みとどけてから……」などと言うことがあったが、政子としては、なるべく、晶子も連れて夫の許に帰りたかった。

しかし、母の政子が何よりもうれしかったのは、戦後のこうした生活の中で立派に成長してくれたことであった。これは、彼女のひそかな誇りであった。

晶子は、美しい娘になった。それは、母の政子が、自分の娘ながら、感嘆するほどだった。

気丈な性質は、母親似だが、晶子は、もっと、明るくて、積極的でそれに、教養が備わっていた。どこに出しても恥しくないと、政子は思っていた。

南米行きの船にのるまでの手続きも、すべて、晶子が、キビキビと片付けてくれた。

船に乗り込むと、自分の家のように振舞い、すぐ、誰とも親しくなる。出発前のゴタゴタした、わずかな時間のあいだにも、朗かなお嬢さんだ、という目付きで、船員や、船客の幾人かが、晶子を見ていたのを政子は、見逃さなかった。母親は、自分の娘のことについては、本能的に鋭敏である。政子は、晶子が、どんな派手な振舞いをしても、それを、とやかく、言うことは一度もなかった。むつかしい教育の理屈を知っている政子ではなかったが、それが、一番いいようにおもわれたからである。それは、一見、放任のように見えたが、そこには、晶子に対する信頼があった。

決して、無軌道なことはしないという信頼である。晶子には教養がある、どんなに派手にやってもそれは彼女の明るい性質から出ているのであって、むしろ、彼女の将来のためにも、その社交性は伸ばすべきだと考えている。

……とにかく、晶子が一緒であるので、こんどの旅は、楽しく、安心である。晶子によりかかる、その心の中から、政子の胸に、もう、ひとつの感慨が湧く。

それは、戦争の雲行きが、ただよう頃、幼ない晶子を連れて、沖縄へ渡ってきたときの、不安な航海と、気丈な自分の姿に対する回想であった。

考えてみると、晶子が大きくなるにつれて、自分も気弱になって行った。母の腕ひとつで、娘は、立派に成長させたという誇りもありながら、事実は、政子自身、意気地なくなって、いつも、晶子から叱られてばかりいた。

晶子は、勝手に伸びたのかも知れなかった。晶子をたよりにして、晶子の気持にすがって、生きてきたというのが、ほんとうかも知れなかった。

晶子を南米から連れてくるとき、彼女の教育について一任しようと頼りにしていた山田の兄は、戦争がおわると、教育界からしりぞき、息子夫婦を頼りに隠居生活をやり、ひたすら、郷土史の研究ばかりするようになっていた。戦時中の軍国主義にあてられて、子弟の教育をあやまった自分などが、もう出しゃばる時代じゃないと、凡ゆる社会活動から身を引いてしまった。

晶子は新しい時代の空気を吸ってもまれて、ひとりでに、風雪にもめげずに一人前の婦人になった。老けてしまった自分と、晶子のみちがえるような姿をみて、夫は、どういう表情をするだろうか、もう政子の心は、早や、そんなことを考えている。

夫の良成は、自分たちが帰ってくることを、どんなに、心待ちにしているのだろうか。十何年の生き別れは、仕方のない運であったとはいえ、政子は、夫に詫びる気持で一杯である。

彼女のふところには、一枚の写真が、大切にしまわれている。頭が、もう、半白になった夫の写真である。

その横には、みちがえるような青年が並んで立っている晶子の弟、良厚である。

自分たちの顔をみたら、嬉し涙をこぼすだろうか、グチをこぼすだろうか。——

はじめは、父が病気で、これからがおぼつかないから、どんなことがあっても帰ってくれ、という意味の息子、良厚からの手紙がきた。それで、非常に心配した。

それから、矢つぎ早やにきた手紙は、お母さんたちが帰ってこないと、なおる見込みがないと、不用意にも、そんな言葉が使われてあったので、そこを、目ざとく晶子がかぎつけて、「お母さん、この手紙からみると、お父さんの病気は、気の病いかも知れないわ」となぐさめるので政子は気持がらくになったものの、夫の許へ帰りたいという気持ちは、かえって拍車をかけられた。

それに、すぐ、晶子だけ沖縄において、帰ってくるつもりで、むこうを出てきたときは、まだ、みどり児だった息子が、もう大学に入っている。おそらく、父の愛情と、家政婦の手だけで、育てられたにちがいない。その息子に対する母性が、彼女を、もう、これ以上がまんさせなかった。

ただ、今まで、どちらも達者で、生活が安定しているというだけで安心してくらしてきたものの、血肉が、地球の反対側で、たがいにくらしてゆくことに、急激な感傷がともなってきた。

寄る年波が、生活の安心感という防波堤につきあたり、それが、感傷の飛沫となって、その防波堤をのりこえてくるのだった。

……ただ、晶子を連れて、南米に帰る場合、ひとつの懸念があった晶子も適令期、ぱやぽやすると時期がすぎてしまう。むこうへ行ったら、果して、適当な配偶者がみつかるかという心配もし、そういう心当りがあれば、写真なり送ってくれと、政子は、夫に、こっそり手紙をやって、みたこともあるが、そういうことに対する返事は一向になかったので、そこに不安があったのである。むこうへ行けば、沖縄などにいるときより、もっと、晶子にとってもはるかに、すばらしい将来があると思い、晶子にも言いきかせるのだが、確信というほどのものではない。

いち時は、帰ることについて晶子が、快諾しなかった。説得した。……そのとき、晶子はただひとつのわがままをきいてくれと言った。

「そのわがままというのはなにかね」とたずねたら、……

自分を、大学に出してくれ」と、晶子が言い出したので、でも政子は晶子の申し出を、承知した。とにかく、晶子の言うことをウン、ウンと聞いて、すかして、連れ帰るつもりでいた。

晶子も、年が明けると、満二十四である。学校なんて、とんでもない、と母の政子は、心の中でつぶやいていた。

いくら、教育だって、もう、受けただけで、十分だ。そのためにいままで苦労もしてきた。女の子が婚期を失っては大変だ、と考えていた。晶子のは、出来心で、むこうへ行けば、気持ちがどう変わるかわからないと、たかをくくっている。

が、晶子の考えかたは別だった。――彼女は、元来、活動肌である。静かに、勉強するという性質ではなく、また、そういうことは、まだるっこい生きかただと思っている。すぐ、行動的に何でも、パリパリやってみたいのである。だから、ハイ・スクールを出ると、それ以上の学校に出ようとの気持ちはなかった。

本能的に、彼女は、世の中が、どんなものであるか、を直感していた。そして、自分というものに、自信を抱いていた。彼女は、自分の希望する生活に向って、最短距離を選ぼうとした。彼女はコツコツと努力をつむという型ではなく……いわゆるスマートなほうだった。なんでもすばしこいのである。が、彼女のそうした面は、十分に伸ばされないままになってしまった。いまは、ちがった新しい環境が、海の彼方で、彼女を待っている。

……その海のむこうから、たびたび、手紙がきた。晶子の弟からである。弟は、リマ市のサン・マルコス大学で、ゆくゆくは、弁護士になるつもりで、法律学を勉強しているとのことだった。

彼は、大学生活について、若々しい文章で、いろいろのことを、晶子に書き送ってきた。

学校は、四百年前の創立で、アメリカ最古の大学だが、いつも、革新的な思想や、政治行動の醗酵場になっているということや、女性は大学教育をうけても、まだ、彼女らのために社会的な職業が準備されておらず、結局、学生生活―結婚のコースを通り、職業と言えば、薬剤師、先生、看護婦などに限られている、というようなことなども書いてあった。自分は日本語の文章がまだ十分でないから、と弟の手紙は、すべて英文だった。

また、晶子は、英語さえ知っておれば、どうにか、むこうで大学教育がうけられることを知った。晶子は、どこの社会にいても、自分の住む世界を小さく、閉じこめることはいやだと思った。生活と活動の場所は、できるだけ大きく広げたかった。

彼女は、自分の将来について、色々、考えたすえ、これから、勝手のわからない社会で、まず、それ相当に周囲からもみられ、自分としても物が言えるようになるためには、高等教育をうけるにしかずと、決めたのである。それには、また、彼女なりの、はっきりした目標があった。

女は、高い教育をうけても、教員や看護婦になるのが普通で、広く働く場所が与えられていない、弟の手紙に、そう書いてあったのを読んで、晶子は、まだ、あちらでは、女性が社会的に進出していないことを知った。そのことは、かえって晶子の心を刺激した。

彼女は、いちおう、経済か商業の知識を身につけようと決心した。それも学問そのものが目的ではないので、なるべく短期コースを選ぶつもりでいた。

できるだけ早く、所要の知識と資格をえて、なにか実業社会に活動の道を、ひらくことを考えていた。そういう意向をつたえると、弟はくわしく、こちらが知りたいと思っていた事情を報せ、学校も入りやすいからと、激励してきた。晶子は、また、弟の手紙で、むこうの社会では、女性による社会事業がさかんであることを知り、そうした面の仕事をすることは、信用と社交の地位をうることを意味するので、ソーシァル・

ワークのコースも予定していた。

しかし、チャッカリ屋の彼女は、もっと、重要な野心を胸にひめていた。学生生活が、その後の生活を通して、よい配偶者をみつけるチャンスを狙っているのである。


……そういうわけで、はじめ、なんだ、かんだと、しぶっていた晶子も、ある見通しと、希望をもって、父や弟の待つ国へ帰るべく、いま、沖縄の土地を離れようとしている。印度洋、大西洋を回って、五十余日の航海に出発しようとして、那覇港の北桟橋の岩壁に巨体を横付けている外国汽船の甲板の上からなつかしい沖縄の山河と、見送りの人たちに、最後の別れを告げようとしている。…………


混雑するほどの見送り人ではなかった。はなやかさがないだけに、別離の哀傷が、かえって、胸にこたえるものがあった。

譜久里美代子は、こういう場所では、妙に、戸惑いを感ずるのだった。甲板の上や、埠頭をつつんでいるものは、一種の興奮と感傷である。その中で、美代子は、なにか、不安を感ずる。心を落着けようと努力する。これまで、上京する友を見送ったことが、二度あるが、港の空気には、なじめなかった。ことに、いま、遠い所へ去ってゆく晶子を見送るために、山城、安里、山田老夫妻、と一緒に、埠頭で、寒風にさらされながら立っている彼女は、あたりのフンイキに、圧倒されそうな気持ちをおぼえた。安里と山城は、美代子の両側に、美代子をはさんで立っていた。山田老夫妻は、すぐ、その後で背伸びして、しきりに、手を振っている。はじめ、美代子は、安里と山城を、自分が中に立って招介してやるべきだと思いながら、港の、焦操と混雑の中で、つい、そうした役割を忘れてしまった。

それでも、双方とも、顔だけは知っているらしく、どちらかともなく軽く会釈は交わしていたのだがそれは、埠頭をふきぬける風のようなものだった。

北風が、すこし、強くなってきた五彩のテープが、弓曲して、ハタハタと音を立て、切れたり、もつれたりする。

安里実と、山城朝徳が、夫々、ポケットから、テープを出して、晶子をめがけて投げるが、いずれも甲板までとどかず、鉄壁の船体にぶつかって、海水におちた。二、三回、つづけるが、やはり、風に飛ばされてしまう。

こんどは、上原晶子が、テープを右手にもって、甲板の上で身構えた。……彼女の手をはなれるとテープは、スルスルと、軽く真下の美代子たちのところに降りてくるように見えたが、すこし、右にずれた。

晶子は、もう、一度、投げた。あとのテープもやはり、右にずれグリーンのハデな背広をきた、若い男の足許におちた。その男は、晶子の投げた、そのテープを拾い上げた。彼は、身じろぎもせず、甲板を見上げていたが、やがて、手を高く振った。晶子も、そちらのほうを見ているらしかった。表情が、はっきりわからなかったが、晶子は、一寸、くびをかしげたようだった。と、すぐ、顔一杯の笑顔になり、同じように、手をふって答えている。晶子を見送りにきた人が、自分たち以外にもいたのかなと、美代子はおもった。

グリーンの背広の男は、美代子が立っているところから、右前方になっていて、美代子のほうに背中を向けている。スキのない服装で、恰幅のよい印象的な後姿である。いままで、見かけたことのない人だが、晶子の知人だろうか、と思って、気を取られていると、……ヒョイと、その男が、ふり向いた。上体と、頭だけ、ゆっくりと、左後方に回した。丁度、美代子たちのほうに、顔を向けてきた。……美代子は、オヤと思った。服装がちがっていたので、…………でもすぐ、気付いた。……このまえ万座毛で会った。あの男ではないか。あのとき、キャッチ・ボールをやっていた男。それた球を取りにきて、あやまっていた、あの男。お菓子を、とりかえにきて、写真をパチリとやった、あの男ではないか。……

洗練された服装のわりに、顔の表情が、ボーッとしている。こういう、港の混雑の中で、不調和に、おちつきすぎているような感じだった。

なにか、物色するように、人ごみを、ひと渡り、眺めまわしたが、また、向き直って、美代子に背中を向けた。美代子がいるのには、気づかなかったらしい。

美代子は、彼の手もとから出ているテープを、甲板まで、視線で、追って行った。白いテープが一筋、その端は、晶子の手で握られていた。

青色のテープがあった。それを、たぐってゆくと、やはり、晶子のところに行ったが、その端をにぎっているのは、晶子の左横に立っている、五十年配の外人の男だった。

美代子は、例の青年が、上原晶子を見送りにきたのではないことを知った。

彼は、自分の足許におちたテープを拾い上げ、それを投げた主が誰であるか知って、手を振って、晶子に合図をし、晶子も、やっと万座毛で会った彼をみとめて、それに答えたにちがいない。

その青年が、振り返って、なにかを物色するように、うしろのほうを眺めていたのも、晶子の見送り人が、たしかいるはずだと察してのことにちがいなかった。

美代子は、そう思った。

彼が、ふり向いて、こちらを見たとき、美代子は、背の高い安里実と、肩幅の広い山城朝徳のあいだに、はさまれて、顔だけ出していたし、テープが交錯し、見送りの人たちが、手を振ったり、動いたりしている中だから、わずか二間ほどの間隔だったが、青年は気付かなかったようだ。

ときどき、その青年が片手をあげると、甲板の上では晶子の横に立っている年配の外人が、小さく手を振って、それに答えている。知人らしい、その外人の見送りにきているらしいことがわかる。

晶子は、ふたたび、テープをとり出し、美代子たちに合図して、投げようとしたが、思いとどまったような姿勢になり、横の外人の男と、なにか話している。

その男が、晶子からテープをうけ取った。彼が、晶子に代って、投げてやるつもりらしい。

晶子が、美代子たちの立っている場所を教えている。彼は、しばらく、風向をみていた。風力と、テープを投げたときの、偏差修正量をはかってるようであった。

その、五十年配の男は、美代子たちのいる場所より、左の方向を狙った。その目算は、たがわなかった。ズッと左の方に飛んでいたテープが、途中から右よりになって、うまく、美代子たちの近くにおちたのである。それを山城が拾いあげて、美代子に渡した。

おなじことを四、五回、くりかえした。晶子と、美代子、山城、安里。晶子の母と、山田老夫妻と、テープで、むすばれた。

美代子たちが、ひと固まりになって動き、ちょっと、前にのり出してきた。そのとき、美代子と、二間ほどはなれて、彼女の右前に立っていた、例の青年と、視線が、カチッと会い、双方とも、あわてて、会釈した。

誰も気ずかなかった。

美代子には、その青年と、彼の見送り客である外人と、晶子と自分の間には、別の人間関係が、目に見えない糸でむすばれているような気がした。晶子を中心にして、まるで無関係な二つのつながりが交差しているようで、それが、晶子の手もとに集まっている二筋のテープで表現されているようにおもわれた。

が、そのつながりも、やがて、テープとともに切れて、………人と人との関係は、細胞分裂のように、たえず、ちがった断面をみせてゆくにちがいないのである。

船が静かに岸壁を離れ出した――船の甲板では、晶子の母が、辛うじて顔を上げ、ハンケチを振っては、それを目に当てたりしている。静かに、「蛍の光」の曲が流れているが、離れてゆく船と埠頭の間では、喧騒が一段と高くなり、わかれの最後の言葉を投げ合っていた。

「元気でなアー。リョーセイによろしく言ってくれーッ」

山田老が、声を張り上げていた。リョーセイといっているのは、晶子の父、何十年も見ない南米にいる山田老の義弟である。

甲板では、晶子の母がうなずき、

「兄さーん、おげんきでー」

と、叫んでいた。

「晶子、さよーなら」

山田老は、また、声をしぼった。

晶子は、片手をふり、見送りにきた人たちの名前を一人一人呼んでいる。テスリにもたれて、体をくずしている母のよこに、彼女は、直立して、ニッコリ笑っている。山城、美代子、安里も、声をあげて、晶子に別れをつげる。

「晶子サーン」

われ知らず高い声で叫びつづけているのは美代子である。

美代子をはさんで立っている、安里と山城は、黙って手を振っていた。だんだん岸壁をはなれる船の甲板では、晶子が、もういちど、みんなの名前を、呼びつづけた。一生懸命、手を振っている。

「可愛いひと、ほんとに可愛いひと」

美代子は、心から、そう思った。スラリと伸び切った身体を、大仰に動かして、さよなら、さよならと呼んでいる晶子の声が小さくなってゆく、……色白の円ポチャな顔が小さくなってゆく。

船体と岸壁が、グッと離れて、…晶子たちの顔の輪郭が、ボッーとしてくる距離になると、いままで、船壁にはね返っていた、波止場の見送り人たちの、叫び声が、反響を失い、ひとかたまりになって、風に散った。

そのとき、耳を聾する、汽笛が、港を圧した。もう、なにも聞こえない。

港口に向っている外国船の煙突から、黒煙がなびき、……白い蒸気を真直ぐ立てて、汽笛が、しばらく鳴りつづく。

晶子は、目にハンケチをあて、ときどき、思い出したように、それを振って、合図している。

「とう、とう、行っちゃったか」

独語のように、言葉をはき出したのは、山城である。目頭が熱くなり、美代子は、岸壁と平行して徐行する船を追って、夢中で、駈けていた。

山田老夫妻が、美代子につづいた……まもなく、オランダ汽船、ポイスペインは、狭い港口をぬけ、海底に浅く沈んでいる珊瑚岩礁のあいだをぬって走る一筋の水路に白波をのこして、遠ざかりつつあった。その船が、丁度、もとヤラザ森城と三重城のあった港の前景に、はさまれていた。

むこうの海は光っている。いつの間にか、切れた雲間から、陽光がサッとそそいで、船の行手を、沖合いを照らしているのだ――。


沖を照らしていた陽光が、やがてはうようにして、近づいてきて、港を、パッと包んだ。

美代子は、なにもかも忘れて立ったまま、去ってゆく船影をみつめていたというより、海を、青みどりにひろがる海を眺めていた。冬の海！だが、光っていた。彼女は、なにか黙考するようにみえた。

「やー。これで安心した」

山田老が、ふといい、ためいきとともに、吐き出すように言った。いつの間にか、山城も、そばに来ていた。

安里の姿が見えないので、美代子が、さがすような目付きで、周囲をみまわすと、

「安里君ですか。安里君は、さっきの所で立ち話していましたよ……だれか、シビリアンらしい、アメリカの人と、……知り合いなんでしょう、……そして、どこかへ出かける様子でした」

山城は、美代子の表情をうかがいながら、なにか、くどく、説明するような言いかたをした。

「あたし、山城さんと、安里さん……ご紹介もしないで、失礼しましたわ」

「いや、あんなところでは……。でも勝手に自己紹介しちゃったですよ。あとで……あんたがたが、いきなり、かけ出すもんだから、こちらは、二人とも取りのこされちゃってね……」

と、笑って、山城は、

「あ、山田先生、申しそびれましたが、いつぞやは、どうも、ありがとうございました」

「なんのことでしょうか」

「先生に、例の系図を翻訳していただいて、……御面接の上、お礼申し上げるはずでしたが、つい…失礼いたしまして」

去った旧暦三月の清明祭で、識名の墓所に、門中が集ったとき、門中の系図を、出版しようという話が出て、結局、山城が引きうけたのだが、どうせ出すくら

いなら、原文に翻訳をそえてと考えたが、適当な翻訳者が見つからなかったので、美代子を通じて、山田老にそれをたのんだのである。

本ができたとき、山城は自身でお礼を言おうと思ったが、商用で、本土に出張することになり、とりこんでいたため、出来上った本に礼状と金一封をそえて、晶子にもたせたのであった。

あれから、そのままになっていたその礼をいま言っているわけ。

「いや、立派な、見事な本でしたよ、あれは、こちらで？　装丁は、ようできておりましたナ」

「ええ、なにしろ翻訳が、山田先生の名訳ときて……」

「いや、いや、それにしても、こちらこそ言いそびれましたが、これまで、うちの晶子が、ずいぶんお世話になったそうで……」

そばで山城と山田老の会話をきいていた美代子が、

「山田先生、お淋しいでしょうね。晶子さんが……」

「ええ。これからは、一寸、淋しくなります。どうせ、アレは、南米にやらなくちゃならんとは、考えていましたがね……」

山田老が、タクシーを呼び止めた。美代子が、どうしようかと考えていると、

「さア、どうですか、ご一緒に…そうだ、貴女が、お書きになったもの拝見しましたよ。……どうですか、…およりになりませんか、うちに、……」

と、山田老が、美代子にたずねるかたわらから、

「いらっしゃいませよ、きょうは晶子が旅に出て、トシヨリだけでも淋しいから、…ね、いらっしゃいませよ」

と山田老の老妻もさそう。

「山城君も、どうですか。なにもお見せするものは、ありませんが……」

「は、ありがとうございます。私も、郷土史には、若干の興味をもっておりまして、いちどは、ぜひ、お伺いして、先生の御高説を、うけたまわりたいと思っております。丁度、よい機会では、ありますが、……私、これからまた、事務所のほうにもよらんと、いけませ

んので……」

「そうですか、それは、残念でしたな。では、これから、御面識のほどを……」

「ハ、こちらこそ……」

美代子は、車中の人となった。

山田の老妻が、助手席に、山田老と美代子が、後席に、並んで座ると、山田老が、窓から外に首を出して、

「お前たちは、別の車をさがせや。どうせ、那覇までだから」

と、息子夫婦に声をかけ、車が動き出すと、山城に目礼した。

「晶子は、むこうで学校でると言い出しましてな、あれの言うことにしては珍しいと思っていましたよ、まア、軽さわぎばかりせんでなんでも落ちついてやってもらわんとねえ……」

「晶子さんは、どこに行っても、心配のないかただとおもいますわ先生」

「あの娘のことだから、どこにいても、すぐ、その土地に馴れるとは思っていますがね、……」

車は、岸壁に固まっていた見送りの人たちが、ちりぢりなって、桟橋の出入口のほうに向かって動いている中を、静かに、すべってゆく。

「それにしても、よかった。天気がくずれそうだったが、この分では晴れですな」

風がないで、岸壁に通ずるコンクリート道路が、日向になっている美代子はいまさきの海の色を、沖合にさしていた光線の具合を、思い出していた。

「ほんとですよ、こういう船出には、幸先がよい」

と、山田の老妻が助手席でつぶやいた。

そのとき、ふと、窓外に目を映した美代子は、彼の姿をみとめた。グリーンの背広を着た例の青年、見送りのとき晶子の投げたテープを拾った。……いや、万座毛で会った、あの人が、誰かと肩を並べて行くのと、すれちがった。むこうは気づかなかった。美代子はふりかえって、オヤと思った。後方の窓ガラスに石川長生の顔が映った。例の青年と、話しながら歩いているのは、石川だった。

上原晶子の船が遠ざかってゆくのを見送って、ぼんやり立っていると、

「ミノルさん」

と、妙なアクセントで名前を呼ばれ、波止場の人混みの中で、安里実は、肩をたたかれた。

ふりかえると、頭の禿げた、ミスター・ホートンである。叔父、前里幸助のビジネス・フレンドで、いつか、安里が与那原の綱引きに案内した外人である。やはり、誰かの見送りらしかった。

「ミノルさん、どなたが、南米に出発ですか」

ホートンは、日本語で、そう言って、笑い、

「ガール・フレンド?」

と、きいた。

「エェス　ユァー　ライト」

と、安里が答え、それから、会話が英語になった。

ホートンは、安里が船送りをしたという女友達のことについて、二三たずね、それから、

「車をそこにおいてあるから、乗らないか。どうせ、ダウン・タウン（町）にゆくんだろう。しばらくぶりだから、どこかで、食事でもしよう」と、誘った。

安里は、ちょっとあたりを見回したが、美代子たちが、ズッと離れたところにいたので、そのまま、ホートンの車で、かえることにした。国際大通りに出ると、ホーの辺で、すこし休もう」と言って、ホートンは、国映館の横に車を入れた。

ホートンは、映画館の入口の左隣りのドアを押した。安里は、黙って、彼について、地下のホールにおりて行った。クラブ・コクエイである。

昼はレストラン、夜はキャバレー風の、このホールに、安里は、一度、やはりホートンと一緒にきたことがあった。去った夏の夜で、テーブルはいずれも外人客で一杯、バンド付きの舞台では、ちょっとしたショウを演っていた。そう広くはないが、あちら好みの高級食堂といった造りで、冷房されていて、かなりゼイタクなフンイキであった。

おもに、車をもっているとか、婦人同伴の場合の外人が、映画見物や買物の前後に利用しているらしかった。——

まだ、日が暮れるには時間があるので、割と閑散で、二、三ヵ所でテーブルを囲んで、食事を取っているのは、いずれも沖縄の青年たちである。昼間は、静かで、普通の食堂と変わらない。

ホートンはビールを注文した。食事ができるまで二人は、まず、ノドをうるおした。暖房がよくきいていて、港の冷たい外気の中で、二時間ばかり立っていた体がぬくもり出していた所へ、ビールでボーッとなった。安里が椅子の背にもたれて、ふと、横を向くと、ウォール・ミラー（壁鏡）に、紅潮した自分の顔が映っていた。

「コザで、きみの叔父がやっている、例のお土産品店は、最近、うまく、ゆかんらしいな」

と、ホートンが言った。安里は、ふと、上原晶子に、いつか、その店のマネージメントをすすめたことを思い出した。

「ミノルさんが、ヘルプしないからだ、と、ミスター前里はこぼしていたぞ」と言ってホートンは笑った。

何本目かのビールをさされたとき安里実は、もう十分だと言った。皿も大方、平らげてあった。

「これから、もうすこし歩いてみるか」とホートンがきくと、「今晩は、早く帰って休みたい、サンキュー」と、安里は言った。

「じゃ、あの件は、考えておいてくれ、ミノルさん」

「エェス」

これから嘉手納に帰るんだというホートンと別れると、安里実は、ぶらぶらと、夜の街筋を歩き出した。

「自分のところで、働く気はないか。適当な人がみつからない、きみなら申し分ないが」

と、ホートンにすすめられた。

仕事というのは、沖縄の人たちにもよく知られている商社だが、待遇条件がいいので、安里実は、その話に心を動かされていた。

なんで、自分は、いまの職場を離れたがらないでいるのだろうか、と考えていると、譜久里美代子の顔が浮かんできた。

彼は、牧志通りの歩道を、バスのり場のほうに向かっていた。クリスマス・セールの店の広告などが目につき、歳末らしく、道ゆく人もあわただしい。ボーナスでポケットがふくらんでいる人、金の工面に追い回されている人、さまざまな肩がすれちがう歩道に街灯やネオンがまたたいて、自動車のライトの洪水も、ひとしおである。

いつか、同じ歩道を、譜久里美代子と並んで、やはり、バス乗り場の方に向かって歩いたことがあったことを安里は思い出していた。時刻も、おんなじ頃合いであった。

晩春、いや、もう初夏の気配がしていた。上原晶子と、翌日が日曜日なので波之上に行ってみようと約束して、別れたばかりだった。崇元寺の文化会館で催された、レコード・コンサートの帰り、その日、はじめて彼は譜久里美代子と、したしくなり、美代子の友達として、上原晶子にも紹介されたのであった。楽しい一日だった。美代子と、この道を、歩きながら、思わず、自分は口笛を吹いていた。

——そんなことを思い出しながら足を運んでいたが、安里はふと、明るい店頭で、その足を止めた。蛍光灯の光りの下に、年賀状やクリスマス・カードが並べてあるのが目に止まったからである。その陳列だけを見て、店の中に入ろうとすると、店から出てきた男と、危うく、ぶつかりそうになった。

「やあ、安里君じゃありませんか」

と言って、相手の男は、ソフトの帽子を一寸、もち上げた。ひる、上原晶子の見送りで一緒になり、港で別れてきた、銀行の山城朝徳である。

「いま、お帰りですか。どうですお近ずきに、どこか、よってみませんか」

と山城が気さくな態度できいた。

「いま、クリスマス・カードを見ようと思いましてね」

と、安里が店に入りかけようとすると、

「そんなら、これを、差しあげましょう」

と、山城は、買ってきたばかりらしいカードの束を、安里の胸元に差し出した。

山城朝徳から、クリスマス・カードを差し出されて、安里実は、返答につまった。

「使ってくれませんか。私は、要らないんです。ただね、絵が面白いから求めたんだが、私は、この年賀状だけでいいんで……」

と、山城は別の手にもっているものを安里に示した。

「そうですか、では御好意に甘えて、いただいておきます」

「どうですか、ついでに、そのへんで、なにか簡単なものでも…」

「いや、いま、そこでやってきたところですよ」

と答える安里のほてった顔をみながら、山城はうなずいた。

「たしか首里でしたね、これからお帰りですか」

「ええ」

「そんなら、お送りしましょう、さア、どうぞ」

と、山城は、店の真向かいの歩道に横付けてパークしてあった自動車の扉を開いた。

「わざわざ、いいんですよ」

「まア、まア、そう、言わんで、さア、参りましょう」

安里は、山城の思いがけない親切に、少々、気味わるさを覚えながら、言われるままに、運転台の横に席をとった。実のところ、年の暮れのバスの混雑を考えて、うんざりしている時ではあった。

「上原君は、もう、どのあたり航海しているでしょうな？」

ハンドルを握る山城は、前を見たまま、そうつぶやいた。

「さア」

「もう、台湾のちかく……いや、台湾は、まだかな？」

と、山城が自問自答する。

安里は別のことを考えていた。いま、乗っている山城の、この自動車には見覚えがある。やはり、自分が、この助手台に座り、上原晶子は、相当、山城には甘えていたんだなと、安里は思った。

「失礼ですが、安里君は柔道をなさるそうですね。美代子さんが、そう言っていましたが……」

とつぜん、山城は、妙なことをきき出した。

「いやぁ、やるというほどではありません」

「何段ですか」

「二段です」

「ほう」

「学校で、誰も出るのがいないから、職域試合のときについ出されるんですよ」

「アメリカでもやりましたか」

「ええ、あちらの学生でファンがおりました」

「実はね、私も、柔道が好きなんで、学生時代、ちょっと、やったことがありますがね、その後、もうそれっきりになって、……」

「山城さん、学校はどちらですか」

「商業です。あの頃、士魂商才という言葉が流行っていましたがね、いまは、士魂洋才ですかな、ハハハ。いずれにしても、日本古来の柔道は、大いに奨励して然るべきですな」

山城が、どうして、こう、うちとけた態度をみせるのか、安里にはのみこめなかった。が、山城としては、単に、初対面の礼を、つくしているかも知れなかった。

下宿の近くまで、山城の自動車で送ってもらった安里が、自分の部屋のドアを開けようとすると、中から、騒々しい音楽が聞えてくる。

下宿屋の娘上江洲道子が一人でジャズ・レコードをたのしんでいた。足で調子を取り、首を振っていたが、安里が帰ってきたのをみても挨拶するでもなく、リズムに合わせて動かしている顔を、そのまま向けて彼に会釈しただけだった。その、ジャズが妙に、安里をクシャクシャさせた。

安里は、山城がくれたクリスマス・カードをバサッと棚に投げて、寝台にひっくり返った。

「道ちゃん、うるさいぞ」

上江洲道子は、レコードを止め、ませた目付きで安里をみつめたがなにも言わずに、プッと部屋を出て行った。

安里は、仰向けになったまま、枕元の日記帳に手を伸ばした。パラパラとめくっていると、こんなことが書いてあった。

「自我意識が強そうで、打算的でない――美代子。??没我的にみえて、打算的なところがある――晶子??」

「まったくちがったタイプ―容姿、性格―の二人女性。自分は、そのいずれにもひかれながら、いずれにも、はっきりした決断と、関心を……迷っている……」

安里は、パタッと頁をとじた。目もとじた。美代子と晶子の顔が同時に、頭にうかんできた。

次の瞬間、晶子の顔が遠ざかり、小さくなり、美代子が、大映しになってきた。ひとりは、事実、遠いところへ行ってしまった。――

いつかの、あのコンサートの帰り、美代子の紹介で偶然に知った晶子、……彼女の積極的な性格が、はじめから、自分に強い印象を与えてしまっていたことを思い出した。と、三週間ばかり前、学校職員と団体見学した琉球舞踊に、連想が飛んだ。古典舞踊を、優美だとは思いながら、しきりに退屈した。中で、一寸、バレー風のものが出ると、やっと身体を起こした。安里実は、ガバッと寝台の上で、起き直った。

「道ちゃん、いるかね」

と、隣りに、声をかけた。上江洲道子が、姿を見せ、

「あら、まだ、かたずけてなかったのね。すみません」

と言って、レコードを、片ずけはじめた。

黄色いセーターの胸が、ふくらんでいるのを、すぐ近くで、さも、いま、発見したもののように、珍しそうに安里は眺めた。小牛のような甘ずっぱい体臭が、彼の嗅覚をくすぐった。道子が、だんだん晶子のようにおもわれてきた。あやうく、その肩を抱きよせたい衝動をおさえながら、……

「いいんだよ、道ちゃん、かたずけなくても。もっと、聞いていていいんだよ、……ちょっと、散歩に出るからね」と、言いのこして安里は外に出た。

ビールを飲んだあとの身体が、急に、冷えてきた。

＊

美代子の父、譜久里朝英の事業も最近は、すこし、息を吹きかえした。学校工事が二ツばかりでてきたからである。が、本人がいままで病気がちで、仕事は、山城が推薦した大見謝という男がみている。山城としては、那覇の旧市街の復興につれて、適当な工事が出てくると、目論んでいる。……

病気が、胃ガンになりかけているとわかっても、朝英は、医者の治療をうけない。信仰に固まっている彼に、息子の朝雄が、たびたび意見する。信仰のことは門外漢だが、朝雄は、かつて読んだことのあるフォイエルバッハの宗教理論などひき出したりして、納得させようとするが、そんな理屈は朝英はのみこめず、かえって反発されるし、また母の鶴子は、朝雄がそうすることは喜ばない。

その父が、とうとう、ほかの人にも言われて、長島博士のもとで外科手術をうけ、その結果がよくてみんなを安心させた。まだ、コザで入院している。——

美代子は、学校にいても、必ず、市外電話で父の容体を聞くし、一日おきか、二日おきに面会にゆく。看病は母の鶴子がやっている。家では、兄嫁の峯子が、身重で自由がきかず、家事の手助けに、信子という十六になる娘を雇ってはいるが、誰よりも忙しいのは美代子である。……

その美代子が、授業をおわって、職員室にもどってみると、自分の机の上に、具志川和子からきた、ハガキが置いてあった。

なにも知らせないで済まなかったが、と、石川との婚約のことにふれてあり、近いうち、ぜひ、話したいことがあるからと、都合をきいてきているのだった。

それをしまって、ひょっと、ふり向くと、隅の机で、安里が、こちらを向いていた。

「あら、まだ、おのこりでしたの。……あたし、クラブのことで……」

と、おそくなった理由を弁解しようとしたが、ふと、口をつぐんだ。さき、受持ちの上江洲道子から、読んでくれといって、一枚の紙片を手渡された。

いろんなことが書かれてあったが、道子が、個人的に悩んでいることの相談であった。ただ、その中で、

「生徒が先生を慕うことは、不自然なことでしょうか」

という文句があって、それが、美代子の頭に強くこびりついていた。もしや、あの子が先生と言っているのは、安里先生のことじゃないだろうかという考えがひらめいた。その時、安里が近づいてきた。

「今年も、いよいよ、おしまいですね。明日が、クリ

スマスか。…どうです、クリスマス・イブの町にでてみませんか」

「そうですわね」

電話の呼鈴が鳴った。安里が受話器をとり上げた。

「もし、もし……ああ、美代子さんですか、いらっしゃいますよ」

和子さんかしら、……と思っていると、安里が、美代子に受話器をわたしながら……

「男のかたですよ」

電話の主は石川だった。

「ぜひ、ゆっくり話したいことがある。重要なことだ。兄さんにも、了解をえてある。六時ごろ、市内の『太平洋』食堂の二階で待っているから、万難を排してきてくれ」

という意味のことだったので、美代子は、急用ができたからと、安里実にことわり、帰る仕度をしたが、気になり父の病院に電話してみた。経過は良好で、別に変わったことはないという。ちょっとしたパーティーの予定もあったが、美代子は、それも、電話で断っておいた。

「重要なこと、て何だろう」「誰にとって、重要なことなのか」。「万難を排して？」どうも、言いかたが、石川にしては珍らしく大げさなので、あるいは、まかれるのではないかという、一種のスリルのようなものを感じた。——

「感心。時間を励行したね」

美代子の顔をみると、まず、石川は、そう言った。

「あら、おひとり、、和了さんも、一緒じゃなかったの？」

石川が、にが笑いした。

「たまには、美代ちゃんとふたりで、しんみり話してみようとおもってね」

「ここは静かね」

「うん、街はザワザワしているから、わざわざ、ここにしたんだ」

「どんな御用。お話って？」

「まア、お楽しみに。あとでゆっくり話すから」

「いい話？」

「モチ」

注文をききにきた給仕に、

「紅茶をくれ、料理はあとで……あ、熱いのを一本つけてくれないか」

「飲むの？」

「ちょっと、外が寒かったから。でも、酒の上の話と、とってもらっちゃ困るよ」

卓上の灰皿には、四、五本、煙草の吸殻があった。

「さア、なんでもいいよ」

と、石川がメニューを、よせた。

「気前がいいのね、ボーナス？」

「気前は、いつでもいいさ。……しかし、美代ちゃんと、差し向かいは初めてだな、こうしていると恋人みたいな気になっちゃうね」

「和子さんがおこるわよ」

「おこったって、ムリだよ。おれはね、美代ちゃんに、ほれていたんだから……」

「うそ！」

「うそなもんか、いつか、兄さんから、美代ちゃんの婚約をきいたとき、失望したぜ。あんまり親しくしていると、肝心なことがいい出しにくいもんだね。結婚の申込みも、早いものがかちかも知れんね、さきんずれば人を制す、ということがあるだろう？　碁でも、そうだが、ぼく、いつでも後手を取って、あんたの兄さんに敗けてばかりいるよ」

「……」

「ほんとに、ぼくが求婚していたら、美代ちゃんＯＫした？　それとも、キック？」

石川は、ヒジ鉄の真似をした。話が変な具合になったので、美代子は、モジモジした。

「ハハァ。固くならんでもいいさ」

石川は、笑った。

「石川さん、こないだ港を歩いていたわね」

返答に困っていた美代子は、ふと話題をそらした。

「見たの？　南米行きの船が出たときね？」

「ほかのかたと歩いていたわ」

「なんだ、合図すればよかったのに。丁度、よい機会だったんだがなア」

「タクシーの中からみたのよ」

「そうか。あのときは、たしか、晶子さん、と言ったね……」

「ええ、呼寄せよ」

「美代ちゃんがきていたのは知っていたよ。ちょっと、急いでいたから。……あとで、さがしたら、もう見えなかった」

「そう言えば、あのときの写真が翌日の新聞にでていたわ」

「うん、変わり種の渡航者がいたからね」

「どなただった、あのとき、いっしょに、歩いていた方」

「そいつは、とっておきの話だ。まア、まア、あとで話す」

石川は、意味ありげに笑った。

「それより、さきの返事はどうした？　要点をはずしちゃいけないね」

「なんの話？」

「失望だね。もし、ぼくが求婚していたら、という話だよ」

「そんな仮定は、おかしいわ」

「おかしくてもいいよ。それがききたいんでよ」

「ふまじめよ。そういうききかた」

「そうじゃないよ。真剣だよ」

「しいて言わせるおつもりね。だったら……もし、という仮定だったら、ＯＫだったかも知れないわ。だけど、それが、ほんとだったら、キックしていたかも知れないわ」

「うーむ。こいつは、参った。さすがは、わが、美代ちゃんだ。イミシンなこと言うね。だが、待てよ。こいつは、一晩中、考えんとわからんぞ」

「もう、おそかりし由良之助よ」

「ハハハハ」

石川は、盃を取り上げた。

「ところで、なにか、面白い話はないかね、ちかごろ」

「あーら、変ね、石川さんのほうで、話があるって、よんだくせに」

と、言って、美代子は、受持ちのクラスの上江洲道子のことを思い出し、それを、石川に話した。

「教師に、そういう相談をもちかける生徒って、あるかしら、その心理がわからないのよ」

黙って聞いていた石川は、

「フーム」と感心し、

「しかし、それは、相談ではないな。警告だと思うな」

「警告って？」

「つまり、……その前にきくけど美代ちゃん、その安里先生に、なにか関心をもっていた。いや、失礼、……そんなのを態度にみせた？」

緊張した面持ちで石川はたずねた。美代子は、そんな、おぼえはないと言った。

「つまり、その、上江洲道子という生徒は、美代ちゃんを、ライバルだと思っているんだよ。美代ちゃんに挑戦したのか、どうかは知らんけどさ。安里先生をしたっている自分の存在というものを、その子が知らせたとみるべきだね」

それを聞いて、なるほど、そうかも知れないと、今度は、美代子が感心してしまった。

「美代ちゃん、まア、その話は、それだけにして、……そろそろ、聞いてもらうことにするかな。丁度、料理も出たし、食べながらでいいんだよ」

「なんだか、こわいみたいね、どんな話」

美代子は、さすがに、石川が何を言い出すか、緊張した。

「実はね、美代ちゃんが、港でみたという、あの男のことなんだがね……」

なに気ない石川の言葉に、美代子の心臓が、なぜかドキリとした。

「その人、だーれ。石川さんの知ったひと？」

美代子は、とぼけた。

「もちろんさ。知らない人とは歩かないよ」

美代子は、すこし、うつむいた。

「実はね、僕の後輩なんだよ。東京の外語大学での。……泉卓一郎君と言ってね」

「沖縄のかた？」

「そうだよ。ただし、東京育ちだ。父親が警視庁勤めだった。もとは、首里のひとらしいがね。その泉君、いま旅行中で、こちらの親類の家に逗留しているんだ。沖縄に嫁さがしに来ているんだよ。……ちょっと、事情を話さんとわからんが」

「なにをしているひと？」

「外務書記生だ」

「………？」

「外務省だよ。外交官の卵さ。来年の三月、ウルグアイ国のモンテヴィデオにゆくことになっているんだ。そこの駐在の公使館づとめになられるわけだ。その前に、ぜひ、ミセスをさがそうというわけだよ」

「そういうかたなら、わざわざ、沖縄までこなくても……」

「そうなんだ。東京でも候補者は居たらしい。中には、もと華族の令嬢といったようなのも………だがね、本人が、なるべく沖縄からといっているんだ」

「それで、みつかったかしら、こちらで」

「うん、みつかったらしいよ」

「そうお？」

「美代ちゃん、きみだよ」

「えッ？」

「そーら」

「いやッ、石川さんのバカ」

「どうせ、おれはバカさ。……けどね、美代ちゃんがのみこめないのもムリはない。これから説明することにしよう。……卓一郎君から度々、ぼくに手紙で相談がきた。いい娘がいくらでもいるからと返辞しておいた。ハイカラ娘は、東京にはいくらも居る、なるべく伝統的な美質をもつ沖縄女性という、卓一郎君の注文が、また来たので、心当りがあるから本人が来給えと言っておいたんだ。


美代ちゃん、卓一郎君と万座毛で会っただろう？あのとき、写真を撮られたね？　すばらしい人をみつけたと彼はいうんだ。ぼくも内定している人がいたので、これは予定が狂ったかなと思ったんだ。ところが、焼付した写真をみせられたときは、開いた口がふさがらなかったね。娘二人、芝生に座っている。こちらのほうだ、と示されたのは、何と、美代ちゃんじゃないか。なんだ、ぼくがすすめようと思っていたのも、この娘だよと言ったら、彼、妙な顔をしてたよ。ぼくよりさきに本人同士で見合しちゃって……でも、これは、きっとエンだよ。きっとエンだな……」

息つくまもない、意外な石川の話……でも、美代子は、やっと、万座毛での出来事を、くわしく石川に話した。そのひとが、交換条件としてもってきた菓子に過不足がなかったことも話した。

「ちゃっかりしてるな。そこが、たのもしい所かも知れないよ。外交官だからね。将来、国と国との外交も、そういう調子でやるのかも知れん。ハハ」

石川は、盃を口にもっていきながら、「美人を前にして、こんな話をするときの酒も、また格別だな」

と、美代子を、ぬすみみたがすぐ真剣な表情になり、

「どうだ、ここら辺で人生を踏み切ってみないか。……考えてみると、これまで、戦後、十年余り、鎖国時代が続いた。然し、もう、これから、そろそろ、そういう時代に終止符を打つべきだと思うよ。沖縄の人たちが、再び、目を広い天地に向ける時代を、これからつくらなくてはいけない。……考えてごらんこの戦争で、海外各地に散らばっていた同胞たちが、この小さい島に押し込まれたんだよ。然も年々、人口は増えるね、……このままでゆくはずがない……そこでだ、産児制限などとケチなことは考えずにだ、我々の活動の場所を広げるんだな。戦後の社会しか知らない世代の人達には、そういうことは思いもよらないことのように考えるかも知れないが、そうじゃないんだ。我々は、だいいち、肝ッ玉が小さくなっている、……だから、物の考えかたから改めるんだな。考えて、ごらんよ、機会はこれからだよ。那覇のなに区の太郎や次郎が、アメリカ船の船員になって、ミシシッピー河を渡るという時代だよ……いいかね、ガーブ川ではないんだよ、ミシシッピー河だよ。……日本も、こないだ、国連に加盟した。これから、色々の国と国交を回復してゆく。外交上の仕事の舞台も、どっさり、ひらけてくる。卓一郎君なんか、これから世界のどこにやらされるかわからん。そいつは覚悟せんと……しかし、我々の祖先たちは、帆船で支那大陸や南方諸国を往来したんだぜ、汽船や飛行機の今日なら、極致探検にまさる

冒険だ。………ちょっと、話が大きくなったかな、どうも、ぼくの話は焦点をはずれるんで困るな」と、石川は、頭をかいた。

石川は美代子を説得するのに大童《おおわらわ》である。

「はなやかな生活に憧れて、賛成するようだったら、ぼくは反対だよ。卓一郎君も、そういう女性は希望していない。海外での、外交官吏の生活だって苦労は覚悟せんといかん。……すまん、すまん、ぼくが、かえって、そういう、すすめかたをしていたかな、卓一郎君の人物は、まだ、話してなかったね、重要なポイントだ」

と、石川は、大要、左の説明をした。

——同じ学校の、石川がマレー語、泉卓一郎がスペイン語部の出身だが、先輩、後輩といっても学校での知り合いではない。昭和十九年の学徒動員で泉は、石川が通訳として活躍していたジャワ島に送りこまれた。終戦後、インドネシア革命の巻添えを食って、泉が、中部ジャワのガルーで、負傷し、インドネシア治安軍に捕えられたのを、現地に旧知の多い石川が救出したことがある。右大腿部の貫通銃創で出血多量のため一時は生命をきづかわれた。内地送還される前に、ガラン島という無人島に送られて、ほかの日本人たちとともに、泉も石川も、辛酸をなめつつ助け合った。それがエンとなって、戦後、ずっと二人は、東京と沖縄で文通していた。泉の東京の家族は、戦時中の空爆で一家全滅、彼は天涯孤独な人間となり、ニコヨン生活にまで落ちたことがあるが、希望を失わず、やがて横浜のある学校の夜学に復学しながら刻苦勉励し、宿望の書記生試験にパスしたのである。——

「まったく、これだけで、一篇の立志物語だよ。くわしいことは他日、泉君からきき給え。こういう彼の苦労をノシをつけたまま貰う気持ではいけない。これから外務省の下級官吏としての卓一郎君に最も必要なのは内助の功だ。美代ちゃんがしっかり………オット失礼。まだ、そこまでは、話は進んでいなかったな。どうも、ぼくはせっかちで……いや、この話は実は急ぐんだよ。なにしろ、三月には東京を発つんだからね。卓一郎君は、おそくとも一月十日頃までには話を決めて、いったん帰京したいといってるんだ。……ここで土産品を色々、買い漁っているよ、……あの芸能祭のときね、案内したら、さかんに、古典舞踊をフィルムにおさめていたよ。外国にもってゆくと言って、張り切っていた。


……さア、善は急げだ。ためらうことはない、決めようじゃないか。美代ちゃん、OKだろう、それとも、いや？」

「いや」

「いや？　OKじゃないのか、OKだろう？」

「ええ」

「いやじゃないのじゃないね」

「いや」

「おや」

「石川さんのききかたが、いやよ変ないいかた」

「そうか、家のひととも相談したり、直接、泉君本人とも会ってみる必要があるからね。……所で、兄さん、政府入りするような話だぜ、まだ、うわさなんだが……」


「美代ちゃんも、少し飲んでごらん」と言って石川は、盃を出し、自分はコップに注いだ。

「書記生夫人、いや、未来の領事夫人のために祝盃！」

美代子はチビリなめて盃をおく。

「いや、苦節十年というが夢のようだな。あの無人島で、卓一郎君と、毎日、落日を眺めてくらしたもんだが。


まァ、牛歩遅々として進まずだが南方にも南米にも、これから道が開けるだろう。その動きが、そろそろ出てきた。人は各自、生きかたがある。みんな海外に出ろ、というんじゃない。ただ、十年ちぢこまったんだから、伸びる機会をこれからつかむんだ。どこにいようと、どんな道を選ぼうと、……あ、そうだ、例の晶子さんが南米だったね」

「ええ、ペルーよ」

「こんど、国連加盟を提案してくれた、あのペルーだね。だったら卓一郎君の任地も南米だから、……ね、これから、卓一郎君と力を協せて、沖縄の移民問題に関しても大いに活躍してもらいたいもんだな、こないだ、山田さんの所に、正月号の記事をたのみに行ったとき、美代ちゃんの論文をみせてもらったがね、あの、海洋的性格というやつも、そこで生きてくると思うんだ、ハハハ」

——家に帰ると、石川が前以て相談してあったとみえて、母・鶴子、兄・朝雄、兄嫁・峯子の三人が案じ顔に待っていた。たずねられるままに美代子は、石川と会ったときの話の内容を告げた。

「すると、山城さんのほうは、はっきり、おことわりしておかんといかんね」

母の鶴子が、そう言った。

「それは、朝雄からでも……」

「いや、それは、お母ァさんのほうがいいですよ」

「そうだね」

「いいえ、お母さん、山城さんなら、あたし直接、会ってお話しするわ」

「それでいいのかい？」

「そのほうがいいわ」

——その夜、美代子は寝つかれなかった。

枕許の灯りを点けたまま、色々のことを考えた。南米の地図を出して、ウルグアイやペルーをさがしたり、アメリカ人の書いた『南米紀行』を読んだりした。small but progressive（小さいけれど発展性がある）と書いてある。

ことに公使館のあるという首都モンテヴィデオについての記事と写真は彼女を魅惑した。モンテヴィデオ、モンテヴィデオとくちずさんだ。常春の国！南米の避暑地！スペイン文化の古都！

それから、晶子のことを考えた。一度、灯りを消して、寝ようとしたが、思い直して、ラーデン・カルティニの書簡集を開けてみた。

「多く知れば知るほど、もの欲しさは少くなり、公平な意見をもてばもつほど愛情の基盤は固くなります」

「ああ！希望があり、自信があり実行力がありさえすれば……」

パタと、本をとじた。

ラジオの琉球古典曲がきこえてきた。哀調の中に、黒潮の流れの如き、淡々たるリズムがあった。

美代子が山城朝徳の家を訪ねたのは、大晦日の午前だった。

その前晩、電話したら、そんなら朝の十時頃、家で待っている、夕方は宴会があるから、ということだった。——

事情をくわしく説明したら、黙ってきいた山城は、ニッコリ笑って「そうでしたか、それは、おめでとう、いや、私は、あきらめますよ、まことに残念だが、……」とあっさりしてくれたので、美代子は、山城に心から感謝する気持ちになった。

それから、挙式のことやら、東京にはいつ行くのかなどと、山城はたずねたが、……彼は、いつか識名の丘で、美代子と、遺念火の話や、尚徳王の恋物語りの話しをしたことを思い出した。そのとき、「悲恋ヶ丘」と美代子が言っていたのを、忘れない。あのときから、山城の心にやきついている彼女だった。

「今晩でいよいよ、今年もおしまいですね、私は、家にのこって、除夜の鐘を聞くのがいやでしてね。その晩は、そとに飛び出したくなります。気が滅入ってしまうんですよ」

「去年もそうでしたの？」

「ええ。……ああ、そうだ、どうです、美代子さんは、明朝、日の出をみに行きませんか。石川さんや、その泉さんというかたも御一緒に。いいですよ、元旦の初日の出は」

「どちらへ？」

「そうですね。……島尻の港川にでも。去年は、そこへ行きました。私もね、朝寝坊なんだが、去年は、上原晶子の提案で、銀行の女事務員、三、四名つれて、ドライブしたんです。まだ暗いうちに出るんですが、次第々々に夜が明けてくる気持ちは、何とも言えませんね。闇が一枚一枚はげて、光明がさしてくるときは、……あのとき、暗いうちからNHKの中継で、雅楽というんですか、神楽というんですか、荘重な日本の古典曲の放送があるが、それを、車の中で聞いていると、なんともいえませんよ。来年は、海外に行かれるなら、見納めに、日の出を拝んでおいたほうがいいですよ……」

　山城の思いがけぬ申出を、美代子は快よくうけた。まず、石川さんに相談してみようというと、山城は、石川さんなら、私から電話で話します。ひるはどこにいるかさがしにくいでしょうから……と、もう乗り気である。

「お父さんのお仕事のことも心配なさらないで下さい。基礎が固まるまで、応援しますから」

　という山城の好意に涙の出そうな気持ちで、美代子は彼の家を辞した。年越しの街の雑踏も、彼女の心には、なかった。明朝の日の出を心に描いていた。

　――十二年前、米機動部隊が最初の艦砲弾を送り、島を恐怖のどん底にたたきこんだ、あの港川。……そこに平和と希望の太陽が、……海面をはなれて、……新しい日をむかえるのだ――、と、考えながら、美代子は帰宅を急いだ。

　………路傍に人がたかり、その人垣の中で、目の不自由な人が三名、楽器をならしていた。

あとがきにかえて

二〇〇三年から二〇〇八年に渡って、著者太田のこれまでの著作をまとめた『太田良博著作集』を第1巻から第5巻まで発刊致しました。膨大な著作物を整理・編集するのは大変でしたが、おかげさまで太田の大方の著作が日の目をみることができました。実は収録できなかった著作もいくらかあり、その中の一つが本書『珊瑚礁に風光る』です。

この作品はまだ戦後の復興間もない一九五六年四月二十五日から翌年一九五七年一月五日に二四七回に渡って『沖縄タイムス』夕刊に連載された新聞小説です。太田はこれらの新聞切り抜きを、二冊のスクラップ帳にきちんとファイルし、残してありました。

それにはまず、最初の頁に「作者の言葉」がありました。ここに転載致します。

戦後の社会は、暗い話ばかり聞かされます。しかし、その中にあって、夫々に夢をもって生きつづけようとする若い人たちのタイプを、あるていど理想的に潤色して描いてみたいと思います。この小説には、特別にモデルはありません。

新聞小説は一年生です。ただ読者のみなさまとともに、暗い現実から、なにか希望をさぐってみたいと考えております。（太田）

私がこの小説を通読したのは、今回が初めてでしたが、その内容のあちこちに、太田のこれまでの著作のエッセンスが盛り込まれておりましたので、読んでいて登場人物に太田の面影をダブらせたりしたものです。

当時の評判がどうだったかわかりませんが、これだけの大作の小説を書ききっただけでも大変な労作だと思い、ぜひ残しておこうと、このように上梓致しました。

今から振り返りますと半世紀余（五十一年）前の作品になっていますが、先に述べた作者の言葉から意図をお汲み取り下さいまして、何なりと忌憚のないご批判をいただければ、本書をお手元に届けた者の冥利につきます。

最後になりましたが、本新聞連載時の挿画を書いて下さいましたのは、有名な安次嶺金正画伯でいらっしゃいます。毎回、画面に動きと清潔感を与え、見て愉しい挿画となっています。今回その挿画の一部を表紙と目次に挿入させていただきました。ご快諾して下さいましたご遺族の方に厚く御礼申し上げます。また、ボーダーインクの宮城正勝社長、担当して下さいました池宮紀子さま各位には、親身なご指導を賜り感謝申し上げます。

この著作を主人と私に癒しを与えた、長女美奈子とその家族に捧げます。

妻・美津子

二〇〇八年八月

太田　良博（おおた　りょうはく）
本名　伊佐良博。
1918年、沖縄県那覇市に生まれる。早稲田大学中退。沖縄民政府、沖縄タイムス、琉球放送局、琉球大学付属図書館、琉球新報社などに勤務。その間詩、小説、随筆、評論など発表。2002年死去。
著書に『沖縄にきた明治の人物群像』『異説・沖縄史』（月刊沖縄社、1980）、『太田良博著作集①～⑤』（発売元：ボーダーインク、2003～2007）などがある。

珊瑚礁に風光る

初版発行	2008年10月10日
著　　者	太田　良博
発 行 者	伊佐　美津子 〒900-0025 那覇市壺川1丁目2番地1 ラ・フォンティーヌ壺川7F
発 売 元	㈲ボーダーインク 〒902-0076 沖縄県那覇市与儀226-3 TEL 098（835）2777　fax 098（835）2840 http://www.borderink.com
印 刷 所	㈱東洋企画印刷

ISBN978-4-89982-147-2

太田良博著作集　全五巻

太田良博著作集①
琉球の女歌人
■四六判・上製本・三三五頁、定価二三一〇円（税込）
Ⅰ　民俗論考、Ⅱ　歴史の解釈、Ⅲ　人物伝、Ⅳ　沖縄のこぼれ話、Ⅴ　随筆集

太田良博著作集②
ほんとの歴史を伝えたい
■四六判・上製本・四〇五頁、定価二六五二円（税込）
Ⅰ異説　沖縄歴史、Ⅱほんとの歴史を伝えたい、Ⅲ歴史評論

太田良博著作集③
戦争への反省
■四六判・上製本・三六三頁、定価二四一五円（税込）
Ⅰ沖縄戦の諸相、Ⅱ「鉄の暴風」周辺、Ⅲ天皇制と沖縄

太田良博著作集④
黒ダイヤ
■四六判・上製本・四〇五頁、定価二六五二円（税込）
Ⅰエッセイ、Ⅱ文芸、Ⅲ　人物・太田朝敷

太田良博著作集⑤
諸事雑考
■四六判・上製本・四一六頁、定価二七三〇円（税込）
Ⅰ諸事雑考（時評・文化）、Ⅱ諸事雑考（歴史）、Ⅲ諸事雑考（考古・地学）